EMMA & CADEN

KASSIA L. HILL

Deutsche Erstausgabe 2022

Saskia Lutzenberger

Montlouisring 4

77767 Appenweier

Email: hallo@kassia-l-hill.de

Webseite: www.kassia-l-hill.de

Lektorat: Textkabinettchen – Daniela Seiler

Bibliografische Information der Deutschen Nationalbibliothek: Die Deutsche Nationalbibliothek verzeichnet diese Publikation in der Deutschen Nationalbibliografie; detaillierte bibliografische Daten sind im Internet über dnb.dnb.de abrufbar.

❀ Erstellt mit Vellum

Emma ist beruflich mit ihrem Leben als Fitnesstrainerin glücklich. Nur privat kann sie sich nicht auf eine feste Beziehung einlassen. Nach dem Verlust ihres Vaters scheut sie davor zurück, enge Bindungen einzugehen, denn nie wieder will sie diesen Schmerz empfinden. Als der Modeboutique ihrer Mutter die Pleite droht, kommt das verlockende Jobangebot eines geheimnisvollen Pianisten gerade recht. Doch dafür muss sie nicht nur ihre Heimat verlassen, sondern sich in einer Welt, in der nur der Erfolg zählt, zurechtfinden. Denn Caden ist ein gefeierter Popstar. Und dann ist da noch dieses Prickeln, das Emmas Herz höherschlagen lässt.

Ein Liebesroman über Musik, Ruhm und nicht zuletzt einem Hauch von Indien und Yoga.

Über die Autorin:

Kassia L. Hill wurde 1979 in Leipzig geboren. Die staatlich anerkannte Erzieherin lebt heute mit ihrem Mann, vier Kindern, ihrem Hund und drei Katzen in einer südbadischen Kleinstadt. Aus der Natur und im Yoga schöpft sie Kraft und findet Inspiration, so auch für diesen Roman.

Für Simon

1

Stephans Arm lag schwer auf mir und hielt mich fest umschlungen, als ich aufstehen wollte. Sein Körper drängte sich gegen meinen Rücken und die Wärme staute sich unter der Decke. Vorsichtig hob ich seinen trainierten Arm ein Stück an, um mich aus der Umklammerung zu lösen. Auf keinen Fall wollte ich riskieren, Stephan zu wecken und damit unnötige Diskussionen heraufbeschwören. Was hatte ich mir nur dabei gedacht, dass ich nicht gleich nach dem Sex nach Hause gefahren war? Wenigstens hatte ich so viel Verstand besessen, dass ich ihn nicht in meine Wohnung eingeladen hatte. Er murmelte etwas Unverständliches, als es mir endlich gelang, mich aus seiner Umklammerung zu lösen und aus dem Bett zu schlüpfen. In der Dunkelheit sah ich mich um. Schemenhaft erkannte ich die Konturen der Möbel und die Ziffern der Uhr auf dem Nachttisch leuchteten rot. Beinah halb drei! Vorsichtig tastete ich mich durch den Raum auf der Suche nach meinen Klamotten. Als mein Fuß auf etwas Weiches stieß, bückte ich mich und versuchte aus den verstreuten Kleidungsstücken, die wir im Eifer der Leidenschaft hatten fallen lassen, meine eigenen herauszupicken. Mit dem Bündel im Arm richtete ich mich auf und schlich in Richtung Schlafzimmertür.

»Emma? Du gehst?«

Abrupt blieb ich stehen und meine Hand verharrte auf der Türklinke.

»Bleib liegen. Ich finde den Weg.« Schließlich war ich nicht das erste Mal hier, doch ich verzichtete auf die spitze Bemerkung. Ich hörte die Laken rascheln und ein genervtes Seufzen glitt mir über die Lippen. Das konnte nur bedeuten, dass Stephan nicht die Absicht hatte, mich so einfach gehen zu lassen. Es klickte leise, als er den Schalter der Nachttischlampe betätigte. Ich kniff einen Moment die Augen zusammen. Um mich innerlich auf die Auseinandersetzung einzustellen, nahm ich einen langen Atemzug. Es war spät und ich brauchte dringend ein paar Stunden Schlaf. Noch immer hielt ich die Kleider vor meine Brust gepresst, als ich die Augen öffnete und mich umdrehte.

»Wir hatten das doch geklärt. Nur Sex«, sagte ich, ließ einen Teil der Klamotten fallen und schlüpfte in meine Unterwäsche.

»Ich dachte, wir wären inzwischen weiter.«

»Wie meinst du das?«, fragte ich, während ich mit einem Bein in die enge Jeans stieg. Ich warf einen Blick auf Stephan, der im Bett saß und mich etwas zu aufmerksam beobachtete.

»Wir treffen uns, gehen zusammen aus, haben Spaß … und dann verschwindest du.«

»Ich habe dir gesagt, dass ich zu mehr nicht bereit bin.«

»Ja, vor einem halben Jahr!« Er schlug mit der Hand

auf die Matratze. »Und ich hatte gehofft, dass sich das ändert. Dass du irgendwann dazu bereit bist.«

Ich schloss den obersten Knopf meiner Jeans. Der flehentliche Unterton war mir nicht entgangen und es tat mir ehrlich leid, denn ich hätte es kommen sehen müssen. Aber vielleicht hatte ich es gar nicht gewollt. Ich erkannte die Hoffnung in seinen Augen, die sich, je länger ich schwieg, mit Zweifeln mischte. Es war nicht meine Absicht, ihn zu verletzen, aber er ließ mir keine andere Wahl. Wenn ich es jetzt nicht beendete, würde Stephan nur noch mehr leiden. Er würde darauf hoffen, dass ich doch eines Tages eine normale Beziehung wollte. Doch genau dafür war ich nicht bereit.

»Es tut mir leid, aber ich will keine Beziehung. Ich dachte, das hätten wir geklärt.«

Nun stand er auf. Nackt. Im warmen Licht kam sein trainierter Körper, der noch vor wenigen Stunden auf mir gelegen hatte, besonders gut zur Geltung. Ich schluckte, als er zu mir trat und mein Blick kurz nach unten, zu dem delikaten Dreieck unterhalb seines Bauchnabels wanderte, aber ich durfte nicht schwach werden. Eine Armlänge vor mir blieb er stehen.

»Das ist nicht dein Ernst!« Der Klang seiner Stimme war verzweifelt.

Ich beugte mich vor, streifte einen flüchtigen Kuss auf seine Wange, dann drehte ich mich um und ging. Fort aus Stephans Wohnung und aus seinem Leben. So einfach war das, wenn man niemanden an sich heranlassen wollte und das eigene Herz verschlossen blieb. Wäre da nur nicht dieses miese Gefühl, das an mir nagte und sich durch mich hindurch fraß. Warum konnte ich nicht wie all die anderen Frauen sein? Wie Klara zum Beispiel, die von einem Mann und kleinen Mini Mes träumte. Ein Häuschen mit Garten …

Ich eilte den Gehweg entlang, der von den Straßenlaternen eher dürftig beleuchtet war. Die Häuser starrten aus ihren dunklen Fensterhöhlen auf mich herab, wo ihre Bewohner dahinter friedlich schliefen. Mein Wagen stand nur eine Querstraße entfernt und in zehn Minuten wäre ich zu Hause. Eine Kleinstadt wie Riedbach hatte durchaus ihre Vorzüge.

Einige Tage später saß ich mit Klara in einem Café und schlürfte an meinem Latte macchiato, während sie ein Stück Apfel-Sahne-Torte genoss.

»Ich glaube, ich werde als alte, hässliche Fettel enden.«

Irritiert beugte ich mich vor, nicht sicher, ob meine Freundin das ernst meinte. »Wie kommst du denn da drauf?«

Klara seufzte und legte die Kuchengabel ab. »Weißt du, ich hatte einen Plan. Ich dachte, mit dreißig wäre ich längst verheiratet. Habe Kinder, vielleicht ein kleines Häuschen. Aber wie es aussieht, stehen die netten Typen nicht auf Frauen wie mich. Und jetzt läuft mir die Zeit davon. Ich meine, ich werde ja nun auch nicht jünger.«

»Ach Quatsch! Bis zur dreißig sind es noch zwei Jahre.«

»Was ist eigentlich mit Stephan und dir?«

»Wie kommst du denn jetzt darauf?« Ich sah sie überrascht an.

»Ich hab ihn letztens in der Stadt getroffen. Er hat nicht mal gegrüßt.«

»Da läuft nichts zwischen uns.«

Meine Freundin hob eine Augenbraue. »Glaubst du,

mir ist nicht aufgefallen, wie ihr euch neulich im Club angeschmachtet habt?«

Jetzt war ich doch wirklich verblüfft. Klara spielte auf jenen Freitagabend an, an dem ich Stephan zufällig im Club getroffen hatte. Ich war mir ziemlich sicher, dass wir uns nichts hatten anmerken lassen, aber Klara kannte mich einfach zu gut.

»Er hat geglaubt, da wäre mehr …«

»Moment mal! Also lief da doch was?«

»Das war eher so eine zwanglose Übereinkunft.« Klara öffnete den Mund, aber ich überging die Frage, die ihr ganz offensichtlich auf der Zunge lag. »Jedenfalls wollte er mehr und als ich ihm klar gemacht habe, dass er sich dafür die Falsche ausgesucht hat, hat das wohl zu sehr an seinem Ego gekratzt. Also nimm's nicht persönlich, dass er dich nicht gegrüßt hat.« Ich zuckte mit den Schultern und nahm einen Schluck.

»Du könntest jeden Typ haben, aber dann vertreibst du sie. Stephan ist echt ein netter Kerl.« Klara seufzte. »Ich versteh es nicht.«

»Das ist nicht wahr.« Ich legte eine Hand auf den Tisch und beugte mich vor. »Erstens kann ich ganz bestimmt nicht jeden Kerl haben und ich will es auch gar nicht. Und zweitens wirst du jemanden finden. Du bist klug und hübsch …«

»Ja klar!« Klara lachte zynisch. »Die nehmen mich ja nicht einmal wahr. Lars sieht mich auch nicht und seit die Tiefensee bei uns angefangen hat, ist es noch schlimmer geworden.«

»Langsam. Von wem redest du?«

»Lars Stettenbenz, mein Chef.«

Natürlich. Der junge Rechtsanwalt, in dessen Kanzlei Klara arbeitete, hatte ihr schon eine Weile den Kopf verdreht. »Dann ist die Tiefensee also eine neue Kollegin?«, mutmaßte ich und kratzte den Milchschaum am Boden des Glases zusammen.

Meine Freundin schnappte nach Luft. »Du müsstest sie sehen, wie sie dem Chef schöne Augen macht. Letztens hat sie sich so tief über seinen Schreibtisch gebeugt, dass sogar ich rot angelaufen bin.«

Unwillkürlich prustete ich los. »Entschuldige. Das klingt eher nach Porno, als nach einer Anwaltskanzlei.«

»Sag ich doch.« Sie rollte die Augen und pikste das letzte Stück des Apfelkuchens auf die Gabel. »Aber da du jetzt wieder Single bist, wie wäre es, wenn du mich begleitest?«, wechselte Klara das Thema und schob sich den Kuchen in den Mund.

»Begleiten? Wohin?«

»Ich habe bei einem Gewinnspiel im Radio mitgemacht. Und, du wirst es nie glauben, aber ich habe tatsächlich gewonnen.«

»Cool.« Ich setzte mich aufrecht und grinste breit. »Klar bin ich dabei. Was ist es denn?«

»Ein exklusives Konzert mit – und jetzt halt dich fest – Cami!« Klara strahlte übers ganze Gesicht.

»Cami wer?«

»Was? Cami. Der Cami! Der einzig wahre Cami.«

Verständnislos sah ich sie an. Wer auch immer der Kerl war, meine Freundin war hellauf begeistert. Natürlich wusste sie über alle angesagten Musiker und Schauspieler Bescheid. Schon während unserer Teenagerzeit, war sie stets bestens informiert gewesen und kannte die Top 10 der Charts auswendig. Im Gegensatz zu ihr hatte ich mich dafür nie interessiert. Ein Radiosender, oder heutzutage ein Streamingdienst reichte mir vollkommen. Und so zogen die Titel und ihre Interpreten an mir vorbei, ohne dass ich sie mir merkte.

»Wie auch immer. Ich bin dabei.« Ich reckte den Daumen und lachte.

Klara grinste breit und gemeinsam verließen wir das Café, um uns auf den Heimweg zu machen.

Zwei Wochen später war es so weit und wir fuhren nach Baden-Baden. Das Konzert sollte erst am nächsten Tag stattfinden und wir wollten die übrige Zeit für ein ausgiebiges Freundinnenwochenende nutzen. Nur siebzig Gäste waren zu dem Konzert geladen und wie ich von Klara wusste, sollte Cami dort einen Song präsentieren, der erst in einem Monat auf seinem neuen Album erscheinen würde. Inzwischen hatte ich mich natürlich informiert, mir ein paar seiner Lieder angehört und ein wenig überrascht festgestellt, dass ich sie bereits kannte. Ich fand sie sogar ganz gut. Vielleicht in bisschen zu sehr Mainstream, aber seine Stimme hatte einen beachtlichen Umfang, und wenn das mir in musikalischen Fragen absoluten Niete auffiel, wollte das schon etwas heißen. Im Radio wurde Cami hoch und runtergespielt. Es schien ein wahrer Hype um diesen Sänger ausgebrochen zu sein. Wieder mal ein Trend, den ich nicht mitbekommen hatte. Während Klara von nichts anderem mehr redete und sich extra ein neues Outfit zugelegt hatte, freute ich mich, Zeit mit meiner besten Freundin zu verbringen.

Unter blauem Himmel bummelten wir durch die Stadt, erkundeten kleine Gassen und Läden, die jenseits unserer Preisklasse ihre Waren anboten und schließlich genehmigten wir uns in einem Café ein Stück Kuchen.

Entspannt beobachtete ich die Passanten, die an uns vorbeieilten, um ihre Besorgungen zu erledigen. Eine seltsame Stadt war das. Es schien, als würde sie Menschen mit zu viel Geld magisch anziehen. Die kleine Boutique meiner Mutter würde hier bestimmt gut ankommen, sinnierte ich. In unserer Kleinstadt war Mode von jungen, noch unbekannten Designern eher weniger gefragt. Doch es hatte gereicht, um uns durch die schwierigen Zeiten zu bringen. Und so kursierte der kleine Laden eher als Geheimtipp, für den manche Kunden auch schon ein paar Kilometer fuhren.

»Wollen wir heute Abend noch ins Kino gehen?«, fragte Klara.

Ich blinzelte. »Was? Sorry, ich war in Gedanken.«

»Kino?«

»Was kommt denn?«

Nachdem sie auf ihrem Smartphone das Kinoprogramm gecheckt hatte, blieb uns nur die Wahl zwischen Action- oder Liebesfilm. Und da ich mit Actionfilmen nichts anfangen konnte, war die Entscheidung schnell getroffen. So saß ich am Abend mit Popcorn und Cola in einem breiten Kinosessel. Die seichte Liebeskomödie dümpelte vor sich hin und meine Lider wurden immer schwerer. Vielleicht wäre der Actionfilm die bessere Wahl gewesen, aber das ließ sich jetzt nicht mehr ändern. Während Klara gebannt auf die Leinwand starrte und sich Popcorn in den Mund schob, fielen mir die Augen zu und mein Kopf sank zur Seite.

Ich wachte erst auf, als Klara mich anstupste. Irritiert blinzelte ich. Auf der Leinwand lief bereits der Abspann.

Ich gähnte. »Haben sie sich gekriegt?«

»Du bist unmöglich«, prustete sie amüsiert und bewarf

mich mit Popcorn. »Natürlich haben sie. Wie konntest du nur einschlafen?«

»Sorry. Ich glaube der Nachmittag hat mich geschafft. Aber das Happy End war ja eh klar.«

Klara schnaubte empört. »Lass uns gehen, du Schlafmütze. Nicht das du morgen Abend auch einpennst.«

Ich schnappte mir meine Popcorntüte, die noch zur Hälfte voll war, und wir gingen hinaus in die Nacht.

Das Hotel, in dem wir eingecheckt hatten, war nicht weit entfernt und so entschieden wir uns gegen ein Taxi und traten den Heimweg zu Fuß an. Die laue Sommernacht weckte meine Lebensgeister und nachdem ich mich von Klara verabschiedet hatte und in meinem Zimmer saß, war an Schlaf nicht mehr zu denken.

Nach einem halbherzigen Versuch, eine erträgliche Sendung im Fernsehen zu finden, gab ich es auf und entschied mich stattdessen an die Hotelbar zu gehen, obwohl es bereits ein Uhr nachts war. Aber vielleicht hatte ich Glück und bekam noch einen Drink.

Leise schlüpfte ich aus der Zimmertür. Der lange Flur, mit dem dicken Teppichboden schluckte das Geräusch meiner Schritte, als ich zum Aufzug ging, mit dem ich nach unten in die Hotellobby fuhr. Bis auf einen Mitarbeiter, der an der Rezeption auf den Computermonitor starrte, war niemand zu sehen. Das Hotel schien verlassen. Schon war ich versucht umzudrehen und wieder mein Zimmer aufzusuchen, doch dann entschied ich mich dagegen. Stattdessen wandte ich mich nach rechts und folgte einem schmalen Flur. Die Wände waren mit dunkelbraunen Vliestapeten und goldenen Wandleuchten ausgestattet. In ebenfalls vergoldeten Bilderrahmen waren verblichene Fotografien und Skizzen in Szene gesetzt, die ich im Vorbeigehen betrachtete. Die Stiftskirche, das Alte

Schloss und die Trinkhalle. Zeugnisse einer vergangenen Epoche. Interessiert sah ich mir die Bilder an. Schon seit je her hatte ich ein Faible für Geschichte. Ob es daran lag, dass mein Vater Geschichtslehrer an einem Gymnasium gewesen war, oder daran, dass meine Eltern mich ständig zu Ausstellungen und in Museen geschleppt hatten?

Leise Klaviermusik unterbrach meine Gedanken. Ich löste meinen Blick von den Bildern und folgte dem Klang, der aus der Bar zu mir drang. Als ich die Tür öffnete, wurde die Musik lauter. Eine getragene, sentimentale Melodie. Ich erblickte den Pianisten, der mit dem Rücken zu mir saß. Das schwarze, lockige Haar trug er im Nacken zusammengebunden.

Im diffusen Licht verschwamm er beinah mit der Einrichtung. Die zusammengestellten Sitzgruppen und Sofas waren verwaist. Die dunklen Wände schluckten das Licht der Stehlampen. Die alte Bahnhofsuhr schlug zur vollen Stunde und einzig hinter der Theke hielt sich noch ein Hotelangestellter auf, der Gläser polierte.

Unsicher ging ich zu ihm.

»Macht ihr schon zu?«

Der Hotelangestellte zuckte mit den Schultern und wies mit einer Kopfbewegung zu dem Pianisten. Offensichtlich hatte der junge Barkeeper wenig Lust auf die Nachtschicht, aber wenn er nun mal da war, konnte ich auch etwas bestellen und dem Klavierspiel lauschen.

»Dann nehme ich ein Tonic Water, bitte.«

Umgehend machte er sich an die Arbeit und mit meinem Drink in der Hand, suchte ich mir eine gemütliche Sitzgruppe neben einem Bücherregal aus.

Ich zog einen Bildband über die Stadtgeschichte heraus und ließ mich dann in den tiefen Ledersessel sinken. Während ich der Musik zuhörte, überflog ich ein paar Abschnitte über die Geschichte der Stadt und betrachtete die historischen Zeichnungen. Der Pianist wusste das Instrument gefühlvoll zu spielen und bald sank das Buch in meinen Schoß und ich träumte mich hinfort, ließ mich von der Melodie tragen. Bilder aus meinem Unterbewusstsein stiegen auf, vermischten sich mit Erinnerungen.

Ein lauter Schlag schreckte mich auf und die Musik verstummte. Schnell bückte ich mich, um das Buch aufzuheben. Ich konnte nur hoffen, dass es keinen Schaden genommen hatte.

»Fran?«, rief der Pianist in den Raum und sah mich an.

»Entschuldigung«, sagte ich hastig. Schwarze Locken umrahmten das Gesicht des Klavierspielers und bildeten einen starken Kontrast zu seiner hellen Haut. »Ähm. Es tut mir leid, wenn ich gestört habe«, sagte ich beschämt.

»Sie stören nicht. Ich hatte nur mit jemand anderem gerechnet.«

Er stand auf und kam zu mir herüber. Ich setzte mich etwas aufrechter und meine Finger krallten sich um den oberen Rand des Buches, das nun wieder auf meinem Schoß lag.

»Darf ich?« Er deutete auf den Sessel neben mir.

Ich nickte.

»Sie interessieren sich für Geschichte? Oder Fotografie?« Er zeigte auf den Bildband.

Ich schätzte, dass er wenige Jahre älter war als ich. Mit seiner schmalen Nase und den hohen Wangenknochen wirkte er aristokratisch. Seine Augen waren mystisch. In dem spärlich beleuchteten Raum war nicht zu erkennen, wo seine Pupillen begannen und wo seine Iris. Verlegen senkte ich den Blick, weil ich befürchtete, ihn etwas zu lange angestarrt zu haben. »Möglicherweise beides.«

»Möglicherweise?« Er klang amüsiert. »Dann wollen Sie das erst noch herausfinden?«

»Ich weiß nicht. Vielleicht. Ich wollte nur einen Drink nehmen, doch dann habe ich Sie spielen gehört.«

Ich sah hinüber an die verlassene Theke. »Es sieht so aus, als wäre die Bar inzwischen geschlossen und ich denke, ich sollte wirklich gehen. Es ist schon spät«, erklärte ich, ohne auch nur einen Blick auf die Uhr zu werfen. Dieser Mann hatte etwas an sich, das mich verwirrte.

»Bleiben Sie doch und leisten Sie mir ein wenig Gesellschaft. Was möchten Sie trinken? Wein? Ich lade Sie ein.«

»Ich glaube nicht. Sehen Sie, die Bar ist geschlossen und ich denke auch nicht, dass ihre Frau oder Freundin, besonders begeistert sein wird.«

Der Fremde zog die Augenbrauen zusammen.

»Fran? Ich nehme an, das ist ihre …«

Er lachte auf und es klang angenehm warm. »Francois. Ein Freund …«

»Ach so.« Ich spürte eine unangenehme Hitze über meine Wangen kriechen und konnte nur hoffen, dass er es im gedimmten Licht nicht sah. Nach kurzem Zögern, sagte ich: »Ich sollte wirklich gehen.«

»Ach kommen Sie.« Sein rechter Mundwinkel hob sich ein wenig. »Rot oder Weiß? Ich tippe auf Rot.«

Ich nickte zaghaft und er entblößte seine ebenmäßigen Zähne. Irgendwoher kam er mir bekannt vor, doch ich kam nicht darauf. »Ich wusste es. Ich bin übrigens Caden.«

»Freut mich. Ich bin Emma.«

Er stand auf und ging zur Bar. So als wäre er hier zu Hause, nahm er zwei Gläser aus dem Regal. Er musste hier arbeiten, schoss es mir durch den Kopf. Vielleicht half er sogar gelegentlich als Barkeeper aus.

»Und du machst Urlaub hier, oder ist es etwas Geschäftliches? Ich darf doch du sagen?«, fragte er, während er das Weinglas füllte.

»Ich bin mit einer Freundin unterwegs.«

»Und wo ist diese Freundin jetzt?«

»Ich hoffe, sie schläft.«

»Ich verstehe«, sagte Caden und kam mit den Gläsern zurück. Er stellte das Weinglas vor mir auf den niedrigen Tisch, während er sich mit seinem gut gefüllten Whiskeyglas mir gegenüber setzte. »Hattet ihr eine lange Anreise?« Er nahm einen Schluck von der goldenen Flüssigkeit.

»Eigentlich nicht. Wir sind aus Riedbach. Ich denke nicht, dass dir das irgendetwas sagen wird. Eine verschlafene Kleinstadt, im südlichen Zipfel von Baden-Württemberg.«

»Da kommen wir ja schon fast aus derselben Ecke. Ich lebe in der Schweiz.«

»Das hört man ja gar nicht.« Verlegen nippte ich an dem rubinroten Wein, der ein kräftiges Aroma nach Beeren und dunkler Schokolade hatte. Was redete ich nur? Der Kerl musste glauben, dass ich total bescheuert war. Doch sein warmes Lachen, das sich wie eine Decke über mich legte, nahm mir die Befürchtung, mich komplett zum Narren gemacht zu haben. In kürzester Zeit fühlte ich mich völlig vertraut. Caden hatte eine Art, die es mir leicht machte, mich zu entspannen und während er erzählte, dass er seine Kindheit in Frankfurt und Kanada verbracht hatte, hörte ich fasziniert zu.

»Was ist mit dir?«, fragte er und deutete dabei auf den Bildband, den ich inzwischen beiseitegelegt hatte. »Du bist also weder Fotografin noch Historikern. Was machst du, wenn du nicht gerade mitten in der Nacht in einer Hotelbar sitzt?«

»Ich bin Fitnesstrainerin.«

Caden beugte sich interessiert vor. »Ernsthaft?«

»Was soll das denn heißen? Traust du mir das nicht zu?« Ich verschränkte die Arme vor der Brust und presste die Lippen aufeinander.

»Du siehst nicht aus wie diese Muskelprotze.«

»Privat ist Gewichttraining auch nicht mein Ding, aber natürlich biete ich meinen Kunden das komplette Programm.«

»Das heißt, du gibst Kurse und so was?«

»Das mache ich sogar am liebsten. Aber auch sonst tue ich alles, was in einem Studio so anfällt. Trainingspläne erstellen, Kunden einweisen, Pflege der Geräte …«

»Klingt abwechslungsreich. Und dein Freund wird da nicht eifersüchtig? – Entschuldige, das war zu privat.« Abwehrend hob er die Hand und schüttelte den Kopf.

»Schon okay. Nein, kein Freund.« Ich lachte, ein wenig zu hoch und es hörte sich falsch und übertrieben in meinen Ohren an.

Seine Augen weiteten sich und Caden beugte sich ein Stück vor. »Tatsächlich? Das überrascht mich.«

Ich zuckte mit den Schultern verzichtete aber darauf, das Thema zu vertiefen. Der typische Anmachspruch. Aber bei mir zog das nicht. Stattdessen leerte ich mein Glas.

»Ich sollte jetzt wirklich gehen. Es ist spät und meine Freundin schleppt mich morgen Abend auf ein Konzert.« Nach einem Blick auf die Uhr fügte ich hinzu: »Oder vielmehr heute Abend. Jedenfalls darf ich nicht wieder einschlafen, so wie heute im Kino. Sehen wir uns beim Frühstück?«

»Ich glaube nicht, aber ich wünsche euch viel Spaß.« Sein rechter Mundwinkel hob sich wieder, was ihm einen schelmischen Ausdruck verlieh. Ich konnte nicht anders, als zu lächeln. Dann verabschiedete ich mich.

Beim Frühstück erzählte ich Klara nichts von meinem nächtlichen Erlebnis. Zu sehr hatte mich dieser Mann aus der Bahn geworfen. Während Klara von nichts anderem als dem Konzert sprach, ließ ich immer wieder den Blick durch das Restaurant schweifen. Vielleicht entdeckte ich ihn irgendwo? Und wenn? Was sollte ich tun? Was würde ich sagen? Ich legte mir einen frechen Spruch zurecht, nur um ihn wieder zu verwerfen, weil es mir zu künstlich erschien und vor allem, weil es überhaupt nicht zu mir passte. Mein Blick glitt durch den Raum und blieb an der Restauranttür hängen, wo eine Kellnerin einen Gast begrüßte. Das dunkle Haar ließ mein Herz einen Moment ins Stocken geraten, doch als der Mann sich umdrehte, zerschlugen sich meine Fantasien. Er musste bereits um die fünfzig sein und hatte, bis auf die Haarfarbe, nicht im Entferntesten Ähnlichkeit mit dem Pianisten.

»Hörst du mir überhaupt zu?«, fragte Klara und riss mich aus meinen Gedanken.

»Was? Ja, natürlich. Ich dachte nur, ich hätte jemanden erkannt.« Ich schüttelte den Kopf, um meine Hirngespinste zu vertreiben. »Möchtest du auch noch einen Kaffee?« Ohne eine Antwort abzuwarten, schob ich den Stuhl zurück und ging hinüber zum Frühstücksbuffet, wo sich goldgelbe Brötchen in Weidenkörben auftürmten und Käseröllchen auf silbernen Platten aneinanderschmiegten. Am Kaffeeautomaten stellte ich ein hohes Glas unter den Auslass und drückte auf das Display. Während ich wartete, erhaschte ich einen Blick durch die zur Straße ausgerichteten bodentiefen Fenster, auf eine Gruppe junger Frauen. Sie hatten sich vor dem Hoteleingang versammelt. Die jungen Mädchen waren vielleicht gerade achtzehn, wenn überhaupt, denn so wie sie sich herausgeputzt hatten, konnte ich mich auch täuschen. Sie hielten selbstbemalte Transparente in den Händen, auf denen in großen Lettern Cami stand, umrandet von roten Herzen. Kopfschüttelnd widmete ich mich wieder dem Kaffee, nahm das volle Glas aus dem Automaten und stellte das Zweite hinein. Die Hardcore–Fans schienen sich bereits für das Konzert am Abend zu formieren. Somit hatte ich mit Klara sogar noch Glück. Ganz so verrückt war sie nicht. Jetzt musste ich mich nur wieder am Riemen reißen und diese törichten Fantasien über den unbekannten Mann aus meinem Kopf vertreiben.

Am Abend traf ich Klara unten in der Lobby. Sie trug ein mitternachtsblaues Sommerkleid, das ihre Rundungen geschickt zur Geltung brachte. Ihr Haar war offen, sodass es in weichen Wellen über ihre Schultern floss.

»Wow, du siehst fantastisch aus«, stellte ich fest und schämte mich beinah für meine Aufmachung. Ich trug eine enge Jeans, eine lässige Bluse und die unvermeidlichen Turnschuhe. Doch Klara war so nett, mein Outfit nicht weiter zu kommentieren. Vielleicht fiel es ihr auch gar nicht auf, weil sie in Gedanken schon auf dem Konzert war. Ihre Wangen glühten vor Aufregung und ihr breites Lächeln brachte ihre Grübchen zum Vorschein, um die ich sie ein wenig beneidete. Sie hakte sich bei mir unter und als wir das Hotel verließen, wartete bereits ein Taxi auf uns.

Bald darauf fanden wir uns direkt vor der Bühne in einem exklusiven Club wieder. Mehrere Mikrofone standen bereit. Im hinteren Bereich waren ein Schlagzeug und ein Keyboard aufgebaut. Vier Gitarren lehnten an der Seite in ihren Ständern. Gespannt warteten wir, doch bevor es losging, mussten wir das ermüdende Palaver des Radiomoderators über uns ergehen lassen. Eine einzige Werbeveranstaltung für den Sender, aber es schien, als wäre das der Preis für einen ganz besonderen Abend, was der Moderator nicht müde wurde zu erwähnen.

»Nach dem Konzert haben wir noch eine besondere Überraschung«, kündigte der Sprecher an. »Also gehen Sie bitte nicht gleich, denn es wird die Möglichkeit für Autogramme geben. Doch nun begrüßen Sie mit mir den Star des Abends. Cami!«

Applaus schwoll an und hinter mir schrie ein Mädchen begeistert auf. Bei der Lautstärke war es kaum zu glauben, dass es nur siebzig Zuschauer sein sollten. Es hörte sich wie die doppelte Anzahl an. Das Licht wurde abgedunkelt. Die Musiker betraten die Bühne und während sie ihre Positionen einnahmen, steigerten sich die Rufe und Schreie noch mehr.

»Cami. Cami«, riefen die Fans immer wieder. Backgroundsängerinnen in funkelnden Paillettenkleidern stellten sich seitlich hinter die Mikrofone. Und plötzlich, wie aus dem Nichts, stand er da. Mitten auf der Bühne in einem Lichtkegel. Das Kreischen der Menge bohrte sich schmerzhaft in meine Trommelfelle. Mein Atem stockte und meine Brust zog sich zusammen. Kein anderer als der Pianist aus der Hotelbar. Die Augen hielt er geschlossen. Abwartend, bis der Applaus und die Rufe aus dem Publikum sich legten und die ersten Töne eines Liedes erklangen. Als er den Mund öffnete und sang, war es nur die Musik, die den

Raum füllte. Die unglaubliche Präsenz von ihm zog jeden in seinen Bann. Ich konnte kaum glauben, dass dieser Mann der nette Kerl war, mit dem ich ein Glas Wein getrunken hatte. Wie dämlich von mir! Natürlich war er mir bekannt vorgekommen. Ich hatte mit niemand Geringerem als einem Weltstar den Abend verbracht, ohne es überhaupt zu merken. Er musste sich prächtig amüsiert haben.

Viel zu schnell verflog die Zeit. Caden, oder vielmehr Cami unterhielt uns wunderbar. Zwischen einzelnen Titeln erzählte er kurze Geschichten über die Entstehung eines Songs, womit er das Publikum manchmal zum Lachen brachte. Einmal sah er direkt in unsere Richtung, doch er ließ sich nicht anmerken, ob er mich erkannte. Vielleicht war das auch die Realität, denn es war recht unwahrscheinlich, dass ich bei ihm auch nur halb so viel Eindruck hinterlassen hatte, wie andersherum. So ein Prominenter traf sicher ständig irgendwelche Leute und natürlich konnte er sich nicht jedes Gesicht merken. Ich spürte ein leises Bedauern, doch dann ließ ich mich wieder von der guten Laune und der Musik anstecken.

»Wow! Das war fantastisch«, sagte ich zu Klara, nachdem die Show vorüber und Caden von der Bühne gegangen war. »Danke, dass du mich mitgenommen hast.« Ich umarmte sie stürmisch. »Also, lass uns gehen.«

»Bist du verrückt!« Klara hielt mich am Arm fest. »Die Autogramme lasse ich mir bestimmt nicht entgehen.« Sie zwinkerte mir zu und machte sich auf, um sich in der Schlange der anderen Fans einzureihen.

Seufzend drängte ich mich zwischen den Leuten vorbei, um mir an einem kleinen Stand etwas zu trinken zu holen. Bei siebzig geladenen Gästen konnte die Sache mit den Autogrammen ja dauern.

»Einen Sekt, bitte«, sagte ich zu der Hostess hinter der Theke. Ich stellte mich etwas zur Seite, damit ich niemandem im Weg stand und beobachtete, wie auf der Bühne ein Tisch und ein Stuhl aufgestellt wurden. In diesem Moment erschien Caden. Er hatte einen Hoodie übergezogen und ein Handtuch über der Schulter. Jetzt wirkte er wieder wie der junge Mann aus der Bar. Ohne jegliche Starallüren. Schon war er von Fans umringt und scheinbar entspannt plauderte er mit ihnen und gab Autogramme. In einem Zug leerte ich mein Glas, ohne mir dessen gänzlich bewusst zu sein und bestellte ein zweites prickelndes Getränk. Während ich wartete, checkte ich mit dem Handy meine Mails und schickte meiner Mutter eine kurze Textnachricht.

»Ihr Sekt«, erinnerte mich die Hostess an meine Bestellung und reichte mir das Glas.

»Danke.« Als ich es nahm, tippte mir jemand unvermittelt auf die Schulter. Abrupt drehte ich mich um und verlor beinahe das Gleichgewicht, das ich mit einem Ausfallschritt wiedererlangte und der Hilfe von jemandem, der mich mit festem Griff am Oberarm packte. Feuchtkalt breitet sich der Sekt auf meiner Hose aus. An diesem Missgeschick musste der Sekt schuld sein, denn üblicherweise trank ich nur selten Alkohol. »Mist!«, fluchte ich und versuchte das verschüttete Getränk mit der bloßen Hand von meiner Hose zu wischen.

»Emma Blumberg?« Ich sah auf. Ein Mann mit silbergrauem Haar und dunklem Anzug stand vor mir.

Irritiert sah ich ihn an. »Ja? Und Ihr Name ist?«

»Landoldt. Würden Sie mich bitte begleiten?«

»Warum? Ich fürchte, ich verstehe nicht.«

»Cami möchte Sie sprechen.«

Ungläubig sah ich zur Bühne, wo Caden weiter Autogramme schrieb.

»Ich warte eigentlich gerade auf eine Freundin. Sie müsste jeden Augenblick …«, versuchte ich mich aus der Situation zu winden, die so schon unangenehm genug war.

»Bitte. Es wird nicht lange dauern.« Er streckte einen Arm aus und schließlich fügte ich mich. Es war die vage Ahnung und Neugier, vielleicht auch der Alkohol, der mich leichtsinnig machte, dass ich diesem Landoldt folgte. Geradewegs vorbei an den wartenden Fans, führte er mich zu Caden, der jetzt aufstand und mich anlächelte.

»Emma. Wie schön, dass du da bist und wie ich sehe, bist du nicht eingeschlafen.« Er zwinkerte mir zu und ich war zu perplex etwas zu erwidern.

»Was ist passiert?«

Konsterniert sah ich ihn an, bis ich verstand, was er meinte.

»Oh, das.« Wieder fuhr ich mit der Hand über meine noch feuchte Hose. »Nur ein Malheur mit dem Sektglas.«

Caden zog ein Stofftaschentuch aus seiner Hosentasche und reichte es mir. »Hier. Wenn du möchtest … wir haben Handtücher und so was …«

»Nein, nein. Danke. Das passt schon«, stammelte ich hektisch und tupfte mir die klebrige Hose ab.

Als ich wieder aufsah, bemerkte ich die drei breitschultrigen Männer am Bühnenrand, die sich zwar im Hintergrund hielten, jedoch alles genau beobachteten. Bodyguards. Ich schluckte und der Raum um uns schien zusammenzuschrumpfen. Die Geräusche der anwesenden Fans rückten in weite Ferne, als würden wir uns unter einer dicken Decke befinden.

»Deine Freundin hat nach einem Autogramm für dich

gefragt. Ich dachte, so ist es persönlicher.« Caden hielt mir ein Stück Papier entgegen, und als sich unsere Finger kurz berührten, breitete sich ein Kribbeln in meinem Inneren aus und ich fragte mich, ob nur ich es gespürt hatte.

»Woher hast du … Ich meine …«

»Ich hab dich gleich erkannt. Um ehrlich zu sein, hatte ich gehofft, dich wiederzusehen.«

»Ich … ich wusste nicht … Also das ist wirklich peinlich …«

»Hat es dir gefallen? Das Konzert, meine ich.«

»Ja, natürlich.«

»Und du bist dir sicher?« Er nickte in Richtung des nassen Flecks auf meinem Oberschenkel.

»Ja … ja«, stotterte ich wenig intelligent, als mir bewusst wurde, was er meinte und reichte ihm das Stofftaschentuch zurück.

Caden hob abwehrend die Hand. »Darfst du gern behalten.« Sein Blick wanderte auf den Fleck auf meine Hose. »Ist ja noch nicht trocken und … « Er beugte sich etwas vor und raunte: »Hier würden sich einige darum reißen.« Er zwinkerte mir verschwörerisch zu und lehnte sich wieder zurück. »Ich glaube, ich muss weitermachen. Melde dich doch einfach.« Ich folgte seinem Blick und sah hinter mich, wo die nächsten Fans neugierig die Hälse reckten. Mit einem Mal fühlte ich mich unbehaglich. Erkannte ich Missgunst in den Augen der Mädchen, oder bildete ich mir das ein?

»Es war schön, dich wieder zu sehen, Emma.«

Und dann war sein Leibwächter erneut neben mir und führte mich von der Bühne. Ich war so verwirrt, dass ich gar nicht bemerkte, als er mich allein zurückließ. Nur das feste Papier in meiner Hand und das Stofftaschentuch überzeugten mich, dass das Gespräch mit Caden nicht der

Fantasie meines alkoholgeschwängerten Gehirns entsprungen war. Er hatte meinen Namen gesagt. Ein wahnwitziger Gedanke blitzte auf, den ich sofort wieder verwarf. Ich steckte das Taschentuch in meine Hosentasche und sah mir die Autogrammkarte genauer an. Es war eine Porträtaufnahme von ihm während eines Konzertes. Er hatte die Augen geschlossen und seine feingliedrigen Hände umfassten das Mikrofon. Für Emma, stand in ausladenden Buchstaben geschrieben. Und darunter Love, Cami. Ich bemühte mich, nicht zu viel hineinzuinterpretieren. Das schrieb er mit Sicherheit auf jede Karte und doch … Sehnsuchtsvoll zog sich mein Herz zusammen. Was war nur los mit mir?

»Wie cool ist das denn? Er wollte dir das Autogramm unbedingt selbst geben. Cami ist so nett! Ein total sympathischer Mensch.« Klaras Begeisterung warf mich beinahe um, als sie mich stürmisch umarmte. »Was hat er denn gesagt?«, fragte sie, als sie mich losließ, und ihre Stimme überschlug sich.

»Nichts Besonderes.« Ich seufzte und Klara sah mich stirnrunzelnd an. Wie sollte ich ihr das alles erklären, wo ich doch selbst nicht wusste, was gerade passierte. Es fühlte sich so unecht an, wie ein Tagtraum. Doch da war dieses Foto in meiner Hand. Ich schob es in meine Gesäßtasche. »Sollen wir jetzt gehen?«

Auf dem Heimweg im Taxi sprachen wir nicht viel. Jede war in ihren eigenen Emotionen und Erlebnissen des Abends gefangen. Und ich war froh, dass Klara mich nicht darauf ansprach, warum Caden mir das Autogramm persönlich hatte geben wollen. Sonst hätte ich Klara von dem Treffen in der Bar erzählen müssen. Von diesem verrückten Gefühl, das sich in mir festsetzen wollte.

Am Hotel stiegen wir aus und ich wollte schon durch

die Drehtür in das Foyer verschwinden, als der Fahrer uns hinterherrief: »Entschuldigung, Sie haben da etwas verloren.«

Klara ging noch einmal zurück und der Fahrer drückte ihr etwas durch die heruntergelassene Scheibe in die Hand.

Klara kam mit einem Stück Papier zurück und reflexartig griff ich mir an die Gesäßtasche, wo ich Cadens Autogramm eingesteckt hatte. Sie war leer. Neugierig betrachtete Klara die Karte.

»Das ist deine«, stellte sie fest. »Und da steht etwas auf der Rückseite.«

»Jetzt gib schon her«, forderte ich sie auf und versuchte ihr die Karte abzunehmen, doch Klara drehte sich von mir weg.

»Danke für den schönen Abend«, las sie vor. »Was meint er damit? Und das da …« Sie zeigte auf das Autogramm. »Das kann nicht sein.« Sie quietschte laut. »Ich glaube, das ist eine Telefonnummer.«

»Gib das sofort her!« Gröber als beabsichtigt entriss ich ihr die Karte und im selben Moment bedauerte ich es bereits. Schnell steckte ich sie in meine Hosentasche. Klara sah mich irritiert an.

»Tut mir leid. Ich glaube, ich bin nur müde. Lass uns einfach ins Bett gehen, ja?«

2

Ich parkte meinen Opel Corsa vor der Garage des zweigeschossigen Hauses, in dem ich aufgewachsen war. Der Putz war ergraut und zwischen den teilweise abgesenkten Pflastersteinen wuchs dichtes Moos. Die Fenster könnten einen neuen Anstrich vertragen, doch der liebevoll gepflegte Vorgarten, mit seinem akkurat geschnittenen Buchs und den üppig blühenden Hortensienbüschen lenkte von den Alterserscheinungen ab.

Der elfenbeinfarbene Klingelknopf fühlte sich glatt und abgenutzt an, als ich darauf drückte und mein Finger in der kleinen Mulde versank. Daniela und Joachim Blumberg stand auf dem Messingschild darüber. Sie hatte es damals so belassen. Als wäre nie etwas geschehen. In der ersten Zeit war sie gar nicht in der Lage gewesen, das Schild auszuwechseln, und später war es zu einem unauslöschlichen Zeichen geworden. Manche Menschen gehörten zusammen.

»Emma! Was machst du denn hier? Du hast nicht gesagt, dass du kommst.« Meine Mutter umarmte mich herzlich und ich nahm ihren vertrauten Duft wahr. Warm und blumig, wie ein Spätsommerabend. Ich folgte ihr hinein, zog meine Schuhe aus und ließ sie im Flur stehen, bevor ich in die Küche ging.

»Magst du einen Kaffee?«

Ich warf einen Blick auf die Küchenuhr an der Wand, die kurz nach fünf zeigte. »Warum nicht?«

Während meine Mutter auf die altmodische Art das Kaffeepulver in den braunen Papierfilter gab und Wasser in den Tank füllte, erzählte sie von der alten Hannah, die im Haus nebenan wohnte. Ihr achtzigster Geburtstag stand an und die Nachbarschaft bereitete ein kleines Geburtstagsständchen vor. »Kommst du auch?«

»Ich komme später vorbei. Habe da noch den Spinning Kurs«, sagte ich beiläufig, trat an die Wand und rückte den Bilderrahmen gerade. Sanft strich ich über das dunkle Holz und betrachtete das Gesicht meines Vaters, der glücklich in die Kamera lächelte.

»Schade. Eigentlich habe ich schon gesagt, dass du dabei bist.«

»Ich glaube nicht, dass ich wirklich eine Unterstützung wäre.«

»Unsinn. Du hast eine tolle Stimme und Hannah …«

»Mama!«

»Ich hör ja schon auf. Erzähl. Was gibt es bei dir Neues?«

Kurz kaute ich auf der Innenseite meiner Wange, bis ich mich selbst dabei erwischte. »Wenn du meinst, ob ich einen Freund habe, nein«, gab ich schnippischer als beabsichtigt zurück.

»Das meinte ich nicht. Aber wenn du es schon ansprichst …«

»Mama!«

Meine Mutter kniff die Augenbrauen zusammen. Der besorgte Mama-Blick. »Ich will nur, dass du glücklich bist.«

Schnaubend holte ich die weißen Porzellantassen mit den blauen Blümchen aus dem Schrank. »Das weiß ich doch. Es geht mir gut und dafür brauche ich ganz sicher keinen Kerl.« Ich stimmte versöhnliche Töne an. »Lass uns das Thema wechseln. Was macht die Boutique?«, fragte ich und stellte die Tassen auf den Tisch.

Meine Mutter wandte sich ab und hantierte in der Besteckschublade. Ungewöhnlich lang klapperte sie in der immer gut sortierten Lade. »Möchtest du noch ein paar Kekse? Ich habe leider nicht viel da.«

Mein schlechtes Gewissen meldete sich. Ich hatte zu heftig reagiert, doch der fehlende Mann in meinem Leben war ein Thema, das ich mit ihr nicht besprechen wollte.

»Tut mir leid. Stimmt irgendetwas nicht?«, hakte ich nach und legte eine Hand auf ihren Rücken.

»Nichts. Es ist viel zu tun. Milch?«, murmelte sie über die Schublade gebeugt.

»Ich nehme nie Milch.« Irritiert runzelte ich die Stirn. »Was ist los?«

Mit einem Seufzen löste sich meine Mutter, ging zum Tisch und ließ sich auf den Stuhl fallen. Plötzlich wirkte ihr freundliches Gesicht alt und erschöpft, bevor sie es in den Händen verbarg. Alarmiert sprang ich zu ihr und schlang hilflos die Arme um sie. So hatte ich sie schon lange nicht mehr erlebt. Meine Mutter war immer eine starke und lebensfrohe Frau gewesen. Zärtlich strich ich ihr über den Rücken.

»Bist du krank?«, flüsterte ich und kaum hatte ich es ausgesprochen, fühlte ich die Angst vor der Antwort.

Meine Mutter hob den Kopf und in ihren Augen spiegelten sich ungeweinte Tränen.

»Nein, nein. Es geht mir gut«, versicherte sie. Erleichtert stieß ich die Luft aus, als hätte mein Brustkorb in einem Schraubstock gesteckt, der sich jetzt löste. »Es ist die Boutique. Ich befürchte, dass ich schließen muss.«

Der kleine Laden war ihr Lebenstraum, den sie sich aufgebaut hatte. Was anfangs nur die Familie ernähren sollte, war im Laufe der Jahre so viel mehr für sie geworden. Das Geschäft führte elegante Damenmode von jungen Designern, die noch am Beginn ihrer Karriere standen. Sie konnte nicht mit den großen Modehäusern konkurrieren, die ihre Waren in Asien billig produzierten, aber das war auch nicht der Anspruch. Allerdings hatte ich keine Ahnung gehabt, dass sie in Schwierigkeiten war.

»Wie?«, fragte ich daher nur.

Meine Mutter richtete sich ein Stück auf und nahm meine Hand in ihre.

»Die Leute wollen billig kaufen. Ich kann es ja verstehen, aber im Lager stapelt sich die Ware. Zudem hat der Vermieter angekündigt, die Miete zu erhöhen.« Ratlos hob sie die Schultern.

»Kann ich irgendetwas tun?«

Ihre Mundwinkel hoben sich. »Nein, mein Liebes. Ich bräuchte einen Kredit von der Bank, den sie aber abgelehnt haben. Vielleicht ist es einfach Zeit, in Rente zu gehen und aufzuhören.«

»Aber …«

Sie rieb sich energisch über die Augen. »Der Kaffee ist fertig«, erklärte sie resolut und stand auf. Damit war das Thema beendet. Es wäre sinnlos, noch einmal darauf zurückzukommen, das wusste ich. Aber der Gedanke daran, dass sie ihr Geschäft schließen würde, ließ mich nicht los. Meine Mutter war erst zweiundfünfzig und sie hatte noch zu viel Energie und Freude an ihrer Arbeit, als dass sie jetzt kampflos aufgeben konnte. Irgendeinen Weg musste es geben. Ich sah ihn nur noch nicht.

Mit einem Lächeln kam ich wenige Tage später aus meinem Bauch–Beine–Po–Kurs. Den Mädels und mir selbst hatte ich ordentlich eingeheizt und nicht nur bei meinen Kursteilnehmerinnen war der Schweiß geflossen. Zufrieden lehnte ich mich an unseren kleinen Getränketresen, wo Alex, mein Chef dabei war, einen Proteinshake zuzubereiten.

»Du siehst aus, als könntest du eine Dusche gebrauchen«, meinte er mit einem Blick auf mich.

»Gleich, aber erst gibst du mir bitte noch was zu trinken.«

Alex nickte und holte ein Glas aus dem Regal hinter ihm. »Du denkst an das Probetraining? Ich hab da heute wirklich keine Zeit für. Matthias macht die Geräte und ich muss dringend ins Büro. Papierkram.«

»Ich hab's auf dem Schirm. Entspann dich.«

Alex stieß ein pfeifendes Geräusch aus. »Okay. Der kommt gleich nach deinem Kurs. Du weißt, ich hasse diesen Bürokram.« Er stellte das Glas vor mir ab und ich nahm einen Schluck. So schummelte ich mich um eine Antwort herum, denn die Buchhaltung von meinem Chef war in der Tat eine mittlere Katastrophe. In dem winzigen Zimmer stapelten sich Zettel, Rechnungen und Mitgliedsverträge. Niemand wusste, wie er sich da zurechtfand. Mitten in diesem Gedanken legte sich eine Hand auf meiner Schulter.

»Hey, Em, wie geht's?«

Überrascht drehte ich mich um.

»Hi, Klara, was machst du denn hier?« Ich lächelte sie an und zeigte dann bedauernd an mir herab. »Ich würde dich ja in den Arm nehmen, aber ich befürchte, du bist nicht besonders scharf darauf.«

»Nein, da verzichte ich lieber.« Klara trat einen Schritt zurück und rümpfte die Nase, bevor wir beide lachen mussten.

»Im Ernst, was machst du hier? Willst du Mitglied werden?«

»Ah. Noch ein Probetraining heute?«, mischte sich Alex ein.

Abwehrend hob Klara die Hände. »Himmel nein! Ich war in der Nähe und dachte, ich schaue kurz vorbei.«

»Keine Arbeit?«

Klara verdrehte die Augen. »Hab mir den Nachmittag freigenommen. Die Tiefensee treibt mich in den Wahnsinn.«

»Immer noch?«

»Also, ich bin dann mal hinten. Du denkst an das Probe… ?«

»Alex!«

Entschuldigend hob er die Hand und ich musste kichern. Dann verschwand er im Büro und schloss die Tür hinter sich.

Nachdem Klara unser kleines Geplänkel verfolgt hatte, fuhr sie fort. »Erzähl ich dir in Ruhe. Wie schaut's heut Abend bei dir aus? Hast du Zeit, dass ich dich mit meinen albernen Problemen vollquatschen kann?«

»Für dich immer. Das weißt du doch.«

Jetzt umarmte Klara mich doch. »Um sieben?«

Ich nickte.

»Dann bis später. Ich bring was zu trinken mit. Hast du eigentlich schon angerufen?«

»Wen?«, fragte ich begriffsstutzig.

»Cami natürlich! Tu doch nicht so.«

»Natürlich nicht.« Hitze stieg mir in meine ohnehin geröteten Wangen. Klara hatte die Nachricht von Caden nicht vergessen und selbstverständlich ließ sie nicht locker. Das war typisch für Klara, denn nichts liebte sie mehr, als Klatsch und Tratsch. Wenn jetzt noch ihre beste Freundin darin verstrickt war, würde sie nicht so schnell aufgeben. »Und das werd' ich auch nicht ... Meine Mutter muss den Laden schließen«, platzte es aus mir heraus. Nicht absichtlich, aber ich wollte das Thema wechseln.

»Wie bitte?« Klara sah mich mit offenem Mund an.

»Noch ein Thema für heute Abend. Ich muss jetzt los. Hab gleich einen Kurs.« Ich spitzte die Lippen und warf meiner Freundin ein Küsschen zu.

Dann ließ ich Klara stehen und eilte in die Damenumkleide. Eigentlich hatte ich überhaupt nicht vorgehabt Klara mit dieser Nachricht zu überfahren. Außerdem war es noch nicht endgültig entschieden und Mama wollte mit Sicherheit nicht, dass Gerüchte die Runde machten. Andererseits, wenn ich es Klara nicht erzählen konnte, wem dann? Außer meiner Mutter war sie die Vertrauensperson für mich.

Ich streifte das Shirt über den Kopf und benetzte, über das Waschbecken gebeugt, meine Arme und Achseln mit kühlem Wasser. Für mehr blieb keine Zeit. Schon schlenderte die erste Kursteilnehmerin herein.

»Na, bist du bereit?«, fragte ich und rieb mich mit einem Handtuch trocken.

Die Frau stellte ihre Tasche ab und begann sich umzuziehen. »Ich hoffe, es wird nicht wieder so krass wie letzte Woche. Ich hab jetzt noch Muskelkater.«

Ich lachte. »Von nichts kommt nichts.«

Ich schlüpfte in ein frisches Shirt und stopfte das alte in den Spind. »Bis gleich.«

Als ich die Tür öffnete, kamen schon die nächsten drei Teilnehmerinnen herein, die gerade über etwas lachten. Ich grüßte freundlich und machte mich auf in den Kursraum.

Mit einem Seufzer ließ sich Klara auf mein Sofa fallen.

»Ich glaube, ich muss mir einen neuen Job suchen.«

»Warum das denn? Ich dachte, du fühlst dich wohl in der Kanzlei?«

»Habe ich auch, bis die Tiefensee aufgetaucht ist. Wenn ich sie schon sehe … mit ihren zu kurzen Röcken und dieses affektierte Gehabe.« Klara griff sich an die Kehle und machte ein würgendes Geräusch.

»Bestimmt gewöhnst du dich daran.« Ich wickelte die Sektflasche aus ihrem Goldpapier, zog die Schlaufe nach unten und begann den Draht aufzuwickeln. »Wie lange ist sie jetzt da? Zwei Monate?«

»Fast drei, und ich habe jeden einzelnen Tag gehasst. Und das Schlimmste ist, dass Lars auch noch auf ihr Getue reinfällt. Dabei ist es so offensichtlich, was sie von ihm will.« Wieder seufzte sie.

Was sollte ich darauf erwidern? Lars Stettenbenz war Klaras Chef und nach allem, was ich wusste, hatte Klara sich rettungslos in ihn verliebt. Natürlich hatte sie das nie so gesagt. Ich zog den kleinen Drahtkorb ab und drehte den Korken, der sich mit einem Ruck löste und gegen die Küchendecke knallte. Klara stieß einen Schrei aus. Heller

Schaum schoss aus der Flaschenöffnung, floss über das dunkelgrüne Glas und ergoss sich auf den weißen Fliesenboden. Verdammt! Hektisch griff ich nach einem bereitstehenden Sektglas und versuchte zu retten, was zu retten war.

»Soll ich helfen?« Klara kicherte.

»Besser du bleibst, wo du bist. Hier kommst du nicht mehr trockenen Fußes entlang«, sagte ich.

Während Klara sich in die Sofakissen kuschelte, holte ich Küchentücher und wischte den Boden, um die Sauerei zu beseitigen.

»Jetzt aber.« Ich drückte Klara ein Glas in die Hand und setze mich neben sie. »Auf uns. Männer sind sowieso überbewertet.« Die Gläser klangen billig, als wir anstießen, aber wie so oft im Leben kam es mehr auf den Inhalt an. Die Kohlensäure kitzelte an meiner Oberlippe, als ich das Glas ansetzte und die säuerliche Flüssigkeit meinen Gaumen umspülte.

»Ich hab dich ja ehrlich lieb, aber so ganz ohne Mann? Ich hoffe, du überlegst dir das noch mal. Schließlich werde ich dann Patentante.«

Beinahe hätte ich den Sekt ausgeprustet. Klaras romantische Fantasien gingen mal wieder mit ihr durch.

»Ganz sicher nicht. Mit der Liebe hab ich's anscheinend nicht so. Aber wenn du schon mit Kindern anfängst, ich stehe selbstverständlich auch als Patentante zu Verfügung.« Ich setzte ein breites Grinsen auf und Klara seufzte träumerisch.

»Wo wir beim Thema sind, hast du?« Herausfordernd sah sie mich an und sofort war mir klar, auf wen sie wieder anspielte. Ganz automatisch fiel mein Blick auf die Autogrammkarte, die noch immer auf dem Sideboard lag, wo ich sie nach meiner Rückkehr aus Baden-Baden hingelegt hatte. Ich musste das Ding endlich mal entsorgen. Etwas genervt schüttelte ich den Kopf.

»Okay, ich hör ja schon auf.« Sie hob die Hände, als würde sie sich ergeben. »Trotzdem. Ich würde wirklich gern wissen, was zwischen euch vorgefallen ist.«

Ich seufzte. »Also gut«, gab ich mich geschlagen. »Ich habe Caden in der Bar kennengelernt.«

Klara klappte die Kinnlade herunter.

»Vor dem Konzert. Ich konnte nicht schlafen und bin noch mal runter und …«

»Wie? In unserem Hotel?«

Ich nickte.

»Und das sagst du mir erst jetzt?« Klara schlug sich die Hand vor die Stirn.

»Ich wusste ja nicht mal, dass er dieser Sänger ist. Erst als er dann auf der Bühne stand …«

Klara stöhnte. »Und ich dumme Kuh hab seelenruhig geschlafen.«

Ich drehte das Glas verlegen in meinen Händen, denn mir war klar, dass Klara alles dafür gegeben hätte, an meiner Stelle dort gewesen zu sein. Sie war der Fan. Nicht ich.

»Und wie ist er so?«, fragte sie matt.

Ich schüttelte leicht den Kopf. »Nett. Mehr auch nicht. Er hat Klavier gespielt und dann haben wir uns unterhalten. Ich fürchte, ich habe mich ziemlich lächerlich gemacht, weil ich ihn nicht erkannt habe. Mit Sicherheit hat er sich köstlich amüsiert.«

»Er hat Klavier gespielt?« Klaras Augen leuchteten und ich wusste, am liebsten hätte sie mich gebeten, jedes Wort meiner Unterhaltung mit Caden wiederzugeben.

»Mh«, machte ich und nahm einen großen Schluck. »Themawechsel.« Es war mir unangenehm von Caden zu sprechen, denn schon wieder war da dieses Kribbeln in meiner Magengegend, das ich nicht zuordnen konnte. »Ich wollte dir noch von meiner Mutter erzählen.«

Klara sah mich einen Moment verträumt an. Dann klimperte sie mit den Wimpern. »Was ist mit deiner Ma?«

»Ich hab doch erzählt, dass sie schließen will.«

Klara setzte sich aufrechter hin. »Das verstehe ich nicht. Ich dachte, der Laden ist ihr Baby. Also abgesehen von dir natürlich. Bis zur Rente dauert es doch noch, oder?«

Ich stellte mein Glas auf dem Couchtisch ab.

»Sie sagt, die Zahlen stimmen nicht und die Bank will ihr keinen Kredit geben. Sehr viel mehr weiß ich auch nicht.«

»Das wundert mich nicht. Muss irgendwie in der Familie liegen.«

»Wie meinst du das?«

»Es scheint nicht gerade eure Stärke zu sein, über Probleme zu reden.«

Empört stemmte ich die Hände in die Hüften und sah Klara fragend an, doch die schien nicht bereit, die Diskussion zu vertiefen. Stattdessen schnappte sie sich ihr Handy. Kurz darauf runzelte sie die Stirn, während sie weiterhin auf das Display starrte. Neugierig rutschte ich näher und spähte auf die Suchanzeige. Offenkundig hatte Klara nach der Boutique gesucht.

»Stimmt was nicht?«

»Mh. Das könnte ein Grund für die Probleme sein.« Klara sah mich mit großen Augen an. »Es gibt keinen Eintrag. Keine Webseite, keinen Facebook-Account, nichts. Nur ein veralteter Eintrag im Branchenbuch.« Sie legte den Zeigefinger auf ihre Lippen und kniff die Augen etwas zusammen. »Was euch fehlt, ist also Sichtbarkeit und

Werbung. Man müsste ein paar Aktionen machen«, überlegte sie laut, während sie einen Plan ausheckte. Gespannt beobachtete ich sie. Als ich es nicht mehr aushielt, holte ich Papier und Bleistift, bereit Klaras Ideen festzuhalten und einen Aktionsplan aufzustellen.

3

Ich war überrascht, was wir in dieser kurzen Zeit auf die Beine gestellt hatten. Nachdem ich bei meiner Mutter Überzeugungsarbeit geleistet hatte, waren Nadine, Tanja und Barbara, Freundinnen von mir und meiner Mutter, gleich begeistert und hatten sich bereiterklärt, uns bei einer kleinen Modenschau zu unterstützen. Mit Klaras Hilfe hatte ich Flyer entworfen und in der Stadt verteilt. Sogar im Mitteilungsblatt der Gemeinde hatten wir eine kleine Anzeige geschaltet.

Jetzt war der große Tag gekommen und wir standen im Lagerraum, den wir provisorisch als Umkleide eingerichtet hatten. Während meine Aufgabe darin bestand, für einen reibungslosen Ablauf zu sorgen, würden die vier Mädels auf dem improvisierten Laufsteg die Kleider präsentieren. Noch waren keine Gäste eingetroffen, aber die Show sollte erst in einer halben Stunde beginnen. Genügend Zeit, um nervös zu werden.

»Wo bleibt denn nur Nadine? Sie sollte schon längst da

sein«, sagte Klara ungehalten, die gerade vor einem Spiegel saß und versuchte, einen akkuraten Lidstrich zu ziehen. Was gar nicht so einfach bei diesen Lichtverhältnissen war.

»Ich ruf sie mal an«, antwortete ich, griff zum Handy und wartete bis sie abnahm. »Hi, Nadine, wo steckst du?«

»Oh sorry. Hast du meine Nachricht nicht bekommen? Ich kann leider nicht. Dirk sitzt auf der Arbeit fest und ich kann Finn nicht alleine lassen.«

»Dann bring den Kleinen doch mit«, schlug ich verzweifelt vor und fuhr mit den Fingern durch mein Haar.

»Er ist grad erst eingeschlafen. Tut mir wirklich leid, euch jetzt so hängen zu lassen.«

Verdammt! Das konnten wir nun wirklich nicht gebrauchen, aber immerhin waren noch drei Models da.

»Nadine kommt nicht«, erklärte ich den anderen, nachdem ich aufgelegt hatte. »Dirk hängt auf der Arbeit fest und jetzt hat sie niemanden für das Baby.«

»Na toll«, sagte Klara und knallte den Kajal auf den Tisch. »Das bringt unseren ganzen Ablaufplan durcheinander. Drei sind einfach zu wenig. Dann bleibt keine Zeit, um sich umzuziehen.«

»Das kriegen wir schon hin. Wir machen nach jedem Durchgang eine kurze Pause. Das wird niemandem auffallen.«

»Das funktioniert nicht«, mischte sich Tanja ein und auch Barbara schüttelte energisch den Kopf.

»Sehe ich auch so! Dann zieht sich das ganze Programm nach hinten. Vielleicht erinnerst du dich, wir wollten noch ins Riccardos.«

»Okay«, wiegelte ich ab. »Dann gehen wir entweder

später, oder wir sagen ab und gehen an einem anderen Tag. Ich ruf an«, sagte ich und scrollte schon durch die Telefonliste meines Handys.

»Kommt nicht infrage.« Klara sprang auf und entriss mir das Handy. Entgeistert sah ich sie an. »Die sind heute ausgebucht. Ich hab mit Mühe und Not einen Tisch für uns bekommen.« Mit einem entschuldigenden Blick gab sie mir mein Telefon zurück. »Wir müssen das anders lösen.« Eine steile Falte bildete sich über ihrer Nasenwurzel, als sie die Augenbrauen zusammenkniff.

»Du übernimmst Nadines Teil«, sagte sie triumphierend.

Abwehrend hob ich die Hände. »Nein! Nein, also wirklich nicht.«

»Ach komm schon. Einmal wirst du die Turnschuhe ablegen können.«

»Das finde ich auch«, erklärte Tanja.

»Leute! Das geht nicht. Ich kann nicht auf Schuhen laufen, für die man schwindelfrei sein muss und am besten noch ein Sauerstoffgerät benötigt. Ehrlich. Ich werde mich komplett zum Affen machen.«

»Ach was! Das bekommst du hin. Tu's für deine Ma«, widersprach Klara und zerschlug mit dem letzten Satz all meine Ausreden. Aufgeregt huschten die Mädels umher, brachten mir Kleider und Schuhe, als wüsste ich nicht selbst genau, auf welchem Kleiderständer Nadines Sachen hingen. Wieso mussten wir auch die gleiche Klamottengröße haben?

»Hier, dieses wird dir perfekt stehen.« Barbara hielt mir ein Sommerkleid mit großen Blüten darauf hin. Ich schlüpfte hinein und stellte fest, dass Barbara recht gehabt hatte. An dem Kleid gab es nichts auszusetzen, nur die

High Heels waren eine Nummer zu groß, was es nicht gerade einfacher machte, das Gleichgewicht zu halten. Angespannt stolzierte ich ein paar Schritte auf und ab, während meine Zehen sich in den Schuhen festkrallten.

»In der Hüfte etwas lockerer«, erklärte Klara und wackelte demonstrativ mit ihrem Po. Prompt knickte ich um. Ich konnte mich gerade noch fangen, sonst hätte ich wohl eine ziemlich ungraziöse Bruchlandung hingelegt.

»Siehst du. Geht doch. Wenn du dazu noch lächelst und nicht so verkrampft kuckst, merkt das kein Mensch.« Klara überging mein Missgeschick. »Und jetzt komm her, ich helf dir beim Make-up und den Haaren.«

Folgsam setzte ich mich und ließ Klara mein Gesicht mit Schwämmchen, Puderquaste, Kajal und Lippenstift bearbeiten. Im Spiegel beobachtete ich fasziniert die Veränderung. Ich schminkte mich nur selten. In meinem Beruf wäre das auch eher hinderlich. Wenn da nicht die Nervosität gewesen wäre, ich hätte der Verwandlung vielleicht sogar etwas abgewinnen können. Aber große Auftritte lagen mir nicht. Noch nie hatte ich gern im Rampenlicht gestanden und schon jetzt wurden meine Handflächen feucht.

Klara steckte mir gerade die Haare hoch, als ich im Spiegel meine Mutter sah. Sie trug ein schlichtes Leinenkleid. Vermutlich auch eines von ihren Designern.

»Wie sieht es aus?«, erkundigte ich mich.

»Bis jetzt sind nur zwei Gäste da. Ich hoffe, es kommen mehr«, antwortete sie und knetete die Hände vor ihrem Bauch.

»Noch zehn Minuten. Besser du gehst wieder nach vorne. Sicher kommen sie alle erst kurz vor knapp«, sagte ich und schenkte ihr ein Lächeln.

Aufgeregt lauschten wir wenige Minuten später der kurzen Ansprache, die meine Mutter zu Beginn der Veranstaltung hielt. Vom Lagerraum aus konnten wir nichts sehen, aber wir hörten wie sie die Gäste begrüßte und in knappen Worten das Konzept ihres Ladens erklärte. Der Applaus klang dünn. Verhalten. Und in meinem Bauch summte ein Wespenschwarm. Auf einmal hatte ich das dringende Bedürfnis, die Toilette aufzusuchen, aber da setzte schon die Musik ein. Unser Zeichen. Barbara machte den Anfang, dann folgte Tanja. Alles lief wie geplant. Aus dem Augenwinkel sah ich, wie Barbara bereits aus ihren Kleidern schlüpfte, um das Nächste anzuziehen, da gab mir Klara einen sanften Stoß.

»Los«, raunte sie und ich stolperte auf die Bühne.

Mit wackeligem Gang, aber hoch erhobenem Kopf stakste ich über unseren improvisierten Laufsteg. Ich war so darauf konzentriert, nicht hinzufallen, dass ich kaum etwas um mich herum wahrnahm außer dem Ende des Laufsteges. Nur noch wenige Schritte, dann könnte ich aufatmen. Viel zu schnell drehte ich mich um und lief zurück. Mist. Ich hatte es vergeigt. Ich fühlte, wie das Blut in meinen Kopf schoss. Am liebsten wäre ich gerannt, was mit diesen Schuhen sowieso nicht geklappt hätte. Endlich erreichte ich das rettende Hinterzimmer. Atemlos stand ich da. Mein Herz schlug wild in meiner Brust und meine Hände waren verschwitzt. Ich hatte es tatsächlich ohne größeren Patzer geschafft. Ein kleines Lächeln huschte über meine Lippen, da riss mich Klara aus meiner Starre, die nach mir gelaufen war.

»Was machst du da? Los zieh dich um!«, fuhr sie mich an. Schnell zog ich das Kleid aus und griff nach dem nächsten Kleidungsstück.

Bei meinem zweiten Lauf war ich nicht weniger

aufgeregt, aber diesmal gelang es mir, das Tempo etwas zu drosseln. Am Ende des Laufsteges blieb ich stehen, um dem Publikum die Gelegenheit zu geben, genauer hinzusehen. Ich stützte die Arme lässig in die Taille, weil ich meinte, das so schon mal bei den Profis gesehen zu haben. Leider gab das auch mir die Möglichkeit, einen Blick in die Runde zu werfen, und was mir beim ersten Lauf entgangen war, offenbarte sich jetzt. Statt dem erhofften Andrang hatten sich gerade mal fünf Frauen eingefunden, die offenbar mehr Interesse an dem kostenlosen Sekt zeigten, als an der Modenschau. Tapfer lächelte ich weiter. Dann drehte ich mich um und ging zurück.

»Wo ist der Pressetyp?«, raunte ich Klara zu, als ich an Klara vorbeischritt, die als Nächste nach draußen musste.

Ich war bereits in Unterwäsche und klaubte einen schwarzen Jumpsuit von der Kleiderstange, als Klara zurückkam.

»Keine Ahnung. Was ist bloß los? Ich habe sogar im Supermarkt Flyer ausgelegt.« Sie zog sich ihr Kleid über den Kopf, während ich in den Einteiler hineinstieg. Wenigstens würde ich mich darin etwas mehr wie ich selbst fühlen.

Etliche Ensembles später war unsere Show vorüber und irgendwie hatte ich es geschafft, mich nicht gänzlich zu blamieren, oder mir sämtliche Knochen auf diesen hohen Schuhen zu brechen. Trotz unserer Hoffnungen waren jedoch weder weitere Gäste gekommen, noch die verdammte Presse. Einerseits konnte ich erleichtert sein, weil ich mich so wenigstens nicht zum Gespött der Leute gemacht hatte. Andererseits brachte die ganze Aktion so natürlich gar nichts. Ich streifte mir die Schuhe von den Füßen und rieb mir die schmerzenden Knöchel. Es war mir ein Rätsel, wie Frauen darin den ganzen Tag herumlaufen konnten.

»Irgendwie hatte ich mir das anders vorgestellt. Warum war denn niemand da?«, fragte Klara.

In diesem Augenblick streckte meine Mutter den Kopf zur Tür herein.

»Wie ist es gelaufen, Frau Blumberg?«, erkundigte sich Tanja.

Ein tiefer Seufzer kam meiner Mutter über die Lippen, bevor sie antwortete: »Vielen Dank, ihr Lieben. Ihr habt das wirklich toll gemanagt und ich danke euch von Herzen, aber irgendwie …« Sie blickte hilflos in die Runde.

Enttäuscht sahen wir uns an. »Hat denn niemand was gekauft?«, hakte Klara mit verzweifeltem Unterton nach.

»Ein Shirt.«

»Und die Presse? Sie hatten mir fest versprochen, dass …«

»Ein Fotograf war kurz da, aber dann musste er weiter. Der Bürgermeister eröffnet ein Café im Seniorenstift.«

Ein kollektives Aufstöhnen erklang und mutlos ließen wir die Köpfe hängen. All die Arbeit, die Vorbereitung, diese verdammten Schuhe! Wofür? Ein Shirt! Und ich hatte meine Mutter auch noch dazu überredet. Hatte ihr Hoffnungen gemacht. Vor Wut und Enttäuschung hätte ich am liebsten laut aufgeheult, stattdessen legte ich einen Arm um Klara, die mindestens ebenso zerknirscht aussah, wie ich mich gerade fühlte. Sie hatte so viel Leidenschaft in diese Sache gesteckt, und nun dieser Tiefschlag.

»Nicht traurig sein. Dafür ist ganz viel Sekt übrig. Lasst uns anstoßen«, hörte ich meine Mutter sagen.

»Für mich nur ein Wasser«, erwiderte ich.

»Verflixt! Wir sind zu spät.« Hektisch suchte Klara am Straßenrand nach einem Parkplatz.

»Nur eine Viertelstunde. Du tust so, als wäre das ein Drama«, sagte ich.

»Ist es auch!« Sie ließ ihre Finger durch das lange Haar gleiten.

»Unterzuckert, hm? Hinter dem Grünen ist einer.«

Klara fuhr ein kleines Stück weiter, schlug das Lenkrad ein und manövrierte das Auto in die Lücke. Sie stand bereits draußen und drippelte nervös mit dem Fuß, als ich die Wagentür zuschlug und die Handtasche schulterte.

»Kommst du?«

Ich schluckte einen Kommentar herunter und eilte mit Klara den Bürgersteig entlang. Bis zu dem kleinen Restaurant waren es noch hundert Meter oder etwas mehr. Am Straßenrand fiel mir ein schwarzer Bentley auf. Er passte hier genauso gut her wie eine Valentino Tasche in einen Discounter. Doch meine Aufmerksamkeit wurde gleich wieder von Klara in Anspruch genommen, die mich zur Eile antrieb. Langsam wunderte ich mich über ihre Hektik. Klara war sonst nicht der hibbelige Typ und eigentlich hatte ich nie den Eindruck gehabt, dass das Riccardos ihr Lieblingsrestaurant war. Wenn es nach mir gegangen wäre, hätten wir den Abend auch bei mir zu Hause ausklingen lassen können, denn zu feiern gab es sowieso nichts. Doch da es Klara offenbar wichtig war, beeilte ich mich, mit ihr Schritt zu halten.

Das kleine Restaurant befand sich im Erdgeschoss eines alten Eckhauses. Von der Straße aus konnten wir die gut besuchte Terrasse sehen. Platanen beschatteten die Gäste und in den Zweigen hingen winzige Lichter. Wenn es dunkel wurde, glänzten sie wie ein Sternenhimmel und sorgten für eine romantische Stimmung. Ich hoffte, Klara hatte einen Tisch draußen bestellt, doch zu meiner Enttäuschung führte uns der Kellner nach drinnen. Im Gastraum war es ruhig. Das Stimmengewirr der Gäste draußen klang nur noch leise an mein Ohr und ich ließ den Blick durch den Raum schweifen. Die Tische waren unbesetzt. Schon wollte ich umdrehen, um auf der Terrasse nach einem freien Platz Ausschau halten, als ich mit meinem Blick an einem Tisch hängen blieb. Besser gesagt an dem Gast, der sich jetzt zu mir umdrehte. Mein Herz machte einen Rückwärtssalto. Mit offenem Mund sah ich zwischen Klara und Caden hin und her.

»Was … wie?«, stammelte ich.

Klara sah mich mit spitzbübischem Grinsen an.

»Du hast …«

»Offensichtlich brauchtest du einen kleinen Schubs.«

Caden stand auf und kam langsam auf uns zu.

Klara zwinkerte mir zu. »Ich wünsche euch viel Spaß«, flüsterte sie mir zu und ließ mich allein zurück. Wie konnte sie mir das antun? Am liebsten wäre ich fluchtartig davon gelaufen, stattdessen starrte ich Caden an. Erst die Aufregung bei der Modenschau, gepaart mit der bitteren Enttäuschung über den Erfolg. Ganz sicher war mir heute nicht nach einem Date. Und auch noch ausgerechnet mit Caden. Plötzlich ergab Klaras seltsame Hektik einen Sinn.

Inzwischen hatte er mich erreicht.

»Hallo, Emma.« Galant reichte er mir seine Hand. Ein bisschen altmodisch, und doch gefiel es mir irgendwie. Ein warmes Lächeln umspielte seine Lippen. Ich spürte den dicken Kloß in meinem Hals und schluckte. Da war es wieder, dieses elektrisierende Gefühl, kaum dass wir uns berührt hatten.

Es war die Stille, die mir zuerst auffiel. Oh mein Gott! Starrte ich ihn etwa an?

»Ähm … Hallo«, stammelte ich verlegen. Ich ließ seine Hand etwas zu plötzlich los, als hätte ich mich an einer heißen Flamme verbrannt und blickte unsicher auf den Boden. In seinen klassischen Herrenschuhen spiegelte sich das Licht. »Ich ähm, ich wusste nicht ... Meine Freundin muss das irgendwie eingefädelt haben.« Schüchtern sah ich wieder auf.

Eine Regung huschte durch sein Gesicht, doch ehe ich sie deuten konnte, war sie bereits wieder verschwunden. »Dann hast du nicht . . .?«

Ich schüttelte den Kopf.

Die Situation hätte nicht unangenehmer sein können. Ich wünschte mir, augenblicklich zu verschwinden, alternativ hätte mir auch ein schlagfertiger Spruch geholfen. Aber Cadens Anwesenheit ließ mein Gehirn aussetzen. Da war nur noch hilfloses Gestammel.

»Da wir schon mal hier sind … Ich habe gehört, hier gibt es ausgezeichnete Pasta«, rettet Caden die unangenehme Situation.

»Die Frutti di Mare sind exzellent«, erwiderte ich daher dankbar.

Caden zeigte in Richtung Tisch, und ich folgte seiner Aufforderung. Was blieb mir auch anderes übrig?

»Jetzt verstehe ich Klaras Eile. Und ich dachte, sie war nur wegen dem missraten Tag so drauf«, sprach ich meine Gedanken aus.

»Ich hoffe, unsere Verabredung hat nichts damit zu tun?«

Ich schüttelte erneut den Kopf. »Das ist es nicht. Heute ist irgendwie alles schief gelaufen, was hätte schief gehen können.«

In diesem Moment erschien der Chef höchstpersönlich und reichte uns die Speisekarten.

»Darf ich schon etwas zu trinken bringen?«, erkundigte er sich beflissen.

»Was möchtest du?«, fragte Caden.

Wir bestellten eine Flasche Mineralwasser und einen Rotwein, den Riccardo uns empfahl. Nach kurzem Studieren der Speisekarte entschied ich mich für einen Antipasti-Teller, während Caden die Pasta mit Meeresfrüchten wählte.

»Warum hast du damals im Hotel nichts gesagt? Es ist schon ziemlich peinlich, aber ich hatte wirklich keine Ahnung. Klara ist diejenige von uns, die sich für dieses ganze Star-Dings interessiert.«

In Cadens Augen blitzte etwas auf. »Gerade das hat mir gefallen. Eigentlich ist es schade, dass du es jetzt weißt.«

»Ich fürchte, ich verstehe nicht.« Ich strich mir eine Haarsträhne hinters Ohr.

»Inzwischen passiert es mir nicht mehr oft, dass ich nicht erkannt werde, verstehst du? Es war schön, einmal nicht als Cami wahrgenommen zu werden.«

Ich befürchtete, dass ich nicht wirklich verstand, worauf er hinauswollte. War das nicht der Status, den solche Leute wie er erreichen wollten? Aber in diesem Moment kam Riccardo mit dem Essen und ich hatte den Eindruck, als wären die Portionen reichlicher als sonst bemessen.

»Bleibst du länger in der Gegend?«, erkundigte ich mich und spießte eine Artischocke auf meine Gabel, nachdem wir uns bedankt hatten und Riccardo verschwunden war.

»Leider nein. Ich muss morgen zurück. Wir arbeiten

gerade an den letzten Feinheiten für das neue Album und die Tour.«

»Das hört sich aufregend an«, sagte ich und überging den bedauernden Unterton in seiner Stimme.

Er legte das Besteck ab, seufzte und lehnte sich zurück. »Eigentlich ist es das nicht. Um ehrlich zu sein: Ich hasse es.«

Das kam nun doch ziemlich überraschend.

»Ich dachte, das wäre das Größte an diesem ganzen Superstar-Ding?«

Caden lachte trocken. »Das ist es auf der einen Seite auch. Wirklich. Die Fans, die Konzerte. Es fühlt sich an wie eine große Familie. Die Energie, die dort entsteht, es ist fantastisch. Aber du reist monatelang, bis du irgendwann nicht mehr weißt, wo du gerade bist. Und wenn die Tour vorüber ist, fühlst du dich nur noch leer und ausgebrannt. Als hättest du alles von dir gegeben.«

In seinen Worten schwang Resignation und Traurigkeit mit. Es klang ehrlich und es traf mich tiefer, als ich es erwartet hätte. Nachdenklich tunkte ich ein Stück Baguette in das Schälchen Olivenöl.

»Und was hat dich hierher geführt? Ich hoffe, es war nicht nur wegen Klaras Indiskretion.«

»Ich habe mich mit einem Trainer getroffen, der mich für die Tour fit machen soll. Leider hat mein Coach gekündigt. Du hast nicht zufällig Interesse?« Er lachte und um seine Augen bildeten sich winzige Fältchen, die sich wie Sonnenstrahlen ausbreiteten.

Verblüfft sah ich ihn an und es dauerte einen kurzen Augenblick, in denen ich sein Angebot rekapitulierte. Hatte er mir da gerade ein Jobangebot gemacht? Oder hatte ich mir das nur eingebildet? Wahrscheinlicher war jedoch, dass er sich einen Scherz erlaubt hatte. Daher versuchte ich, meine Antwort lässig klingen zu lassen.

»Nein, aber wenn ich etwas höre, melde ich mich. Ich hab ja deine Nummer.« Ich zwinkerte ihm zu. Inzwischen war meine Verlegenheit abgeklungen. Caden gelang es, dass ich mich gänzlich unbefangen fühlte, so als würden wir uns schon seit Jahren kennen.

»Das war kein Scherz. Ich brauche dringend jemanden und die Stelle ist gut bezahlt.« Er sah mich durchdringend an und ich rutschte auf meinem Stuhl herum.

»Wenn mir ein Kollege einfällt, melde ich mich«, sagte ich vage, brach ein Stück von dem Baguette ab und wischte damit das Olivenöl vom Teller. Trainer bei einem Superstar. Sicher würden die Leute nach so einem Job Schlange stehen. Kaum zu glauben, dass er deswegen sogar herumreiste. Andererseits, was wusste ich schon, welche Ansprüche so ein hochkarätiger Kunde hatte?

Caden umschiffte geschickt die unangenehme Situation. Er musste bemerkt haben, dass ich mich unwohl fühlte und so lenkte er unser Gespräch in eine andere Richtung. Er interessierte sich für mein Leben, für Riedbach und wir redeten über Kinofilme. Caden war ein charismatischer Mann, in dessen Gegenwart ich mich entspannen konnte. Seine Imitation einiger Marvel Superhelden brachte mich zum Lachen und so war die vergeigte Modenschau und Klaras Versuch, Amor zu spielen, bald vergessen.

Die Stunden verflogen und irgendwann bemerkte ich, dass es draußen bereits dunkel geworden war. »Ich glaube, wir sind die Letzten«, sagte ich.

»Möchtest du gehen?«

»Ich muss morgen arbeiten«, erklärte ich und wünschte

mir gleichzeitig, dass dieser Abend noch längst nicht vorüber wäre.

»Darf ich dich fahren? Oder bist du mit dem Auto …?«

»Klara hat mich gefahren. Es wäre toll, wenn …«

Wir lächelten uns verlegen an.

Caden nickte und stand auf. Ich beobachtete, dass er zu Riccardo ging, um zu bezahlen und einige freundliche Worte zu wechseln.

»Würdest du ein Foto von uns machen?«, bat Caden und der Restaurantbesitzer streckte mir mit breitem Grinsen sein Smartphone entgegen. In freundschaftlicher Umarmung posierten die beiden und ich schoss einige Aufnahmen, nur um sicherzugehen. Dann gab ich Riccardo sein Handy zurück.

»Können wir den Hinterausgang benutzen?«, fragte Caden ihn, der daraufhin eifrig nickte.

»Sì, Sì. Selbstverständlich können Sie wieder durch die Küche gehen.«

Caden nickte und hielt sich das Handy ans Ohr. »Fran? Wie ist die Situation? … Okay …Ja. Jetzt.«

Er legte auf und sah mich auffordernd an. »Bist du bereit?«

Die Art, wie er es sagte, das kurze Telefonat und die Aussicht durch einen Hinterausgang zu verschwinden, verursachte mir ein seltsames Kribbeln im Bauch. Ich hatte keine Ahnung, was mich erwarten würde, aber die einfache Tatsache, dass ich das Restaurant nicht auf die übliche Weise verlassen konnte, versprach einen Hauch von Abenteuer.

Riccardo lief voraus und wir folgten ihm durch die Küche, in der zwei Mitarbeiter in Schürzen das saubere Geschirr verräumten. Mir entgingen nicht die neugierigen

Blicke, mit denen sie uns bedachten. Doch in Wahrheit waren sie wohl Caden allein gewidmet.

Durch eine schmale Tür gelangten wir in eine Art Vorraum, wo uns ein Mann im Anzug in Empfang nahm. Der Bodyguard, vom Konzert, erinnerte ich mich.

»Hast du das Auto hier?«, fragte Caden.

»Natürlich.«

»Und draußen?«

Der ängstliche Unterton in Cadens Stimme entging mir nicht und er trug nicht gerade dazu bei, dass ich mich entspannte.

»Ein Paparazzi und eine Handvoll Fans. Nichts, was wir nicht im Griff hätten.«

Caden nahm meine Hand, was mir etwas Sicherheit gab, doch mein Lächeln zitterte, als ich mich von Riccardo verabschiedete.

»Also dann«, sagte er an seinen Leibwächter gewandt.

Fran öffnete die Tür und ich erkannte im einsetzenden Blitzlichtgewitter den schicken Bentley, den ich wenige Stunden zuvor gesehen hatte. Es waren vielleicht zwei, drei Meter, bis zum Wagen, die wir eilig unter dem Geschrei der Fans zurücklegten. Fran hielt die Tür offen und Caden ließ mir den Vortritt. Die Fans riefen laut nach Caden. Eilig rutschte ich auf der Rückbank weiter, sodass Caden ebenfalls einsteigen konnte.

Hinter ihm schlug Fran die Tür zu und gleich darauf nahm er auf dem Fahrersitz Platz.

»Wohin fahren wir?«, erkundigte er sich und fand meinen Blick im Rückspiegel.

Caden sah mich fragend an.

»Gartenweg 46«, sagte ich etwas verwirrt, denn die Situation gerade eben und die Anwesenheit von Fran machte mich erneut seltsam befangen. Noch nie in meinem Leben hatte ich mit Security zu tun gehabt, oder mit Polizisten – bis auf –, aber daran wollte ich jetzt nicht denken.

Caden nickte und gab Fran ein Zeichen, worauf hin sich lautlos eine Scheibe zwischen dem vorderen Bereich und dem Fond nach oben schob und uns von dem Bodyguard trennte. Langsam setzte der Wagen sich in Bewegung.

»Wow. Ich gebe zu, ich bin beeindruckt.« Und in dem Moment nahm ich den Geruch von Leder und Autopolitur war. Im dämmrigen Licht, das von den Straßenlaternen hereindrang, fielen mir die aufwendige Verarbeitung und die sorgfältig abgesteppten Ledersitze auf. Kein Vergleich zu den verschlissenen Sitzen meines Autos, die dringend mal eine Reinigung gebraucht hätten.

Caden lachte leise. »Es ist nur ein Auto. Mehr nicht.« Er schien mich mit seinem Blick zu durchdringen und ich war froh, dass es dunkel war, denn meine Wangen glühten verräterisch.

Caden schob seine Hand über den Sitz und legte sie auf meine. Die angenehme Wärme ließ meine Haut kribbeln und ich spürte, dass sich mein Atem vertiefte. Was tat dieser Mann nur mit mir?

»Sehen wir uns wieder? Auch ohne dass deine Freundin sich einmischt?«

Ich zögerte, weil ich nicht wusste, was ich sagen sollte. Der Wagen hielt und ich löste meinen Blick von Caden, um nach draußen zu sehen. Enttäuscht stellte ich fest, dass wir bereits vor dem vierstöckigen Mietshaus hielten, in dem ich wohnte. Ich zog meine Hand unter seiner hervor und öffnete die Wagentür. Doch statt auszusteigen drehte ich mich noch einmal zu meinem Begleiter.

»Danke für den Abend«, flüsterte ich und drückte dem

überraschten Caden ein Küsschen auf die Wange. Dann stieg ich hastig aus und eilte den kurzen Weg bis zur Haustür. Meine Finger zitterten und der Schlüssel weigerte sich, ins Schloss zu gleiten und als er endlich seinen Weg fand, und ich in den Hausflur schlüpfte, lehnte ich mich atemlos mit dem Rücken gegen die Wand. Als die Tür ins Schloss fiel, spürte ich noch immer Cadens Wärme auf meiner Hand. Ich legte sie auf meine Lippen. Was war nur los mit mir? Hatte ich ihn gerade wirklich geküsst? Fast konnte ich noch den dezenten Geruch seines Aftershaves wahrnehmen. Einen Augenblick war ich versucht, die Haustür wieder aufzureißen und zurückzulaufen, doch da hörte ich bereits das Geräusch des abfahrenden Autos. Enttäuscht und gleichzeitig erleichtert atmete ich auf. Für einen Tag hatte ich genug erlebt und ich musste meinen One–Night–Stand–Plan ja nicht ausgerechnet bei ihm ausprobieren.

»Wie konntest du nur?« Ich verschränkte die Hände vor der Brust und starrte Klara böse über den Tresen hinweg an. Heute hatte ich Thekendienst, zumindest so lange, bis der nächste Kurs anfing. Sechzehn Uhr stand Rückengymnastik Ü60 auf dem Plan und gleich danach Spinning.

»Himmel, jetzt reg dich doch nicht so auf. Ich dachte, es wäre eine Chance.« Klara schnappte nach Luft. »Hey, Cami könnte jede haben …«

»Pst«, zischte ich und ließ den Blick durch den Raum schweifen. Noch waren nur wenige Kunden da und die schienen sich glücklicherweise nicht für unser Gespräch zu interessieren.

»Nur weil er jede haben könnte, heißt das ja nicht, dass …«

»Gib's zu. Du magst ihn.« Fassungslos starrte ich Klara an und ihre Mundwinkel hoben sich zu einem spöttischen Lächeln. »Emma, ich kenne dich schon fast mein ganzes Leben lang. Also sag mir nicht, dass da nicht mehr ist.«

Mein Verstand wollte ihr ein entrüstetes Nein entgegenrufen, doch etwas in meinem Inneren versperrte sich und unwillkürlich dachte ich an Cadens Berührung meiner Hand.

»Du träumst ja schon am helllichten Tag von ihm.« Klara lachte und ich konnte nicht anders als einzufallen. Ein wohltuendes Lachen, dass meinen konfusen Gemütszustand augenblicklich beruhigte. »Also sag schon, wie war er so? Seht ihr euch wieder?«

»Klara, du bist wirklich unverbesserlich.«

»Hast du nach Feierabend noch was vor? Wir könnten vielleicht ins Kino und anschließend erzählst du mir all die schlüpfrigen Details von deinem Date.« Sie zwinkerte mir frech zu.

Empört verschränkte ich die Arme vor der Brust. »Da gibt es keine …« Ich sah mich prüfend um, ob jemand in Hörweite war und raunte dann: »Wir hatten einen netten Abend. Mehr war da nicht.«

»Ich glaube dir kein Wort.« Sie zog ihr Handy heraus. »Du bist mit ihm im Auto mitgefahren.« Triumphierend hielt sie mir das Display mit einem Foto von Caden und mir entgegen, wie wir gerade zum Auto liefen. Auf dem Bild wirkte es so, als hätte er seine Hand beinahe schützend auf meine Schulter gelegt. Es lag etwas Vertrautes, ja beinahe Intimes in dieser Geste und ich räusperte mich verlegen. Beim besten Willen konnte ich mich nicht daran erinnern, dass wir uns so nahegekommen waren, allerdings war ich zu diesem Zeitpunkt dermaßen aufgeregt gewesen, dass das nicht weiter verwunderlich war. »Also gut. Ja, er hat mich nach Hause gefahren, aber mehr war da nicht.«

Klara hob skeptisch die Augenbrauen.

Ich schüttelte den Kopf. »Sorry. Ich wollte heute Abend zu meiner Mutter und sehen, wie es ihr geht«, beendete ich das Thema und wischte mit dem Tuch über die Theke. »Hast du den Artikel über die Modenschau gesehen? Der Platz auf einer Briefmarke ist größer. Ich meine, wie soll das irgendjemand lesen? Nicht einmal ein Foto war dabei. Dafür eine ganze Seite über den Bürgermeister und dieses Scheißcafé.« Ich hatte meine Stimme erhoben und Klara legte den Zeigefinger auf ihre gespitzten Lippen.

»Schöner Mist. Ich weiß auch nicht, was da schief gelaufen ist«, sinnierte sie. »Aber vielleicht kann man es noch mal mit etwas Werbung versuchen. Und über den Onlineauftritt wollten wir auch noch reden. Insta, Facebook. Heutzutage muss man da sichtbar sein. Die Gelben Seiten haben doch wirklich längst ausgedient.«

»Ich kann mir nicht vorstellen, dass meine Mama sich damit auskennt.« Ich fing Klaras Blick auf. »Oje! Heißt das, ich brauch da jetzt so einen Account?«

»Keine Sorge.« Klara lachte und legte mir beschwichtigend die Hand auf den Unterarm. »Den habe ich dir in fünf Minuten eingerichtet. Aber eine Shopseite ist eine andere Nummer. Das muss schon professionell aussehen. Aber ich glaube, das bekomme ich hin. Das heißt, wenn das für deine Mutter okay wäre.«

»Hm. Ich frage sie heute Abend. Viel kaputt machen können wir ja eh nicht mehr.«

»Auch wieder wahr.« Klara seufzte. »Ich muss dann mal los. Meine Mittagspause ist gleich rum und die

Tiefensee wird den Chef sofort darauf aufmerksam machen, wenn ich auch nur ein paar Minuten zu spät bin. Danke für den Kaffee und meld dich dann wegen Insta, ja?« Sie warf mir einen Luftkuss zu und schon eilte sie zum Studio hinaus, während ich ihr hinterher sah. Als sie um die Ecke verschwand, griff ich nach dem kiwigrünen Schwammtuch und begann die blitzblanke Arbeitsplatte erneut zu putzen.

4

Schon vor einer Stunde hätte ich Feierabend gehabt, aber dann waren plötzlich zwei Kunden aufgetaucht, die sich für ein Probetraining interessierten. Mit ihren Fragen hatten sie mich schier in den Wahnsinn getrieben. Als ich endlich vor meinem Elternhaus parkte, konnte ich mir ein Gähnen kaum verkneifen. Seit dem gemeinsamen Abendessen mit Caden, war an Schlaf kaum mehr zu denken, denn kaum das ich die Augen schloss, tauchte sein Bild vor mir auf. Ich läutete und es dauerte eine geraume Weile, bis meine Mutter die Tür öffnete.

»Hallo. Ich dachte schon, du bist nicht zu Hause«, sagte ich zur Begrüßung und zog sie in eine Umarmung.

»Wo sollte ich sonst sein?«, erwiderte sie matt.

Alarmiert löste ich mich und erst jetzt fiel mir auf, wie schlecht sie aussah, als wäre auch ihre Nacht zu kurz gewesen. Unter ihren Augen lagen dunkle Schatten, die um diese Uhrzeit nicht mehr von Make-up versteckt wurden. Ihre Wangen waren fahl und eingefallen. Bei ihrem Anblick versetzte es mir einen Stich. Dann folgte ich ihr in die Diele, streifte die Schuhe von meinen Füßen und ging in die Küche.

»Entschuldige das Chaos. Ich hatte gar nicht mit dir gerechnet«, erklärte sie und räumte zwei dicke Aktenordner vom Esstisch. »Kaffee?«

Ich schüttelte den Kopf. »Arbeitest du etwa jetzt noch?« Mein Blick heftete sich auf die Ordner, auf deren Rücken in der feinen Handschrift meiner Mutter Buchhaltung geschrieben stand.

Meine Mutter seufzte. »Ich gehe die Bilanzen durch. Der Abverkauf muss gut kalkuliert sein, wenn ich am Ende nicht mit Schulden rausgehen will.«

»Du musst das nicht tun.« Ich berührte sie sanft am Arm. »Lass mich dir doch wenigstens helfen.«

»Kleines, das ist lieb von dir. Aber du hast ein eigenes Leben. Ich will dir nicht zur Last fallen.«

»Das tust du nicht!«, rief ich und fügte sanfter hinzu: »Wir könnten Werbung machen, auf Instagram und Facebook. Bestimmt fällt uns noch mehr ein. Die Modenschau war ein Reinfall, aber lass uns doch jetzt noch nicht aufgeben.«

»Liebes.« Meine Mutter sah mich an. Dann drehte sie sich ab und richtete den Blick durch das Fenster hinaus auf den Vorgarten. »Soziale Medien? Ich fürchte, dafür bin ich inzwischen zu alt.«

»Ich kenne mich da auch nicht aus, aber Klara umso besser. Dadurch würden wir viel mehr Leute erreichen. Ich finde die Idee gut. Zumindest könnten wir es ausprobieren.«

Meine Mutter sah schweigend hinaus und ich sah, wie ihre Schultern sanken, als würden sie von einer Last nach unten gezogen.

»Ich habe keine Zeit, Emma«, sagte sie schließlich. »Die

Zahlen sind eindeutig und wenn auch noch die Miete erhöht wird, habe ich wirklich ein Problem.« Sie seufzte. »Ehrlich gesagt weiß ich nicht, ob ich überhaupt den Winter überstehen kann.«

»Ist es denn tatsächlich so schlimm?«

Meine Mutter zuckte hilflos mit den Schultern. Ich ging zu ihr, zog sie in eine Umarmung und wartete, bis ihre Tränen langsam verebbten.

»Ich finde einen Weg«, versicherte ich ihr, als wir uns voneinander lösten.

»Und wenn nicht, haben wir immer noch uns.« Sie lächelte schniefend und zog ein Tempo aus ihrer Rocktasche. »Kaffee?«, fragte sie, nachdem sie sich geschnäuzt hatte.

»Jetzt nehme ich doch einen«, sagte ich, während in meinem Kopf die Gedanken durcheinander ratterten. Irgendetwas musste es geben. Verzweifelt kaute ich an meiner Unterlippe. Nach einer zweiten Tasse schwarzen Kaffees, der mich mit Sicherheit um meine Nachtruhe bringen würde, hatte ich eine Idee. Zumindest wäre es einen Versuch wert. Ein kleiner Funken Hoffnung, doch ich wagte kaum daran zu glauben. Daher erzählte ich meiner Mutter nichts davon. Bevor ich falsche Hoffnungen weckte, musste ich sicher sein, dass das Angebot überhaupt noch bestand.

Eine Stunde später fuhr ich nach Hause. Viel zu schnell, aber es war kaum noch Verkehr auf den Straßen und ich wollte wissen, ob meine Idee mehr war. Ob ich damit die Boutique, den Lebenstraum meiner Mutter, retten könnte.

Ein Blick auf die Digitaluhr der Stereoanlage sagte mir,

dass es viel zu spät war, um zu telefonieren, aber ich nahm all meinen Mut zusammen. Angespannt lief ich im Wohnzimmer auf und ab wie ein eingesperrtes Raubtier. Das Tuten in der Leitung vermischte sich mit dem Rauschen in meinen Ohren. Er schlief sowieso. Ich sollte es morgen ganz in Ruhe versuchen und mir vorher einen Plan zurechtlegen, was genau ich sagen würde. Gerade wollte ich auflegen, da meldete sich die vertraute Stimme am anderen Ende der Leitung.

»White?«

Erwartungsvolle Stille entstand. Vor Schreck bekam ich keinen Laut heraus. Schon befürchtete ich, dass er auflegte und presste eine Begrüßung hervor.

»Hallo, Caden, Emma hier.«

»Emma?« Er klang ehrlich überrascht. »Mit dir habe ich nicht gerechnet, aber umso mehr freue ich mich. Wie geht es dir?«

»Gut, danke. Wobei, ich …« Ich holte tief Luft. »Brauchst du noch immer einen Trainer?«

»Gerade laufen ein paar Vorstellungsgespräche. Ich weiß nicht, wie der Stand ist, aber … heißt das, du kennst jemanden?«

»Vorstellungsgespräche.« Meine Enttäuschung ließ sich nicht verhehlen. »Nein, dann hat es sich erledigt«, murmelte ich, ließ mich rücklings auf mein Sofa fallen und starrte an die Decke. Offenbar hatte er Bewerber gefunden, die mit Sicherheit entsprechende Erfahrungen vorweisen konnten. Ich sollte mir nichts vormachen. Ich sah meine Chancen gerade ins bodenlose fallen.

»Falls du jemanden vorschlägst … Noch ist nichts entschieden«, verdeutlichte Caden.

Ich wusste nicht, warum ich es sagte, aber etwas in mir

trieb mich dazu. Wenn ich es nicht täte, würde ich es mir nie verzeihen. Ich holte tief Luft.

»Es ist verrückt, aber ich dachte, dass ich vielleicht … Das ist absurd.« Ich schüttelte den Kopf. »Vergiss es.« Ich schloss die Augen und wartete. Darauf, dass er mich auslachte, oder mir bestenfalls eine freundlich formulierte Absage erteilte.

»Du würdest den Job übernehmen?«

»Vergiss es, Caden«, erklärte ich müde. »Es war nur eine verrückte Idee.«

»Nein! Ganz und gar nicht.« Jetzt war Cadens Stimme hellwach. Ja, beinahe enthusiastisch. »Ich rede mit Michael. Das ist kein Problem. Wann kannst du anfangen?«

Ich schnellte hoch. Adrenalin rauschte durch meine Adern und mir wurde schwindelig. Das Angebot war so unwahrscheinlich wie der Hauptgewinn bei einer Tombola, weshalb ich noch einmal nachfragte, nur um sicher zu sein, dass ich mich nicht verhört hatte.

»Moment mal. Du würdest mir den Job geben?«

»Zehntausend im Monat. Ist das okay?«

»Zehn was?«

»Okay, fünfzehn. Aber dafür begleitest du mich auf der Tour. Deal?«

»Fünfzehn … Scheiße!« Ich schlug mir die Hand vor den Mund. Im Kopf versuchte ich, die sich drehenden Zahlen zu überschlagen. Mit Sicherheit würden ein paar Monate reichen, um den Laden meiner Mutter zu halten, und ein völlig neues Konzept auf die Beine zu stellen.

»Das heißt ja?«

»Ja«, hauchte ich atemlos und zitterte, weil sich mit der Zusage erste Zweifel regten. Die Arbeit, die Wohnung, meine Familie und Freunde. Das alles müsste ich verlassen. War ich dazu bereit? Aber hatte ich nicht erst selbst diesen Plan gefasst? Es war der Ausweg, die Chance meiner Mutter zu helfen und allein die Vorstellung, wie ihr die Aussicht auf den Verlust des Geschäftes zusetzte, schmerzte mich. »Allerdings muss ich erst mit meinem Chef reden und eine Wohnung brauche ich auch noch«, äußerte ich meine Gedanken.

»Im Gästehaus ist ein Zimmer frei.«

Mit Sicherheit hatte ich mich verhört und Caden hatte von einem Gästezimmer gesprochen. Die Vorstellung, Tür an Tür mit ihm zu wohnen, machte mich seltsam befangen.

»Kann ich mich morgen noch mal melden«, stammelte ich und kam mir dämlich vor. Erst wollte ich den Job, und nachdem ich quasi schon eine Zusage hatte, zierte ich mich.

Wir verabschiedeten uns und verwirrt legte ich auf. Mein Herz schlug viel zu schnell und meine Knie zitterten, als wäre ich einen Halbmarathon gelaufen. Ich lief in meiner Wohnung auf und ab, schwankte zwischen Panik und Hochgefühl. Was hatte ich mir nur dabei gedacht? Ich biss mir schmerzhaft auf die Lippe, was mich schließlich dazu brachte innezuhalten. Ich ließ mich auf die Couch fallen und stierte an die Decke. Das war schnell gegangen. Zu schnell, wie mir erst jetzt endgültig bewusst wurde. Warum wollte er unbedingt mich, wo er doch jeden Trainer haben könnte? Wirkliche Stars gab es ja auch in der Fitnessbranche. Aber Caden wollte mich. Bei dem Gedanken pochte mein Herz noch heftiger und ich schlug die Hände vors Gesicht. Ich musste einen klaren Kopf bewahren und abwägen, was ich als Nächstes tun sollte. Doch zuerst musste ich mich beruhigen.

Nachdem sich mein Atem beruhigt hatte, schrieb ich Klara eine WhatsApp. „Muss mit dir reden.«

Fünf Minuten später klingelte das Telefon.

Drei Tage danach fädelte ich mein voll beladenes Auto durch den dichten Verkehr, gespannt, was mich am Zielort erwarten würde. Alex hatte mir unbezahlten Urlaub eingeräumt. Zähneknirschend zwar, aber das nahm ich in Kauf. Ich hatte mich von meinen Freunden verabschiedet. Klara hatte mir bei den Vorbereitungen geholfen, nicht ohne ein wenig Wehmut. Ob es nur daran lag, dass wir uns einige Zeit nicht sehen würden, oder ob sie noch immer ein wenig eifersüchtig war, wusste ich nicht zu sagen. Doch wenn es so war, gab sie sich alle Mühe, es mich nicht merken zu lassen.

Auf Klaras Rat hin, hatte ich meiner Mutter nicht die volle Wahrheit erzählt. Ich hatte sie in dem Glauben gelassen, dass es für mich eine Chance war, beruflich durchzustarten. Und so weit war das nicht von der Wahrheit entfernt, denn in meinem Lebenslauf würde sich die Zeit bei Caden sicher gut machen.

In wenigen Monaten wollte ich zurück sein und in der Zwischenzeit der Boutique finanziell unter die Arme greifen, während Klara sich parallel um das Marketing kümmern wollte. Gut gelaunt sang ich die Lieder aus dem Radio mit und ein breites Grinsen huschte mir übers Gesicht, als ich einen Song von Caden erkannte.

Das Navigationsgerät lotste mich in ein verschlafenes Örtchen, das sich an das Ufer eines großen Sees schmiegte. Urige Fachwerkhäuser reihten sich wie Perlen an einer Schnur an den Straßenrand mit akkurat gestutzten Hecken und Fenstern, die im Sonnenschein um die Wette glänzten. Auf einem Hügel abseits des Seeufers stand eine weiß getünchte Kirche und in ihrem Schatten erkannte ich einen kleinen Friedhof. Ich fuhr weiter und bog in eine schmale Straße ein, an deren Rändern mächtige Platanen wuchsen und sie beschatteten. Rechts und links standen alte Häuser hinter weiß gestrichenen Zäunen. In einem Vorgarten hing eine verlassene Schaukel von dem Ast eines Zwetschgenbaumes. Aufmerksam studierte ich die Hausnummern, bis schließlich eine dicht gewachsene Hecke aufragte und den Blick auf das dahinterliegende Grundstück versperrte. Ich drosselte das Tempo und nach wenigen Metern hielt ich vor einem hohen Tor. Das musste es sein. Gleich drei Kameras waren auf die Einfahrt gerichtet und kleine rote Lichter zeigten an, dass es sich keineswegs um Attrappen handelte. Ich schlug das Lenkrad ein, rollte vor das Tor und ließ meine Seitenscheibe hinunter, um zu klingeln. Es gab nicht einmal ein Namensschild. Während ich wartete, bemerkte ich, dass es auch keinen Briefkasten gab und schon fragte ich mich, ob ich hier überhaupt richtig war. Dann vernahm ich ein leises Knacken in der Sprechanlage.

»Ja, bitte?«, meldete sich eine Stimme.

»Hallo. Hier ist Emma Blumberg. Ich bin die neue Trainerin.«

Das Knacken des Lautsprechers war die einzige Antwort, die ich erhielt. Etwas ratlos saß ich in meinem Auto und sah hinauf zu den Kameras, die auf mich gerichtet waren. Ich rutschte auf dem Autositz herum und wischte mir die feuchten Handinnenflächen an der Jeans trocken. Dann endlich schob sich das schwere Tor zur Seite und offenbarte den Blick auf eine lange Auffahrt, die durch eine parkähnliche Anlage führte und an deren Ende ein herrschaftliches Gebäude stand. Mit seinem Fachwerk erinnerte es mich an einen Urlaub, den ich als Kind in der Normandie verbracht hatte. Erker und Türmchen verliehen ihm einen Hauch von Mittelalter-Romantik. Langsam fuhr ich durch das Tor und folgte dem gepflasterten Weg. Im Rückspiegel sah ich, wie sich das Tor wieder zuschob und unwillkürlich rauschte Adrenalin durch meine Adern und mein Herzschlag beschleunigte sich. Vor dem herrschaftlichen Gebäude mündete der Weg in einer Art Wendekreis, in dessen Mitte sich ein dreistufiger Springbrunnen befand, auf dem hoch oben im Wasserbecken die Figur einer Venus thronte. Auf den Stufen, die zur Eingangstür führten, stand jemand, doch da die Sonne bereits den Zenit überschritten hatte, war ich geblendet und so konnte ich nur hoffen, dass es Caden selbst war. Ich parkte mein Auto in der Auffahrt und erst nachdem ich ausgestiegen war, erkannte ich Fran, Cadens Leibwächter.

»Hallo, Fran.« Ich ging auf ihn zu und streckte meine Hand zur Begrüßung aus.

»Francois Landoldt«, erwiderte er, jedoch ohne meine angebotene Hand zu ergreifen. »Darf ich Sie einer kurzen Sicherheitskontrolle unterziehen?«

Das war keine Frage, die ich mit Nein hätte beantworten können, denn der Ausdruck auf seinem Gesicht verriet, dass er das durchaus ernst meinte. Himmel! Wo war ich bloß hingekommen? Da mir nichts anderes übrig blieb, nickte ich nur und Fran begann, den Inhalt meines Autos und der Koffer, die ich darin hatte, zu filzen. Die Vorstellung, dass er sich durch meine Unterwäsche wühlte, behagte mir nicht, aber ich redete mir ein, dass er nur seinen Job tat. So berühmt, wie Caden war, musste er wahrscheinlich einfach vorsichtig sein. Wer wusste, was da draußen für verrückte Leute unterwegs waren?

Um mich abzulenken, sah ich mich um. Der weitläufige Garten wirkte mit den hohen Bäumen und den gepflegten Blumenrabatten wie eine Parkanlage. Ein weißer Pavillon lud zum Verweilen und zu geselligen Grillabenden ein. Zwischen dem Grün glitzerte das Wasser und ich konnte einen Bootssteg ausmachen. Direkt am Ufer stand ein hübsches Häuschen.

»In Ordnung«, sagte der Securitymann und riss mich aus meinen Betrachtungen. »Tut mir leid, aber ich habe meine Anweisungen. Ich würde Ihnen dann Ihre Unterkunft zeigen.« Ohne ein weiteres Wort schnappte er sich zwei Koffer und schritt einen schmalen Pfad, der zu dem kleinen Haus führte, entlang. Ich nahm mir ebenfalls eine Tasche und folgte dem breitschultrigen Mann über den gepflasterten Weg. Also hatte ich mich doch nicht verhört und wusste nicht recht, ob ich erleichtert, oder enttäuscht sein sollte. Es gab ein Gästehaus, was angesichts der Größe des Haupthauses vielleicht etwas dekadent war. Es sei denn, der Hausherr feierte gern ausgelassen mit vielen Gästen. Wie auch immer, es gab mir genügend freien Raum, um meinem neuen Chef nicht ständig über den Weg zulaufen.

Als wir näher kamen, erkannte ich, dass es ein Backsteinhaus war. Neben der in dunklem grün gestrichenen Haustür rankte eine Kletterrose empor und daneben lud eine weiß lackierte Sitzbank zum Verweilen an lauen Sommerabenden ein. Hier ließ es sich aushalten. Ich sah mich schon nach Feierabend mit einem Buch auf der Bank sitzen und den Sonnenuntergang bewundern.

Fran stieß die Tür auf und ich folgte ihm in den Flur. Nachdem meine Augen sich an die Dunkelheit gewöhnt hatten, erkannte ich die schmale Stiege, die nach oben führte. Im Erdgeschoss zweigten drei Türen vom Flur ab. Fran öffnete die Erste.

Ein hübscher Bauernschrank mit aufgemaltem Blumendekor, das passendes Bett mit weißen Laken und ein Fernseher, der auf einer Kommode stand, befanden sich darin.

»Das ist Ihr Zimmer«, erklärte Fran und stellte die Koffer ab. Ich nickte. Die Einrichtung entsprach nicht ganz meinem Geschmack, aber es war sauber und irgendwie heimelig. Zu dem alten Bauernhaus passte es gut und ich hatte ja nicht vor, für immer hierzubleiben.

Landoldt ging weiter zum nächsten Raum. »Die Küche. Aber das Essen macht Selma. Sie müssen also nicht kochen.«

Diese Aussicht hellte meine Stimmung auf. Fast gewann ich den Eindruck, in einem Ferienhaus zu sein. Doch auch wenn es offenbar eine Köchin gab, wäre es in der vollständig eingerichteten Küche ohne Weiteres möglich gewesen, sich etwas zuzubereiten. Eine Eckbank mit Tisch ergänzte die Ausstattung.

Fran deutete auf die dritte Tür, die verschlossen war. »Das ist mein Büro. Sie haben nichts darin zu suchen«, sagte er und sah mich mit seinen eisgrauen Augen durchdringend an. Unwillkürlich wich ich seinem Blick aus. »Mein Zimmer ist oben«, fuhr er etwas versöhnlicher fort. »Das Badezimmer werden wir uns teilen. Ich hoffe, das ist kein Problem?«

Ich schüttelte den Kopf. »Nein. Ich brauche nicht lange.«

»Gut.« Er nickte. »Ich würde sagen, Sie packen erst mal aus. Gronak will Sie in einer Stunde sprechen.«

»Wer ist Gronak?«

»Der Manager«, erklärte er nüchtern. »Üblicherweise stellt er neues Personal ein. Ich bringe Sie dann rüber.«

Seine Miene war wieder undurchdringlich, aber etwas sagte mir, dass der Manager nicht gerade ein Freund von Fran war. »Wir sehen uns später.« Er nickte und ging hinaus.

»Jetzt wo wir schon mal zusammen wohnen ...«, rief ich ihm nach.

Er drehte sich um. »Ja?«

»Ich dachte, vielleicht wäre es einfacher, wenn wir uns duzen.«

Einen Moment sah er mich an, dann nickte er knapp und verschwand in seinem Büro.

Fran war vielleicht nicht gerade einer der lustigsten Mitbewohner, aber es hätte mich wohl schlimmer treffen können und so ging ich in mein neues Zimmer und begann auszupacken.

Wenig später verstaute ich den leeren Koffer unter dem Bett. Mit den Fotos, die ich auf dem Nachttisch aufgestellt hatte und den Büchern, die ich in einem Regal platziert hatte, fühlte es sich beinahe wie ein Zuhause an. Ein Klopfen an der Tür ließ mich aufschrecken. Es war Landoldt.

~

Der Weg führte uns zurück durch den Garten. Da ich jetzt wusste, wie ich in den nächsten Wochen wohnen würde, hatte ich den Kopf frei, um mir die Umgebung und den Garten genauer anzusehen. Üppige Blumenrabatten zogen sich um das Gemäuer des Haupthauses. Hortensien, Rosen und Lavendel blühten gemeinsam mit Akelei und Glockenblumen. Ein Gärtner kniete vor einem Beet und jätete Unkraut.

»Hallo«, grüßte ich, als wir in seine Nähe kamen.

Der Mann hob den Kopf. »Grüessech«, kam es im breiten Schweizerisch zurück. Freundlich nickten wir uns zu, bevor er sich wieder seiner Arbeit widmete und ich dem Securitymann folgte, der bereits weiter geeilt war.

»Sie – du – kannst mir die Schlüssel geben, dann parke ich ihn hinter dem Haus.« Fran deutete auf mein Auto, das noch immer in der Auffahrt stand, als wir daran vorbeigingen. Da ich keine Lust hatte, mit ihm darüber zu diskutieren, zog ich wortlos die Autoschlüssel aus meiner Hosentasche und hielt sie ihm mit ausgestreckter Hand entgegen. Landoldt nahm sie und lief die wenigen Stufen zum Haus hinauf, die zu einer zweiflügeligen Eingangstür führten. Sie war aus dunklem Holz gefertigt und geschnitzte Ornamente umrankten das eingesetzte Glas.

Er öffnete und ich folgte ihm in die Eingangshalle, die mich an eine moderne Version des Herrenhauses Tara erinnerte. Die Stufen einer imposanten Treppe wandten sich elegant in die obere Etage. Von der Decke hing ein neuzeitlicher Kronleuchter, der wie eine Discokugel Lichtpunkte auf den weißen Marmorboden warf. Was von seiner Größe etwa die Hälfte meiner Wohnung ausmachte, diente hier nur dazu, sich die Schuhe von den Füßen zu streifen und seine Jacke auszuziehen.

»Komm.« Fran winkte mir, mich zu beeilen.

Während ich ihm folgte und mich staunend umsah, quietschten meine Sneakers unangenehm auf dem Steinboden. Doch Fran schien keinerlei Notiz davon zu nehmen, oder er hatte beschlossen mich einfach zu ignorieren, sofern das nicht gerade mit seinen Aufgaben kollidierte. Wir bogen links in einen breiten Gang ab. An den Wänden hingen in versilberten Bilderrahmen Schwarz-Weiß-Fotografien von berühmten Gebäuden. Ich entdeckte das Taj Mahal, den Eiffelturm und die Sagrada Família, alle wunderschön in Szene gesetzt, bis Landoldt stehen blieb und eine Tür öffnete.

»Fräulein Blumberg ist da«, kündigte er an und bedeutete mir, einzutreten. Ich nahm einen tiefen Atemzug, reckte das Kinn und trat ein.

Hinter einem breiten Schreibtisch saß ein Mann mit vor der Brust verschränkten Armen. Aufmerksam musterten mich seine zusammengekniffenen Augen, als ich eintrat. Mir fielen seine kräftigen Hände auf, als er mich mit einer Geste einlud, auf dem Stuhl davor Platz zu nehmen. Seine Lippen glänzten feucht und das schüttere, blonde Haar trug er einige Zentimeter zu lang.

Unsicher grüßte ich ihn und setzte mich. Unter meinen Achseln spürte ich Feuchtigkeit, während der Mann mir zunickte und mich weiter anstarrte.

Schließlich huschte seine Zunge über seine Lippen.

»Fräulein Blumberg also? Ich hoffe, Sie haben gut hergefunden?« Ohne mir Gelegenheit zu geben zu antworten, fuhr er fort: »Ich möchte ganz offen sein. Ich war sehr erstaunt. Üblicherweise laufen sämtliche Einstellungen von Personal über mich. Ausnahmslos.« Er sah mich durchdringend an. »Wie dem auch sei. Cami schien sehr überzeugt von Ihren Fähigkeiten.« Er beugte sich vor, als wartete er darauf, dass ich etwas sagte.

Ich räusperte mich verlegen. Auf ein Bewerbungsgespräch war ich nicht vorbereitet. Irgendwie hatte ich mir eingebildet, dass das nach dem Telefonat nicht nötig war, was natürlich reichlich töricht von mir gewesen war.

»Ich habe die A-Lizenz, ebenso verschiedene Weiterbildungen. Im Moment bin ich in einem Fitness…«

»Schön, schön. Und Sie haben Ihre Zeugnisse dabei?«

»Ich wusste nicht, dass …«

»Mh.« Er machte eine Notiz auf einem Blatt Papier.

»Die reichen Sie bitte schnellstmöglich nach«, sagte er, während er den Stift in schwungvollen Bewegungen über die Seite führte. »Außerdem werden Sie diese Verschwiegenheitsvereinbarung unterzeichnen. Absolut nichts von dem, was Sie hier hören, oder sehen, darf nach außen gelangen. Sie dürfen keine Fotos oder Videos aufnehmen, geschweige denn veröffentlichen.« Er schob mir einen Stapel Papiere und einen Kugelschreiber über den Tisch und während ich die Zeilen überflog, fuhr er fort: »Ihre Aufgabe wird es sein, ihn für die Tour fit zu machen. Ausdauer, Kraft. Sie wissen schon.«

»Natürlich«, sagte ich, während ich weiterlas.

»Wie gesagt, das Ergebnis ist entscheidend. Ich brauche ihn in absolut bester körperlicher Verfassung. Die Tour darf auf keinen Fall gefährdet werden. Erarbeiten Sie einen Trainingsplan und sorgen Sie dafür, dass Cami ihn befolgt.«

»Natürlich. Gibt es irgendetwas auf das ich ...?«

»Sie verfassen einen wöchentlichen Bericht, den Sie mir vorlegen.«

Ich setzte den Stift auf das Papier, um die Vereinbarung zu unterschreiben.

»Ah. Da bist du ja. Gerade haben wir von dir gesprochen.«

Ich zog die letzten Buchstaben meines Namens als weiten Bogen zusammen und hob den Blick. Ein breites Grinsen zog sich über das runde Gesicht des Managers und irritiert drehte ich mich auf dem Stuhl um und sah über die Schulter. Ich hatte gar nicht gehört, dass die Tür aufgegangen war. Caden stand neben der Tür und er sah besser aus, als ich es in Erinnerung hatte. Das schulterlange Haar trug er heute offen. Ein schlichtes Shirt und

Chinohosen. Seine Füße waren unbekleidet, was ich irgendwie herrlich normal und sympathisch fand.

»Emma! Entschuldige bitte. Wie unhöflich von mir, dich nicht zu begrüßen. Ich muss im Studio die Zeit vergessen haben.« Caden lächelte wie ein Schuljunge. »Ich sehe, ihr habt euch schon kennengelernt.«

»Das haben wir«, antwortete Gronak, während ich dümmlich grinste und den Stift aus der Hand legte.

»Perfekt. Dann wirst du nichts dagegen haben, wenn ich Emma jetzt entführe, oder brauchst du noch etwas?«

»Ich denke, wir sind hier so weit«, antwortete Gronak und wandte sich wieder mir zu. »Sie denken bitte an die Zeugnisse.«

Ich nickte. »Natürlich.«

»Es gibt einen Fitnessraum. Komm, ich zeige ihn dir«, sagte Caden und erleichtert, der Situation mit Cadens Manager entfliehen zu können, folgte ich ihm hinaus. Irgendetwas war an Michael Gronak, was mir eine Gänsehaut über den Rücken laufen ließ. Ich konnte nur nicht sagen, was es war.

»Ich hatte den Eindruck, deinem Manager war es nicht Recht, dass ich hier bin«, überlegte ich laut, als wir außer Hörweite waren.

»Michael? Mach dir keine Sorgen. Er ist gestresst. Hier ist es.« Caden öffnete die nächste Tür und plötzlich stand ich inmitten eines vollständig eingerichteten Fitnessraumes. Ein Laufband, ein Ergometer, Hantelbank und eine große Gerätestation. Sogar eine Vibrationsplatte befand sich im Raum. Es roch nach Metall und Schmierfetten. Kein Zweifel, die Geräte waren brandneu. Ich fuhr über den kalten Stahl der Kraftstation.

»Gefällt dir dein neuer Arbeitsort?«

Ein Lächeln breitete sich auf meinem Gesicht aus. »Das

ist wirklich toll. Mir fällt eine Menge ein, was wir damit anstellen können.«

»Also gut, dann lass uns gleich anfangen«, sagte Caden.

Er hatte es offenbar eilig mit dem Training zu beginnen. Ich musste grinsen. Das konnte er gern haben. Ich ließ den Blick noch einmal durch den Raum schweifen. Es war verlockend alles auszuprobieren, doch ich hatte eine weit bessere Idee.

»Wir treffen uns in einer Viertelstunde am Brunnen. Trainingskleidung und Laufschuhe.«

~

Ich hatte mich wenige Minuten verspätet und als ich im Laufschritt zum Brunnen eilte, wartete Caden bereits dort. Neben ihm stand Fran. Beide trugen Sportkleidung. Mit Cadens Leibwächter hatte ich nun wirklich nicht gerechnet, doch ich versuchte, mir meine Verwunderung nicht anmerken zu lassen.

»Entschuldigt die Verspätung«, sagte ich und setzte mein erprobtes Motivationsgesicht auf. »Wir sind also zu dritt. Wunderbar.«

»Ich war mir nicht sicher, was du vorhast«, antwortete Caden. Er lächelte schief und auf einmal wirkte er gar nicht mehr so selbstbewusst. Hatte er Angst, dass er den Mund zu voll genommen hatte? Das war bei den Männern gar nicht so selten. Erst eine große Klappe und dann mussten sie manchmal schmerzhaft feststellen, dass sie sich zu viele Gewichte aufgeladen hatten.

»Ich dachte, wir beginnen mit einem leichten Ausdauertraining«, versuchte ich ihn zu beruhigen. »Dabei kann ich zunächst einen guten Eindruck von deinem aktuellen

Fitnessstand bekommen und gleichzeitig lerne ich die Gegend ein bisschen besser kennen.«

Caden schob eine Haarsträhne hinter sein Ohr, die sich aus dem tief sitzenden Pferdeschwanz gelöst hatte. »Am Ortsende gibt es einen Pfad, der direkt am See entlangführte. Ich glaube, das würde gehen.« Er wirkte noch immer angespannt.

»Perfekt! Los geht's.« Ich lächelte aufmunternd. Wir würden das schon hinbekommen und in so schlechter Verfassung konnte er bei dem Körperbau gar nicht sein.

In gemächlichem Tempo lief ich die Einfahrt entlang und dem hohen Tor entgegen. Während Caden zu mir aufschloss, blieb Fran einige Schritte zurück, was mir ganz recht war. In seiner Gegenwart fühlte ich mich befangen, so als wäre ich ein unwillkommener Gast. Wie von selbst schob sich das Torelement zur Seite und wir passierten es. Caden gab die Richtung vor und bald befanden wir uns auf einem schmalen Weg, der entlang des Ufers verlief. Unter unseren Sohlen knirschte das Gemisch aus Sand und fester Erde. Hohe Laubbäume reckten sich rechts des Weges empor. Ihr Blätterspiel flüsterte im Wind und Lichtflecken tanzten auf dem Weg. Während ich das Tempo anzog, trug die erfrischende Brise den typischen Geruch von Wasser und Schlick in meine Nase. Gierig sog ich die frische Luft ein, füllte meine Lungen, als könnte ich erst jetzt wieder frei atmen. Die Bewegung half mir das angestaute Adrenalin loszuwerden und wieder in eine Art Normalzustand zu kommen.

»Bis zur nächsten Bank«, forderte ich Caden heraus und stieß mich kraftvoll vom Boden ab. Caden hielt mit und auch Fran ließ sich nicht lumpen. Ich baute noch drei weitere kurze Sprints ein, dann verlangsamte ich unseren

Lauf wieder. Bis Caden abrupt stehen blieb und die Hände auf die Oberschenkel stützte.

»Stopp! Ich brauche eine Pause«, japste er. Ich konnte mir ein Grinsen nicht verkneifen. Wir hatten seine Grenze gefunden und die würden wir Stück für Stück verschieben.

Neben dem Weg gab es eine Stelle, an der man bequem ans Ufer gelangen konnte. Und so verließen wir den Pfad und setzten uns nahe ans Wasser, während Fran etwas abseits blieb. Sanft liefen die Wellen am Ufer aus. Das Wasser benetzte die Kiesel und versickerte in den Spalten zwischen den Steinen, bis die nächste Welle anrollte. Wie gerne hätte ich jetzt die Füße im See gekühlt, stattdessen stellte ich die Hände hinter meinem Rücken auf, legte den Kopf in den Nacken und ließ mir die Sonne ins Gesicht scheinen. Als könnte sie meine Energiespeicher mit ihrem Licht wieder auffüllen. Ich hörte die Vögel in den Bäumen und der Wind spielte in meinen Haaren. Ein Platschen ließ mich aufmerken und als ich die Augen öffnete, sah ich Caden, der Kiesel über die Wasseroberfläche springen ließ. Ich hatte das als Kind versucht, war jedoch immer wieder gescheitert, bis ich es schließlich aufgegeben hatte. Egal was ich probiert hatte, meine Steine sanken jedes Mal plump auf den Grund, während Cadens Kiesel zu tanzen schienen. Er musste bemerkt haben, dass ich ihn beobachtet hatte, denn plötzlich sagte er: »Ich habe das schon verdammt lange nicht mehr gemacht.«

Ich richtete mich auf. »Was meinst du? Steine ins Wasser zu werfen?«

»Bei Tageslicht hier draußen sein. Hast du die Spaziergänger gesehen?«

Tatsächlich waren wir ein paar Leuten begegnet, aber ich verstand nicht, worauf er hinauswollte. Es waren so beiläufige Begegnungen gewesen, dass ich sie schon wieder vergessen hatte. In meinem Gesicht musste sich das Unverständnis gespiegelt haben, denn Caden erklärte: »Normalerweise ist es mit einem Menschenauflauf verbunden, wenn ich gesehen werde. Manchmal fahre ich nachts irgendwo hin. In eine Stadt, an einen See. Neuschwanstein habe ich besichtigt, als alle Touristen längst weg waren.«

»Das heißt, du gehst tagsüber nicht raus?«

Caden schüttelte den Kopf. »Selten.«

»Aber das ist verrückt!«, platzte es aus mir heraus. Erschrocken hielt ich die Hand vor den Mund.

»Das ist es.« Seine Stimme nahm einen düsteren Klang an. Er holte noch einmal aus und ließ einen Stein über die Wasseroberfläche tanzen. »Wir sollten zurück«, sagte er, nachdem der Stein versunken war.

Verwirrt über den unerwarteten Stimmungswechsel runzelte ich die Stirn, um mich schließlich aufzurappeln und ihm zurück auf den Pfad zu folgen.

Auf dem Rückweg ließ ich es wieder gemütlich angehen, doch diesmal achtete ich auf die wenigen Spaziergänger, die uns entgegenkamen. Aber sie wirkten keineswegs so, als würden sie sich um uns scheren. Man nickte sich höflich zu. Mehr passierte nicht. Warum versteckte Caden sich dann auf seinem Anwesen? Das war doch absurd. Die Leute hatten mit Sicherheit anderes zu tun, als einem Typ beim Joggen aufzulauern. Doch in Cadens Augen schien von der Außenwelt tatsächlich irgendeine Art von Gefahr auszugehen. Warum sonst hatte er seinen Bodyguard mitgenommen?

Als wir mit geröteten Wangen und schweißdurchtränkten Shirts zurückkamen, hatte ich noch immer keine Antwort gefunden. Vielleicht war es nur eine seltsame

Angewohnheit, oder er hatte sie nicht mehr alle beisammen und litt unter einem ausgewachsenen Verfolgungswahn. Was auch immer sein Problem war, in den kommenden Wochen hatte ich reichlich Gelegenheit um dahinter zu kommen.

»Lass uns etwas trinken«, schlug er mir vor und während Fran in Richtung Gästehaus abbog, folgte ich Caden.

Die Küche war modern eingerichtet, fügte sich aber trotzdem angenehm in den Charme des alten Hauses ein. Eine gewaltige Kochinsel mit Theke und Barstühlen lud zum Verweilen ein und durch die großen Fenster fiel mein Blick auf weitere gepflegte Blumenrabatten. Neben dem Herd schälte eine ältere Frau gerade Karotten. Sie musste bereits um die Fünfzig sein. Ihr dunkles Haar war zu einem strengen Dutt zusammengebunden.

»Selma, darf ich dir Emma vorstellen? Sie wird einige Zeit bei uns verbringen.«

»Grüess di. Ich hoffe, es gefällt dir hier?«, begrüßte sie mich und auch wenn sie sich große Mühe gab Hochdeutsch zu sprechen, hörte ich am kehligen Klang einiger Laute doch den leichten Dialekt heraus. »Wenn du irgendwelche Wünsche beim Essen hast …«

Caden unterbrach sie. »Selma ist sozusagen die Seele des Hauses und sorgt für unser aller Wohl.« Caden legte freundschaftlich eine Hand auf ihre Schulter und ich spürte sofort die Vertrautheit, die zwischen beiden herrschte. »Du hast nicht zufällig ein paar Sandwiches für uns?«

»Natürlich.« Sie legte ihr Messer beiseite und ging an

den Kühlschrank, der ausreichend groß war, um den Wocheneinkauf einer Großfamilie aufzubewahren. Als sie ihn öffnete, bemerkte ich die Ordnung, die darin herrschte. Alles war in Behältern verpackt und Selma begann nun, einige der Dosen herauszuholen.

»Wasser?«, fragte Caden.

»Gerne. Das Haus ist übrigens wunderschön.«

Caden stellte zwei Gläser auf die Arbeitsplatte.

»Freut mich, dass es dir gefällt. Ich habe es vor ein paar Jahren gekauft. Setz dich doch«, forderte er mich auf und deutete mit der freien Hand auf die Barhocker, während er das Wasser gluckernd in die Gläser füllte. Durstig leerten wir sie.

»Was sind denn deine Ziele?«

Caden sah mich irritiert über den Rand seines Glases an.

»Für's Training«, sagte ich hastig. »Ich habe keine Ahnung, wie so eine Tour abläuft. Brauchst du eher Kraft oder Ausdauer? Worauf sollen wir den Fokus legen?«

»Ich würde sagen Ausdauer. Anderthalb Stunden zu performen und im Scheinwerferlicht über die Bühne zu rennen, das ist nichts, was man mal nebenbei macht.«

Ich nickte verständnisvoll. Es wäre sicher kein Fehler, wenn ich mir endlich mal eine Aufzeichnung von einem seiner Konzerte ansah, dachte ich.

»Verstehe. Und wann sollen wir loslegen?«

Caden rieb sich die Schläfe. »Mein Kalender ist ziemlich voll …«

Während er nachdachte, brachte Selma uns die Sandwiches, die üppig mit Salat, Gurken, Tomaten und Putenbrust belegt waren.

»Die sind köstlich«, sagte ich, nachdem ich den ersten Bissen hinuntergeschluckt hatte.

Selma winkte bescheiden ab. »Das sind doch nur ordinäre Sandwiches.« Damit wandte sie sich erneut ihren Karotten zu.

»Also, wann sollen wir uns treffen?«, hakte ich bei Caden nach.

»Ich bin den ganzen Tag im Tonstudio. Ich denke, dass wir erst spät rauskommen werden. Wie wäre es davor?«

»Klar. Sag einfach eine Uhrzeit.«

»Um vier?«

»Morgens?«, fragte ich überrascht.

»Ist dir das zu früh?«

»Nein, nein. Das passt schon. Um vier im Kraftraum. Ich würde trotzdem gern noch ein paar Tests machen, wenn das für dich okay ist. Und ein leichtes Krafttraining sollten wir nicht vernachlässigen.«

»Du bist der Boss«, scherzte Caden und schob sich den letzten Bissen in den Mund.

Ich pickte ein Stück Gurke von meinem Teller, das zwischen den Krümeln lag. Natürlich war es genau anders herum, ermahnte ich mich. Caden machte es mir viel zu leicht, mich in seiner Gegenwart wohlzufühlen. Doch ich war nur hier wegen des Jobs, dessen musste ich mir bewusst sein und ich sollte das Ganze professionell angehen. Sandwichessen mit meinem Klienten gehörte sicher nicht dazu.

»Du bist mir nicht böse?« Seine Hand schob sich auf dem Tisch näher in meine Richtung und ich sah auf. »Ich hab noch ein Meeting mit der Band.« In seinem Blick lag Bedauern. »Tut mir leid, dass ich so wenig Zeit habe.«

»Schon okay. Ich denke, ich werde mich mal ein wenig umsehen.« Ich sah an mir herab und wurde mir meines Aufzugs bewusst. »Und vielleicht sollte ich langsam mal aus den Klamotten rauskommen.« Ich lachte, doch als ich in Cadens Gesicht sah, flammte Hitze auf meinen Wangen auf. Ich sollte besser nachdenken, bevor ich den Mund aufmachte, dachte ich und wäre am liebsten im Erdboden verschwunden. Doch Caden tat einfach so, als wäre ihm nichts aufgefallen. Als würde mein Gesicht nicht rot wie eine Ampel aufleuchten.

»Unten am See ist es wunderschön. Aber zum Baden ist es zu kalt.«

»Klingt verlockend«, murmelte ich und registrierte erleichtert, dass er sich vom Barhocker schwang.

Wir verabschiedeten uns und ich machte mich daran unser Geschirr aufzuräumen. Doch Selma versicherte mir, dass das nicht nötig war, und so machte ich mich auf den Weg zurück zum Gästehaus. Fran musste inzwischen längst fertig im Badezimmer sein.

Die Vorstellung, um vier schon an den Gewichten zu stehen, löste nicht gerade Jubelschreie in mir aus, aber ich musste mich wohl dem seltsamen Rhythmus meines Arbeitgebers anpassen. Nächtliche Spaziergänge durch schlafende Städte. Gedankenverloren schüttelte ich den Kopf, während ich durch den Garten lief. Wobei die Idee einer privaten Schlossführung mitten in der Nacht durchaus seinen Reiz hatte.

5

Die Nacht war definitiv zu kurz gewesen. Während Caden munter an den Geräten trainiert hatte, wäre ich am liebsten zurück unter meine warme Bettdecke gekrochen. Stattdessen hatte ich zwei Stunden Anweisungen erteilt, Übungen gezeigt und darauf geachtet, dass Caden sie korrekt ausführte. Ich hatte keine Ahnung, wie lange sein Meeting mit der Band gestern noch gedauert hatte, aber mit Sicherheit war sein Abend weniger entspannt gewesen als meiner. Wie konnte er da nur so energiegeladen sein?

Inzwischen war es später Nachmittag und obwohl ich mich nach dem Training noch einmal schlafen gelegt hatte, musste ich den Koffeinpegel hochhalten, um nicht im Stehen einzuschlafen. Ich drückte auf das Display der Kaffeemaschine.

»Soll ich dir auch einen bringen?« Ich sah hinüber zu Selma, die am Tresen saß und in ihrem Rezeptbuch blätterte.

»Danke. Nicht um diese Uhrzeit.«

Ich unterdrückte ein Gähnen.

»Nachtschicht ist definitiv nichts für mich. Das hätte er gleich sagen müssen, noch bevor ich mich auf diesen Job eingelassen habe.«

»Du wirst dich schon daran gewöhnen.« Selma lächelte mir aufmunternd zu.

»Im Moment habe ich da so meine Zweifel.« Ich trank den ersten Schluck noch im Stehen, bevor ich mich mit der Tasse neben Selma setzte. »Also wo waren wir? Hähnchen und Fisch sind gut. Wir brauchen definitiv mehr Proteine.«

Selma machte sich eifrig Notizen, da unterbrach eine schrille Stimme unsere Überlegungen.

»Ach? Haben wir etwa Besuch?«

Überrascht hob ich den Blick. Eine Blondine stand, mit Tüten beladen, auf der Türschwelle. Ihr Haar floss in weichen Wellen über ihre Schultern, als wäre sie gerade erst vom Friseur gekommen. Der knallrote Lippenstift hatte denselben Farbton wie ihre High Heels, in denen sie jetzt, elegant wie eine Katze die Küche betrat. Mit einem theatralischen Seufzer stellte sie die Tüten ab und begrub dabei beinahe Selmas Notizen. Gerade noch rechtzeitig zog ich sie zu mir heran.

»Selma, meine Liebe. Einen Latte macchiato, wenn es dir nichts ausmacht. Wo ist denn Caden?«, flötete sie affektiert und sah sich dabei suchend im Raum um, als hätten wir ihn in einer Schublade versteckt und er könnte jederzeit herausspringen.

»Herr White ist nicht im Haus«, antwortete Selma, die sich erhoben hatte und an der Kaffeemaschine hantierte.

»Das ist aber ärgerlich. Er hat mir doch versichert …« Sie öffnete ihre Handtasche und zog ein Smartphone heraus. »Nein, er hat nicht angerufen«, teilte sie uns mit und begann eifrig auf dem Gerät zu tippen, wobei ihre künstlichen Fingernägel auf dem Display klackerten.

Selma servierte den Latte, doch die Frau, deren Namen ich noch immer nicht kannte, schenkte ihr keinerlei Beachtung. Kein Dankeschön, nicht einmal ein Lächeln.

»Emma Blumberg. Ich bin die neue Trainerin«, stellte ich mich vor und streckte ihr die Hand entgegen.

»Das ist ja interessant ... Trainerin für was?«, antwortete sie und tippte weiter, ohne mich auch nur eines Blickes zu würdigen.

Bevor ich etwas erwidern konnte, hörte ich die Eingangstür und die Blondine riss den Kopf hoch.

»Caden? Bist du es?« Erstaunlicherweise schraubte sich ihre Tonlage noch höher.

»Valerie?« Gleich darauf tauchte Caden im Türrahmen auf und sie eilte auf ihn zu.

»Darling! Hast du sonst jemanden erwartet?« Valerie zog Caden in eine Umarmung und küsste ihn auf die Wange.

Die Szene war mir unangenehm. Nicht nur, dass ich Valerie bereits jetzt unmöglich fand. Ich wollte ungern Zeugin dieser Rückkehr werden. Offenbar hatten die beiden sich eine Weile nicht mehr gesehen. Caden hatte also eine Freundin und obwohl es sich anfühlte, als hätte man mir etwas weggenommen, so war ich doch froh es jetzt zu erfahren, bevor ich mich in irgendetwas verrannte.

»Wir waren verabredet. Du hast mich doch nicht etwa vergessen?«

Ich hörte Caden lachen. »Wie könnte ich?«

»Wie du siehst, habe ich alles besorgt. Sollen wir es gleich durchgehen?« Schon griff sie nach den Taschen.

Ich hob die Tasse an den Mund und trank sie in einem Zug leer. Der Kaffee hinterließ einen bitteren Nachgeschmack und Übelkeit stieg in mir auf. Ich schluckte trocken. Das war wohl doch zu viel Koffein gewesen, oder war es Valeries Theater – ihre übertriebene Art, die mir die Galle aufsteigen ließ?

»Ich glaube, wir sind so weit durch«, raunte ich Selma zu, stand auf und räumte meine Kaffeetasse in die Geschirrspülmaschine. Während Valerie wie ein Wasserfall auf Caden einredete, drehte ich mich hastig um und eilte an ihnen vorbei.

»Emma. Warte. Ich wollte dir noch Valerie …«

»Wir haben uns bereits kennengelernt«, sagte ich kalt und sah ihn an. Ich hob den Kopf, straffte die Schultern und nickte Valerie knapp zu. »Entschuldigt mich. Ich habe noch etwas zu erledigen.« Ich achtete nicht mehr auf Cadens verwundertes Gesicht, sondern eilte nach draußen. Inzwischen war mir richtig übel und gierig sog ich die frische Luft ein. Ich hörte Valerie drinnen laut auflachen und verdrehte die Augen. Einen so schlechten Frauengeschmack hatte ich meinem Chef gar nicht zugetraut, wo er doch jede haben konnte. Nur weshalb machte mir das etwas aus?

Langsam entwickelte sich in den nächsten Tagen eine Routine. Ein Tagesablauf, auf den ich mich einstellen konnte. Meist begannen wir gegen vier Uhr morgens mit dem Training, damit Caden im Anschluss seinen sonstigen Terminen nachgehen konnte. Soweit ich wusste, gab es viele Proben mit der Band und den Tänzern und er kam oft erst spät nach Hause. Cadens Freundin schien ihn dabei zu begleiten, was mir nicht ganz ungelegen kam. Ich verstand noch immer nicht, was er an dieser nervtötenden

Person fand. Aber das war nun mal nicht meine Angelegenheit. Die Tatsache, dass er vergeben war, half mir nur eine professionelle Distanz zu wahren und damit aufzuhören irgendetwas in völlig bedeutungslose Gesten zu interpretieren. Caden war einfach nur nett zu mir und so, wie ich das beurteilen konnte, war er das zu allen seinen Angestellten.

Eines Abends ging ich hinunter ans Seeufer. Ich wollte in Ruhe mit Klara telefonieren und im Haus lief ich immer Gefahr, dass Fran mithörte. Die Sonne stand bereits tief und tauchte die Landschaft in ihren rötlichen Schein. Die Hitze des Tages lag auch jetzt noch in der Luft und strahlte aus dem Holz des Bootssteges, der meine nackten Sohlen angenehm wärmte. Auf der anderen Uferseite erhoben sich die zerklüfteten Berge, deren Fuß bereits im Schatten lag, doch die Gipfel schimmerten golden. Im Winter musste der Anblick noch eindrucksvoller sein, wenn Schnee die Bergspitzen mit einer pudrigen Haube überzog. Der See lag ruhig und das leise Plätschern, wenn das Wasser gegen die Pfosten des Steges schwappte, war unglaublich beruhigend. Das Wasser war so klar, dass ich die Steine auf dem Grund des Sees sah und einem Impuls folgend, setzte ich mich an den Rand des Bootssteges und tauchte langsam die Zehen ins kühle Nass. Es war kälter, als ich erwartet hatte, doch nachdem ich mich überwunden hatte, kühlte es meine Füße angenehm. Ich ließ sie baumeln und träumte eine Weile mit offenen Augen. Genoss die Ruhe und Abgeschiedenheit, dann schließlich griff ich nach meinem Smartphone und wählte Klaras Nummer.

»Du glaubst nie, wo ich gerade bin«, sagte ich zur Begrüßung.

»Das weiß ich sehr genau, liebste Em, und du weißt, dass ich liebend gern mit dir den Platz tauschen würde.«

»Glaub mir, das würdest du nicht.«

»Warum?« Klaras Neugier war geweckt. »Ist er so furchtbar?«

»Keineswegs. Er ist charmant, gebildet und, ich gebe zu, gut aussehend. Aber seine Freundin ist schlimmer als deine Kollegin.«

Ich hörte Klara die Luft scharf einziehen. »Das ist völlig unmöglich! Die Tiefensee ist eine unerträgliche Person. Letztens hat sie allen Ernstes Muffins mitgebracht. Neun Stück, Em. Wir sind zehn.« Ich brauchte nicht lange, um darauf zu kommen, wer leer ausgegangen war. »Lars wollte mir seinen geben, aber ich habe dankend verzichtet.«

»Mh«, machte ich nur. Mir fiel beim besten Willen nichts Tröstliches ein.

»Und abgesehen davon, ist das gar nicht möglich.«

»Wovon redest du?«

»Na, von Camis Freundin. Er hat nämlich gar keine«, rief Klara triumphierend, »sonst hätte ich davon gelesen.« Mir wurde schlecht. Ich las keine Klatschmagazine und wahrscheinlich hielt Caden seine Beziehung geheim. Verdammt, ich hatte gegen die Verschwiegenheitsklausel verstoßen.

»Klara, kannst du bitte für dich behalten, dass ich dir das erzählt habe?« Kurz klärte ich sie darüber auf, was ich hatte unterschreiben müssen.

»Natürlich«, versicherte sie mir mit schockiertem Unterton. »Mach dir darüber keine Sorgen. Er hat also eine Freundin?«

Erleichtert fuhr ich mit einer Hand durch das kühle Wasser des Sees.

»Und was für eine. Eine furchtbare Person.« Ich äffte Valeries Tonfall nach und Klara schüttete sich vor Lachen aus. »Glaub mir, in Wahrheit ist das überhaupt nicht lustig. Wie läuft es mit dem Marketing für Mamas Laden?«, wechselte ich das Thema, bevor ich noch mehr rausposaunte, was ich für mich behalten sollte.

»Bestens! Wir haben schon die ersten Follower. Wenn du dir jetzt auch endlich mal einen Account anlegen würdest, könntest du es dir anschauen. Je mehr Leute die Seite liken, desto besser.«

»Du hast recht. Ich setze mich heute Abend dran. Vermutlich muss ich mir vorher noch ein Tutorial ansehen, wie das geht.«

»Zur Not kannst du mich ja anrufen, aber das bekommst du schon hin.« Vor meinem geistigen Auge sah ich Klara mir zublinzeln und breit grinsen. Ich vermisste sie jetzt schon, aber es waren nur ein paar Monate. Versonnen bewegte ich die Beine, da hörte ich jemanden hinter mir den Steg entlanglaufen. Als ich mich umdrehte, sah ich Caden. Die Abendsonne verlieh seiner sonst so hellen Haut einen warmen Schein und in seinen Augen lag ein sonderbarer Glanz.

»Bist du noch dran?«, drang Klaras Stimme zu mir durch.

»Ich muss auflegen. Wenn ich das doch nicht hinbekommen, melde ich mich, okay?«

»Mach das! Ciao.«

»Störe ich?«

Umständlich schob ich das Telefon meine Gesäßtasche und konnte nur hoffen, dass er meine Lästerei über Valerie nicht mitbekommen hatte und damit den Fauxpas die Verschwiegenheitsklausel zu brechen. »Das war nur meine

Freundin.« Ich sah zu ihm hoch und folgte seinem Blick, den er über das Wasser gleiten ließ.

»Ich liebe die Aussicht auf den See. Bei diesem Licht ist es besonders schön.«

Ich nickte, denn das war es. Ein traumhafter Flecken Erde. Plötzlich fühlte ich mich wie ein Störenfried. Vielleicht hatte Caden den Abend in Ruhe genießen wollen.

»Ich gehe dann mal«, erklärte ich übergangslos und stand auf. Meine Füße waren inzwischen eisig kalt, aber das Holz unter mir strahlte noch immer eine angenehme Wärme aus.

Caden hob abwehrend eine Hand. »Du musst nicht wegen mir gehen. Ich hatte wenig Zeit in den letzten Tagen und ich kann nur hoffen, dass du dich mittlerweile gut eingelebt hast. Es tut mir leid, aber morgen Nachmittag bin ich da. Wenn du Lust hast, würde ich dich gern auf einen Ausflug mitnehmen. Bist du seetauglich?«

»Wegen mir musst du dir wirklich keine Umstände …«

»Ach was«, wischte Caden meine Einwände beiseite. »Ich war schon lange nicht mehr auf dem See. Morgen Nachmittag um zwei hier?« Er wartete keine Antwort von mir ab. »Ich freue mich.« Er grinste breit, dann drehte er sich um und lief zurück zum Haus. Ich sah ihm hinterher. Meine Einwände waren ungehört verhallt. Erst als Caden im Schatten der Bäume verschwunden war, löste ich mich aus meiner Starre. Fröstelnd rieb ich mir über die Arme und beeilte mich, ins Haus zu kommen.

~

Als ich am nächsten Tag zum Steg kam, schaukelte das Motorboot bereits an der Anlegestelle. Auf der Seite stand in blauen Buchstaben »Elenore«. Ein schöner Name für ein

Boot, dachte ich. Die Sonne stand bereits hoch am azurblauen Himmel und wie tausend Diamanten spiegelte sich ihr Licht auf dem Wasser und in den Chromteilen des Bootes. Geblendet kniff ich die Augen zusammen.

Caden stand bereits an Deck. Er trug Shorts, ein weißes Poloshirt und auf dem Kopf eine Basecap. Verlegen sah ich zur Seite, als er mir eine Hand reichte, um auf das schwankende Gefährt zu gelangen.

»Setz dich am besten hier hin. Wir müssen noch auf Valerie warten.«

»Valerie kommt auch mit?« Ich konnte meine Überraschung nicht verbergen.

»Sie ließ sich nicht davon abhalten.« Er hatte den Satz nicht zu Ende gesprochen, da ertönte ihre Stimme.

»Darling!« Ich drehte mich kurz um. »Ich hoffe, ihr habt nicht auf mich warten müssen.« Ich konnte gerade noch an mich halten, nicht die Augen zu verdrehen. Wenn ich gewusst hätte, dass sie uns begleitet, hätte ich irgendeine Ausrede gefunden, nur um sie nicht einen ganzen Nachmittag lang ertragen zu müssen. Wieso hatte ich das überhaupt nicht in Betracht gezogen?

In einer weißen Tunika und mit einem breitkrempigen Strohhut kletterte sie an Bord und Caden half auch ihr dabei. Meine Laune sank auf einen Tiefpunkt.

Während Caden die Vertäuung löste, bedachte Valerie mich mit einem falschen Lächeln und nahm neben mir Platz. Unwillkürlich rückte ich ein Stück weg.

»Warst du schon mal auf einem Motorboot? Es ist herrlich, meine Liebe. Fast wie Fliegen.«

Ich murmelte irgendetwas. Dann nahm Caden am Steuerrad Platz. Der Motor gab ein sattes Geräusch von sich, als er ihn startete, der Valeries Geschnatter übertönte und durch den Boden konnte ich die Vibrationen der

Maschine spüren. Langsam entfernte sich das Ufer, dann beschleunigte Caden. Sanfte Wellen breiteten sich aus, als das Motorboot die Wasseroberfläche teilte und der Fahrtwind fuhr mir durch die Haare. Es war tatsächlich beinahe wie Fliegen, dachte ich und schloss einen Moment die Augen.

»Alles okay bei euch?«, rief Caden.

»Es ist herrlich«, antwortete Valerie und lachte, während ich mich darauf beschränkte ihm freundlich zuzunicken.

Wir glitten dahin. Über uns das Blau des Himmels, unter uns der See. Ich hob die Nase in den Wind und beschloss, die Fahrt einfach zu genießen.

Schließlich wurde das Boot langsamer, bis wir mitten auf dem See trieben. Sacht schaukelnd vom Wellengang.

»Ich habe uns etwas mitgebracht«, erklärte Valerie und jetzt erst bemerkte ich die Tasche neben ihr. Sie holte drei Sektgläser und die entsprechende Flasche hervor. Bald hielt jeder ein Glas in der Hand und wir stießen an. Während Valerie und Caden plauderten, genoss ich den Ausblick.

Erst als sie aufstand, kam ich zurück in die Gegenwart.

»Ich verschwinde mal für kleine Mädchen«, flötete Valerie und verschwand unter Deck.

»Gefällt es dir denn? Du bist so still«, erkundigte sich Caden.

»Doch, ich wollte euch nur nicht stören. Das ist eine tolle Abwechslung.«

Alarmiert riss Caden die Augenbrauen hoch. »Wie meinst du das? Langweilst du dich etwa?«

»Ich bin es einfach nicht gewöhnt, mich abends nicht mit Freunden treffen zu können. Aber es ist ja nicht für lange.« Ich wollte die entspannte Stimmung nicht zerstören, daher setzte ich ein Lächeln auf und tat so, als würden mich die zähen Nachmittage nicht langsam auffressen. Ich hatte zu wenig zu tun und ich vermisste meine Freunde, meine Familie. Fran blieb noch immer distanziert und die wöchentlichen Berichte bei Michael Gronak vermittelten mir das ungute Gefühl kontrolliert zu werden. Als würde er nur darauf warten, dass ich einen Fehler machte, auch wenn er das nie aussprach. Er blieb höflich, und doch hatte ich das Gefühl, als würde hinter der freundlichen Fassade eine andere Seite lauern. Caden sah ich abseits des Trainings nur gelegentlich und Selma hatte mit ihrem Regiment in der Küche alle Hände voll zu tun.

»Was machst du sonst an deinen freien Abenden?«, unterbrach Caden meine Gedanken und stützte seine Ellenbogen auf seine Knie, was ihn mir näher brachte.

»Was man halt so tut. In Clubs gehen, ins Kino. So was eben«, sagte ich achselzuckend.

Er schien einen Moment nachzudenken. Natürlich, ich hatte schon wieder vergessen, dass dieses normale Leben für ihn nicht möglich war, und jetzt hatte ich es ihm auch noch unter die Nase gerieben.

»Aber so ein Bootsausflug ist durch nichts zu toppen«, fügte ich deshalb eilig hinzu und sog die Unterlippe ein.

Cadens Gesicht nahm einen abwesenden Ausdruck an. Als wäre er gerade an einem anderen Ort und augenblicklich tat es mir leid, dass ich mit dem Thema angefangen hatte.

»Bist du oft hier?«

»Nicht so oft, wie ich gerne würde.« Er machte eine kurze Pause. »Ein paar meiner erfolgreichsten Songs habe ich hier geschrieben. Es ist sehr inspirierend. Stell dir vor, es ist Nacht.« Er richtete den Blick nach oben. »Über dir spannt sich der Nachthimmel mit Millionen von Sternen und unter dir schaukelt sanft das Boot. Man fühlt sich winzig und gleichzeitig geborgen. Und irgendwie ist es, als würde jemand zu mir sprechen … Es ist magisch.« Eine Weile noch hatte er den Blick nach oben gerichtet, als würde er etwas suchen, dann sah er mich mit einem verträumten Ausdruck an.

»Klingt schön«, sagte ich etwas unbeholfen, aber aufrichtig.«

»Was sind deine magischen Momente?«

Ich musste schmunzeln. »Oh, ich schreibe ganz sicher keine erfolgreichen Songs. Wahrscheinlich bin ich der unkreativste Mensch auf der Welt. Ein Jahr Blockflöte hat gereicht, um auch meine Mutter davon zu überzeugen, und malen kann ich auch nicht.« Ich lächelte schief.

»Ich glaube, in jedem von uns steckt Kreativität. Vielleicht ist sie irgendwo verborgen, aber sie ist da.«

»Das bezweifle ich.«

»Erinnerst du dich an deine Kindheit? Als aus etwas Sand und Wasser Schlösser und Burgen entstanden sind? Als du Schnecken ein Haus gebaut und Steine bemalt hast?«

Bilder und Erinnerungen formten sich in meinem Kopf. »Ja.«

»Siehst du! Es ist in dir. Du musst es nur wieder finden.« Er lächelte mich an und für ein paar Minuten schien die Zeit still zu stehen, in der ich erneut in seinen Augen versank. Verlegen wandte ich mich zur Seite und sah auf die Berge in der Ferne. Da fiel mir ein Boot auf, das auf uns zusteuerte.

Ich deutete darauf. »Die scheinen es aber ziemlich eilig zu haben.«

Caden kniff die Augen zu Schlitzen zusammen,

während er den Blick auf das sich nähernde Boot gerichtet hielt.

»Verdammt!« Er sprang auf.

»Was ist denn?« Beunruhigt sah ich von Caden zu dem fremden Motorboot und wieder zu ihm. »Was ist los?«, wiederholte ich meine Frage. Meine Hände legten sich um die Reling und ich beugte mich vor. Irgendetwas blitzte auf. Vielleicht eine Reflexion, schoss es mir durch den Kopf.

»Paparazzi! Wir müssen weg hier.«

Caden eilte zum Steuer. In dem Moment als er den Motor anwarf, kam Valerie nach oben. Es waren nur Bruchteile von Sekunden. Das fremde Motorboot schoss auf uns zu. Gischt spritzte auf und ich erkannte die Kameras, die auf uns gerichtet waren. Caden beschleunigte so stark, dass ich mich an der Reling festkrallen musste.

Ein spitzer Schrei, der beinahe völlig verschluckt wurde vom Dröhnen der Maschinen. Ruckartig sah ich zur Seite. Starrte auf den Fleck, wo gerade noch Valerie gestanden hatte.

»Valerie!«, schrie ich und sah mich suchend um. »Halt an, Caden!« Doch er hörte mich nicht und mir blieb nichts anderes übrig, als zu ihm zu gehen. Es waren nur wenige Schritte, doch das Schiff schwankte so stark, dass es kaum möglich schien, sicher zu ihm zu gelangen. Ich umklammerte die Reling, setzte unsicher einen Fuß vor den anderen. Es blieb keine Zeit und als ich ihn erreichte, zerrte ich an seinem Arm.

Caden sah mich fragend an.

»Valerie! Ich glaube sie ist über Bord gegangen!«

Seine Augen weiteten sich vor Entsetzen und er drosselte die Geschwindigkeit.

»Was? Sie war doch unter Deck.« Suchend sah er über die aufgewühlte Wasseroberfläche.

Auch ich sah mich um. Das fremde Boot hatte abgedreht, doch jetzt zählte nur, Valerie zu finden. Der See war viel zu kalt, um sich längere Zeit über Wasser halten zu können und um bis an Land zu schwimmen, waren wir zu weit draußen.

Von unserer rasanten Fahrt war der See noch immer aufgewühlt und zwischen den Wellen konnte ich Valerie nicht ausmachen.

Verzweifelt riefen wir ihren Namen immer wieder und Caden drehte das Boot. Langsam fuhren wir zurück zu der Stelle, wo ich vermutete, dass Valerie über Bord gegangen war.

Dann, nach endlosen Minuten, die sich wie Stunden angefühlt hatten, entdeckte ich sie. Angsterfüllt schlug sie mit den Armen um sich.

Aufgeregt deutete ich auf sie.

»Da drüben«, rief ich und schon streifte ich die Schuhe von meinen Füßen und sprang.

Das Wasser schlug über meinem Kopf zusammen. Es war so kalt, dass es mir die Luft aus der Lunge presste und wie kleine Nadelspitzen meine Haut malträtierte. Meine Kleider sogen sich voll, zogen mich nach unten in die schwarze Dunkelheit des Sees. Mit kraftvollen Bewegungen schlug ich die Beine zusammen, streckte die Arme und schob das Wasser zur Seite, bis ich die Wasserlinie durchbrach und nach Luft schnappte. Suchend sah ich mich um und entdeckte Valerie nur einige Meter entfernt. Ich sah ihre vor Entsetzen aufgerissenen Augen. Ihr Mund war weit geöffnet, und immer wieder spülte eine Welle Wasser hinein, die ihre Rufe erstickte. Ich wusste, ich durfte keine Zeit verlieren und zog noch einmal das

Tempo an. Erleichtert packte ich Valeries Arm, als ich sie endlich erreicht hatte.

»Ich hab dich. Halt dich an mir fest.«

Valerie klammerte sich panisch an mich und drohte, mich unterzutauchen. Ich löste ihren Griff, versuchte sie ein Stück von mir wegzuschieben. »Hör auf! So schaffen wir es nicht.«

In Valeries weit aufgerissenen Augen lag nackte Panik.

»Vertrau mir.«

»Okay«, keuchte Valerie. Sie hatte Mühe den Kopf über Wasser zu halten, doch ihre Bewegungen wurden ruhiger.

Ich sah zurück zum Boot. Caden stand an der Reling. Er hatte eine Rettungsboje ins Wasser geworfen und hielt das Seil in der Hand.

Mit Valerie im Schlepptau steuerte ich die Boje an. Es war anstrengend und ich merkte, wie mir die Kraft ausging. Wie die Kälte meinen Muskeln zusetzte. Doch ich richtete meinen Blick stur auf die orangene Boje, die auf der Wasseroberfläche tanzte. Nur noch wenige Züge und dann, endlich, hatten wir den rettenden Halt erreicht. Valerie ergriff die Boje und Caden zog sie die letzten Meter zum Boot, während ich langsam hinterher schwamm. Meine Arme wurden immer schwerer und meine Beine wollten den Dienst quittieren. Endlich erreichte ich das Boot und Caden, der gerade Valerie an Bord gezogen hatte, streckte mir die Hand entgegen.

»Ist alles okay?«, fragte Caden besorgt. Bibbernd schlang ich die Arme um meine Brust und er legte eine Decke um mich. Ich musste dringend aus diesen Klamotten raus. »Das war mutig. Danke Emma. Danke.« Meine aufeinanderschlagenden Zähne klapperten zur Antwort. »Unten sind Handtücher und im Schrank findet ihr etwas zum Anziehen von mir.« Sanft schob er mich in

Richtung Unterdeck und ich kletterte steif und ungelenk hinunter.

Als ich unter Deck ankam, hörte ich den Motor aufheulen und es klang wie Musik in meinen Ohren. Für heute hatte ich wahrlich genug vom Wasser. Ich wollte nur noch raus aus meinen Kleidern, ein warmes Bad und anschließend eine heiße Tasse Tee. Am besten in meinem Bett.

~

Eilig vertäute Caden die »Elenore«, als wir das Ufer bei seinem Haus erreichten.

Ich ließ Valerie den Vortritt, die von Bord kletterte.

»Emma?«

Überrascht sah ich mich zu Caden um. »Ja?«

»Danke Emma.« Er machte einen Schritt zu mir und plötzlich fand ich mich in einer Umarmung wieder. Ich spürte seine Wärme und er roch so angenehm nach einer Mischung von Aftershave und Abenteuer. »Ich habe gar keine Worte. Wenn du nicht ins Wasser gesprungen und Valerie rausgezogen hättest … Danke.«

»Ähm. Ja«, stammelte ich verlegen und löste mich aus der Umarmung. Ohne die Wärme seines Körpers begann ich augenblicklich wieder zu zittern. »Ich … ich geh dann mal …«

»Natürlich.« Er trat einen Schritt zurück und ich kletterte von Bord. Ich war so erschöpft und gleichzeitig verwirrt, obgleich der Gefühle, die Cadens Umarmung in mir ausgelöst hatte, dass ich nicht einmal Freude über den festen Boden unter meinen Füßen empfinden konnte.

Caden folgte mir. Ich hörte seine Schritte auf den Holzplanken und spürte ihn dicht hinter mir.

»Es tut mir so leid, Valerie«, sagte er, nachdem wir am Ufer waren und ging zu ihr, wo sie auf uns gewartet hatte. »Ich kann dir gar nicht sagen wie sehr.« Mit hängenden Schultern stand er vor ihr und es war so offenkundig, dass er sich wirklich Vorwürfe machte. »Ich hatte noch nie ein Problem mit Paparazzi draußen auf dem See. Ich meine, woher wussten die überhaupt, dass wir ausgerechnet heute draußen waren? Wie auch immer«, er fuhr mit der Hand durch sein Haar. »Ich hätte achtsamer sein müssen! Wenn Emma nicht … Ich mag gar nicht daran denken.«

Valerie zog die Decke enger um ihre Schultern.

»Es war einfach dumm von mir. Ich war völlig mit mir selbst beschäftigt und habe gar nicht mehr mitbekommen, was um mich herum passiert ist«, sagte sie und nieste in den oberen Rand der Decke. »Entschuldige«, sagte sie näselnd und erklärte: »Die Paparazzi sind heiß, wegen des angekündigten Albums.«

»Ihr entschuldigt mich? Ich muss mich dringend aufwärmen«, unterbrach ich Valeries Erläuterungen und schlug den Weg zum Gästehaus ein. Inzwischen schlugen meine Zähne wieder aufeinander und meine Muskeln waren derart verkrampft, dass mein Gang ziemlich steif war.

»Warte«, rief Valerie hinter mir. Verwundert drehte ich mich um. Die beiden waren bereits in Richtung Haupthaus gegangen, doch jetzt rannte Valerie mir nach. Mit den nassen Haaren, ohne ihre ganze Schminke und unter der dicken Decke, wirkte sie wie eine normale junge Frau. Nichts erinnerte an ihre affektierte Art.

»Danke, dass du mich gerettet hast«, sagte sie kleinlaut, nachdem sie mich erreicht hatte.

»Das hätte doch jeder gemacht. Ich bin froh, dass es dir gut geht.« Ich lächelte ihr zu und Valerie verzog ebenfalls die blauen Lippen, zu einer schiefen Grimasse, was wohl der Versuch eines Lächelns sein sollte.

Dann lief sie zurück zu Caden, der schützend einen Arm um ihre Schultern legte. Ich sah ihnen nach, bis das laute Klappern meiner Zähne mich mahnte, mich endlich loszureißen und ins Warme zu kommen.

6

Caden wischte sich den Schweiß von der Stirn. »Hältst du dir den Abend frei?«

»Warum? Du willst nicht wirklich noch eine Trainingseinheit dranhängen?« Skeptisch verzog ich den Mund. Manchmal war Caden zu ehrgeizig und ich musste ihn bremsen, damit er keine Verletzung wegen Überbelastung riskierte.

Er grinste breit. »Wenn du Tanzen als Trainingseinheit interpretieren willst. Wir gehen in einen Club.«

Fast wäre mir die Hantel aus der Hand gefallen. Hatte Caden nicht erst vor Kurzem erzählt, dass ein normales Leben für ihn unmöglich war?

Mein Gesichtsausdruck musste Bände sprechen, denn Caden beeilte sich zu sagen: »Ich dachte, das würdest du sonst mit deinen Freunden machen?«

»Ja. Schon«, sagte ich unsicher. Die Aussicht, endlich einmal wieder etwas anderes zu sehen und zu erleben, ließ mein Herz höherschlagen. Wollte er ernsthaft mit mir auf eine Party gehen?

»Dann sehen wir uns also um neun.« Er grinste breit und legte sich das Handtuch über die Schulter.

»Wie geht es Valerie?«, erkundigte ich mich. Nach ihrem unfreiwilligen Badeausflug hatte sie sich eine kräftige Erkältung eingehandelt. Vielleicht geriet mir hier mein gut trainiertes Immunsystem zum Vorteil und die vielen Laufeinheiten, die ich absolvierte, brachten auch in diesem Bereich etwas.

»Ich glaube besser, aber sie kann noch nicht wieder arbeiten. Irgendwie muss ich also ohne sie auskommen.«

Seltsam. Seine Freundin war krank und seine Sorge war, dass sie gerade nicht arbeiten konnte? Ich hatte angenommen, dass Valerie ein angenehmes Oberklasseleben führte und sich eher mit Shopping, als mit Arbeit das Leben versüßte. Aber das war dann sicher auch nur wieder ein Klischee.

Jedenfalls würde sie uns kaum in den Club begleiten. Um ehrlich zu sein, freute ich mich darüber. Auch wenn sie zuletzt ziemlich umgänglich gewesen war, konnte ich nicht behaupten, dass wir beste Freundinnen werden könnten und ganz sicher hatte ich wenig Lust, die beiden eng umschlungen tanzen zu sehen.

~

Caden erwartete mich am Brunnen. In der zerschlissenen Jeans, der schwarzen Lederjacke und dem weißen Shirt darunter, sah er unglaublich sexy aus. Er ist dein Chef, ermahnte ich mich. Auch wenn es sich in diesem Moment wie die Verabredung zu einem Date anfühlte, so war es doch nur Cadens Aufmerksamkeit geschuldet.

Ich hatte mich für einen kurzen Rock und ein simples Trägershirt entschieden. Um ehrlich zu sein, es war der einzige Rock, den ich besaß. Neben Caden sah ich ziemlich unspektakulär aus. Schon bereute ich es, nicht wenigstens etwas mehr Make-up aufgelegt zu haben. Aber Caden schenkte mir sein bezauberndes Lächeln und ich schob die Gedanken beiseite. Überhaupt, seit wann interessierte ich mich für Mode?

»Bist du bereit?«

Ich nickte. »Ich denke schon.«

In diesem Moment fuhr Fran den Bentley vor und Caden hielt mir galant die Tür auf.

Die Fahrt dauerte eine gute halbe Stunde, während der wir über Belanglosigkeiten redeten. Caden erzählte, wie die Proben liefen und von Jo, dem Keyboarder der Band, mit dem es offenbar gerade einige Probleme gab. Doch als ich genauer nachfragte, änderte er geschickt das Gesprächsthema.

Der »Smaragd« lag etwas außerhalb des Stadtrands. Fran stoppte den Wagen und wir stiegen aus. Zu meiner Verwunderung zog Caden eine dunkle Sonnenbrille und eine Basecap auf, obwohl die Sonne bereits untergegangen war. Doch dann wurde mir klar, dass es sein Versuch war, nicht erkannt zu werden. Zwar fand ich die Aufmachung übertrieben, im Club war es mit Sicherheit dunkel und laut, ich äußerte mich aber nicht dazu.

»Was ist mit Fran?«, fragte ich stattdessen und sah zur Fahrerseite, wo er sitzen geblieben war.

»Ich habe ihn gebeten, hier auf uns zu warten. Ich kenne den Besitzer.«

»Ist das eine gute Idee?«

Doch Caden lief schon in Richtung Club und mir blieb nichts anderes übrig, als ihm zu folgen.

Vor dem Eingang hatte sich eine lange Schlange von Wartenden gebildet, aber er schien nicht daran zu denken, sich ebenfalls einzureihen. Ich konnte nur hoffen, dass ich mir die missgünstigen Blicke hinter uns nur einbildete, doch das Getuschel sagte mir etwas anderes.

»Ey! Wie wär's mal mit anstellen?«, rief prompt ein junger Kerl. Doch Caden schien sich nicht darum zu kümmern. Wäre Fran hier, hätte ich mich vielleicht sicherer gefühlt, aber da Caden mit festem Schritt weiter ging, entschied ich mich dazu, den Unmut der Wartenden auszublenden. Über der Tür hing der Umriss eines geschliffenen Smaragdes und grüne Lichter erhellten den Eingang. Drei Kerle, deren Oberarme mindestens den Umfang meiner Oberschenkel maßen, standen breitbeinig davor. Ich blieb einige Schritte hinter Caden stehen, der ein paar Worte mit einem der Typen wechselte. Das anfänglich abweisende Gesicht des Türstehers wandelte sich, wurde freundlich und schließlich bedeutete Caden mir, ihm nach drinnen zu folgen. Über eine grün beleuchtete Treppe kamen wir nach unten. Ich kam mir vor wie Dorothy aus dem Zauberer von Oz, auf dem Weg in die Smaragdenstadt. Im Untergeschoss angelangt kamen wir über einen schmalen Flur in den imposanten Raum, in dem die Bässe laut wummerten, die Gäste ausgelassen feierten und tanzten.

Caden griff nach meiner Hand und zog mich mit sich in die Masse. Wir tauchten ein und begannen uns zum Rhythmus der Musik zu bewegen, bis wir mit den Klängen und den Tanzenden verschmolzen, wie ein einziger Organismus, der pulsierend das Leben und sich selbst feierte. Ich schloss die Augen, gab mich den Beats hin. Berauscht von diesem eigenartigen Zustand, bei dem die Welt von einem abfällt. Erhitzte Körper, zufällige Berührungen.

»Lass uns was trinken«, rief Caden nach einer Weile

und überrascht öffnete ich die Augen. Er stand dicht neben mir und legte eine Hand auf meine Schulter. Ich konnte die Wärme seiner Berührung spüren und der Geruch seines Aftershaves kitzelte meine Nase. Es roch nach Sandelholz, Myrrhe und einem Hauch von Zitrusfrüchten. Wieder regte sich dieses Kribbeln tief in meinem Inneren und ich musste an mich halten, nicht einen Schritt näher an ihn zu treten, um mehr von ihm zu spüren. Verdammt! Er war mein Chef und vergeben, rief ich mir ins Gedächtnis und verbat mir, dem drängenden Gefühl nachzugeben.

»Gute Idee«, brüllte ich gegen die wummernden Bässe und verließ stattdessen die Tanzfläche.

In der Nähe der Bar, entdeckte ich eine freie Sitzecke und gab Caden ein Zeichen. Das Leder fühlte sich unter meiner erhitzten Haut angenehm kühl an. Caden setzte sich neben mich und blätterte in der Karte, die auf dem Tisch stand.

Bald kam eine junge Frau zu uns. Sie mochte Anfang zwanzig sein. Das blonde Haar reichte ihr bis zur Taille und ihre Lippen hatte sie in einem kräftigen Rotton geschminkt.

»Hi. Kann ich euch etwas bringen?«, erkundigte sie sich und beugte sich weit vor.

»Ein Gin Tonic«, rief Caden, um die Musik zu übertönen. »Und für dich?« Er sah mich fragend an.

»Ein Shirley Temple, bitte.«

Die Bedienung nickte und eilte davon in Richtung Bar, vor der sich die Partygäste drängten.

Ich rückte etwas näher auf und fragte neben Cadens Ohr: »Kannst du mit der Brille überhaupt etwas sehen?«

»Geht schon«, las ich von seinen Lippen, zumindest war es das, was ich glaubte verstanden zu haben.

Während wir auf die Getränke warteten, beschränkte ich mich darauf, die Feiernden auf der Tanzfläche zu beobachten. Grüne Laserstrahlen durchzogen den Raum und das Licht färbte den wabernden Bühnennebel giftgrün.

»Die gehen aufs Haus.« Die junge Kellnerin stellte ein Tablett mit den Getränken und eine Schale Erdnüsse vor uns auf dem Tisch ab. »Könnte ich vielleicht ein Autogramm bekommen?«, fragte sie und kam Caden dabei näher, als es durch die Lautstärke nötig war. Ihre Aufdringlichkeit war selbst mir unangenehm. Ich rutschte ein Stück abseits und beobachtete, wie sie ihm ihren Kellnerblock und einen Kugelschreiber reichte.

»Auf uns und einen schönen Abend«, sagte Caden, nachdem die Bedienung mit einem breiten Grinsen im Gesicht wieder verschwunden war. Wir stießen an, doch kaum hatte ich den Strohhalm zum Mund geführt, tauchten zwei Mädchen auf und näherten sich aufgeregt unserem Tisch.

»Cami?«

Er nickte.

»Wir waren uns nicht sicher, aber …« Ein spitzer Schrei entfuhr der Brünetten. »Das ist ja der Hammer! Dürfen wir uns dazusetzen?«

Caden rutschte bereitwillig ein Stück zur Seite und die Mädchen setzten sich dreist dazu.

»Wir sind schon so gespannt auf das neue Album«, schwärmte die Braunhaarige.

»Und die Tour. Wir haben natürlich Karten. In Hamburg und Zürich«, fügte die andere hinzu.

Genervt zog ich mich zurück. Langsam begann mir klar zu werden, warum Caden sich normalerweise auf seinem Anwesen verschanzte. Niemand hatte die Mädchen eingeladen, doch sie benahmen sich, als wäre er ein guter Bekannter. Das er scheinbar gut gelaunt mit ihnen schwatze, war bewundernswert. Ich war inzwischen nicht mehr wirklich in Feierlaune.

Es dauerte nicht lange und Cadens Anwesenheit hatte sich herumgesprochen. Wildfremde Menschen tauchten auf und fragten nach einem Autogramm, oder einem gemeinsamen Foto. Bald saßen wir mit Leuten zusammen, die ich nie zuvor gesehen hatte. Immer neue Getränke wurden serviert und Caden signierte fleißig auf Bierdeckeln, Servietten und auf nackter Haut. Die Freundlichkeit, mit der er diesen Rummel um seine Person ertrug, war beeindruckend. Während ich mich von Minute zu Minute unwohler fühlte und missmutig eine Handvoll Erdnüsse mit meinem Drink herunterspülte. Etwas zu heftig stellte ich das leere Glas ab, aber niemand nahm Notiz davon.

»Ich geh mal auf die Tanzfläche«, rief ich, doch zur gleichen Zeit redeten drei Mädchen auf Caden ein. Entweder hörte er mich nicht, oder er war zu abgelenkt von den Frauen, die sich an ihn schmiegten. Vielleicht war es auch beides. Der Anblick gefiel mir ganz und gar nicht, obwohl es mich eigentlich nichts anging. Ich musste an die kranke Valerie denken, die zu Hause saß. Ob Caden sich anders verhalten würde, wenn sie mitgekommen wäre? Er könnte jede haben, schoss es mir durch den Kopf. An Gelegenheiten schien es ihm jedenfalls nicht zu mangeln. Noch einmal warf ich einen Blick zurück zur Sitzgruppe, wo ein Mädchen sich für ein Selfie gerade auf seinen Schoß setzte. Caden schien es nicht weiter zu stören. Oder genoss er es sogar? Und doch passte es einfach nicht zu dem Mann, den ich kannte, oder es mir zumindest eingebildet hatte.

Ich schob mich zwischen den Tanzenden hindurch, ließ mich von der Musik treiben und versuchte, die Bilder zu vertreiben, die in meinem Kopf herumwirbelten.

Bilder von Caden, den Mädchen und Valerie. Und dazwischen tauchten seine Augen auf, die mich intensiv anschauten, mich durchdrangen. Seine Berührungen und mein Körper, der ganz offensichtlich reagierte. Das alles verwirrte mich und so schloss ich abermals die Augen und ließ mich von der Musik und den wummernden Bässen davon treiben

Bald spürte ich, wie sich mein Puls und mein Atem beschleunigten, und genoss den Moment. Begeistert riss ich die Arme hoch und wiegte die Hüften, bis sich jemand eng an mich schmiegte. Ich fühlte die derbe Jeans, die sich gegen meinen Po drängte. Eine Hand umgriff meine Taille. Es dauerte einen Augenblick, um zu begreifen, was gerade geschah, doch dann löste ich mich blitzschnell aus der Umarmung. Ich drehte mich um und sah einen jungen Kerl, der dreist grinste. Seine Pupillen waren geweitet. Nur ein schmaler blauer Rand war von der Iris zu sehen. Der musste ein paar Drinks zu viel intus haben, dachte ich und schob ihn von mir. Doch in seinem umnebelten Hirn schien die Information nicht anzukommen. Er zog einen Mundwinkel weiter nach oben, was sein Gesicht seltsam verzerrte. Schon kam er wieder näher, umarmte mich und raunte mit belegter Stimme in mein Ohr: »Warum so grantig?«

Eine Hand legte sich auf meinen Po und knetete ihn. Ich stemmte mich gegen ihn, um ihn ein Stück von mir wegzudrücken.

»Ich glaube, du suchst dir besser eine andere«, rief ich ihm zu und drehte mich demonstrativ weg.

Doch der Typ war lästig wie eine Schmeißfliege. Er tanzte um mich herum, wie ein Pfau auf der Balz. Entschuldigend drängte ich mich zwischen ein paar Tanzenden hindurch, um dem Kerl zu entkommen und plötzlich stand Caden vor mir. Sein Unterkiefer war angespannt. Ich konnte die Muskelstränge arbeiten sehen.

»Lass die Lady in Ruhe«, grollte er.

»Was willst du?«, lallte der Betrunkene. »Ist sie deine Freundin?«

»Und wenn?«

Der Unbekannte sagte irgendetwas, doch die Musik verschluckte seine Worte. Er torkelte, machte einen Schritt auf Caden zu, der ihn zurückstieß. Dabei wankte er, verlor das Gleichgewicht und stürzte.

Ich schnappte Cadens Arm.

»Komm, lass uns verschwinden.«

Doch er schüttelte mich ab, reichte dem Typ auf dem Boden eine Hand und zog ihn hoch. »Alles okay?«

Die Faust kam unerwartet. Weder ich noch Caden hätten bei dem Betrunkenen mit einer derart schnellen Aktion gerechnet. Cadens Sonnenbrille flog davon, als der Schlag seine Wange traf. Überrascht hielt er eine Hand vor sein Gesicht. Inzwischen hatte sich eine Menschentraube gebildet. Jemand hatte den Kerl am Arm gepackt, während ein anderer auf ihn einredete.

»Wir gehen«, zischte Caden an mich gewandt. Der Ton in seiner Stimme war kalt. Seine Kiefer arbeiteten, als er nach meiner Hand griff, sich wegdrehte und mich mit sich zog.

»Warte!« Ich riss mich los. Auf dem Boden lag seine Sonnenbrille. Schnell bückte ich mich und hob sie auf. Als ich aufstand, war Caden von der Menschenmenge bereits verschluckt worden. Ich quetschte ich mich an Leuten vorbei und endlich erkannte ich seine Kappe. Er stand bereits vor der Treppe und sah sich suchend nach mir um. Ich schloss zu ihm auf, er umfasste meine Hand mit festem

Griff und wir eilten hinauf zum Ausgang, zurück zum Auto, wo Fran auf uns wartete.

»Chef? Alles in Ordnung? Was ist passiert?«, fragte Fran, als wir einstiegen.

»Fuck! Get us out of here!«, rief Caden ungehalten und zog die Autotür zu.

~

Die Stimmung im Wagen war angespannt. Fran war offensichtlich sauer, ebenso wie Caden und ich hatte ein schlechtes Gewissen und wusste nicht recht, was ich tun sollte. Der ganze Schlamassel war nur wegen mir passiert. Ich bat Fran, an einer Tankstelle anzuhalten, wo ich eine Packung Eis holte. Vorsichtig hielt ich sie an Cadens Wange. Im Dunkel des Wagens konnte ich nichts erkennen, aber bei der Wucht des Schlages befürchtete ich morgen ein heftiges Hämatom.

»Geht es?«

»Danke«, murmelte Caden, nahm mir die Eispackung ab und drückte sie sich gegen sein Gesicht.

Ich lehnte den Kopf gegen die kühle Scheibe und schloss die Augen. Ich wollte nur noch nach Hause.

~

Den ganzen Rückweg hatten wir kein Wort miteinander gesprochen. Das schlechte Gewissen drohte mich zu zerfressen, denn schließlich war er nur wegen mir in diesen Club gegangen. Noch dazu ohne seinen Leibwächter. Das alles war letztlich meine Schuld. Verstohlen hatte ich ein paar Mal zu ihm hinüber gesehen, doch Caden hatte den Blick zum Fenster gewandt.

Zurück auf seinem Anwesen, hielt Fran den Wagen vor dem Hauptgebäude. Caden und ich stiegen aus und Fran fuhr das Auto in die Garage. Zu meiner Überraschung zog Caden mich in eine Umarmung. Reglos verharrte ich darin, bis er sich schließlich löste.

»Ich habe dich gar nicht gefragt, ob bei dir alles okay ist. Geht es dir gut?«

»Ja«, hauchte ich. Dann räusperte ich mich und fügte mit kräftigerer Stimme hinzu. »Aber dein Auge …«

Er berührte sein Gesicht. »Mach dir darum keine Gedanken.«

Verlegen trat ich von einem Fuß auf den anderen.

»Ich denke, ich werde dann mal …«

»Ja, ja natürlich«, sagte ich etwas hektisch.

Als Caden die Haustür öffnete, tauchte Fran neben mir auf und ich folgte ihm schweigend ins Gästehaus.

Fran öffnete die Tür zu seinem Büro, als ich mir ein Herz fasste. »Warum bist du nicht mit in den Club gegangen?«

Langsam drehte er sich um. »Weil er es nicht wollte.«

»Ich verstehe nicht warum. Dieser Zwischenfall …«

»Er war der Auffassung, dass du dir eine etwas ungezwungenere Atmosphäre wünschst. Ohne Leibwächter.« Sein Blick war stählern.

»Aber …«, doch weiter kam ich nicht, denn Fran drehte sich um und verschwand in seinem Büro. Die Tür schloss sich hinter ihm und ich stand allein in dem schmalen Treppenhaus. Ich hatte es versaut. Nicht nur, dass Caden sich für mich in eine gefährliche Situation gebracht hatte, es war Frans Aufgabe Caden zu beschützen. Natürlich war er sauer auf mich. Ich legte eine Hand auf die Klinke und war versucht die Tür zu öffnen. Ich wollte Fran sagen, dass es nicht meine Idee gewesen war und dass ich gar kein Problem damit gehabt hätte, wenn er mitgekommen wäre. Ganz im Gegenteil. Und dass der ganze Abend überhaupt eine selten dämliche Idee gewesen war. Aber dann nahm ich meine Hand zurück. Egal was ich sagen würde, es würde nichts ungeschehen machen. Der Freude über die Partynacht war Ernüchterung und Schuldgefühlen gewichen, die mich erst spät einschlafen ließen.

~

Ein Klopfen riss mich aus einem wirren Traum, in dem ich die Partynacht noch einmal durchlebt hatte. Nur waren wir nach der Schlägerei von einem wütenden Mob durch die nächtlichen Straßen gehetzt worden, bis wir schließlich im Schatten einer Laderampe Zuflucht gefunden hatten. Ich verscheuchte die wilden Bilder und antwortete noch etwas verschlafen: »Was ist?«

»Gronak will dich sehen. Du solltest aufstehen«, rief Fran vor der Tür.

Augenblicklich war ich zurück in der Gegenwart angekommen. Mein Puls beschleunigte sich und mit einem Satz war ich aus dem Bett gesprungen. Was wollte der denn von mir? Mein nächster Bericht war erst in zwei Tagen fällig.

»Ich komme gleich«, antwortete ich und griff nach meinem Handy. Es war bereits halb elf. Ich hatte den ganzen Vormittag verschlafen und das Training verpasst. Jedenfalls ging ich davon aus, denn Caden hatte nichts davon gesagt, dass er ausfallen lassen wollte, trotz der Party. Hektisch schlüpfte ich in eine Jeans. Als helle Lichtpunkte vor meinen Augen tanzten, stützte ich mich an der Wand ab und atmete tief durch. Erst nachdem der Schwindel vergangen war, griff ich nach dem obersten

Shirt im Schrank und zog es über den Kopf. Das Frühstück würde warten müssen, doch bevor ich mich Gronak stellte, brauchte ich etwas, um meinen Kreislauf auf Trab zu bringen.

Zehn Minuten später stand ich in der Küche und goss heißen Kaffee in meinen Becher, als Fran im Türrahmen auftauchte. Mit Blick auf die Tasse meinte er: »Du solltest dich besser beeilen. Gronak wartet nicht gern und er klang nicht gerade gut gelaunt.«

Ich stellte die Glaskanne zurück in die Kaffeemaschine. »Ich werde jetzt diesen Kaffee trinken, denn ohne bin ich kein richtiger Mensch. Gronak wird noch fünf Minuten warten können.«

»Wie du meinst.« Fran hob die Schultern und drehte sich um, bereit wieder zu gehen.

»Warte«, rief ich ihm nach. »Es tut mir leid, wenn du Probleme bekommst, wegen gestern. Es war nicht meine Absicht gewesen und ich hätte ganz sicher nichts dagegen gehabt, falls …«

»Schon gut. Du musst dich nicht rechtfertigen. Jedenfalls nicht bei mir.«

Stirnrunzelnd sah ich Fran hinterher, der das Haus verließ. Was auch immer er mir mitteilen wollte, ich war definitiv noch nicht in der Verfassung seine kryptischen Bemerkungen zu entschlüsseln.

Nachdem ich den Kaffee hinuntergespült hatte, ging ich aus dem Haus und lief über den kurz geschnittenen Rasen hinüber zum Hauptgebäude.

Ich fand Gronak in seinem Büro. Als ich eintrat, legte er den Telefonhörer beiseite.

»Guten Morgen. Sie wollten mich sprechen?«

»Morgen?« Gronak sah auf seine Armbanduhr und hob eine Augenbraue.

Ich ignorierte die Anspielung.

»Ich würde gern von Ihnen erfahren, was das bedeuten soll?« Er kniff die Augen zu Schlitzen zusammen.

»Worauf genau spielen Sie an?«

»Das!« Gronak schob sein Tablet über den Schreibtisch und deutete darauf. Ich nahm das Gerät. Ein Foto von mir und Caden war zusehen, wie wir auf der Tanzfläche ziemlich eng zusammen tanzten. Enger als ich es in Erinnerung hatte. Ich hatte die Augen geschlossen, während Cadens Blick auf mich gerichtet schien, zumindest wirkte es auf dem Foto so. Ich schluckte schwer, um die aufsteigende Übelkeit zu vertreiben.

»Ich fürchte, ich verstehe nicht so ganz …«

»Lesen Sie!«, herrschte Gronak mich an.

Ich schob das Bild mit dem Zeigefinger nach oben. Darunter erschien ein Text und je weiter ich las, umso mehr zog sich mein Magen zu einem eiskalten Klumpen zusammen. Cami in Schlägerei verwickelt, stand dort in großen Buchstaben. Der Sänger Cami, dessen neues Album und eine Europatournee bereits angekündigt worden sind, wurde gestern Nacht in dem bekannten Club Smaragd gesehen, wo er mit Freunden eine ausgelassene Party feierte. Wie die WOW! erfuhr, sollen reichlich Drogen und Alkohol im Spiel gewesen sein, bevor der Star in eine Schlägerei verwickelt wurde. Offenbar ging es dabei um die unbekannte Begleitung an Camis Seite.

Behutsam löste ich meine verkrampften Finger und legte das Tablet zurück auf Gronaks Schreibtisch, der mich durchdringend ansah.

»Aber so war es nicht«, stammelte ich, bei dem kläglichen Versuch mich zu verteidigen.

»So?«, donnerte Gronak und sein Gesicht verdunkelte sich gefährlich purpurn. »Dann erklären Sie mir doch, wie es zu diesem Foto kommen konnte? Erste Gerüchte werden laut, Cami hätte eine Freundin. Und was hat es mit dieser Schlägerei auf sich? Wo war sein Leibwächter?«

Mein Kopf war wie leer gefegt. »Es war dieser Kerl …«, begann ich, aber Gronak hatte sich bereits in Rage geredet.

»Das ist ein Desaster! Mein Telefon steht kaum mehr still. Jeder will eine Stellungnahme. So kurz vor dem neuen Album. Wir können uns keinen Skandal erlauben.« Er raufte sich die Haare und in der Tat sah er ziemlich verzweifelt aus. Trotzdem fand ich es mehr als unfair, mich dafür verantwortlich zu machen.

»Ich habe schon gesagt, dass es nicht …«

»Cami kann es sich nicht leisten in derlei Geschichten verwickelt zu werden. Er hat ein Image zu wahren und Drogen, Alkohol und erst recht eine Freundin gehören ganz sicher nicht dazu. Scheinbar hat er einen Narren an Ihnen gefressen, doch ich würde Ihnen tunlichst anraten, uns zu verlassen.« Gronak lehnte sich zurück und verschränkte die Arme vor der Brust.

Hatte ich das richtig verstanden? Er hatte mir nahegelegt, zu kündigen? Jetzt, wo wir so kurz davor waren, das Geschäft meiner Mutter zu retten?

»Hören Sie, ich habe ganz sicher kein persönliches Interesse an Caden. Ich brauche diesen Job wirklich. Die Tour, darauf kann ich verzichten, aber diese anderthalb Monate …«

Gronak starrte mich an. Es war, als könnte ich sein Hirn arbeiten sehen. Die Rädchen, die sich in Bewegung setzten, während er abwägte, was er tun sollte. Die Spannung war kaum zu ertragen. Ich sog die Unterlippe zwischen meine Zähne und biss schmerzhaft darauf, während ich darauf wartete, dass der Manager eine Entscheidung traf. Endlich lehnte er sich vor und vor Angst hielt ich den Atem an.

»Also gut. Keine Aktionen mehr wie diese. Und in zwei Monaten sind Sie weg! Und Sie verlieren kein Wort darüber bei Cami. Ist das klar?«

»Ich habe verstanden«, antwortete ich. Gronaks Blick schien sich in meinen Rücken zu bohren, als ich sein Büro verließ, und die Gedanken wirbelten wild durch meinen Kopf. Ich brauchte das Geld und vor allem benötigten wir mehr Zeit, um die Boutique wieder auf die Beine zu bekommen. Und ich dachte an Caden. Daran wie wütend er gewesen war und wie er sich schützend vor mich gestellt hatte. Mit dem Kopf voller Überlegungen eilte ich los, doch anstatt in der Eingangshalle, befand ich mich unerwartet im Speisezimmer, wo Caden gerade sein Frühstück zu sich nahm. Offenbar war ich irgendwo falsch abgebogen.

»Setz dich doch, Emma.« Seine Stimme ließ mich mitten in der Bewegung innehalten. Auch das noch! Musste ich mir noch eine Standpauke anhören? Was wenn er sich nach meinem Gespräch mit seinem Manager erkundigte, oder wusste er überhaupt davon? Anders als befürchtet, lächelte er schief, als ich mich ihm zuwandte und zeigte auf einen Stuhl neben sich. Auf seinem Wangenknochen prangte ein Blutergruß. Zögerlich folgte ich seiner Einladung, ließ jedoch einen Platz zwischen uns frei.

»Gestern Abend … Es tut mir wirklich leid.«

»Dieser Kerl war dreist« Sein Blick war intensiv, als wollte er jegliche Einwände sofort ersticken. »Mir sollte es leidtun, dass es überhaupt so weit kommen konnte«, widersprach er.

»Tut es sehr weh?«, wechselte ich das Thema und deutete auf seine Wange. Allein die Frage trieb mir die Hitze ins Gesicht, weil sie sich naiv und einfältig anhörte.

»Es geht schon. Brötchen?« Er reichte mir den Brotkorb hinüber und als hätte sie gelauscht, erschien Selma und stellte einen Teller mit Besteck vor mich.

»Kaffee?«, erkundigte sie sich.

»Gerne.« Ich nickte ihr zu. »Wie geht es Valerie? Ich glaube nicht, dass es ihr recht wäre, dass ich hier bin.«

Caden sah mich irritiert an und seine Augenbrauen rückten etwas näher zueinander.

»Ich weiß nicht, was das mit Valerie zu tun hat, aber es geht ihr wieder gut, wenn das die Frage war.«

»Dann ist sie nicht da?«, fragte ich.

»Sie ist in London, ein paar Dinge für mich erledigen. Warum? Ich hatte nicht den Eindruck, dass ihr beide beste Freundinnen seid.«

Natürlich waren wir das nicht, aber da Selma genau in diesem Augenblick mit dem Kaffee kam, blieb mir eine peinliche Antwort erspart. Schweigend strich ich etwas Marmelade auf mein Brötchen, dann legte ich das Messer am Tellerrand ab.

»Um noch einmal auf gestern Abend zurückzukommen. Ich wollte wirklich keinen Ärger verursachen. Dass die Zeitungen berichtet haben … ich könnte eine Stellungnahme …«

Das Klirren, das Cadens Messer verursachte, als er es unsanft auf seinem Teller ablegte, ließ mich zusammenzucken. »Auf gar keinen Fall«, sagte er. »Dafür gibt es Michael und PR Leute.«

»Aber Gronak ist stinksauer.«

»Er hat mit dir gesprochen?«

Caden hatte also wirklich keine Ahnung. Ich nickte.

Er rieb sich die Schläfen, als würde ihm das Thema Kopfschmerzen verursachen. Dann sagte er milder: »Sieh es ihm nach. Michael ist angespannt und gute Presse ist im Hinblick auf die Tour und das Album wichtig.«

Ich presste die Lippen aufeinander. Die ganze Zeit hatte ich es gespürt, dass mit Gronak irgendetwas nicht stimmte. Dass seine Freundlichkeit nicht echt war. Heute hatte ich seine wahre Natur kennengelernt und umso mehr war es mir ein Rätsel, wie ausgerechnet Caden sich mit so jemandem umgeben und ihn auch noch in Schutz nehmen konnte.

Er schien meine Skepsis zu bemerken und fuhr fort: »Die Presse macht aus allem eine Story und wenn du mit ihnen redest, werden sie dir die Worte so im Mund herumdrehen, wie es ihnen passt. Ignoriere es einfach, okay?« Er schob seine Hand über den Tisch und legte sie auf meine. Warm und vertraut fühlte sie sich an und das elektrisierende Kribbeln machte sich wieder in meiner Magengrube bemerkbar. Am liebsten hätte ich den Moment angehalten, um ihn gänzlich auszukosten. Stattdessen zog ich meine Hand unter seiner hervor und klammerte mich an die Kaffeetasse. Hastig führte ich sie an den Mund und verbrannte mir prompt die Zunge.

Wie hatte ich nur in diese Situation geraten können? Caden war mit Valerie zusammen und erst wenige Minuten zuvor hatte Gronak mich mehr als deutlich in meine Schranken gewiesen. Statt Abstand zu wahren, saß ich mit Caden am Frühstückstisch und hielt Händchen. Was war nur in mich gefahren? Entschieden schob ich den Stuhl zurück. Die Stuhlbeine gaben ein hässliches Kratzen von sich, als protestierten sie über die rüde Behandlung.

»Entschuldige«, sagte ich hastig und eilte aus dem Raum. Zurück in meine Unterkunft, wo ich mich auf das

Bett warf und mein Schluchzen im Kissen erstickte. Die Gefühle, die Caden in mir weckte, seine widersprüchlichen Signale, die ich nicht zu deuten wusste und dann noch die Demütigung, die ich durch Gronak erfahren hatte, waren zu viel für den Moment. Wie sollte ich nur die restlichen Wochen überstehen? Mit Caden, der mir den Kopf verdrehte, obwohl er mit Valerie zusammen war. Aber warum flirtete er dann mit mir? Oder bildete ich mir das nur ein? Vielleicht war er einfach nur nett und ich interpretierte völlig falsche Dinge in sein Verhalten. Oder, und das wäre noch schlimmer, war ich nur ein Abenteuer, eine Eroberung. Bestimmt wollte ich keine Affäre sein, wenn Valerie gerade mal wieder in London war. Aber warum nur geriet mein Herz jedes Mal aus dem Takt, wenn ich in seiner Nähe war?

Nachdem die Tränen getrocknet waren, beschloss ich mich in die Arbeit zu stürzen, um mich abzulenken. Ich erstellte einen Trainingsplan für die nächsten zwei Wochen, meldete mich endlich bei Facebook und Instagram an, wo ich auch gleich meine ersten Posts absetzte. Anschließend warf ich mich in meine Laufklamotten. Ich musste hier raus, mich selbst wieder fühlen und einen klaren Kopf bekommen.

Die Kilometer schmolzen unter meinen Füßen dahin, bis die Gedanken leiser wurden und es nur noch das Geräusch meines Atems und den regelmäßigen Klang meiner Schritte gab.

Als ich zwei Stunden später zurückkam, verriet ein Blick auf meine Sportuhr, dass ich fünfundzwanzig Kilometer zurückgelegt hatte. Ein neuer Rekord.

7

Der Himmel war verhangen und ich hatte die Gelegenheit genutzt, trotz der Mittagszeit die Laufschuhe zu schnüren. Während die Kilometer unter meinen Füßen schwanden, kreisten meine Gedanken nur um Caden. Wie er es versprochen hatte, sprach bald niemand mehr von dem Vorfall im Club. Inzwischen war ich täglich im Internet unterwegs und neben dem Marketing für meine Mutter zog mich das Medium immer mehr in seinen Bann. Anfänglich war ich zufällig über einen Post gestolpert, der sich auf Caden bezog, doch mittlerweile suchte ich aktiv nach Berichten über ihn. Auf jedem Foto war er mit seiner Sonnenbrille zu sehen. Es schien sein Markenzeichen zu sein. Deshalb hatte er sie im Club auch nicht abgenommen. Natürlich war der Zwischenfall ein gefundenes Fressen gewesen. Der zurückgezogen lebende Star in einem Musikclub und dann noch in Begleitung einer Unbekannten. Wilde Spekulationen waren hochgekocht, doch nach ein paar Tagen war die Schlagzeile von der nächsten abgelöst worden und die Internetcommunity hatte bereits ein neues Thema gefunden.

Währenddessen lief die Promotion–Aktion für Cadens Album auf Hochtouren. Das Cover wurde vorgestellt und handsignierte CDs zugunsten der Kinderkrebshilfe versteigert. Caden hatte ein paar Fototermine und ich sah ihn nur noch zu unseren morgendlichen Trainings, was mir einerseits recht war, andererseits gab es da eine beinahe zwanghafte Sehnsucht, ihn öfter zu sehen.

Als ich von meiner Joggingrunde zurückkam und meine Sportschuhe neben der Haustür abstellte, hörte ich Fran bereits in der Küche hantieren. Ein köstlicher Geruch von gebratenem Speck und Eiern wehte durchs Haus. Selma hatte ihren freien Tag und Fran hatte angeboten, für uns zu kochen.

»Hey, das riecht fantastisch«, sagte ich, als ich den Kopf zur Küche hineinsteckte.

Fran stand am Herd und rührte mit einem Holzlöffel in der Pfanne. Er drehte sich um und musterte mich missbilligend. »Spring unter die Dusche. So setzt du dich nicht mit mir an den Tisch.«

»Jawohl«, antwortete ich und grinste. Dann eilte ich die knarzende Treppe nach oben.

»Und beeil dich! Essen ist gleich fertig«, rief er mir hinterher.

Keine zehn Minuten später saß ich am gedeckten Tisch und Fran lud Rührei mit Speck auf die Teller.

»Ich fürchte, zu mehr reichen meinen Fähigkeiten nicht.«

Ich nahm ein Stück des duftenden Baguettes, das in einem Korb in der Mitte des Tisches stand.

»Das ist genau das, was ich jetzt brauche. Danke, Fran.« Ich meinte es ehrlich und auf Frans Gesicht zeichnete sich ein schmales Lächeln. Es schien, als würde er sich langsam an meine Anwesenheit gewöhnen.

Wir aßen schweigend. Nur die Kaugeräusche und das Schaben und Klappern des Bestecks erfüllten den Raum.

»Seit wann arbeitest du eigentlich für Caden?«, fragte ich schließlich.

Er überlegte kurz. »Das müssten jetzt beinahe zehn Jahre sein.«

»Wow. Eine lange Zeit.«

»Wie man's nimmt«, sagte er kauend.

»Ist es immer so?«

Fran sah mich mit seltsam durchdringendem Blick an. »Was meinst du damit?«

»Ich weiß nicht«, ruderte ich zurück. »Vielleicht habe ich mir das Starleben nur anders vorgestellt. Ich meine, er scheint nicht besonders viel Spaß zu haben.«

Fran seufzte. »Mädchen, lass mich dir eins sagen: Nicht alles ist so, wie es aussieht. Es hat Caden viel harte Arbeit gekostet, um dahin zu kommen, wo er jetzt ist.« Er machte eine bedeutungsvolle Pause, bevor er fortfuhr: »Aber es kostet noch mehr, um auch dortzubleiben. Ich befürchte …«

Ohne es zu bemerken, hatte ich mich vorgebeugt und sah ihn erwartungsvoll an. »Was wolltest du sagen?«

Statt zu antworten, schob er sich das letzte Stück Ei in den Mund und stand auf. »Ich meine, du solltest aufpassen und deinen Job machen.« Er stellte seinen Teller in die Spüle. »Übrigens werde ich heute Nacht nicht da sein. Ich wollte, dass du Bescheid weißt.«

»Okay. Darf ich wissen warum?«

»Das ist persönlich.«

Ich wusste, ich war zu weit gegangen. Die entspannte Atmosphäre hatte sich verändert und Fran wirkte wieder verschlossen und abweisend. Trotzdem musste ich fragen, denn etwas lag mir auf dem Herzen.

»Wieso arbeitet Caden mit Gronak zusammen? Ich meine, er scheint mir kein besonders netter Kerl zu sein und …«

»Damit bist du nicht allein. Gronak geht es nur ums Geld und den Erfolg. Aber ich befürchte, das geht uns nichts an und ich würde dir raten, dich nicht mit ihm anzulegen. Wenn's sein muss, geht der Typ über Leichen.« Erschrocken sah ich ihn an. »Nicht im wörtlichen Sinn, natürlich«, ergänzte Fran, dem meine Reaktion nicht verborgen geblieben war.

»Dafür ist es wohl schon zu spät«, murmelte ich.

»Was?«

»Nichts« sagte ich und stapelte die leeren Teller aufeinander.

Fran stand auf. »Wir sehen uns morgen.«

Ich lächelte. »Bis morgen dann und viel Spaß bei, was auch immer du vorhast.«

Fran brummte etwas Unverständliches, doch dann hob er die Mundwinkel an und ich wusste, dass er es mir nicht übel nahm.

Während ich das Geschirr in die Spülmaschine lud überlegte ich, was Fran mir nur über Caden hatte erzählen wollen? Ich hatte das Gefühl, dass es etwas Wichtiges war, aber mir war klar, dass es aussichtslos wäre, ihn noch einmal darauf anzusprechen. Fran war absolut loyal und auch wenn wir uns inzwischen recht gut verstanden, würde er nicht anfangen, Klatsch über seinen Boss zu verbreiten.

8

Unruhig lag ich im Bett, wälzte mich von einer Seite auf die andere, aber heute fand ich keinen Schlaf, was angesichts der Uhrzeit und der mir bevorstehenden Trainingseinheit mit Caden ziemlich unpraktisch war. Entschieden schlug ich die Decke zurück und schwang die Füße über den Bettrand. Es half nichts, den Schlaf erzwingen zu wollen. Also schlüpfte ich in eine bequeme Jogginghose und ein Shirt und tapste auf nackten Sohlen im fahlen Schein des Mondes, der durch das Fenster fiel, in die Küche. Ohne Fran fühlte sich das Haus seltsam verlassen an und irgendwie unheimlich. Das Knipsen des Lichtschalters klang befremdlich und der Kühlschrank, dessen Aggregat just in diesem Moment ansprang, war lauter als sonst. Erschrocken machte ich einen kleinen Satz, nur um gleich über mich selbst zu lachen. Seit wann war ich denn solch ein Angsthase?

Nachdem ich ein Glas Wasser getrunken hatte, stand ich unschlüssig in der Küche. Mein Blick blieb an Frans Bürotür hängen. Vermutlich hatte er es vor seiner Abfahrt abgeschlossen. Trotzdem zog es mich fast magisch dorthin. Ich streckte meine Hand aus, ließ sie auf der Klinke ruhen. Ich zögerte. Es wäre besser, zurück in mein Zimmer zu gehen. Ich könnte noch ein Buch lesen oder schauen, ob etwas im Fernsehen lief. Doch ich konnte nicht anders. Behutsam drückte ich den Griff nach unten und zu meiner Überraschung öffnete sich die Tür geräuschlos. Im silbernen Mondschein erkannte ich Frans leeren Schreibtisch, dahinter einen Bürostuhl. An den Wänden zeigten sich dunkle Schatten. Bilderrahmen, schlussfolgerte ich. Fran würde nie davon erfahren. Leise schlich ich in das kleine Zimmer und von Neugier getrieben, betätigte ich den Lichtschalter. Das Licht war zu grell, als wollte es mit dem ausgestreckten Finger auf mich zeigen. Seht her, hier ist sie.

Neugierig sah ich zu Frans aufgeräumtem Schreibtisch. Das Büro gab nichts her, was von Interesse gewesen wäre. Doch gerade weil er aus dem Raum ein riesiges Geheimnis machte, zog es mich hinein und zögerlich, aber wie von einem Magneten angezogen, tat ich einen Schritt vorwärts und dann noch einen. An den Wänden hingen Urkunden, die ich näher betrachtete. Kantonsmeisterschaften, Schweizer Meister im Kickboxen und Europameister lauteten die Titel. Nie wäre ich auf den Gedanken gekommen, dass mein Mitbewohner eine erfolgreiche Sportlerkarriere hinter sich hatte. Die letzte Urkunde war die der Europameisterschaft und die lag fünfzehn Jahre zurück. Also hatte er danach aufgehört, mutmaßte ich. Ich umrundete den Schreibtisch und stieß versehentlich etwas zu Boden. Ein Bilderrahmen lag mit der Bildseite zuunterst vor meinen Füßen und ich bückte mich danach. Behutsam hob ich ihn auf und sah auf das geborstene Glas. Splitter lagen auf den Dielen und ich fluchte leise. Fran würde eins und eins zusammenzählen. Ein Riss zog sich diagonal über das Foto, auf dem mir eine junge Frau mit langem Haar entgegen lächelte. Auf ihrem Schoß saß ein dunkelhaariger Junge von vielleicht drei Jahren. Er winkte dem Fotografen zu. Die Ähnlichkeit zu Fran war verblüffend. Als würde mich eine frühere Version von ihm anlachen. Er hatte nie ein Kind erwähnt, geschweige denn eine Frau. Dieser verschlossene Kerl, der scheinbar nur für seinen Job lebte – ich war zu weit gegangen. Ich war in Frans Privatleben eingedrungen und offenbar war ich auf etwas gestoßen, das nicht für meine Augen bestimmt war. Betreten stellte ich das Bild zurück auf den Schreibtisch und begann vorsichtig die Glassplitter Stück für Stück in meiner Hand aufzusammeln. Ein kleines, glitzerndes Häufchen Glas. Ich verschloss das Büro wieder, entleerte die Splitter im Mülleimer und schlich mit gesenktem Kopf zurück in mein Zimmer, doch an Schlaf war nun erst recht nicht mehr zu denken. Jetzt, wo das Eis zwischen mir und Fran gebrochen war, musste ich so dämlich sein und in sein Arbeitszimmer eindringen. Dass mir dabei ausgerechnet der Bilderrahmen herunterfallen musste, geschah mir nur recht. Gleich bei seiner Rückkehr würde ich ihm alles beichten müssen.

Ein Spaziergang im Garten würde mir helfen, zur Ruhe zu kommen, beschloss ich. Und mit Sicherheit würde mir etwas einfallen, wie ich Frans Ärger abmildern könnte. Ich schlüpfte in ein paar Turnschuhe, zog mir eine Strickjacke über die Schultern und ging nach draußen in den Garten, wo die Bäume wie dunkle Schatten in den Nachthimmel ragten. Wind raschelte im Laub und ließ die Kronen wanken. Ich zog die Jacke enger um mich und lief hinunter zum See. Das Ufer schien silbern und auf den Wellen tanzte das Mondlicht.

Eine Weile stand ich still dort. Der Wind spielte in meinen Haaren, während ich auf den weiten See sah. Das Bergpanorama auf der gegenüberliegenden Seite war nur als schwarzer Schatten zu erahnen. Als vorbeiziehende Wolken schließlich den Mond verdeckten, verschwand auch das letzte Licht und ich machte mich auf den Rückweg. Rechts von mir lag dunkel und verlassen das Gästehaus. Vor mir thronte das Herrenhaus, dessen Erker und Türme schwarz hervorragten. Täuschte ich mich, oder war dort, wo ich das Wohnzimmer vermutete, ein schwacher Lichtschein? Wie die Motte von einer Lampe wurde ich angezogen und strebte ihm weiter entgegen. Leise Pianoklänge führten mich schließlich auf die Terrasse und nahmen mich gefangen. Durch das Fenster sah ich Caden. Sein Gesicht war durch die Klavierlampe erhellt, doch um ihn herum herrschte Dunkelheit. Er schien völlig versunken in die Musik. Verloren und irgendwie verletzlich. Und ich fragte mich, wann er eigentlich schlief.

»Emma, was machst du denn mitten in der Nacht hier? Magst du reinkommen?«

Blut schoss mir in die Wangen. Ich hatte nicht bemerkt, dass sein Spiel geendet hatte und Caden die Terrassentür geöffnet hatte. Etwas musste mich verraten haben. Ich schüttelte den Kopf. »Nein, ich wollte nicht stören. Ich konnte nicht schlafen, war spazieren und da habe ich dich spielen gehört.«

»Dann sind wir schon zwei, die keinen Schlaf finden.« Auffordernd winkte er mich hinein und zögerlich folgte ich seiner Einladung.

»Eine heiße Tasse Schokolade soll angeblich bei Schlaflosigkeit helfen. Möchtest du auch eine?«

Dieses Angebot konnte ich nicht ablehnen und so

folgte ich Caden in die Küche, wo er einen Topf auf den Herd stellte und Milch hineingoss.

»Möchtest du lieber Vollmilch oder dunkle Schokolade?«

»Dunkle.«

Caden grinste. »Gute Entscheidung.« Er öffnete einen Apothekerschrank und nach kurzem Suchen fand er eine Tafel feinster Schweizer Schokolade. Sorgfältig faltete er das Papier auseinander, legte sie auf ein Holzbrettchen und begann die Süßigkeit mit einem Küchenmesser klein zu hacken.

»Sieht so aus, als machst du das nicht zum ersten Mal«, stellte ich fest.

»Meine Mum ist eine fantastische Köchin. Ich habe mir wohl einiges von ihr abgeschaut«, sagte Caden, während er die Schokolade mit wiegenden Bewegungen des Messers zerkleinerte.

»Sie muss unglaublich stolz auf dich sein.«

»Das ist sie vermutlich, aber ich glaube, sie hat meine Karriere nie so ganz verstanden. Sie ist auf ihrer Farm glücklich.« Caden schob mit dem Messer die Schokoladenstückchen in die inzwischen dampfende Milch.

»Du bist auf einer Farm aufgewachsen?« Ich versuchte, mir Caden zwischen Kühen und Traktoren vorzustellen, und konnte mir ein Grinsen nicht verkneifen.

Caden war es nicht entgangen, obwohl ich schwören könnte, dass er die ganze Zeit auf die Schokolade gesehen hatte.

»Du glaubst mir wohl nicht?«, fragte er und begann mit einem Holzlöffel im Topf zu rühren. »Mein Dad war als Soldat in Deutschland stationiert und bis ich etwa zehn war, haben wir dort gelebt. Dann kam der Irak-Krieg und er wurde im Einsatz verletzt …«

»Oh«, machte ich betroffen und wusste nicht recht, was ich sagen sollte. Das Gespräch hatte eine Wendung genommen, die einen dumpfen Vorhang über mich legte. Betreten starrte ich auf die verbliebenen Krümel Schokolade, die auf dem Holzbrett lagen.

»Er hat sich nie so ganz erholt«, setzte Caden seine Erzählung fort. »Aber nach seiner Entlassung aus der Armee sind wir nach Kanada gezogen und meine Mum hat sich ihren Traum von einer eigenen Farm erfüllt. Sie hat ein paar Pferde, Kühe, eine Ziege und zwei Hunde, die ihr überall hin folgen.« Ich sah auf und ein Lächeln huschte über sein Gesicht, als er in seinen Erinnerungen versank.

»Und warum bist du in die Schweiz gegangen?«

»Business.« Cadens Schultern hoben sich, dann zog er den heißen Topf vom Herd und goss die dampfende Flüssigkeit in zwei Becher, die er bereitgestellt hatte. Der schwere Duft des süßen Getränkes drang in meine Nase. Vorsichtig schloss ich die Hände um die Tasse und wärmte meine Finger. Es hatte etwas Beruhigendes und Tröstliches.

Caden ging zum Sofa und ich folgte ihm mit meinem Kakao.

»Hier ist es doch gemütlicher«, sagte er und führte seine Tasse zum Mund.

Ich nickte und tat es ihm gleich.

»Mh«, machte ich. »Das ist wirklich gut.«

Caden grinste amüsiert.

»Was ist?« Sein schiefes Lachen irritierte mich.

Er führte seinen Zeigefinger an den Mundwinkel und endlich begriff ich. Hastig wischte ich mir die Schokolade ab.

»Entschuldige«, sagte Caden belustigt. »Aber das sah wirklich süß aus.«

Süß? Hatte er das wirklich gesagt? Verlegen trank ich noch einen Schluck. Achtete anschließend aber peinlich genau darauf, keine verräterischen Spuren zu hinterlassen.

Schweigend saßen wir nebeneinander und tranken unseren Kakao.

»Der war wirklich sehr gut«, sagte ich und stellte die leere Tasse ab.

»Es ist nur Kakao. Keine hohe Kochkunst. Möchtest du noch?«

»Danke, aber ich sollte wirklich gehen«, sagte ich und wollte aufstehen.

»Bleib. Bitte«, bat er sanft.

»Ich glaube, Valerie wäre nicht sehr erfreut, mich hier mitten in der Nacht zu sehen«, erklärte ich und meine Stimme klang seltsam belegt.

»Emma, ich arbeite mit Valerie. Sie ist meine Assistentin. Nicht mehr und nicht weniger.«

Überrascht sah ich ihn an.

»Ich dachte, sie wäre deine …«

»Freundin? Nein, ist sie nicht. Ich mag Valerie und ich schätze ihre Professionalität.«

Ich schlug die Hände vors Gesicht. Meine Wangen glühten und am liebsten hätte ich die Zeit ein paar Minuten zurückgedreht. Ich hatte mich komplett lächerlich gemacht.

Er nahm meine Hand und sanft zog er sie weg. Zwang mich, ihn anzusehen. Er war mir so nah und in seinen Augen schimmerte ein warmer Glanz. Auf seinen Wangen standen winzige Bartstoppeln und ich spürte das Verlangen darüber zu streichen. Mein Blick wanderte weiter hinunter und blieb an seinen Lippen hängen. Die feinen Linien auf blassrosafarbener Haut. Wie würde er schmecken? Ich schluckte und riss meinen Blick los. Hektisch sprang ich auf. Ich musste gehen, bevor etwas geschehen würde, was ich bereuen könnte.

»Warte!«, rief Caden, noch bevor ich die Terrassentür erreicht hatte. »Geh jetzt nicht einfach weg.«

»Wir sollten das wirklich nicht …« Ich schüttelte den Kopf und ging zur Fensterfront. Jetzt erst sah ich, dass es in Strömen regnete. Auch das noch, dachte ich. Natürlich hatte ich weder eine Jacke noch einen Schirm dabei. Doch mir blieb keine andere Wahl. Ich wollte nur noch weg.

Ich legte die Hand um den Hebel der Terrassentür. In der Spiegelung des Glases sah ich Caden. Er war aufgestanden und hatte die Hände in den Hosentaschen vergraben.

Ich zog die Schultern hoch und öffnete die Tür. Augenblicklich schlug mir der Wind entgegen. Die ersten Regentropfen benetzten bereits den Marmorboden des Wohnzimmers, als ein heller Blitz den Himmel durchzuckte und gleich darauf ein markerschütternder Donnerschlag ertönte. Ich schrie auf und plötzlich fand ich mich zitternd in Cadens Armen wieder, während scheinbar direkt über dem Haus das Grollen anhielt.

»Es ist nur ein Gewitter«, raunte Caden mir ins Ohr. Sein Körper war warm und er hielt mich eng umschlungen. Ein schwacher Duft seines Duschgels vermischte sich mit dem sauberen Geruch frisch gewaschener Wäsche. Mein Kopf ruhte an seiner Brust und ich spürte seinen Atem, das Heben und Senken seines Brustkorbes. Er führte mich einen Schritt von der Tür weg und schloss sie hinter mir. Sperrte das Unwetter aus, doch die furchtbaren Erinnerungen an den Unfall meines Vaters bewegten mich noch immer und Tränen benetzten Cadens Hemd.

»Ich glaube, du bleibst heute Nacht besser bei mir«, flüsterte er fürsorglich und begleitete mich zurück in die Küche. Caden reichte mir ein Taschentuch und unbeholfen wischte ich die Tränen aus dem Gesicht, während mein ganzer Körper zitterte.

»Ich glaube, jetzt könntest du etwas Stärkeres als Kakao brauchen.«

Er holte zwei Gläser und schenkte eine goldene Flüssigkeit ein, während ich versuchte, die Gespenster meiner Vergangenheit zu verjagen und meinen Herzschlag zu beruhigen.

»Entschuldige«, schniefte ich.

»Es muss ganz in der Nähe eingeschlagen haben«, sagte Caden. »Aber hier bist du sicher. Ich verspreche es dir.«

Ich war versucht, mich zurück in seine Arme zu flüchten und mich an ihn zu schmiegen, um so die Schatten zu vertreiben, doch ich nippte bloß umständlich am Glas, nur um einen heftigen Hustenanfall zu bekommen, als der Alkohol meinen Rachen füllte und meine Speiseröhre hinab rann.

»Uh … was ist das?«, keuchte ich.

Caden lachte und leerte sein Glas in einem Zug. »Feinster Bourbon, aber ich glaube, das ist nicht ganz dein Fall.«

»Das glaube ich auch.« Ich lächelte verkrampft. Dann schob ich mein Glas in Cadens Richtung, der es nahm und ebenfalls austrank, als wäre es reines Quellwasser.

»Ich zeige dir das Gästezimmer.« Er stellte das leere Glas mit einem dumpfen Geräusch auf dem Sofatisch ab. »Es ist das Zimmer meiner Mutter. Ich hoffe, es stört dich nicht.«

Ich hätte auch in der Küche geschlafen, wenn ich nur

nicht hinaus in das Gewitter musste. Dankbar nahm ich das Angebot an und folgte Caden nach oben.

~

Als ich am nächsten Morgen aufwachte, schien die Sonne bereits durch das Fenster. Der Himmel war klar und blau, als hätte es das Unwetter in der Nacht nicht gegeben. Meine Hände strichen über das kühle Laken und ich erinnerte mich daran, am Abend die Treppe nach oben gegangen zu sein. Von einer Galerie aus führten etliche Zimmertüren ab. Caden hatte mich bis zum Gästezimmer begleitet und mir eine gute Nacht gewünscht. Fast war ich ein wenig enttäuscht gewesen, als sich die Tür geschlossen hatte und ich allein war. Doch kaum hatte ich die Decke über meinem Körper ausgebreitet, war ich eingenickt. Immer wieder hatten mich die Geräusche von draußen aufgeschreckt, in den frühen Morgenstunden war ich jedoch endlich in einen tiefen Schlaf versunken.

Müde sah ich mich um. In der Mitte des Raumes stand das breite Bett, in dem ich lag. An der Wand mit fliederfarbener Blumentapete befanden sich eine Kommode sowie ein antiker Schminktisch, der mit aufwendigen Verzierungen versehen war und auf dem einige gerahmte Fotografien standen. Da meine Blase sich bemerkbar machte, schlug ich die Decke zurück und schwang die Beine über die Bettkante. Meine Füße versanken in einem flauschigen Teppich, als ich aufstand. Neben der Zimmertür, durch die ich gestern Abend gekommen war, führten zwei weitere Türen in angrenzende Räume. Ich entschied mich für eine, öffnete sie und fand einen begehbaren Kleiderschrank dahinter, in dem nur ein Kleid verloren auf der Kleiderstange hing. Ich schloss die Tür und nahm die andere. Die luxuriöse Badewanne mit Whirlpooldüsen bestätigte meine Vermutung. Neben der Wanne befand sich eine nicht weniger großzügige Dusche mit etlichen Knöpfen, seitlichen Düsen und Bedienfeld. Wenigstens für die Toilette würde ich nicht erst eine hundert Seiten umfassende Bedienungsanleitung studieren müssen.

Nachdem ich meine Notdurft verrichtet und mich einigermaßen frisch gemacht hatte, kam ich zurück ins Schlafzimmer und betrachtete die Fotografien. Ein Ehepaar stand auf der Veranda einer malerischen Farm und lächelte. Das mussten Cadens Eltern sein. Ein hübscher Junge saß auf dem Schoß seiner Mutter und lachte in die Kamera. Die Ähnlichkeit zwischen ihnen war verblüffend. Das schwarze Haar, das sich bei dem Jungen in wilden Locken kringelte, war bei ihr glatt und glänzend. Die Haut wirkte bei beiden beinahe wie Porzellan. Ein anderes zeigte Caden als jungen Mann im Anzug, vielleicht bei seinem Schulabschluss.

Lächelnd wandte ich mich ab und warf einen Blick durch das Fenster, das zum Garten hinaus zeigte. Der Ausblick auf den See war atemberaubend, doch die Schönheit konnte den Schaden, den das Unwetter angerichtet hatte, nicht verhehlen. Abgerissene Zweige und Blätter lagen auf dem Rasen. Die sorgsam gepflegten Blumenrabatten waren ruiniert. Einen Moment beobachtete ich die Gärtner, die bereits mit den Aufräumarbeiten begonnen hatten. Dann glitt mein Blick hinüber zum Gästehaus. Zischend sog ich die Luft ein und presste die Handfläche gegen die kalte Scheibe. Das konnte nicht sein! Mit weit aufgerissenen Augen starrte ich auf die abgeknickte Spitze der hohen Tanne, die jetzt auf dem Dach des Hauses lag. Vom Fenster aus konnte ich den Schaden nicht genau ausmachen, aber allein bei dem Gedanken, dass ich dort gewesen wäre, erschauderte ich. Schnell griff ich nach meiner Strickjacke, schlüpfte in meine Turnschuhe und eilte aus dem Zimmer die Treppe hinunter. Ich riss die Haustür auf und rannte über den aufgeweichten Rasen. Ein Gärtner hob erstaunt den Kopf, als ich vorüber hetzte, doch ich achtete nicht weiter auf ihn. Fran und Caden standen einige Meter vor dem Gästehaus und besahen sich gerade den Schaden. Augenblicklich erinnerte ich mich an den zerbrochenen Bilderrahmen. Doch jetzt war nicht der Zeitpunkt, es Fran zu beichten.

»Zum Glück war niemand im Gebäude«, sagte Caden zu Fran, gerade als ich dazu kam.

Fran verschränkte die Arme und bedachte mich mit einem fragenden Blick, den ich beschloss zu ignorieren.

»Ich habe bereits jemanden angerufen, der den Schaden begutachten wird, aber ich befürchte, das wird eine Weile dauern«, fuhr Caden fort und trommelte mit den Fingerkuppen einen Rhythmus auf seinem Oberschenkel. Frans und meine stumme Kommunikation war ihm scheinbar gar nicht aufgefallen.

»Wie schlimm ist es?«, fragte ich und sah fassungslos auf das Gebäude. Das geborstene Holz der Tanne ragte mahnend in den Himmel, während der abgebrochene Stamm zum Teil an der seitlichen Hauswand lehnte und sich über das Dach neigte. Es mussten drei, vielleicht auch vier Meter sein, die der Baum eingebüßt hatte. Nicht auszudenken, wenn jemand davon getroffen worden wäre. Wenn ich wenige Minuten zuvor gegangen wäre … Ein Schauer kroch über meinen Rücken und die feinen Härchen an meinen Armen stellten sich auf. Fröstelnd zog ich die Strickjacke enger um mich.

»Der Baum hat das Dach zerstört und das Fenster zu Frans Büro ist eingeschlagen worden. Mehr kann ich beim besten Willen nicht sagen«, hörte ich Caden wie aus weiter Ferne. »Emma?«

Ich blinzelte. »Ja?«

»Du kannst erst mal im Gästezimmer bleiben.« Er rieb sich über die Stirn. »Und Fran, für dich finden wir auch eine Möglichkeit. Das Haus ist schließlich groß genug. Eure Sachen holen wir später. Solange niemand weiß, ob es sicher ist, möchte ich lieber keinen von euch dort drin wissen.«

Fran nickte.

»Wann wissen wir Näheres? Ich brauche dringend ein paar Unterlagen. Wenigstens hatte ich meinen Laptop bei mir.« Fran neigte den Kopf in Richtung Gästehaus.

Caden knetete sein Kinn und folgte seinem Blick. Dann straffte er die Schultern.

»Ich schlage vor, wir frühstücken erst mal. Wenn ich mich nicht irre, dürfte Selma wieder da sein.« Mit energischen Schritten machte er sich in Richtung Herrenhaus auf. Fran schloss sich ihm an. Noch einmal sah ich zurück auf das Bild der Zerstörung, das sich mir bot. Dann folgte ich den Männern.

Caden und Fran vertieften sich in ein Gespräch. Mein Versuch, mich wenigstens in der Küche nützlich zu machen, scheiterte an Selma. Sie platzierte mich schließlich auf einen Barhocker und stellte eine Tasse Kaffee vor mir ab, während sie Platten mit Käse und Wurst bestückte, als würde sie eine fünfköpfige Familie verköstigen wollen.

»Nur gut, dass der Baum auf der anderen Seite des Hauses eingeschlagen ist. Es muss ein furchtbarer Schock für dich gewesen sein. Wie bist du da überhaupt rausgekommen?«, fragte Selma.

»Um ehrlich zu sein, war ich gar nicht da.« Verlegen drehte ich die Tasse auf dem Tisch. Das schabende Geräusch füllte die Stille, während der sie mich neugierig beobachtete.

»Ich war hier, bei Caden. Ich konnte nicht schlafen und … wir haben nur geredet«, rechtfertigte ich mich.

Selma entgegnete nichts, doch ihr wissender Blick blieb mir nicht verborgen. Fieberhaft überlegte ich, wie ich das Thema wechseln konnte.

»Ist Cadens Mutter oft hier?«, fragte ich, weil mir nichts besseres einfiel. »Ich meine, weil sie ein eigenes Zimmer hat.«

Selma warf mir einen skeptischen Blick zu, doch dann antwortete sie: »Elenore? In letzter Zeit nicht mehr, nein. Seit ihr Mann dement geworden ist, eigentlich gar nicht mehr. Und mit der Farm hat die Arme weiß Gott genug zu tun«, erklärte die Köchin, während sie Käsescheiben aufrollte und auf die Platte setzte.

Elenor. So hieß doch Cadens Motorboot, erinnerte ich mich. Was für eine süße Geste. Sie musste ihm wirklich viel bedeuten. »In ihrem Zimmer ist ein Foto von einer Farm.«

»Er ist dort aufgewachsen. Ich glaube seine Mutter hängt sehr an dem Land, auch wenn es eigentlich viel zu viel Arbeit ist. Ihr Mann ist ihr ja auch keine Hilfe mehr.« Selma begann sich wieder ihrer Aufschnittplatte zu widmen und murmelte: »Es tut ihm nicht gut, so weit von seiner Familie entfernt zu sein. Das ist nicht richtig. Am anderen Ende der Welt!« Sie neigte den Kopf, wischte sich dann die Hände an ihrer Schürze ab und brachte die Platte mit Aufschnitt ins Esszimmer. »Komm Kindchen, bevor diese Vandalen dir nichts übrig lassen«, rief sie über die Schulter.

Ich lachte und fügte mich Selmas Anweisungen. Bei der Menge, die sie aufgefahren hatte, bestand mit Sicherheit keinerlei Gefahr, hungrig vom Tisch aufstehen zu müssen.

»Lass uns später weiter reden«, sagte Caden an Fran gewandt. Dann stand er auf, um mir den Stuhl zurechtzuschieben. Ein Gentleman der alten Schule, dachte ich und konnte mir ein Grinsen nicht verkneifen.

Das Frühstück verlief in entspannter Atmosphäre. Caden war wie immer aufmerksam und verstand es, mich zu unterhalten, während Fran sich aufs Zuhören und Essen beschränkte. Hin und wieder warf er mir jedoch durchdringende Blicke zu. Fran war ja nicht blöd und er hatte Augen im Kopf, um zu begreifen, dass da etwas zwischen seinem Chef und mir lief.

»Ihr seht es mir nach, wenn ich gehe?«, fragte ich, weil ich mich unter seinen Blicken immer unbehaglicher fühlte.

»Du hast doch noch gar nichts gegessen«, sagte Caden.

Ich sah auf das halbe Brötchen auf meinem Teller und legte eine Hand auf meinen Bauch. »Irgendwie habe ich nicht viel Hunger heute Morgen«, log ich und stand auf.

»Ist gut. Wir sehen uns zum Training?«

»Klar«, antwortete ich betont lässig und verließ die beiden. Die Aussicht, die nächsten Tage in Cadens Haus zu verbringen, versetzte mich in eine eigenartige Hochstimmung, doch das Gefühl erstarb schnell, als ich im Foyer auf Michael Gronak traf.

»Sie habe ich gesucht«, grollte er und zeigte auf mich. »Ich will Sie sofort sprechen. In meinem Büro!«

Ich schluckte hart und meine Stimmung fuhr via

Expressaufzug abwärts. Ohne zu wissen, was ich in seinen Augen angestellt hatte, folgte ich ihm.

Wir betraten sein Büro. Gronak ging zum Fenster, sah hinaus und ließ mich warten, während ich unschlüssig im Raum stand, von einem Fuß auf den anderen trat und nicht wusste, ob ich mich setzen sollte, oder nicht. Gerade wollte ich ansetzen, etwas zu sagen, da drehte er sich um. Aus seinen zusammengekniffenen Augen blitzte mir aufgestaute Wut entgegen. Unwillkürlich machte ich einen Schritt zurück.

»Haben Sie ernsthaft geglaubt, Sie würden damit durchkommen?«, fragte er drohend und zeigte auf mich.

»Ich verstehe nicht ganz …«

»Stellen Sie sich nicht so dumm! Sie sind hier, weil sie an Cami herankommen wollten.« Winzige Spucketröpfchen verteilten sich in der Luft und jetzt war ich froh, dass der Abstand zwischen uns groß genug war.

Perplex erwiderte ich: »Wie kommen Sie auf die Idee?«

»Hören Sie mit diesen Spielchen auf. Vielleicht können sie Cami damit um den Finger wickeln, aber bei mir sind Sie an den Falschen geraten.« Gronak verschränkte die Hände vor der Brust. »Ist es nicht so, dass Ihre Mutter ein Bekleidungsgeschäft betreibt«, fuhr er fort und sah mich triumphierend an.

»Was hat das denn mit Caden zu tun?«

»Und ist es nicht so, dass ihr Geschäft vor der Pleite steht? Dass sie …«, erneut zeigte er mit dem Finger auf mich, »… sich Camis Bekanntheit zunutze machen wollten, um das Unternehmen zu retten?«

»Was? Nein! Also ja, aber ich …«

»Sie geben es zu!« Selbstgefällig verschränkte er die Arme vor der Brust.

»Seit wann ist es denn verboten, Geld zu verdienen?

Immerhin kam das Angebot von Caden«, verteidigte ich mich.

Gronak ging zu seinem Schreibtisch und zog sein Tablet aus seiner Aktentasche. Ein paar Fingerbewegungen, dann hielt er mir den Bildschirm entgegen. Die Facebook-Seite der Boutique war aufgerufen und der letzte Post zeigte Cami, der mittels Bildbearbeitung vor das Geschäft meiner Mutter platziert worden war. Der plakative Text darunter suggerierte, dass Cami dort einkaufen würde. Ich öffnete den Mund, brachte allerdings kein Wort hervor.

»Aber das kann nicht sein … Ich habe niemals …«, stammelte ich.

»Hören Sie schon auf. Das ist doch die Boutique Ihrer Mutter, oder nicht?«

Noch immer starrte ich fassungslos auf das Display und nickte zögerlich. Natürlich war sie das, aber ich hatte niemals ein solches Bild gepostet und meine Mutter ganz sicher auch nicht.

»Ich hatte Sie gewarnt, Fräulein Blumberg. Packen Sie umgehend Ihre Sachen und verschwinden Sie von hier.«

»Aber …«, wagte ich kleinlaut zu sagen, doch sein Blick war eindeutig. Gronak würde nicht mit sich reden lassen.

Desillusioniert ging ich nach oben, in das Zimmer, in dem ich die Nacht verbracht hatte. Das Foto. Ich konnte es mir einfach nicht erklären, doch ein leiser Verdacht keimte in mir auf. Aber war es möglich? Ich konnte es mir nicht vorstellen, doch ich brauchte Sicherheit. Mit Herzklopfen wählte ich Klaras Nummer.

»Hast du dieses Foto ins Internet gestellt?«, platzte es aus mir heraus, kaum dass Klara sich gemeldet hatte.

»Ähm … ja«, stammelte sie. »Gibt es ein Problem damit?«

»Ein Problem?«, spuckte ich ihr entgegen. »Klara, die Aktion hat mich gerade den Job gekostet!«

»Was?«

»Cadens Manager hat mich gerade entlassen«, erläuterte ich.

»Oh Gott, Em. Das wollte ich nicht … Du musst mir glauben … Ich … ich dachte einfach, das wäre eine witzige Idee …« Ich hatte Schwierigkeiten, Klaras Gestammel zuzuhören. Wie hatte sie mir nur so in den Rücken fallen können? »Bist du noch dran?«

Ich räusperte mich. »Bin ich, ja.«

»Was hast du jetzt vor?«

Ich schwieg, denn das wusste ich selbst nicht. Ich würde zurückfahren und ich konnte nur hoffen, dass das Geld ausreichen würde, das ich hier verdient hatte. Aber es war nicht nur das. Gestern Abend war etwas passiert. Als ich mich in Cadens Arme geschmiegt hatte. Es hatte sich gut angefühlt und auch wenn die Umstände alles andere als romantisch gewesen waren, er hatte die Situation nicht ausgenutzt. Ich lächelte traurig, denn ich würde ihn nie wieder sehen.

»Em?«, hörte ich Klara am anderen Ende der Leitung.

»Ich leg jetzt auf.«

»Gehen wir was trinken, wenn du zurück bist?«

»Vielleicht«, sagte ich unbestimmt und beendete das Telefonat. Ich ließ die Hand sinken, trat ans Fenster, sah hinaus und dann traf ich den Entschluss nicht einfach aufzugeben. Ich musste mit Caden reden, bevor Gronak ihm seine Version auftischte. Er würde mir glauben, dessen war ich mir sicher. Eilig lief ich hinunter und ins

Esszimmer, wo Selma gerade den Tisch abräumte. Von Fran und Caden war keine Spur zu sehen.

»Wo sind sie?«, presste ich heraus.

»Kindchen, du hast sie verpasst. Gronak war hier. Irgendetwas ist wohl vorgefallen. Ist alles in Ordnung?«

Gar nichts war in Ordnung, aber ich hatte weder den Mut, noch die Zeit es ihr zu erklären.

»Wo sind sie hin?«

»Fran sollte den Wagen holen. Mehr weiß ich auch nicht.« Sie kniff die Augenbrauen zusammen. »Irgendetwas stimmt doch nicht.«

Ohne zu antworten, rannte ich nach draußen, durchquerte die Eingangshalle und riss die Haustür auf. Auf den Stufen blieb ich abrupt stehen, denn ich sah Caden in den schwarzen Bentley einsteigen, der in der Sonne glänzte und endlich löste ich mich aus meiner Starre.

Ich lief die Treppe hinunter, während der Wagen sich in Bewegung setzte. Die letzte Stufe übersprang ich und rannte dem Auto hinterher, den Blick auf das glänzende Heck gerichtet. Und tatsächlich, Fran musste mich bemerkt haben. Kurz vor dem Tor stoppte der Wagen. Als ich ihn erreichte, senkte sich die hintere Scheibe.

»Caden!«, stieß ich aus.

Er sah mich an und der Ausdruck in seinem Gesicht ließ mich trotz der Sonnenstrahlen, die auf meinem Rücken tanzten, frieren. Seine Miene war abweisend und unnahbar, als stünde plötzlich eine hohe Mauer zwischen uns.

»Ich muss mit dir reden«, keuchte ich. »Was auch immer Gronak erzählt hat, das stimmt so nicht.«

»Ich habe dafür jetzt wirklich keine Zeit. Wenn es Probleme mit Michael gibt, dann klär das mit ihm direkt. Tut mir leid.« Er sah nach vorn. »Fran …« Schon hob sich das Fensterglas. Caden verschwand hinter der verdunkelten Scheibe und ich trat einen Schritt zurück. Dann gab Fran Gas und der Bentley verlor sich aus meinem Blickfeld. Langsam schob sich das Tor zu. Fassungslos stand ich da und ballte die Fäuste. Ohnmächtig vor Wut auf Gronak und Klaras dumme Aktion.

Hatte Caden gewusst, was Gronak vorhatte? Dass er mich entlassen wollte? Es musste so sein! Ganz sicher konnte sein Manager nicht einfach so eine Entscheidung treffen, nicht ohne dass er davon wusste. Und seine Reaktion gerade bewies es. Er hatte nur nicht den Mut gehabt, es mir selbst zu sagen. Meine Unterlippe bebte und ich blinzelte den Schleier weg, der mir die Sicht nahm. Dann waren die gestrige Nacht, der Kakao und seine Berührung nur Lug und Trug gewesen. Und ich einfältige Gans hatte mich in seine Arme geflüchtet, hatte mich trösten lassen. Die Erkenntnis schmeckte bitter. Trotzig wischte ich mir die Tränen aus dem Gesicht und straffte die Schultern. Dann eilte ich zum Gästehaus, um meine Sachen zu holen.

Im Inneren hatten Wind und Regen den Flur unter Wasser gesetzt, doch mein Zimmer war unversehrt geblieben. Ich zerrte meinen Koffer hervor, stopfte meine Habseligkeiten hinein und ohne mich noch einmal umzudrehen, ging ich hinaus. An der Eingangstür hielt ich inne. Eine Sache hatte ich noch zu tun. Ich ließ mein Gepäck vor der Tür stehen und ging zurück in Frans Büro. Das Fenster war eingeschlagen und Tannenzweige griffen wie lange dünne Finger nach Frans Schreibtisch. Glassplitter lagen auf dem Fußboden und auf dem Tisch. Vorsichtig schob ich eine Hand unter die Zweige. Hier irgendwo musste es eigentlich sein. Endlich ertastete ich den Bilderrahmen, doch ein scharfer Schmerz ließ mich zurückfahren. Es war kein tiefer Schnitt, aber es blutete ordentlich. Schnell wickelte ich ein Taschentuch um meine Hand und zog den Bilderrahmen unter den Zweigen hervor. Das Bild war trotz des Regens unbeschadet geblieben, was an ein kleines Wunder grenzte. Ich nahm das Foto und lief damit in die Küche. Auch sie war unversehrt. Mit ausladenden Lettern schrieb ich Fran ein paar Zeilen auf einen Block, den ich in einer Schublade fand, und legte sie zu dem Bilderrahmen. Dann verließ ich das Haus, zog die Tür zu und ging zu meinem Auto.

Wenig später fand ich mich auf der Autobahn in Richtung Deutschland wieder. Im Radio spielten sie einen Song von Caden. Trotzig schaltete ich es aus. Ich wollte Caden aus meinen Gedanken verbannen, wollte nicht mehr an ihn denken. Ich war wütend auf Gronak, auf Klara und auf Caden, doch am meisten ärgerte ich mich vielleicht über mich selbst. Warum machte es mir so viel aus, was Caden von mir dachte? Ich hatte fürs erste genügend Geld und somit hatte ich mein Ziel erreicht, oder doch nicht? Reiß dich zusammen, befahl ich mir und trommelte auf das Lenkrad. Ganz egal wie schlimm die Situation war, kein Kerl war es wert, dass ich mich mies fühlte. Selbst ein Star wie Caden nicht.

9

Ich stürzte mich wieder in mein altes Leben, arbeitete im Fitnessstudio und half in meiner Freizeit in der Boutique aus, wo die Umsätze noch immer unter unseren Erwartungen lagen. Doch das Geld aus der Schweiz, das vor zwei Wochen auf meinem Konto eingegangen war, würde uns eine Atempause gewähren. Weder von Caden, noch von Fran hatte ich noch einmal etwas gehört und ich versuchte, nicht zu oft darüber nachzudenken. Trotzdem ertappte ich mich immer wieder dabei. Hatte Fran meinen Brief gefunden und was hatte Gronak Caden erzählt? Das Unwissen war es, was mich zermürbte und mich nicht wirklich mit dem ganzen Thema abschließen ließ. Ich konnte mich nur mit der Arbeit ablenken und jedweden Gedanken an Caden beiseiteschieben, ihn in einer Schublade verstauen, sie verschließen und den Schlüssel im tiefsten See meiner Seele versinken lassen.

Und obwohl ich Klara versprochen hatte, mich bei ihr zu melden, war ich ihr einen Anruf schuldig geblieben und auch ihre Whatsapp Nachrichten hatte ich nur einsilbig beantwortet. Ich fühlte mich nicht bereit, ihr zu verzeihen, denn mit ihrem gefakten Foto war sie eindeutig zu weit gegangen.

»Ihr standet euch immer so nah. Glaubst du nicht, du solltest noch einmal mit Klara reden?«, fragte meine Mutter und schob ein paar Kleiderbügel zur Seite, um die neue Ware aufzuhängen.

»Mama, ich weiß nicht, was es da zu reden gibt? Ich meine – wie konnte sie nur?«

»Klara hat es doch nur gut gemeint. Sicher ist ihr nicht bewusst gewesen, dass …«

»Dass es eine echt beschissene Idee gewesen ist, die mir nur Ärger eingehandelt hat?«

Meine Mutter sah mich durchdringend an. »Du liebst ihn, nicht wahr?«

»Nein! Wie kommst du darauf?«, murrte ich unwirsch, griff nach dem Etikettiergerät und holte einen Stapel Röcke aus dem Karton.

»Wovor hast du solche Angst?«

»Hab ich doch gar nicht!«, sagte ich heftig und drehte mich weg.

Meine Mutter berührte mich sanft am Arm. »Sieh mich an. Du bist meine Tochter. Ich sehe, dass es dir nicht gut geht.«

Seufzend ließ ich mich auf den Sessel fallen, der in der Ecke stand. »Ich weiß es nicht. Ich dachte, da wäre etwas zwischen Caden und mir.« Dann schüttelte ich den Kopf und schlug die Hände vor das Gesicht. »Ich kenne mich ja selbst nicht mehr.«

»Vielleicht ist er nicht der Eine, aber du darfst keine Angst vor der Liebe haben.«

»Dich hat es auch nicht glücklich gemacht«, sagte ich kleinlaut und sah auf.

»Deswegen läufst du jedes Mal davon?«

»Tue ich das denn?«

Sie ging in die Hocke und strich liebevoll über meine Wange. »Das dein Vater so tragisch ums Leben gekommen ist, das war furchtbar. Und doch war jeder Tag, jede Stunde mit ihm wertvoll und ich bewahre sie in meinem Herzen. Das ist so viel mehr, als die Trauer über seinen Tod. Und das wünsche ich mir für dich. Jemanden mit dem du dein Leben teilen kannst. Jemanden der deine Liebe verdient.«

Ich hob den Blick und sah in ihr liebevolles Gesicht. »Ach Mama«, seufzte ich und schlang die Arme um ihre Taille.

Wir verweilten reglos in der Umarmung. Im Hintergrund dudelte leise das Radio, doch plötzlich unterbrach der Moderator den laufenden Song und ich horchte auf.

»Mach mal lauter«, sagte ich und verharrte lauschend, während meine Mutter zum Verkaufstisch ging, um die Lautstärke hochzudrehen.

»… nominiert für den diesjährigen Musikpreis. Wir drücken Cami ganz fest die Daumen. Und jetzt spielen wir den neuesten Song von dem brandneuen Album …«

Mein Herz machte einen kleinen Hüpfer und obwohl es mich absolut nichts anging, freute ich mich für ihn. Sicher würde er den Preis gewinnen und ihn in seine Sammlung einreihen.

»Machst du wieder leiser?«, murmelte ich und wischte das Bild von Caden beiseite, das vor meinem geistigen Auge entstanden war. Ich durfte mich nicht kindischen Tagträumereien hingeben, wegen eines Kerls, der sowieso nichts von mir wollte. Und wenn, dann doch höchstens als netten Zeitvertreib. War es vielleicht Mitleid gewesen, was mir dieses Gefühl vorgegaukelt hatte? Weil er so einsam gewirkt hatte, eingesperrt in einen goldenen Käfig, umgeben von Menschen wie diesem Gronak? Nein! Nicht mit mir! Ich gab mir einen Ruck und schlug klatschend die Hände auf meine Oberschenkel. Das Brennen half mir aus dem Tal des Selbstmitleides und schwungvoll stand ich auf.

»Wenn du magst, kannst du hinten die Buchhaltung machen. Ich schaff das hier schon«, erklärte ich mit Blick auf die unausgepackten Kisten.

»Bist du sicher? Da ist noch mehr Ware, die eingeräumt werden muss.«

Ich legte einen Arm um die Schultern meiner Mutter und schob sie sanft in Richtung Büro. »Traust du mir das etwa nicht zu?«, meinte ich scherzhaft.

Die Arbeit tat mir gut und die Stunden flossen nur so dahin. Bald war Nachmittag und ich hatte zwei Kundinnen bedient und außerdem die restliche Ware verräumt.

Zufrieden sah ich mich um. Da fiel mir die Gruppe auf, die vor der Boutique stand. Neugierig reckte ich den Hals, konnte aber außer ein paar Rücken und Köpfen nichts weiter entdecken. Vielleicht zehn Personen mussten es sein. Seltsam. Sonst war hier nie viel los. Achselzuckend widmete ich mich wieder meiner Arbeit. Die Schaufensterpuppen trugen noch immer ihre sommerlichen Kleider, doch der Herbst stand bereits vor der Tür. So würden wir Passanten ganz sicher nicht in den Laden locken. Ein kurzer Blick auf die Uhr. Wenn ich mich beeilte, könnte ich es heute noch schaffen sie umzuziehen.

Ich ging nach hinten in den Aufenthaltsraum, wo meine Mutter vor dem Computer saß.

»Was hältst du davon, wenn wir die Schaufenster neu dekorieren?«

Meine Mutter sah müde auf und rieb sich die Augen. »Aber heute nicht mehr. Bist du am Samstag auch da?«

»Ja, aber nur bis mittags.« Die Türglocke unterbrach mich. Kundschaft.

»Gut, dann lass uns das am Samstag erledigen.«

Es gefiel mir nicht und die Müdigkeit in ihrem Gesicht mochte ich ebenso wenig. Aber schließlich war es ihr Laden und ihre Entscheidung. Ich drehte mich um, um in den Verkaufsraum zurückzugehen. Da sah ich ihn. Mitten in der Bewegung blieb ich stehen und alle Überlegungen lösten sich auf. Mein Herz schlug viel zu schnell und ein Gefühl von Panik schnürte mir die Kehle zu, nahm mir die Luft zum Atmen. Ich wollte flüchten, weit weg. Stattdessen fühlte es sich an, als wäre ich mit schweren Ketten festgebunden, unfähig auch nur einen Schritt zu tun.

Ich sah ihn von der Seite und noch hatte er mich nicht entdeckt. Er trug ein schlichtes weißes Hemd und Bluejeans, die tief auf seinen Hüften saßen. Das Haar zu dem tief sitzenden Zopf zusammengebunden, den ich nur zu gern geöffnet hätte, um mit den Fingern durch die Locken zu fahren. Langsam drehte er sich um und unsere Blicke begegneten sich. Die Zeit schien sich auszudehnen, in der niemand etwas sagte. Caden machte den ersten Schritt, kam auf mich zu und meine Beine fühlten sich plötzlich seltsam kraftlos an.

»Emma.« Seine Stimme klang weich.

»Was willst du?«, entgegnete ich kühl, nachdem ich die Sprache wieder gefunden hatte.

»Dich sehen.«

»Das sah zuletzt aber ganz anders aus«, erwiderte ich und verschränkte die Arme vor der Brust.

»Können wir vielleicht irgendwo ungestört reden?« Er deutete auf das Schaufenster. Ich folgte seinem Blick und sah, dass Journalisten sich vor dem Fenster drängten.

»Zum Teufel, was ist hier los?«, fragte ich und zog erstaunt die Augenbrauen hoch.

»Habt ihr ein Hinterzimmer oder so was?«

»Natürlich«, stammelte ich nervös und ging nach hinten ins Büro. Caden folgte mir.

»Mama, das ist … ähm.«

»Caden White.« Er streckte meiner Mutter die Hand entgegen. »Freut mich Sie kennenzulernen.«

Meine Mutter, die bis eben vor dem Rechner gesessen hatte, stand auf und schüttelte Cadens Hand.

»Daniela Blumberg«, sagte sie freundlich. Danach breitete sich betretenes Schweigen aus, bis meine Mutter sich schließlich räusperte. »Ich glaube, ich lasse euch besser allein«, schlug sie vor und schon war sie verschwunden.

Caden machte den Anfang: »Was ist los, Emma? Als ich zurückkam, warst du einfach weg. Du hast nicht einmal eine Nachricht hinterlassen.«

»Das wolltest du doch!«, verteidigte ich mich.

»Wie kommst du denn darauf?«

»Tu nicht so! Ganz schön feige, deinen Manager vorzuschicken. Ehrlich gesagt hätte ich mehr Anstand erwartet.«

»Was?«, stieß Caden hervor und seine Augen weiteten sich überrascht. »Ich habe Michael gar nichts gesagt. Worum geht es hier eigentlich?«

»Du hast ihm nicht gesagt, dass er mich wegen des Fotos entlassen soll?«

»Nein!« Er strich sich durchs Haar und eine Strähne löste sich. Locker fiel sie über seine Schläfe. Ich konnte nicht anders, als ihn anzustarren. »Ich habe erst später von diesem Foto mitbekommen und ja, ich war sauer. Aber

Fran hat mich überzeugt, dass du nie unehrlich gewesen bist.«

»Aber … Du hast nicht mit Gronak geredet?«

»Doch. Aber da ging es um Jo, unseren Keyboarder. Er macht gerade Probleme und Michael wollte ihn nicht mehr …« Er fuhr mit der Hand durch sein Haar. »Es ging überhaupt nicht um dich.«

»Aber du warst so abweisend – und Gronak hat erst kurz zuvor …« Ich schüttelte den Kopf. »Und warum bist du dann erst jetzt gekommen? Ich meine, du hättest auch anrufen können, oder so.«

Caden machte einen Schritt auf mich zu. »Erst hatte ich gar keine Zeit und dann hat Michael mir die Geschichte mit dem Foto erzählt. Ich war wirklich sauer. Ich dachte, du hast meinen Namen ausgenutzt wie … Vielleicht kannst du dir vorstellen, dass das gar nicht so selten vorkommt.«

Ich nickte, denn plötzlich ergab das alles einen Sinn. »Und nachdem du mit Fran gesprochen hast, glaubst du das nicht mehr?«

Caden grinste schief, dann sah er kurz über die Schulter in Richtung Tür, bevor er nickte.

»Fran.« Ein Lächeln formte sich auf meinen Lippen.

»Komm zurück.« Caden zog mich überraschend in seine Arme. »Bitte«, hauchte er und strich mir eine Haarsträhne hinters Ohr.

Ich wollte mich in der Umarmung fallen lassen, wollte meine Wange an seine Brust schmiegen und Ja sagen. Stattdessen stieß ich ihn zurück.

»Vielleicht ist es besser so. Ich weiß nicht, wohin das führen soll.«

Doch so schnell ließ Caden sich nicht abwimmeln. Er hob mein Kinn etwas an und meine Augen versanken in seinen. Ein ganzes Universum lag darin. Unsere Lippen näherten sich und ich konnte seinen warmen Atem auf meiner Oberlippe spüren. In meinem Bauch kribbelte es und die Welt um uns herum schien zu verschwinden. Nur noch wir beide.

»Hierhin«, hauchte er heiser und dann legte er sanft seine Lippen auf meine. Ich schloss die Augen, gab mich ganz dem Gefühl hin, als er zärtlich an meiner Unterlippe sog. Meine Hand glitt in seinen Nacken und ich schmiegte mich enger an ihn. Alle Bedenken und Zweifel schienen mit diesem Kuss ausgelöscht. Mein Körper reagierte und signalisierte, dass es genau das war, was er wollte. Dass ich Caden wollte, auch wenn ich mich bisher geweigert hatte das zu akzeptieren.

Wie von Ferne hörte ich die Türglocke und auch wenn ich noch längst nicht bereit war, löste ich meine Lippen von seinen.

»Was hast du vor?«, hauchte ich. »Warum dieser Auflauf mit den Journalisten?«

»Die habe ich eingeladen.«

Ich machte einen Schritt zurück. »Wie soll ich denn das verstehen?«

»Ich habe einen Plan und ich hoffe, dass ihr damit einverstanden seid.«

Fragend sah ich ihn an. Dieser Mann gab mir immer neue Rätsel auf.

»Würdest du deine Mutter rufen? Dann erzähle ich euch alles.«

Schließlich standen wir zu dritt in dem engen Raum und Caden begann zu erzählen: »Ich hatte genügend Zeit darüber nachzudenken. Natürlich wäre es mir lieber gewesen, ich hätte es von dir erfahren.« Er sah mich prüfend an und ich senkte betreten den Blick. »Ihr habt

Schwierigkeiten und ich glaube, dass ich euch helfen kann.«

»Aber wie?«, fragte meine Mutter und sah ihn zweifelnd an.

»Willst du die Leute zwingen hier einzukaufen?«, mischte ich mich ein.

Caden lächelte. »Nein, aber wir können ihnen einen Anreiz geben. Und ich glaube, eine exklusive Kollektion könnte so etwas sein. Ich bin mir ziemlich sicher, dass sich die Leute um ein paar Klamotten mit meinem Logo darauf, reißen werden.«

Ich riss vor Überraschung die Augen auf. »Du meinst?« Und die Lippen meiner Mutter formten ein stummes O.

Er nickte. »Ich habe vor eine Kollektion herauszugeben und sie exklusiv über euren Laden zu vertreiben. Natürlich nur, wenn deine Mum einverstanden ist.« Er sah sie prüfend an und als sie nach einer kurzen Bedenkzeit zustimmte, grinste er zufrieden. Er ergriff die Hände meiner Mutter und so besiegelten sie den Pakt.

»Ähm«, stammelte ich. »Ich … ich weiß nicht. Wie, ich meine … wie willst du? Du hast die Tour und …«

Caden kam zu mir und zog mich in seine Arme. »Lass das meine Sorge sein«, sagte er sanft.

Dann löste er sich und wandte sich meiner Mutter zu.

»Sind Sie bereit für die Presse? Ich werde eine kleine Ankündigung machen, ein paar Fotos. Nichts Wildes.«

Meine Mutter glättet mit ein paar Handstrichen ihren Rock, strich sich über die Haare, um ihre Frisur zu richten, dann folgten wir Caden nach vorn in den Verkaufsraum, wo Fran breitbeinig an der Ladentür stand. Ich lächelte ihn dankbar an. Was auch immer Fran Caden gesagt hatte, es musste eine Rolle gespielt haben. Sonst wäre er heute nicht gekommen, hätte diese ganze Aktion nicht ins Leben gerufen und wir hätten nie zusammengefunden.

»Bereit?«, fragte Caden.

Ich zog die Schultern zurück und nickte. Fran öffnete die Tür und wir folgten ihm nach draußen.

Vor der Tür stand nicht nur ein Fotograf. Mehrere Kameras waren auf Caden gerichtet und die Reporter streckten ihm ihre Diktiergeräte entgegen. Mein Herz pochte wild in meiner Brust und meine Atmung ging flach und viel zu schnell. Am liebsten hätte ich mich umgedreht und wäre nach drinnen verschwunden. Stattdessen stand ich in zweiter Reihe und versuchte zu lächeln, was sicherlich ziemlich verkrampft wirkte.

»Ich freue mich sehr, in dieser bezaubernden Stadt zu sein«, begann Caden. »Und es ist mir eine Ehre Ihnen Frau Blumberg vorstellen zu dürfen, die dieses besondere Modegeschäft betreibt, das jungen Modeschaffenden eine Möglichkeit bietet, ihre Kollektionen vorzustellen.« Seine Stimme klang fest. Als würde er den ganzen Tag nichts anderes tun, als vor der Presse zu stehen. In diesem Moment erinnerte nichts an den Mann, der so zurückgezogen lebte. »Im kommenden Jahr werde ich eine Kollektion herausbringen und ich freue mich bereits auf die Zusammenarbeit mit Frau Blumberg.« Er strahlte in die Kameras und die Fragen der Reporter überschlugen sich. »Mein Label wird exklusiv hier vertrieben«, fuhr er unbeirrt fort.

»Wird es sich um eine reine Herrenlinie handeln?«, fragte ein Journalist.

»Das ist noch offen.«

»Wird es die Stücke online zu bestellen geben?«

»Wie ich bereits sagte, werden die Stücke exklusiv durch Frau Blumberg vertrieben. Ob es einen Onlinehandel geben wird, darüber werden wir noch im Detail sprechen.«

»Können Sie uns etwas über das Preissegment sagen?«

»Auch das ist noch offen. Allerdings wird die Preisgestaltung sicher angemessen sein.«

»Designerpreise?«, hakte eine Frau nach.

Caden lachte. »Das wird es sicher nicht sein.«

Alles konzentrierte sich auf Caden. Er war ganz eindeutig der Mittelpunkt und langsam beruhigte sich mein Herzschlag ein wenig.

»Warum haben Sie sich ausgerechnet Riedberg ausgesucht?«

»Ich habe mir nicht Riedberg ausgesucht, sondern das Konzept von Frau Blumberg hat mich überzeugt. Ich danke Ihnen für Ihr Interesse. Sie entschuldigen uns?« Einen kurzen Moment hielt er inne, damit die Journalisten noch die Gelegenheit für ein paar letzte Fotos hatten. Dann drehte er sich um und wir gingen zurück in das Geschäft.

Bis die Fotografen abgezogen waren, postierte sich Fran vor der Ladentür. Bis dahin saßen wir also hier fest.

»Kaffee?«, fragte meine Mutter und ging, ohne eine Antwort abzuwarten nach hinten, wo die alte Kaffeemaschine stand.

»Wie willst du das schaffen? In einem Jahr? Du hast die Tournee und ...«, sprach ich ihn erneut auf seine Zeitplanung an.

»Lass das meine Sorge sein. Ich bekomme das schon hin. Abgesehen davon, ist es mal etwas Neues für mich.« Er lächelte schief, nahm meine Hand und drückte sie sanft. »Ich will das wirklich machen.«

Mir wurde klar, dass Caden keine Einwände gelten ließ. Er hatte sich diese Kollektion in den Kopf gesetzt und davon würde er sich durch mich auch nicht mehr abbringen lassen. »Ich helfe mal Mama«, sagte ich. Ich brauchte eine kurze Pause, um das alles zu verarbeiten. Zu viel war in der letzten Stunde passiert.

Die Kaffeemaschine gurgelte, als ich in den kleinen Raum kam, der als Büro und gleichzeitig als Aufenthaltsraum diente.

»Ich habe nur diese schäbigen alten Tassen hier«, seufzte meine Mutter und kramte in dem schmalen Schrank.

»Ich glaube nicht, dass ihn das stören wird, Mama.«

Sie stellte das Geschirr neben die Kaffeemaschine, die röchelnd das letzte Wasser aus dem Tank sog. Dann nahm sie meine Hände.

»Er hat das Herz am rechten Fleck, Emma. Und ich finde, du solltest ihm vertrauen.«

Ich grinste dümmlich, wie ein verliebter Teenager. Und tatsächlich kam das schon ziemlich nah an meine aktuelle Gemütslage. Es war nicht rational. Vermutlich war es nicht einmal klug. Aber musste es das überhaupt? Ganz gleich wer er in der Öffentlichkeit war, ich hatte Caden von seiner fürsorglichen Seite kennengelernt. Er hatte mich zum Lachen gebracht und zum Weinen. Ich hatte Trost bei ihm gefunden und irgendwann hatte ich mein Herz verloren. Ich hatte es mir nur noch eingestehen müssen.

10

Am nächsten Tag wachte ich in meinem Bett auf und das Erste, was ich sah, waren Cadens Augen. Aufmerksam betrachtete er mich und zarte Fältchen bildeten sich an den äußeren Lidrändern, als er lächelte. Wie lange hatte er mich beobachtet?

»Guten Morgen, Emma.« Er küsste mich zärtlich und seine nackte Brust streifte meinen Arm, als er sich etwas über mich beugte. In der vergangenen Nacht waren wir nicht bis zum Äußersten gegangen. Ich wollte nichts überstürzen und Caden hatte das ohne zu murren akzeptiert. »Kaffee?«

Ich lächelte. Wie gut er mich schon kannte.

»Gerne«, antwortete ich. Als er aufstand – nur mit Boxershorts bekleidet –, bereute ich meine Zurückhaltung bereits. Doch wir hatten alle Zeit der Welt. Diesmal wollte ich es richtig machen. Bei Caden fühlte ich eine Sicherheit, die mir lange gefehlt hatte, ohne dass es mir bewusst gewesen war. Etwas hatte sich verändert und ich war bereit mich darauf einlassen. Ich spürte, dass ich mehr wollte als eine Bettbeziehung, dass ich bereit war, mich auf mehr Nähe einzulassen. Weil ich mich in seiner Gegenwart einfach wohlfühlte. Da war der Wunsch bei ihm zu sein und dieses Risiko einzugehen. Alle Ängste über Bord zu werfen.

Genüsslich räkelte ich mich, dann schlüpfte ich ins Badezimmer, drückte einen Streifen Zahnpasta auf die Bürste und steckte sie mir in den Mund, während ich Caden nebenan in der Küche hantieren hörte.

»Ich dachte, wir verbringen das Wochenende woanders«, rief er. Ich spuckte aus und der dicke weiße Schaum floss träge in Richtung Abfluss.

»Ich hab Dienst. Wie spät ist es eigentlich?«, rief ich zurück.

»Gleich halb zehn. Kannst du nicht tauschen?«

Verdammt! Ich hatte meiner Mutter versprochen um neun bei ihr im Laden zu sein. Ich stürzte aus dem Badezimmer.

»Wo ist mein Handy?« Hektisch sah ich mich um, und kramte in meiner Trainingstasche, die noch in der Ecke stand.

»Hier.« Caden deutete auf den Esstisch.

»Danke.« Ich nahm es und wählte Mamas Nummer, während Caden mich halb amüsiert, halb kopfschüttelnd beobachtete.

»Hi, Mama, sorry. Ich hab total verschlafen. Dabei hab ich es dir versprochen … Ich mach mich gleich auf den Weg …«

»Ist schon in Ordnung. Klara ist hier und hilft mir. Genieße lieber das Wochenende.«

»Klara ist bei dir?«

»Sie ist zufällig vorbeigekommen und hat ihre Hilfe angeboten.«

»Aber …«

»Ich muss auflegen. Kundschaft …«

Verwundert starrte ich auf das Telefon in meiner Hand. Was machte Klara im Laden und war es wirklich Zufall, dass sie ausgerechnet heute vorbeigekommen war?

Caden riss mich aus meinen Gedanken, als er die Arme von hinten um mich schlang und zärtlich an meinem Hals knabberte. »Wie sieht es aus? Möchtest du jetzt frühstücken?«

»Was hattest du vorhin gesagt?«, hauchte ich, beugte den Kopf ein wenig zur Seite, damit Caden leichteres Spiel hatte, und schloss genießerisch die Augen. Sein Unterleib drängte heiß gegen meinen Hintern und mir fiel auf, dass wir beide nur in Unterwäsche da standen. Nun ja, zumindest ich trug noch ein weitgeschnittenes Shirt darüber. Cadens Hand glitt über meine Seite und verführerisch ließ er sie unter dem Saum meines Oberteils verschwinden.

»Ich habe eine Hütte in den Bergen. Lass uns ein paar Tage dort hinfahren. Nur wir beide. Es ist ziemlich abgelegen in einem Waldgebiet. Was hältst du davon?«, hörte ich ihn sagen, während das Blut in meinen Ohren rauschte.

Das klang verlockend, auch wenn ich mir jetzt gerade einen Ort vorstellen konnte, der weniger weit weg war. Cadens Hand streichelte bedächtig meine Seite auf und ab. Nur mühsam konnte ich ein Seufzen unterdrücken.

»Ich muss arbeiten«, brachte ich widerwillig hervor.

»Wenn du das so auslegen willst …«

»Ernsthaft!« Ich schlug die Augen auf und drehte mich um, sodass ich Caden ansehen konnte. »Ich muss um eins im Studio sein.«

Caden trat einen Schritt zurück. »Du hast wieder dort angefangen?«

»Natürlich. Hast du was anderes erwartet?«

Er schien einen Moment nachzudenken. »Ich möchte immer noch, dass du mich bei der Tour begleitest, und ich will dich bei mir und um ehrlich zu sein, frage ich mich, wie das mit uns funktionieren soll? Du hier und ich …« Caden sah mich mit eindringlicher Miene an. »Kannst du dir vorstellen zu kündigen?«

Seine Worte gaben mir einen Dämpfer. Meinte er das ernst? Ein Blick in sein Gesicht genügte. Es war kein Scherz. Ich löste mich aus seiner Umarmung und holte eine Kaffeetasse aus dem Küchenschrank. Irgendetwas musste ich mir einfallen lassen. Eine Kündigung war zu einschneidend – zu endgültig.

»Lass mich wenigstens einen Moment darüber nachdenken, Caden. Das kommt alles etwas schnell.«

Erneut stand er hinter mir. Ich spürte seine Hand, die zärtlich über meinen Nacken streichelte, sodass mir ein wohliger Schauer über den Rücken lief und sich die Härchen an meinen Armen aufstellten. »Ich schlage vor, wir frühstücken in Ruhe und dann sehen wir weiter, okay?«

»Alles, was du willst, Sweetheart«, hauchte er an mein Ohr und knabberte an meinem Ohrläppchen. Beinahe wäre mir die Kaffeetasse aus der Hand gefallen und ich wurde schwach.

Mein Kopf ruhte auf seiner Brust, während mein Bein um seine Hüfte geschlungen war. An mein Ohr drang der kräftige Schlag seines Herzens. Wo ich in der Vergangenheit bei solchen Gelegenheiten die Flucht angetreten hatte, konnte ich jetzt kaum genug von seiner Nähe bekommen.

Träge blinzelte ich in den Tag, fühlte mich sicher und geborgen, als würde Caden mich mit einer warmen Decke einhüllen.

»Wann willst du los?«, fragte ich.

»Gleich nach dem Frühstück? Oder hast du etwas Besseres vor?«

Ich fuhr durch das seidige Haar auf seiner Brust und nickte.

Wenig später – Caden deckte den Tisch mit allem, was er in meinem Kühlschrank vorfand – wählte ich die Nummer vom Studio. Vor Nervosität zog sich mein Magen zusammen und ein saurer Geschmack lag auf meiner Zunge. Doch ich konnte das Gespräch nicht weiter hinauszögern, auch wenn Alex mir dafür den Kopf abreißen würde.

»Hey, Alex, es tut mir leid und ich weiß, ich habe gerade erst wieder angefangen …«, sagte ich, nachdem ich ihm meine Absicht erklärt hatte.

»Das sagst du mir jetzt? Meinst du nicht, das ist ein wenig kurzfristig?« Er klang sauer und ich konnte es ihm nicht verübeln.

»Das ist es. Ich weiß, aber es ist wirklich dringend und es ist ja nur für ein Jahr.« Das schlechte Gewissen nagte an mir, denn mir war durchaus bewusst, wie dreist meine Bitte war.

»Und wie soll ich dich ersetzen? Wer soll deine Kurse solange übernehmen?«, grollte er noch immer.

»Um offen zu sein, ich bin gerade in einer schwierigen Situation und habe keine Ahnung, wo es für mich hingehen soll. Caden will, dass ich kündige, doch das ist mir zu endgültig. Deshalb dachte ich an ein Sabbatjahr.«

Alex schnaubte. »Ich brauche Planungssicherheit. Heute so, morgen wieder anders. So läuft das nicht.«

Meine Schneidezähne bohrten sich in meine Unterlippe. Alex Argumentation war natürlich richtig. Gerade erst hatte ich wieder angefangen und jetzt sollte er einmal mehr Ersatz einstellen. Es war ja auch nicht so, dass sich die Bewerber um befristete Job rissen. Schon wollte ich zerknirscht das Gespräch beenden, da fiel mir ein, dass Alex einmal erwähnt hatte, dass seine Frau Tickets für eines von Camis Konzerten kaufen wollte. »Auf welches Konzert geht ihr denn jetzt?«

»Was?«, erwiderte Alex irritiert. »Meinst du Cami? Alles ausverkauft.« Er klang niedergeschlagen.

Ein Lächeln huschte über mein Gesicht. »Wenn ich euch Tickets besorge – könnten wir uns einigen?«

Alex stieß einen Seufzer aus. Dann wurde es still in der Leitung. Das Warten auf seine Antwort zerrte an meinen Nerven. Was wenn Alex ablehnte? Wie sollte ich mich dann entscheiden? Der Job im Fitnessstudio? Oder sollte ich tatsächlich kündigen und mich voll und ganz in die Arbeit und die Beziehung mit Caden stürzen? Ich trommelte mit den Fingerkuppen auf den Tisch. Dann endlich hörte ich Alex die Luft ausstoßen.

»Also gut«, sagte er. »Du besorgst Tickets und bekommst den Deal. Ein Jahr. Danach musst du wissen, was du willst. Und auch kein Zurück, falls dir nach ein paar Monaten einfällt, dass es hier mehr Spaß macht.«

Ich stieß einen Jubelschrei aus, der Caden mit hochgezogenen Augenbrauen aufsehen ließ.

»Du bist der beste, Alex!« Ich hauchte ein Küsschen durch den Hörer. Das Jahr verschaffte mir die nötige Zeit, die ich brauchte, um eine Lösung für Cadens und mein Problem zu finden, wie wir unsere Beziehung nach der Tour führen wollten. An einem Ort oder in einer Fernbeziehung. Zeit, die ich brauchte, um mir darüber klar zu werden, wohin meine Zukunft mich führen würde.

~

Erst am nächsten Morgen fuhren wir zurück in die Schweiz, weil wir den restlichen Tag doch lieber im Bett verbracht hatten und ich den Abend zuvor noch bei meiner Mutter vorbeigeschaut hatte, um mich zu verabschieden.

Fran setzte uns in einem kleinen Örtchen ab, denn Caden hatte beschlossen, das letzte Stück des Weges zu Fuß zurückzulegen. Auf den Gräsern am Wegesrand glitzerten kurz vor der Mittagszeit noch immer Tautropfen, obwohl die Sonne schon hoch am Himmel stand. Ihre Kraft hatte bereits merklich nachgelassen.

»War es eine gute Idee, ohne Fran zu gehen? Ich meine, das letzte Mal ging es ziemlich in die Hose«, sagte ich und warf Caden von der Seite einen Blick zu. Er hatte ein Basecap tief ins Gesicht gezogen und die obligatorische Sonnenbrille aufgesetzt.

»Ich möchte mit dir allein sein und die Hütte bietet nicht genug Platz für Fran und …« Er lächelte verschmitzt, schlang einen Arm um meine Taille und zog mich an sich. Lachend befreite ich mich.

»Du meinst, es ist sicher?«

»Sweetheart, es ist absolut abgelegen. Außer Wölfen müssen wir wirklich nichts befürchten.«

»Wölfe?«, fragte ich erschrocken.

»Solange du keinen Kuchen und Wein in deinem Rucksack hast, musst du keine Angst haben. Aber wenn du nicht glaubst, dass ich dich beschützen kann … Ich kann Fran zurückrufen.« Er zog sein Smartphone aus der Innentasche seiner Jacke.

»Unsinn. Natürlich vertraue ich dir. Lass uns gehen, sonst kommen wir nie an.«

Nach einem flachen Stück begann der Anstieg. Der Pfad schlängelte sich in steilen Kurven durch den Wald den Berg hinauf. Ich atmete die feuchte, würzige Waldluft ein und lauschte dem Gesang der Vögel, das dumpfe Geräusch unserer Tritte auf dem Waldboden und das Rascheln des sich reibenden Stoffes unserer Kleidung.

Schon als Kind war ich gern im Wald gewesen. Mein Vater war oft mit mir Wandern gegangen. Einmal hatten wir uns verlaufen. An irgendeiner Abzweigung waren wir falsch abgebogen und als es dunkel wurde, hatte er mich auf die Schultern gehoben. Ich fürchtete mich, denn in meiner kindlichen Fantasie lauerten Hexen und wilde Tiere in den Schatten des Waldes. Doch mein Vater machte mir Mut, und so fanden wir schließlich den Rückweg. Viel zu spät kamen wir zu Hause an, wo meine Mutter völlig außer sich vor Sorge war. Noch immer glaubte ich, mich an seinen Geruch zu erinnern, als er mich ins Bett brachte, mir die Decke bis zur Nasenspitze hochgezogen und mir einen Kuss gegeben hatte. Ich lächelte, bei dem Gedanken und es fühlte sich beinahe so an, als wäre er jetzt auch auf diesem Weg. Als müsste ich mich nur umdrehen und er stünde direkt hinter mir. Ich widerstand dem Drang, mich umzusehen, und gab mich der Illusion hin, ihn als Wegbegleiter zu haben.

An einer Stelle waren Stufen in den Stein gehauen. Durch Erosion waren sie zum Teil verwittert, vom Frost gesprengt und rutschig von der Feuchtigkeit. Ich schob meine Tagträumereien beiseite. Dieser Abschnitt erforderte meine ganze Aufmerksamkeit und so erklommen wir Stufe um Stufe. Das Geräusch der derben Sohlen unserer Schuhe und der eigene, schwere Atem in den Ohren. Schließlich erreichten wir ein kleines Plateau. Der Weg führte rechts zu einem romantischen Dörfchen, dessen Kirchturmspitze ich bereits sehen konnte. Wir liefen weiter. Aus einem windschiefen Fachwerkhaus wehte uns der verführerische Duft von frischem Brot und süßem Kuchen entgegen. Wir gingen hinein und die Verkäuferin füllte unsere Bestellung in bunt bedruckte Papiertüten. Ein Stück Butterkuchen, das dick mit Mandelblättchen bestreut war, wollten wir gleich verzehren.

»Fünfezwanzig Franke achzig«, rechnete die Dame zusammen.

Verlegen wühlte sich Caden durch seinen Rucksack und öffnete einen Reißverschluss nach dem anderen. Es dauerte einen Moment, bis ich begriff, wonach er suchte.

»Hast du deinen Geldbeutel verloren?«, fragte ich besorgt und in Gedanken sah ich uns schon den ganzen Weg zurücklaufen.

Caden sah mich schuldbewusst an. »Ich befürchte, ich habe ihn gar nicht mitgenommen. Normalerweise habe ich immer jemanden dabei, der …«

Zweifelnd sah ich ihn an. Dann prustete ich los. »Du hast Angestellte, die deine Rechnungen bezahlen?«

»Nicht direkt.« Er legte den Kopf schief, was verdammt süß aussah.

»Einen Moment, bitte«, sagte ich zu der Verkäuferin, die uns verständnislos ansah. Dann setzte ich meinen Rucksack ab, zog den Reißverschluss der obersten Tasche auf, wo ich mein Portemonnaie verstaut hatte und zahlte unsere Rechnung.

»Merci vielmals.«

Noch immer lachend reichte ich Caden eine Tüte, der ein Gesicht machte, als hätte jemand ihn mit einem Eimer kaltem Wasser übergossen. Zum Schluss nahm ich das Stück Kuchen, das auf einem Pappteller lag und ging hinaus.

»Adieu«, hörte ich die Verkäuferin von drinnen noch rufen und stellte mir vor, wie sie verwundert den Kopf schüttelte.

»Adieu«, beantwortete ich den Gruß und stapfte kichernd davon.

In der Nähe befand sich eine Steinmauer, deren Fugen verwittert waren. Eine Eidechse wärmte sich in der Sonne. Schnell huschte sie in die Zwischenräume, als sie uns bemerkte. Wir setzen uns auf die Mauer. Ich ließ die Beine baumeln, brach ein Stück von dem saftigen Kuchen ab und reichte es Caden, der sich neben mich setzte.

»Tut mir leid, normalerweise ...«

»Schon klar ...« Ich grinste breit. »Die Kreditkarte hast du zu Hause gelassen und in dieser Aufmachung erkennt dich keiner. Sonst hätten wir den Kuchen und die Brötchen bestimmt umsonst bekommen.«

Verdattert sah Caden mich an.

»Nun iss schon«, sagte ich mit vollem Mund. »Der Kuchen ist sogar noch warm.«

»Das ist mir wirklich peinlich, aber ich habe nicht daran gedacht. Normalerweise kümmert sich Valerie um diese Dinge.«

»Schon klar. Willkommen im normalen Leben und nun iss.«

Schweigend genossen wir das Backwerk und ruhten uns nach dem anstrengenden Aufstieg aus, bevor wir unseren Weg fortsetzten. Cadens Bemerkung über Valerie, ließ mich auch an Gronak denken. Jetzt, wo ich mit Caden zusammen war, würde ich gar keine andere Wahl haben, als wieder auf ihn zu treffen. Die Vorstellung gefiel mir überhaupt nicht und ich konnte nur hoffen, dass ich nun zumindest in einer besseren Position war. Zwar wollte ich Caden weiter trainieren, aber ich hatte ihm das Versprechen abgenommen, dass ich mit seinem Manager nichts mehr zu tun haben würde. Tatsächlich bestand Caden darauf, dass ich weiterhin auf seiner Gehaltsliste stand, aber ich musste Gronak nicht mehr Bericht erstatten. Leider würde ich ihm im Haus trotzdem nicht ganz aus dem Weg gehen können, aber die Tour würde bald beginnen und vielleicht würden sich die Schwierigkeiten dadurch von allein in Luft auflösen.

Bald machten wir uns wieder auf den Weg, der nun steiler und das Profil anspruchsvoller wurde. Still folgten wir dem Pfad und hinter jeder Kurve hoffte ich auf ein weniger ansteigendes Wegstück. Dies war keine gemütliche Tour für eine sonntägliche Familienwanderung und so verwunderte es auch nicht weiter, dass wir niemandem begegneten.

Nach einer guten Stunde erreichten wir ein Waldstück, wo wir auf einen schmalen Pfad abbogen, der zunehmend enger und rauer wurde, bis wir schließlich auf eine kleine Lichtung kamen, auf der eine verwitterte Hütte stand.

Das Gebäude sah aus, als hätte es schon Sisi bei ihren Wanderungen Unterschlupf geboten. Freilich ohne jeglichen Komfort oder Platz für ihre Gefolgsleute. Das Holz war rissig und schwarz verfärbt und das Dach mit Moos bedeckt. Bäume schienen sich anzulehnen, als würde der Wald sich den Ort wieder zurückholen wollen. Wer nicht gefunden werden wollte, war hier am passenden Ort.

»Wir sind da.« Caden legte die Stirn in Falten. »Ich hatte es etwas freundlicher in Erinnerung.«

Er schloss die Tür auf und verschwand im dunklen Inneren. Ich zögerte einen Moment, denn das Haus wirkte nicht sehr einladend auf mich. Um ehrlich zu sein, hatte ich etwas anderes erwartet. Doch dann gab ich mir einen Ruck und folgte ihm.

Die Decke war niedrig und der Holzboden mit einer dicken Staubschicht bedeckt. Durch die Tür fiel nur wenig Licht in das Innere der Hütte. Neugierig sah ich mich in dem spärlich eingerichteten Raum um. Nur ein Tisch mit Stühlen und ein mit weißen Laken abgedecktes Sofa standen darin. Die kleinen Fenster waren mit Vorhängen zugezogen, sodass kaum Tageslicht hindurch kam. Meine Schritte klangen dumpf, als ich durch den Raum ging und die Gardinen zur Seite zog. Sonnenstrahlen fielen durch die Wipfel der Bäume in das Innere der Hütte und bildeten einen Lichtfleck auf den Dielenbrettern. Staub tanzte im Licht.

Einige Zeit später hatten wir uns eingerichtet. Der Boden war gefegt, der Staub verschwunden, das Sofa von den Laken befreit und die Spinnweben aus den Ecken beseitigt. Es gab noch eine kleine Küche und ein Schlafzimmer, wo ich in einer Truhe saubere Bettwäsche fand. Während Caden draußen trockenes Brennholz holte, bezog ich die Betten. Nachdem ich fertig war, sah ich mich zufrieden um. So hergerichtet wirkte die Hütte gemütlich und ich freute mich schon darauf am Abend mit Caden vor dem Kamin zu sitzen. Gedankenverloren sah ich aus dem Schlafzimmerfenster. Ich hoffte Caden zu sehen, doch stattdessen entdeckte ich einen kleinen Gebirgsbach, der sich hinter der Hütte den Berg hinabschlängelte. Also beschloss ich dorthin zu gehen und verließ die Hütte.

Ich hielt die Hände in das eisige, kristallklare Wasser, das über die Steine plätscherte. Auf dem Grund konnte ich winzige silberne Fische ausmachen, die aussahen, als würden sie sich mit ihren Mündern an den Kieseln festsaugen, um von der Strömung nicht fortgespült zu werden.

Ich setzte mich auf einen Stein ans Ufer und lauschte dem Gurgeln des Wassers, dem Wind in den Baumwipfeln. In der Ferne klopfte ein Specht und der Schrei eines Raubvogels hallte durch den Wald. Die Luft war frisch und rein, als hätte die Natur gerade erst zum Frühjahrsputz gerufen, dabei war es längst Spätsommer. Seufzend legte ich den Kopf in den Nacken und schloss die Augen. Licht und Schatten tanzten über meine Lider und ich ließ mich einfach treiben.

»Es ist wundervoll, nicht wahr?«

Träge öffnete ich die Augen. Caden stand vor mir, die Hände in den Hosentaschen verborgen. Ich seufzte verträumt.

»Wie das Licht durch die Blätter bricht. Das Rascheln im Wind«, sagte Caden nachdenklich.

Ich nickte. »Ja, es ist irgendwie magisch.«

»Ich war schon viel zu lange nicht mehr hier.«

Caden setzte sich schweigend neben mich. Unsere Oberkörper berührten sich und ich spürte das Knistern. Das Aufflammen von Lust. Den unbezwingbaren Wunsch, dem anderen ganz nah zu sein.

»Möchtest du etwas essen?«, raunte er, während seine Lippen sich meinem Ohr näherten. Ich konnte den Hauch seines Atems auf meiner Haut spüren. Zärtlich knabberte er an meinem Ohrläppchen und begann dann meinen Hals mit Küssen zu bedecken. Ich beugte meinen Kopf zur Seite, damit seine Lippen tiefer wandern konnten und meine Kehle schnürte sich zu. Ich war außerstande auf seine Frage zu antworten. Und selbst wenn ich in der Lage gewesen wäre, konnte ich doch keinen einzigen klaren Gedanken mehr fassen. Meine Lippen begannen zu kribbeln und mein Unterleib zog sich lustvoll zusammen. Endlich näherten sich seine Lippen und hungrig nahm ich seine Zunge auf, ließ ihn meinen Mund erforschen. Unsere Zungen spielten miteinander und gierig sog ich Cadens heißen Atem ein. Mein Puls rauschte in meinen Ohren und ein köstlicher Schwindel übermannte mich. Ich ließ die Finger durch Cadens weiches Haar fahren, als ein Knacken im Unterholz mich aufschreckte.

»Was war das?«, keuchte ich und drehte den Kopf zur Seite. Doch außer hohen Bäumen und Sträuchern konnte ich nichts Ungewöhnliches entdecken.

»Bist du immer so schreckhaft?«, neckte er mich und zog sich in seine Arme. »Das wird ein Hase gewesen sein. Oder der Wolf, der dich holen will.« Ich schrie auf, als Caden mich kitzelte. Dann fuhr seine Hand unter mein Shirt, meinen Bauch entlang. Er umfasste meine Flanke, strich sanft nach oben. Mein Atem beschleunigte sich. Keuchend zog ich ihn zu mir, knabberte an seiner Unterlippe. Da hörte ich es wieder. Ich drehte den Kopf. Eine Bewegung zwischen den Zweigen, auf der anderen Seite des Baches, wo der Wald begann.

»Da ist jemand!«

Caden folgte meinem Blick, doch was auch immer dort gewesen war, es war fort.

»Bist du dir sicher?«

»Ich weiß, was ich gesehen habe.« Energisch schob ich ihn von mir herunter und rappelte mich auf. »Lass uns reingehen«, forderte ich ihn auf, nahm seine Hand und zog ihn zurück zur Hütte. Ich warf noch einen Blick zurück, dann verschloss ich die Tür und zog die Vorhänge zu.

Caden zog sein Handy aus der Hosentasche. »Verdammt!«

»Was ist?«

»Kein Netz. Ich wollte Fran anrufen«, sagte Caden zerknirscht. »Ich hoffe, du hast dir das wirklich nur eingebildet.«

Ich holte mein Telefon aus dem Rucksack, doch auch mein Empfangssignal zeigte nicht einen Balken an.

»Ich weiß, was ich gesehen habe«, sagte ich, ging zu dem Fenster im Wohnzimmer und zog die Vorhänge zu. »Bis morgen ist er weg und bis dahin geben wir ihm einfach keine Gelegenheit zu spionieren. Und vielleicht war es auch nur ein Förster.«

»Hoffen wir es. Ich habe keine Lust auf einen Vortrag von Fran. Der kann ganz schön anstrengend werden.«

Ich lachte. »Das kann ich mir gut vorstellen.«

Im Kamin knackte das Feuer und die Flammen schlängelten sich zwischen den Holzscheiten entlang, als wären sie lebendig. Vor der Feuerstelle hatte Caden uns aus Decken und Kissen ein Lager hergerichtet. Es war nicht nur die Glut, die unsere Körper zum Schwitzen brachte. Nachdem Caden sich mit einem erschöpften Seufzen von mir heruntergerollt hatte, kuschelte ich mich eng an ihn und sah in die Flammen.

»Am liebsten würde ich gleich wieder über dich herfallen.« Spielerisch knabberte er an meinem Hals. Ich stöhnte leise auf und seine Hand ging erneut auf Wanderschaft. Er liebkoste meine Brustwarzen, die sich unter seinen

Händen steil aufrichteten. Dann glitt er langsam hinunter, bis er die empfindsame Stelle zwischen meinen Schenkeln fand und ich mich ihm völlig hingab.

»Du warst so still, während der Wanderung, als wärst du in Gedanken ganz woanders«, sagte Caden eine Weile später. Ich lag eng an ihn geschmiegt.

»Ich habe an meinen Vater gedacht. Ich war oft mit ihm im Wald und einmal hatten wir uns verlaufen. Meine Mutter war außer sich vor Sorge, aber er war so voller Zuversicht … Ich weiß auch nicht …«

»Klingt so, als wäre er ein netter Typ.«

»Das war er, ja.«

»War?«

Da war er wieder, der Druck auf meiner Brust. Der alte Schmerz. Ich schluckte

»Er ist gestorben«, sagte ich tapfer.

Caden zog mich enger an ihn. »Das tut mir leid. Willst du es mir erzählen?«

»Es war ein Autounfall«, fuhr ich fort. »Wir waren auf dem Heimweg von einer unserer Wanderungen. Ich war noch klein. Gerade mal acht Jahre. Wir kamen in ein Unwetter …«

Sanft streichelte er über meinen Arm und in diesem Augenblick brachen die Mauern, die ich sorgsam um mich errichtet hatte. Ich hatte noch nie mit jemandem darüber gesprochen. Nicht einmal mit Klara. Als es passiert war, war ich zu klein und später schien es irgendwie nie die passende Gelegenheit gegeben zu haben.

»Ein Autofahrer verlor die Kontrolle und raste in unser Auto«, fuhr ich fort. »Der Unfallfahrer beging Fahrerflucht und mein Vater starb. Wie durch ein Wunder blieb ich unverletzt. Ich erinnere mich an die Dunkelheit um uns herum und an Reflexionen von Scheinwerfern. Mein Vater, dessen Kopf gegen die Seitenscheibe gelehnt war und seine Augen. Ich weiß noch, dass ich ihn angeschrien habe. Ich habe gebettelt, ihn angefleht, dass er etwas sagen sollte. Aber das tat er natürlich nicht. Eine Autofahrerin fand mich am Straßenrand, wo ich durch den strömenden Regen geirrt war, nachdem ich aus dem Auto geklettert bin … barfüßig, völlig durchnässt.« Meine Stimme brach ab.

»Oh, Emma. Deshalb hattest du bei dem Unwetter solche Angst.« Er strich mir zärtlich übers Haar. »Bei mir bist du sicher. Ich verspreche es dir.«

Ich schluchzte. »Ich habe nie jemanden an mich herangelassen, weil ich zu große Angst hatte.«

»Wovor denn?«

»Dass das Glück verräterisch ist und ich noch einmal einen Menschen verlieren könnte. Ich glaube, das würde ich nicht ertragen. Ich habe meinen Vater verloren, doch in jener Nacht ist auch ein Stück meiner Mutter gegangen. Es hat sie zerbrochen und auch wenn sie stark war für mich, in vielen Nächten habe ich sie weinen hören.« Ich schluckte. »Ich habe mir geschworen, dass mir das nicht passieren wird.«

Caden zog mich noch enger an sich. Langsam strich er über meinen Rücken und ich weinte leise vor mich hin.

»Das bedeutet, du hattest nie einen Freund?«, fragte er nach einer Weile leise.

»Keine Sorge, du hast mir nicht die Unschuld geraubt.« Unweigerlich musste ich lachen. »Es gab Männer, aber ich habe mich nie so auf sie eingelassen, wie …«

Er beugte sich über mich und versiegelte meine Lippen zärtlich mit einem Kuss.

Auch wenn der Schmerz noch immer da war, fühlte er sich nicht mehr so qualvoll an. Als hätte ich endlich den

Fremdkörper aus einer schwelenden Wunde entfernt. Jetzt könnte sie heilen. Meine Vergangenheit durfte die Zukunft nicht länger beeinflussen. So etwas würde sich nicht wiederholen. Ich würde nicht noch einmal einen geliebten Menschen verlieren. Vor lauter Angst war ich wie gelähmt gewesen, aber mit Caden sah ich Hoffnung. Ich würde nicht mehr davonlaufen.

11

Am nächsten Mittag machten wir uns auf den Heimweg. Wir hatten die Hütte abgeschlossen mit der Absicht, sobald es möglich wäre, wieder hierher zurückzukommen.

Wir waren noch nicht weit gekommen, da hielt Caden inne.

»Hörst du das?«

Ich lauschte in die Stille des Waldes, hörte den Schrei eines Raubvogels, der hoch am Himmel kreiste, und den Wind, der durch die Wipfel der Bäume rauschte. Aber da war noch etwas anderes. Zuerst hatte ich es nicht gehört, doch wenn ich mich anstrengte, hörte ich das leise Fiepen. Es kam irgendwo aus dem Unterholz.

»Da ist etwas. Lass uns nachsehen«, beschloss Caden, verließ den Pfad und bahnte sich einen Weg zwischen Zweigen und Wurzeln hindurch. Das Holz knackte, als er sich durch das Strauchwerk schlug. Bevor er verschwand, folgte ich ihm in das Dickicht. Nach wenigen Schritten kam eine Senke. Mein Fuß rutschte auf dem Laub, das den

Boden bedeckte, ab und ich schlitterte ein kleines Stück hinunter. Dürre Äste peitschten mir gegen Arme und Beine. Gerade noch rechtzeitig konnte ich nach einem dickeren Ast greifen, sonst wäre ich gestürzt. Kurz betrachtete ich den blutigen Striemen auf meinem Unterarm, klopfte mir den Schmutz von der Hose und sah auf. Caden war nur ein paar Meter entfernt. Er kauerte und schien etwas zu betrachten, das auf dem Boden lag. Als ich zu ihm aufschloss, erkannte ich einen jungen Hund. Seine Leine hatte sich im Unterholz verheddert. Vermutlich irrte er bereits seit Längerem herrenlos umher. Sein Fell war schmutzig und verfilzt. Sicher hatte er Durst und Hunger und schreckliche Angst. Aus braunen Augen sah er uns an, als hoffte er, dass wir ihm helfen würden.

Caden redete ihm gut zu und streichelte zärtlich seinen runden Kopf. Das Tier war höchstens ein paar Monate alt und ließ sich bereitwillig anfassen.

»Sieh dir das an. Wem bist du denn fortgelaufen, hm?«, murmelte Caden. Er begann die Leine zu entwirren und hob das entkräftete Tier auf, das zärtlich seine Hände leckte. Der kleine Rüde schien kaum in der Lage auf den Pfoten zu stehen, geschweige denn, den Rückweg mit uns anzutreten.

»Was sollen wir tun?«

»Wir rufen Fran an. Er soll uns abholen und dann bringen wir den Kleinen hier erst mal zu einem Tierarzt.«

Trotz der Last, die Caden trug, musste ich mich beeilen hinterherzukommen. Schon kletterte er die Steigung hinauf. Er war beinahe oben angelangt. Ich heftete meinen Blick auf den Boden und suchte nach einem Ast, einer Wurzel, an der ich Halt finden könnte, als ich das Rascheln hörte, das Geräusch brechender Äste. Als ich aufblickte, sah ich Caden den Hang hinabrutschen, doch noch immer hielt er den Hund sicher in seinen Armen. Er versuchte, mit den Füßen Halt zu finden, aber dann knickten seine Beine weg und Caden stürzte. Unaufhaltsam rutschte er den Rest der Böschung hinunter, während er das Tier mit seinem Körper schützte.

»Alles in Ordnung? Hast du dich verletzt?«, rief ich erschrocken und rannte zu ihm.

»Geht schon«, presste er hervor.

»Das sah übel aus. Warte. Ich schau mir deinen Fuß an.« Ich wollte seine Hose hochziehen, doch Caden wehrte meine Hand ab.

»Es geht mir gut«, versicherte er. Doch als er den rechten Fuß aufsetzen wollte, sog er scharf die Luft ein.

»Caden, ich sollte mir das wirklich …«

»Lass uns weiter gehen. Der Kleine hier braucht dringend Wasser und Futter.« Er wandte sich abrupt ab und machte sich erneut an den Aufstieg.

»Dann gib mir wenigstens den Hund!«, rief ich ihm verärgert hinterher. Was für ein Sturkopf! Doch nach ein paar Metern sah Caden ein, dass sein Versuch es nur schlimmer machte. Wenn auch widerwillig, gab er mir den Kleinen und kraxelte, teils mehr auf allen vieren, als auf seinen Füßen, die Steigung hinauf. Ich folgte ihm, wobei ich ihn nicht aus den Augen ließ.

Endlich waren wir auf dem Weg und kamen zurück zur Hütte, wo wir unser Findelkind am Bach trinken ließen. Caden sank stöhnend auf einen Stein, während ich beruhigend über das weiche Fell des Hundes streichelte und ein paar kleine Ästchen heraus zupfte.

Im Rucksack hatte ich noch ein paar Reste vom Frühstück. Brötchen waren vielleicht keine artgerechte Ernährung, aber dem Hündchen schien es zu schmecken, denn er stürzte sich gierig darauf.

»Ich rufe Fran an«, erklärte Caden neben mir mit angestrengtem Gesichtsausdruck.

»Ich sollte wirklich danach schauen«, versuchte ich es noch einmal und zeigte auf sein Bein.

»Es ist bestimmt nichts«, sagte er gepresst und löste schließlich doch die Schnürsenkel seines Wanderschuhs. Caden verzog das Gesicht und sog scharf die Luft ein, als er den Strumpf herunterrollte. Sein Knöchel war blau angelaufen und angeschwollen. Das sah ganz und gar nicht gut aus.

»Warum hast du nichts gesagt?«, schimpfte ich und schöpfte Wasser mit den Händen aus dem Bach und ließ es über seinen Knöchel rinnen.

»Vielleicht solltest du besser ein Tuch holen. Dir werden die Finger abfrieren, wenn du so weiter machst.« Er presste die Kiefer aufeinander, doch dann rang er sich ein kleines Lächeln ab. »Nun mach schon«, versuchte er zu scherzen.

Ich nickte. »Und du rufst Fran an, dass er uns abholen muss. Ich hoffe, wir haben wieder Empfang.«

Als ich zurückkam, hatte Caden den Kopf in die Hände gestützt.

»Ich habe nur ein paar Kopfschmerztabletten«, sagte ich.

Er sah auf. »Besser als nichts«, erwiderte er resigniert. »So wie es aussieht, müssen wir wohl runter ins Dorf laufen. Immer noch kein Empfang.«

»Verdammt! Das darf doch nicht wahr sein.« Verzweifelt sah ich auf Cadens Knöchel, der noch dicker aussah, als Minuten zuvor. »Du kannst unmöglich so weit gehen. Ich könnte vorlaufen und wir holen dich hier ab«, schlug ich vor. Doch Caden schüttelte nur den Kopf.

»Das kommt überhaupt nicht infrage, dass du allein durch den Wald läufst. Es wird schon gehen.«

Während er seinen Knöchel kühlte, suchte ich einen geeigneten Stock, auf den Caden sich stützen konnte, und so machten wir uns schließlich auf den Weg zurück zum Dorf. Caden bestand darauf unsere beiden Rucksäcke zu tragen, weil ich schon den Hund in den Armen trug. So dauerte es eine gefühlte Ewigkeit, bis wir, mit vielen Pausen, in der Siedlung ankamen. Ächzend ließ sich Caden auf dem Mäuerchen nieder, auf dem wir bereits am Tag zuvor Rast gemacht hatte.

»Offenbar musst doch eher du mich beschützen«, scherzte Caden und wickelte das Tuch von seinem Fuß.

»Ich besorge uns etwas zu essen und mache das hier frisch«, sagte ich und nahm ihm das warme Tuch aus der Hand.

Caden nickte dankbar. »Das wäre großartig. Und ich rufe Fran an, damit er uns von hier abholt.«

Während ich in der Bäckerei Kaffee und belegte Brötchen besorgte, leistete Honey, so hatte ich unseren neuen Wegbegleiter inzwischen getauft, Caden Gesellschaft. Und während wir auf Fran warteten, verzehrten wir unsere kleine Mahlzeit. Honey aß begierig den Schinken, den ich ihm zuwarf und leckte sich die kleine Schnauze, während er uns mit schiefgelegtem Köpfchen beobachtete. Vielleicht fielen ja doch noch ein paar Krumen für ihn ab. Ich musste lachen, weil das Kerlchen so putzig aussah und der Gedanke ihn bald abgeben zu müssen, machte mich ein bisschen traurig.

Nachdem Fran uns abgeholt hatte, hatte Caden darauf bestanden, zuerst unser Findelkind zu einem Tierarzt zu bringen. Honey musste etwa ein halbes Jahr alt sein. Dehydriert und unterernährt würde er erst einmal dort bleiben, bis er sich erholt hatte und hoffentlich seine Besitzer gefunden wurden. Allerdings gab es nirgends eine Suchanzeige, die auf den Kleinen gepasst hätte. Er hatte keinen Chip und somit auch keine Nummer, unter der er registriert sein könnte.

Erst nachdem der Kleine versorgt war, erklärte Caden sich bereit, dass wir ihn ins nächstgelegene Krankenhaus brachten.

Gemeinsam mit Fran saß ich im Wartebereich, zwischen anderen Angehörigen und Patienten. Die Zeit floss zäh wie Honig und der Minutenzeiger schien wie festgeklebt. Ich rutschte auf dem Stuhl hin und her, wippte mit dem Fuß, oder zerrupfte zur Abwechslung meine strapazierte Nagelhaut, während Fran ruhig neben mir saß und in irgendeiner Patientenzeitschrift blätterte.

»Meinst du, er wird wieder?«, fragte ich.

»Wie meinst du das?«

»Na ja, glaubst du, es ist gebrochen?«

»Ich bin kein Arzt, aber für einen Tänzer ist wohl jede Knöchelverletzung ein Problem, oder nicht?« Er sah mich über den Rand seiner Zeitschrift mit erhobener Augenbraue an. Verdammt! Und seine Tournee sollte in vier Wochen beginnen. Wie sollte er in der Kürze der Zeit seinen Fuß wieder voll belasten können? Ich sprang auf, doch Fran packte mich blitzschnell am Handgelenk. Verwundert sah ich ihn an.

»Würdest du dich bitte hinsetzen?«, grummelte er.

Kurz lag mir auf den Lippen, ihn zu fragen, was er denn tun wollte, wenn ich es nicht tat, doch ich besann mich eines Besseren. Ich wollte mich nicht mit Fran streiten. Schon gar nicht im Wartebereich eines Krankenhauses.

Nach einer guten weiteren Stunde erschien eine Krankenschwester.

»Landoldt und Blumberg?«

Gleichzeitig sprangen wir auf.

»Folgen Sie mir bitte«, forderte sie uns auf und führte uns in einen Behandlungsraum, wo Caden bereits in einem Rollstuhl auf uns wartete. Auf seinem Schoß lag eine Tüte mit mehreren Schachteln. Schmerztabletten, mutmaßte ich. Sein Fuß war mittels Stütze hoch gelagert und steckte in einer unbequem aussehenden Schiene. Doch sein Lächeln tröstete und beruhigte mich. Rasch nahm ich seine Hand, die er sanft drückte.

»Wenn Sie durch den Seiteneingang gehen möchten? Dort ist in der Regel weniger Betrieb. Ich habe Herrn White den Weg beschrieben.« Mit diesen Worten verabschiedete sich die Schwester.

»Tut mir leid, dass ihr so lange warten musstet. Aber bis alle ihr Autogramm hatten ...«, scherzte Caden vergnügt und ich war mir nicht sicher, ob er es ernst meinte, oder ob es an den Schmerzmitteln lag, die sie ihm hier verabreicht hatten.

»Wie sieht es aus?«, fragte ich besorgt und mein Blick blieb an der dicken Orthese hängen.

»Das wird schon wieder. Nur die Bänder. Ist noch mal gut gegangen«, antwortete Caden in fröhlichem Ton, der jedoch den Schmerz nicht ganz vertuschen konnte.

Skeptisch sah ich ihn an. »Und die Show?«

Er hob eine Plastiktüte hoch und ließ sie baumeln.

»Lauter kleine Wunder der Pharmaindustrie. Ich werde schon wieder. Die erste Dosis sollte schon bald wirken. Also wäre ich euch sehr dankbar, wenn wir schnell von hier verschwinden, bevor ich rosa Elefanten über die Flure laufen sehe.«

»Du bist ein Idiot!«, schimpfte ich. Caden zog seine Kappe tief ins Gesicht und tatsächlich konnten wir die Klinik unerkannt verlassen.

Ich hatte die Nacht bei Caden verbracht. Selbstverständlich hatten wir auf Sex verzichtet, aber ich hatte seine Nähe genossen, seinen Geruch eingeatmet und versucht, mir jedes Detail seines Körpers einzuprägen. Das war neu für mich und ich stellte fest, dass es weit intimer war, als es der Sex mit irgendeinem Typen je hätte sein können.

Cadens Arm ruhte auf mir und ich genoss den stillen Moment, bis ich bemerkte, dass Caden im Schlaf leise aufstöhnte. Unbemerkt schälte ich mich aus der Umarmung und schlüpfte ins Badezimmer, um ihm seine Medikamente zu holen, denn sicherlich würde der Schmerz ihn schon bald aufwecken.

Auf nackten Sohlen tappte ich in das nüchtern gehaltene, angrenzende Badezimmer. Auf der Ablage neben dem Waschbecken fand ich die Medikamente, die er aus der Klinik mitgenommen hatte. Zwei Blister waren bereits angebrochen und in jeder fehlten schon fünf Tabletten. Ich hatte gar nicht mitbekommen, dass er nachts wach gewesen war. Wahrscheinlich hatten ihn die Schmerzen geweckt, während ich nach der ganzen Aufregung tief und fest geschlafen hatte. Ich füllte ein Glas mit Wasser, drückte eine Tablette aus jedem Blister und ging zurück ins Schlafzimmer, wo Caden mich schlaftrunken anblinzelte.

»Wo warst du, Sweetheart?«

»Du hast im Schlaf gestöhnt. Ich dachte, ich bringe dir gleich etwas gegen die Schmerzen.« Ich drückte ihm das Glas nebst Tabletten in die Hand. »Hast du überhaupt schlafen können?«

»Um ehrlich zu sein, kaum. Dafür konnte ich deine Nähe umso mehr genießen.« Er leerte das Glas in einem Zug und schluckte die Tabletten.

Skeptisch betrachtete ich ihn an. »Heißt das, du hast mich die ganze Nacht beobachtet?«

»Und wenn es so wäre?«, antwortete er frech, zog mich zu sich und versiegelte meinen Mund mit einem Kuss.

Wenig später saßen wir beim Frühstück. Caden stocherte in seinem Rührei herum, aß jedoch nur wenig. Und auch Selmas Bemühungen und das Angebot, etwas anderes zuzubereiten, schlug er aus.

»Was möchtest du heute tun? Wir könnten uns einen Film anschauen.«

»Wir haben Proben am Nachmittag«, erklärte Caden und rieb sich die Schläfen.

»Proben?« Ich legte das Besteck klappernd auf dem Teller ab. »Das ist nicht dein Ernst.«

Caden lachte freudlos. »Ich kann das nicht einfach canceln.«

»Caden! Du bist verletzt. Du bist kaum die Treppe herunter gekommen. Wie willst du da die Proben durchstehen?«

»Lass das meine Sorge sein. Und jetzt komm und küss mich.« Er streckte auffordernd die Hand aus und ich folgte seiner Einladung. Davon würde ich nie genug bekommen.

»Bis ich losmuss, sind es noch ein paar Stunden«, raunte Caden.

»Das ist keine gute Idee«, entgegnete ich atemlos und biss zärtlich auf seine Unterlippe. »Es wäre wirklich besser, wenn du dich erst mal schonst und die Pech-Regel befolgst.«

»Pech?«

»Pause, Eis, Compression und Hochlagern«, erklärte ich.

»Guten Morgen! Die Turteltäubchen sind also schon munter«, platzte Michael Gronak in diesem Moment unangekündigt herein und ich wich erschrocken zurück. Bei Gronaks Anblick verschlechterte sich schlagartig meine Laune. Doch auch sein Gesichtsausdruck zeugte nicht gerade von Feierlaune. Unaufgefordert setzte er sich an den Tisch, knallte eine Zeitung darauf und schnappte sich ein Brötchen aus dem Brotkorb, der noch nicht abgeräumt war. Herzhaft biss er hinein und die Krümel fielen wie Ascheflocken auf seinen Bauch. Ich zwang mich den Blick von dem Bröckchen, das in seinem Mundwinkel klebte, abzuwenden, und sah stattdessen auf die Zeitung. Offenbar wollte Gronak uns damit etwas mitteilen, doch bevor ich es erkennen konnte, hatte Caden schon danach gegriffen und hielt sie so, dass mir nur die Rückseite blieb.

Es dauerte einen kurzen Augenblick, während Caden aufmerksam das Blatt studierte, dann fragte er: »Und?«

»Und?«, polterte Gronak. »Das ist eine Katastrophe! Hatten wir nicht eine Abmachung, Cami?«

»Schon. Aber Menschen ändern sich und ich sehe da

kein Problem.« Er faltete die Zeitung zusammen und legte sie beiseite.

»Kein Problem?« Gronaks Faust fuhr auf den Tisch und ich zuckte unwillkürlich zusammen. »Erklär das mal deinen Fans, die jetzt in ihr Kissen heulen und heute Abend die Poster von ihren Wänden reißen.«

»Kann mich mal jemand aufklären?«, ging ich dazwischen. Mein Gefühl sagte mir, dass dieser Artikel nichts Gutes zu bedeuten hatte, und meine Geduld war langsam aufgebraucht. Caden sah mich an, als wollte er sich überzeugen, dass ich bereit dafür war. Dann reichte er mir die Zeitung. Ich nahm sie, faltete raschelnd das Papier auseinander und starrte fassungslos auf das unscharfe Foto. Caden und ich am Bach hinter der Hütte. Ich hatte mich also doch nicht getäuscht. Jemand war dort gewesen und hatte uns beobachtet. Ein eiskalter Schauer jagte mir über den Rücken. »Caden im Liebesglück. Wer ist die Unbekannte?« lautete die reißerische Schlagzeile. Aufmerksam las ich den Artikel, studierte Wort für Wort und während Gronak und Caden weiter diskutierten, wäre ich vor Scham am liebsten im Erdboden verschwunden. Ich hatte nie die Absicht gehabt, in der Zeitung zu stehen, und so schon gar nicht. Was sollte meine Mutter denken? Meine Freunde, Kollegen? Klara? Selbst Stephan geisterte plötzlich durch meinen Kopf.

»Michael, ich vertraue auf deinen Rat.« Cadens Stimme drang durch meine sich drehenden Gedanken hindurch. »Das weißt du. Auch ich hätte es mir anders gewünscht, als durch diese Fotos. Wenn Emma damit einverstanden ist, werde ich es offiziell machen.« Er sah mich erwartungsvoll an, während Gronak uns mit offenem Mund anstarrte. Und ohne wirklich darüber nachzudenken, denn dazu war ich noch viel zu verwirrt, nickte ich. Cadens

Gesicht sprach Bände und da erst wurde mir bewusst, wozu ich gerade meine Einwilligung gegeben hatte. Jeder Versuch, etwas zu ändern, scheiterte an Cadens Enthusiasmus, seiner Hand, die sich auf meine legte und dem Lächeln auf seinen Lippen.

»Wie du meinst.« Gronak verschränkte die Arme vor der Brust und lehnte sich zurück. »Dann habt ihr gleich einen Anlass, bei dem ihr ganz offiziell auftreten könnt. Ich wollte es dir eigentlich unter günstigeren Umständen …« Der Manager hielt einen Moment inne. »Wir sind nominiert beim Musikpreis in Baden-Baden für das beste Album, bester Sänger und Songwriter.«

»Ist das wahr?« Caden ließ meine Hand los und jetzt war er es, der mit offenem Mund dasaß.

»Sehe ich aus, als würde ich scherzen?«, brummte Gronak.

»Yeah! Oh my goodness! Can't believe it!«, rief Caden aus und sprang jubelnd auf, nur um sich mit schmerzverzerrtem Gesicht sofort wieder hinzusetzen.

»Was ist los?« Gronak stand so schnell auf, wobei sein Stuhl um ein Haar umgekippt wäre, und sah auf Cadens Fuß, der in einer dicken Schiene steckte. »Cami! Sag, dass das nicht wahr ist! Zur Hölle! Was ist passiert?«

»Nichts. Das kommt wieder in Ordnung«, versuchte Caden ihn zu beschwichtigen.

»Nichts? Das nennst du nichts?« Er zeigte nach unten auf Cadens Fuß. »Dein verdammter Fuß steckt in diesem Ding da!«

»Nur ein dummer Fehltritt …«

Gronak blitzte mich wütend an.

»Lass Emma da raus!« Caden hatte den Blick des Managers gesehen. »Sie kann nichts dafür und es ist auch nicht mehr zu ändern. Bis zur Tour bin ich okay.«

»Das will ich hoffen. Wir sehen uns heute Nachmittag.« Gronaks Kiefer arbeitete. »Ich muss noch mit ein paar Sponsoren telefonieren«, fügte er grimmig hinzu und stapfte davon. Nicht ohne mir einen finsteren Blick zuzuwerfen.

»Was findest du nur an ihm?«, platzte es aus mir heraus, kaum das Gronak verschwunden war.

»Wie meinst du das?«, fragte Caden irritiert und seine Augenbrauen trennte nur noch eine steile Furche, direkt über der Nasenwurzel.

»Ihr passt ungefähr so gut zusammen wie Feuer und Wasser. Gronak ist … ach, du weißt genau, was ich meine.«

»Michael hat seine Fehler, da gebe ich dir recht. Aber als Manager macht er einen brillanten Job. Mein Erfolg, das ist nicht zuletzt sein Verdienst. Und dafür …«

»Ich traue ihm nicht«, fiel ich ihm ins Wort und schlug mit der Hand auf den Tisch. Meine Handfläche brannte, als hätte ich in einen Ameisenhaufen gefasst, doch ich ignorierte den Schmerz. »Ich verstehe nicht, warum du ihn in Schutz nimmst. Er ist ein Ekel.«

»Das tue ich nicht«, beschwichtigte Caden mich. »Du hast ihn zu einer Zeit kennengelernt, die für ihn sehr stressig ist. Das ist sie für uns alle. Die Tour, das neue Album. Das ist wichtig. Ich muss an meinen bisherigen Erfolg anknüpfen, wenn Cami nicht ein One Hit Wonder bleiben soll.«

»Aber das ist doch Unsinn. Du bist schon lange kein One Hit Wonder.«

»Das ist wahr, aber Michael hat mich zu Cami gemacht. Davor war ich nur ein Junge mit Talent. Er hat mich entdeckt. Ich verdanke ihm alles.« Er streichelte über meinen Oberarm. »Und jetzt lass uns nicht weiter darüber streiten. Ich will mit dir feiern. Eine Nominierung! Das sind großartige News.« Caden zog mich auf seinen Schoß. »Selma, hast du zufällig noch eine Flasche vom Dom Perignon?«

Selma streckte ihren dunklen Haarschopf aus der Küche in das Esszimmer. »Im Keller müsste noch eine sein. Soll ich nachschauen?«

Caden nickte und kaum war die Köchin verschwunden, küsste er mich hart und fordernd. Die Leidenschaft, die er erneut ihn mir weckte, verdrängte den Ärger, den ich über Gronak und unseren kleinen Streit empfand. Aber Caden hatte recht, wir sollten seine Nominierung feiern und ich wollte ihm nicht die Stimmung vermiesen, nur weil ich weiter mit ihm über seinen Manager diskutierte.

»Meinst du, der Alkohol verträgt sich mit den Tabletten?«, fragte ich, während Caden den teuren Schampus einschenkte.

»Es ist ja nur dieses Glas. Du machst dir immer zu viele Sorgen, Emma.« Er zwinkerte und wir prosteten uns zu. »Wirst du mich begleiten?«

»Bitte was?«, fragte ich hustend, weil ich mich prompt verschluckt hatte.

»Na, ob du mich zur Preisverleihung begleitest? Das wird ein großes Event und es wäre die Chance, dich als die Frau an meiner Seite zu präsentieren.«

Jetzt erst dämmerte mir, was Gronak vorhin mit der passenden Gelegenheit gemeint hatte. Doch die Vorstellung, bei einer Veranstaltung mich der Öffentlichkeit vorzustellen, erfüllte mich mit lähmender Angst. Ich hatte keine Ahnung, wie man sich dort verhielt, was man trug und vor allem, worüber ich mich mit den ganzen Prominenten unterhalten sollte. Was, wenn jemand wissen wollte, wer ich war?

Caden schien meine Gedanken zu ahnen, denn er nahm mir mein Champagnerglas ab und zog mich zu sich heran.

»Überlege es dir. Wenn du nicht willst, ist das okay. Ich würde es verstehen, aber es würde mir wirklich viel bedeuten. Ich kann Valerie bitten, dir zu helfen.«

12

Das Morgenlicht drang durch meine geschlossenen Lider. Verschlafen drehte ich mich um, streckte den Arm aus und tastete nach Caden. Doch ich strich nur über das kühle Laken und als ich die Augen aufschlug, zeugten nur die Knitter von seiner Anwesenheit. In den letzten beiden Wochen hatten wir viel Zeit miteinander verbracht, denn wie ich es befürchtet hatte, zwang die Verletzung ihn zu einer Pause. Die Tänzer und die Band mussten ohne ihn proben und obwohl Caden sich bemühte, gelang es ihm nicht, seine Anspannung vor mir zu verbergen. Ich spürte, dass er sich um den Erfolg der Show sorgte, doch zugleich hatte ich keine Idee, wie ich ihm helfen sollte. Sein Fuß brauchte Zeit um zu heilen, daran gab es nun mal nichts zu rütteln.

Ich schlug die Bettdecke zurück, schlüpfte in den Morgenmantel und tappte auf nackten Sohlen hinunter. Die Steinstufen waren kalt und ich wollte bereits zurück nach oben laufen, um ein paar dicke Socken anzuziehen, als ich Stimmen aus dem Wohnzimmer hörte. Unverkennbar waren es Caden und sein Manager, aber da war noch jemand, den ich nicht kannte.

»Wir könnten operieren«, erklärte der Unbekannte. Ich presste die Hand vor meinen Mund und hielt die Luft an. »Das wäre die wahrscheinlich sauberste Lösung. Aber auch dann werden wir mit einer gewissen Genesungszeit rechnen müssen«, fuhr er nüchtern fort. Ich schlich ein paar Stufen hinunter, um das Gespräch besser verfolgen zu können.

»Wie lange?«

Ich hielt inne. »Vier bis sechs Wochen schätze ich. Danach könnte mit einem behutsamen …«

»Behutsam? Gibt es keine anderen Optionen?«, fragte Gronak aufgebracht.

»Aber es wird auch so heilen?« Nun war es Caden, der sprach.

Ich hielt den Atem an.

»Natürlich wird es heilen. Die Frage ist nur …«

»Gut. Und ich werde weiterhin tanzen können.«

»Nun, das ist …«

»Was ist mit Schmerzmitteln?«, unterbrach Gronak und ich sah ihn bildlich vor mir, wie er durch den Raum tigerte. »Er muss doch nur die Konzerte durchstehen. Danach kann er sich ausruhen, so viel er will. Ellert, Mann! Die Plattenfirma, die Sponsoren, sie alle hängen uns im Nacken. Wir haben Verträge abgeschlossen und jetzt müssen wir liefern. Dieser ganze Zirkus – die Band, die Crew, die Techniker, Fahrer, Security – verdammt! Wir sind denen verpflichtet.«

Nach Gronaks Ausbruch sprach niemand ein Wort. Ich klammerte mich an das Geländer und beugte mich ein Stück darüber. Dann sagte Caden, so leise, dass ich ihn kaum verstehen konnte: »Ich bin es ihnen schuldig. Sie geben alles für die Tour und ich kann sie nicht enttäuschen. Ich trage die Verantwortung. Können Sie mich schmerzfrei machen? Wenigstens für die Auftritte? Schaffen Sie das?«

Ich konnte kaum glauben, was ich gehört hatte. Wollte Caden sich mit Medikamenten zudröhnen, nur damit diese verdammten Konzerte stattfinden konnten? Das war doch Irrsinn. Jeder musste doch Verständnis für eine Situation haben, für die letztlich niemand etwas konnte.

Das Geräusch von Schritten schreckte mich aus meinen Gedanken und gerade noch rechtzeitig huschte ich die Treppe hinauf, bevor ich entdeckt werden konnte. Caden begleitete seinen Besucher nach draußen und verabschiedete sich.

»Wir bekommen das hin«, versprach der Arzt. Dann hörte ich die Eingangstür zuschlagen.

Ich blieb in meinem Versteck und wartete, bis Caden zurück ins Wohnzimmer humpelte. Bald darauf erfüllte sein Klavierspiel wieder die Räume. Was sollte ich sagen, wenn ich jetzt zu ihm ging? Ich konnte ja kaum zugeben, dass ich gelauscht hatte.

»Habe ich dich geweckt?«, erkundigte sich Caden, als ich schließlich neben ihn an den Flügel trat.

Ich schüttelte den Kopf. »Bist du schon lange wach?«

»Schlecht geschlafen.« Er zog mich auf seinen Schoß und vergrub sein Gesicht an meiner Brust. Zärtlich strich ich über seinen Schopf und ließ meine Finger durch seine dunklen Locken gleiten.

»Du würdest es mir sagen, wenn etwas nicht in Ordnung wäre, oder?«, flüsterte ich.

»Natürlich, Sweetheart.« Er hob den Kopf und sah mich an. »Eigentlich wollte ich es dir später geben, aber …«

Sanft schob er mich von seinem Schoß, erhob sich und ging zu einer Kommode, wo er die oberste Schublade aufzog und etwas herausholte. Als er sich umdrehte, erkannte ich eine in blauem Samt eingeschlagene Schatulle. Scharf sog ich die Luft ein.

»Ich liebe dich, Emma.« Er öffnete das Kästchen und ungläubig starrte ich auf die fein gearbeitete Perlenkette.

»Das ist wirklich …«, hauchte ich.

»Gefällt sie dir?« Ein Lächeln umspielte seine Lippen, aber da war noch etwas anderes in seinen Augen.

»Ja. Sie ist wunderschön.«

»Es ist ein Familienerbstück«, sagte er und sah auf das Schmuckstück. »Es gehörte meine Urgroßmutter und seither wird es an die nächste Generation …«

Ich legte meine Hand auf meine Brust und schüttelte kaum merklich den Kopf. Er wollte doch nicht etwa?

Caden sah auf. »Darf ich sie dir umlegen?«

»Ich … Das ist wirklich zu viel. Ich glaube nicht, dass ich das …«

»Bitte, Emma. Sie gehört meiner Mutter, aber da sie sie auf der Farm sowieso nicht trägt, hat sie sie mir gegeben.« Sein Blick war so intensiv, dass ich mich unbehaglich fühlte. »Ich sollte sie einem Mädchen geben, dass mir wirklich am Herzen liegt.«

Er schwieg und mir wurden die Knie weich. Das alles war zu viel für mich. Ich fühlte mich geschmeichelt, doch gleichzeitig spürte ich die Verantwortung. Wenn ich es annahm, wäre es gleichbedeutend einem Versprechen.

Zögerlich sagte ich: »Ich kann das wirklich nicht annehmen, Caden.« Ich konnte seine Enttäuschung schon fast körperlich spüren. »Aber ich könnte sie während der Preisverleihung tragen«, fügte ich daher rasch hinzu.

Cadens Augen weiteten sich. »Du begleitest mich?«

Seine Überraschung brachte mich zum Schmunzeln. »Natürlich begleite ich dich.«

Caden nahm die Kette aus ihrer Schatulle, legte die Schachtel beiseite. »Darf ich?«, fragte er feierlich.

Ich nickte, kaum merklich, was Caden als Erlaubnis genügte. Und beinahe zärtlich legte er das Schmuckstück um meinen Hals.

Ich legte eine Hand auf die glatten Perlen, die sich kühl an meine Haut schmiegten. Fassungslos und überwältigt.

Er strich mir eine Haarsträhne hinters Ohr.

»Du siehst wunderschön aus«, sagte er.

Ich lehnte mich an ihn und flüsterte so leise, dass nur ich es hören konnte: »Ich liebe dich.«

Eine Zeit lang standen wir so eng umschlungen, bis Valeries unverkennbare Stimme uns verdeutlichte, dass wir selbst zu Hause nur selten wirklich allein waren.

»Darling«, flötete sie und widerwillig löste ich mich aus der Umarmung. »Was macht dein Fuß?«

»Alles gut«, versicherte Caden leichthin.

Valerie beäugte kritisch die klobige Orthese. »Wir werden die Hose für die Verleihung ändern müssen. Hast du dich schon für einen Anzug entschieden?«

»Das überlasse ich dir.«

Valerie zog die Augenbrauen zusammen. Dann sah sie mich an und ich wusste, was sie fragen wollte.

»Ja, ich werde Caden begleiten«, sagte ich und griff nach Cadens Hand.

»Wie wunderbar!« Sie klatschte begeistert in die Hände. Dann umgriff sie meinen Arm und führte mich nach draußen. Hilfesuchend drehte ich mich zu Caden um, doch der grinste nur schief und hob entschuldigend die Arme.

»Was hast du dir denn vorgestellt?«, fragte sie,

nachdem wir unter uns waren. »Um ehrlich zu sein, war ich erst etwas verwundert, über die Nachricht, doch ihr werdet ein wunderbares Paar abgeben.« Sie zog einen Katalog aus ihrer Tasche, legte ihn auf den Tisch und blätterte darin. »Was hältst du von diesem hier?« Ihre rot manikürten Finger zeigten auf ein verruchtes beinahe durchsichtiges Kleid.

Schockiert hob ich die abwehrend die Hände.

»Auf keinen Fall!«

Valerie blätterte weiter durch den Katalog. Zeigte mir Designer aus London und Paris und machte Vorschläge zu meiner Frisur, die so natürlich auch völlig inakzeptabel war. Aber die Assistentin wusste selbstverständlich den passenden Friseur und eine Make-up Artistin, die sie mir wärmstens empfahl.

»Valerie, das ist alles sehr lieb, aber ich befürchte, ich habe in Sachen Mode überhaupt keine Ahnung und inzwischen brummt mir der Schädel«, unterbrach ich ihren Enthusiasmus nach einiger Zeit. »Ich glaube, ich möchte dazu auch gern meine Mutter um Rat fragen.«

Valerie konnte die Enttäuschung kaum verhehlen, als sie den Katalog zuschlug und in ihrer Tasche verschwinden ließ. Elegant erhob sie sich und strich sich den Rock glatt.

»Ich verstehe«, sagte sie spitz. »Besprich dich mit deiner Mutter. Ich stehe dir natürlich jeder Zeit mit Rat und Tat zur Seite.«

»Warte doch!«, rief ich ihr nach, aber da war sie schon verschwunden. Ich hatte Valerie wirklich nicht vor den Kopf stoßen wollen.

Beim Abendessen erkundigte sich Caden, was ich ausgesucht hatte.

»Um ehrlich zu sein, ich möchte das gern mit meiner Mutter besprechen.«

Caden neigte den Kopf. »Okay. Valerie wird das zwar nicht gefallen …«

»Ich glaube, sie ist sauer.«, sagte ich bedrückt und legte mein Besteck beiseite.

Er sah mich aufmunternd an. »Fahr ein paar Tage nach Hause«, sagte er warm. »Such dir ein schönes Kleid aus. Ich muss sowieso ein paar Dinge erledigen und du würdest dich nur langweilen.«

Ich sah ihn dankbar an. »Und was soll ich aussuchen? Ich meine, gibt es da Kleidervorschriften? Was trägt man denn auf so einer Party?«

Caden legte sein süßestes Lächeln auf. »Ihr werdet das Richtige finden.«

Zweifelnd schob ich mir ein Stück Kartoffel in den Mund. »Ich werde dir einen Trainingsplan ausarbeiten«, wechselte ich das Thema. »Du kannst zwar deinen Fuß nicht belasten, aber du hast ja noch andere Regionen, die wir trainieren können.«

»Davon bin ich überzeugt.« Er grinste anzüglich.

»Daran hatte ich nicht gedacht. Eher Bizeps, Trizeps, Schultern …« Doch sein Gesichtsausdruck ließ meine Aufzählung in einem Lachanfall enden.

~

Schon einen Tag später stand ich im Laden meiner Mutter. Die Aussicht nach Hause zu fahren, hatte mich mit kindlicher Vorfreude erfüllt und so hatte ich am nächsten Morgen eifrig Cadens Trainingsplan geschrieben, meinen Koffer gepackt und war nach Hause gefahren. Caden hatte darauf bestanden, dass Fran mich fuhr, doch das hatte ich entschieden abgewehrt. So weit kam es noch, dass ich nicht mal mehr allein irgendwohin fahren durfte.

»Hast du inzwischen mit Klara gesprochen?«, erkundigte sich meine Mutter. Gerade hatten wir eine Kundin verabschiedet und für einen Moment gehört die Boutique uns allein. Ein Zustand, der sicher nicht lange andauern würde. Denn nach Cadens Auftritt rannten uns die Kunden schier den Laden ein.

Ich schüttelte den Kopf. »Nein, das mache ich noch.«

»Das solltest du wirklich. Es wäre mehr als bedauerlich. Eine Freundschaft …«

»Ja, Mama«, fiel ich ihr genervt ins Wort. Einen anklagenden Vortrag inklusive Gewissensbissen konnte ich wirklich nicht gebrauchen. »Ich rufe sie an. Versprochen. Aber da wir gerade sowieso nichts zu tun haben … Caden hat mich gebeten, ihn zu einer Preisverleihung zu begleiten.«

Meine Mutter klatschte begeistert in die Hände. »Wunderbar! Was wirst du anziehen?«

»Das ist eine gute Frage. Ich habe keine Ahnung.«

»Wir finden sicherlich etwas. Wann ist denn die Veranstaltung?«

»In zwei Wochen.«

Die Lippen meiner Mutter bildeten ein stummes O, was so viel wie »und da kommst du erst jetzt«, bedeuten sollte. Mit unschuldiger Miene legte ich den Kopf zur Seite und hob entwaffnend die Arme. Schwungvoll drehte sie sich um und begann, sich durch die Kleiderstangen zu arbeiten.

»Was hast du dir denn vorgestellt? Etwas Elegantes,

nehme ich an? Ein Kleid? Ein Hosenanzug?« Sie warf einen Blick über die Schulter.

»Keine Ahnung. Ich vermute, es sollte etwas Festliches sein. Turnschuhe sind wohl eher nicht gefragt.«

Mein nicht ganz ernst gemeinter Kommentar wurde mit einem kleinen Seufzer quittiert.

Schließlich landeten mehrere Kleider in unterschiedlichen Längen und Farben sowie ein paar Hosenanzüge auf einem fahrbaren Kleiderständer. Jetzt war es an mir zu seufzen und mich in mein Schicksal zu ergeben.

Das erste Kleid, das ich anprobierte, war cremeweiß und bodenlang. Ich sah darin aus, als würde ich zu meiner Hochzeit gehen und nicht auf ein Event. Nein, das kam definitiv nicht infrage.

Ein bordeauxfarbenes Abendkleid mit Strass besetzter Korsage war zwar schön, doch ich fühlte mich darin wie eine verkleidete Barbiepuppe.

Als Nächstes probierte ich einen grauen Hosenanzug, in dem ich mich auf Anhieb wohlfühlte. Aber das Kopfschütteln meiner Mutter ließ mich schnell wieder in der Kabine verschwinden.

Ich wollte bereits zum klassischen kleinen Schwarzen greifen, damit konnte Frau schließlich nichts falsch machen, da fiel mein Blick auf den blauschimmernden Stoff eines Abendkleides. Es war recht schlicht, doch der tiefe Rückenausschnitt war nicht nur überaus gewagt, er verlieh dem Kleid das gewisse Etwas. Der bodenlange Rock schmiegte sich weich um meine Hüften und umspielte meine Beine.

Noch ein wenig schüchtern kam ich aus der Umkleide, um mich dem strengen Urteil meiner Mutter zu stellen.

»Meinst du, dass ich das tragen kann?«

»Absolut«, versicherte sie. Lächelnd kam sie zu mir,

zwirbelte mein Haar nach oben und steckte es mit gekonnten Handgriffen und mithilfe von ein paar Haarklammern fest. Dann nickte sie zufrieden.

»Noch eine schöne Kette dazu …« Sie ging zu einer Vitrine.

»Warte! Die habe ich schon.«

»Oh«, machte sie überrascht.

»Von ihm.« Die Augen meiner Mutter weiteten sich etwas, doch ich entschied mich die genauen Hintergründe lieber nicht zu erzählen, denn ich wollte keine große Sache daraus machen.

»Dann werde ich mal nach ein paar Schuhen schauen«, erklärte sie, nachdem ihr klar geworden war, dass ich mich nicht weiter äußern würde. Erleichtert atmete ich auf und während sie im Hinterzimmer verschwand, betrachte ich mich noch einmal eingehend im Spiegel. Mit den hochgesteckten Haaren wirkte das Kleid viel eleganter und ich konnte selbst kaum glauben, wie gut es mir stand.

Als sie zurückkam, hielt sie eine Schuhschachtel in der Hand und eine kleinere Schachtel lag darauf.

»Es sind keine Manolos, so was kann sich hier ja niemand leisten, aber ich denke sie würden auf dem roten Teppich eine ganz gute Figur machen. Probier sie an.«

Meine Mutter stellte mir das edle Paar Pumps hin und ich schlüpfte hinein. Sie passten perfekt. Wackelig machte ich einige Schritte durch den Laden.

»Dafür brauche ich sicher Lauftraining.«

»Das geht schneller, als du denkst.« Nachdenklich betrachtete sie mich im Spiegel. »So, wie du aussiehst, wirst du ihm glatt die Show stehlen.«

»Hör auf! Du machst mir Angst.« Gerade noch hatte ich mich auf die Verleihung gefreut. Das Outfit machte eine ganz andere Emma aus mir, eine Version von mir, die ich selbst noch nie gesehen hatte. Bei der Äußerung meiner Mutter wäre ich jedoch am liebsten wieder in meine Trainingsklamotten geschlüpft. Bislang hatte ich mich an dem Gedanken festgehalten, dass sich sowieso alles um Caden drehen würde. Niemand würde mir groß Beachtung schenken. Jetzt bekam ich Zweifel.

Sie lächelte und legte einen Arm um mich. Im Spiegelbild konnte ich den Stolz in ihren Augen sehen. Da läutete das Glöckchen der Eingangstür und die nächste Kundin betrat den Laden.

Während meine Mutter die Frau bediente, ging ich zurück in die Kabine und betrachtete mich noch einmal von allen Seiten. Ich stellte mir vor, wie es wäre, in diesem Outfit neben Caden auf dem roten Teppich zu stehen. Vor Journalistinnen, Fotografen und Fans. Beinah ehrfürchtig strich ich über den herrlich schimmernden Stoff, drehte mich vor dem Spiegel, um mich aus allen Perspektiven betrachten zu können und dabei überlegte ich, wie es sich anfühlen würde, so neben Caden zu stehen.

Stimmengewirr und der Geruch von Essen drangen mir entgegen, als ich die schwere Tür der alten Kneipe öffnete. Es herrschte ein lebhaftes Durcheinander. Freunde, die beisammen saßen und eine Kleinigkeit aßen und tranken, Singles, die an der Theke ein Feierabendbier genossen. Junge Bedienungen in kurzen Röcken und Schürzen, die sich mit schwer beladenen Tabletts einen Weg zwischen den Tischen bahnten. Gelächter tönte aus einer Ecke. Irgendwo musste Klara sein. Ich hatte mich endlich durchgerungen, sie anzurufen und wir hatten uns im »Kneiple« verabredet. Mit einem mulmigen Gefühl sah ich mich um.

Nach der Funkstille wusste ich nicht, wie Klara reagieren würde. Ich wollte mich nicht mit ihr streiten, denn letztlich fehlte mir meine Freundin. Sie hatte einen Fehler gemacht, dafür war ich jedoch ein verdammter Sturkopf gewesen. Und in den letzten Tagen war mir klar geworden, dass die Sache es wirklich nicht wert war, unsere Freundschaft deswegen aufs Spiel zu setzen. Eine Bewegung zog meine Aufmerksamkeit auf sich. Klara saß in einer Ecke. Mit einem breiten Grinsen winkte sie mir zu und all meine Ängste fielen von mir ab. Ich zwängte mich zwischen den Gästen zu ihr durch.

»Ganz schön viel los heute Abend«, sagte ich und zog sie in eine Umarmung. Es tat so gut zu wissen, dass sich nichts zwischen uns stellen könnte. Auch kein dummer Streit.

»Ich hab mir schon ein Baguette bestellt. Hab noch nichts gegessen. Willst du auch was?«, fragte Klara, nachdem wir uns gesetzt hatten.

In diesem Augenblick kam die Bedienung und brachte ein mit reichlich Käse überbackenes Baguette und ein Glas Bier. Es duftete verführerisch und ich wollte bereits ebenfalls eines bestellen. Doch dann fiel mir wieder das Abendkleid ein. »Ein Viertele Rotwein für mich, bitte.«

»Du verpasst was«, nuschelte Klara mit vollem Mund und schloss genießerisch die Augen. »Die sind göttlich.«

»Ich weiß, aber ich sollte gerade etwas aufpassen.«

Fast hätte Klara sich verschluckt. Dann lachte sie. »Du? Ausgerechnet?«

»Caden hat mich zu einem Event eingeladen. Ich hab mir vorhin erst ein Abendkleid ausgesucht.«

Jetzt legte Klara ihr Baguette doch zurück auf den Teller und wischte sich mit der Serviette über den Mund.

»Mal langsam: Du gehst mit Cami zusammen auf was?«

»Es ist eine Preisverleihung und so wie es aussieht, hat er wohl gute Chancen und …«

»Das heißt, du und … ihr seid zusammen?«

Ich nickte. »Ich glaube schon … irgendwie.«

Klaras Augen wurden immer größer, dann platzte es aus ihr heraus: »Wow! Dann ist es jetzt offiziell? Ihr seid zusammen? Ich meine, so richtig?«

Ich konnte mir ein dümmliches Grinsen nicht verkneifen.

Klara lehnte sich zufrieden zurück. »Wer hätte das gedacht?« Sie beugte sich vor. »Wobei, eigentlich ist es mir schon seltsam vorgekommen, als er dir unbedingt persönlich das Autogramm bringen wollte.«

Verlegen starrte ich die Tischplatte an.

»Wie dem auch sei«, sagte sie. »Es freut mich wirklich für dich. Wenn es jemand verdient hat, dann du. Aber ein bisschen sauer bin ich schon, weil du mich nicht früher eingeweiht hast.«

»Tut mir leid. Und auch wenn ich echt stinksauer war … danke Klara. Ohne deinen Schubs, wären wir nie zusammen gekommen. Es tut mir wirklich leid, dass ich mich nicht mehr gemeldet habe und …«

»Und mir tut es auch leid. Ich dachte, es wäre eine coole Idee mit dem Foto«, kam Klara plötzlich doch noch auf den eigentlichen Grund unseres Streits zu sprechen. »Du warst bei ihm und in deinen Nachrichten hast du immer wieder von ihm geschrieben.« Klara trank einen Schluck. »Und du musst zugeben, seit die Leute seinen Namen mit dem Laden in Verbindung bringen, geht es steil bergauf«, fuhr sie fort.

»Ist schon okay. Wie du siehst, hat sich ja doch noch alles zum Guten gewendet.«

»Dann erzähl! Wie ist das Leben mit einem Promi?«

Was sollte ich darauf antworten? Es war so herrlich normal, wenn wir zusammen waren. Caden hatte keine Allüren. Er war der unkomplizierteste Mann, den ich kannte. Und doch war das Leben mit ihm anders. Ganz selbstverständliche Dinge wie das Einkaufen im Supermarkt oder ein Stadtbummel waren gemeinsam nicht möglich. Was würde erst passieren, wenn er mich als seine Partnerin vorstellte? Der Gedanke löste erneut ein unwohles Gefühl in mir aus. Diffuse Ängste, die ich noch nicht fassen konnte. Aber wahrscheinlich war es nur die Aufregung, redete ich mir ein und nahm einen großzügigen Schluck des Spätburgunders.

13

Fran steuerte die schwarze Stretchlimousine, die Caden extra für diesen Abend gemietet hatte, in Richtung Festspielhaus in Baden-Baden. Der Autokorso zog sich wie aufgereihte Perlen dem altehrwürdigen Gebäude entgegen. An den Absperrgittern entlang der Straße drängten sich trotz des Wetters die Schaulustigen. Mit hochgezogenen Kragen, Regenjacken und Schirmen trotzten sie dem Oktoberregen. Je weiter wir vorrückten, desto mehr Menschen warteten dort. Mein Herz schlug zu schnell und eine unangenehme Hitze kroch mir über mein Dekolleté aufwärts zu Hals und Wangen. Während ich die Menge jubeln hörte, knetete ich meine feuchten Hände. Das hier war schlimmer als die Schulaufführung in der achten Klasse, als ich vor lauter Aufregung den kompletten Text vergessen hatte.

Langsam näherten wir uns dem Haupteingang des ehemaligen Bahnhofgebäudes und ich sah bereits den roten Teppich unter einem Baldachin. Ich wusste, es gab keinen Ausweg für mich. Gleich würde der Wagen anhalten, sich die Tür öffnen und ich musste dort hinaus. Die Journalisten warteten schon mit gezückten Fotoapparaten und Mikrofonen.

Noch zwei Limousinen standen vor uns und inzwischen erhellte das Blitzlicht der Fotografen draußen den Innenraum unseres Fahrzeugs. Der Benz rollte ein Stück weiter.

»Du siehst wunderschön aus.« Caden lächelte mir aufmunternd zu und nahm meine Hand. Er schien die Ruhe selbst zu sein, dabei hätte er wesentlich mehr Grund zur Aufregung. »Du musst das nicht tun, wenn du lieber nicht da raus willst – Fran fährt dich auch zurück zum Hotel.«

Meine Hand tastete nach der Kette, die ich von Caden bekommen hatte.

»Ich schaffe das«, gab ich selbstsicher zur Antwort und straffte die Schultern. Cadens Lächeln bestärkte mich darin, keinen Rückzieher zu machen. Erneut ließ Fran den Wagen ein Stück weiter rollen.

»Und du? Bist du dir auch sicher?«, fragte ich besorgt und deutete mit einem Blick auf seinen Fuß, der entgegen ärztlichen Rates nicht in einer Schiene, sondern in einem vornehmen Anzugsschuh steckte.

Er drückte meine Hand. »Du machst dir schon wieder viel zu viele Sorgen.« Er umfasste mein Kinn, zog mich sanft und doch bestimmt näher zu sich, und versiegelte meinen Mund mit einem zärtlichen Kuss.

»Ist jetzt mein Lippenstift verschmiert?«, fragte ich, als ich mich von ihm löste und widerstand der Versuchung, mir an die Lippen zu greifen.

»Es ist perfekt. Du bist perfekt.«

Der Wagen stoppte und Caden drückte meine Hand. Jemand öffnete die Autotür und der stürmische Jubel der

Menge und das grelle Blitzlicht der Kameras schwappten herein. Für einen kurzen Moment sah Caden mir tief in die Augen, dann verbarg er sie hinter seiner Sonnenbrille – setzte sein Titelblatt Lächeln auf und stieg aus. Das Geschrei der Menschen steigerte sich. Aus vereinzelten Lichtblitzen war ein Gewitter geworden.

Fran hatte sich vom Fahrersitz nach hinten umgedreht. Unsere Blicke begegneten sich und er nickte mir aufmunternd zu. Einen Herzschlag lang schloss ich die Augen, öffnete sie wieder und dann stieg auch ich aus.

Caden erwartete mich, nahm mich sofort in Empfang, sodass mir kaum die Gelegenheit blieb mich verloren zu fühlen. Mit ihm an meiner Seite gingen wir ein kurzes Stück, nur um schließlich vor einer Fotowand zu verharren, die mit den Namen der Sponsoren bedruckt war, damit die Fotografen die Möglichkeit hatten, uns abzulichten. Erst jetzt konnte ich erfassen, wie umwerfend Caden in seinem klassischen, schwarzen Anzug aussah. Im Glas seiner Brille spiegelten sich die Lichter. Und nun verstand ich es. Er trug sie nicht nur als Markenzeichen, auch war es keine sonderbare Marotte, er versteckte sich dahinter. Es war wie eine Schutzmauer, die ihm Sicherheit verlieh und hier auf dem roten Teppich hätte ich alles für ebenso ein Accessoire gegeben. Caden spielte seine Rolle als Superstar, posierte für die Fotografen und lächelte geduldig, während man mir die Nervosität und die Übelkeit, die langsam in mir aufstieg, ganz bestimmt ansah. Ich atmete tief durch. Für mich war nur Caden wichtig.

Unter dem gespannten Baldachin waren wir vor dem Regen geschützt, doch der kalte Wind strich um meine nackten Schultern und ließ mich frösteln. Ich bemühte mich um ein strahlendes Lächeln, wie ich es vor dem Badezimmerspiegel geübt hatte und versuchte, die Aufregung dahinter zu verbergen. Tapfer blickte ich in Kameralinsen, dann zog Caden mich weiter, vorbei an den Reportern, die hinter der Absperrung standen und uns ihre Mikrofone entgegenstreckten. Er wechselte ein paar Worte mit Fans, bevor er sich den Journalisten zuwandte. Doch ich war viel zu aufgeregt, um den Fragen zu folgen, weshalb ich mich aufs Lächeln beschränkte.

»Es ist wie immer eine Freude, hier zu sein. Wir sind sehr gespannt auf diesen Abend«, hörte ich ihn sagen.

Ich fühlte mich wie auf einer nie enden wollenden Achterbahnfahrt. Die Umgebung schien in irrwitziger Geschwindigkeit an mir vorbeizurasen und die Gesichter der Menschen verschwammen. Caden war der Sicherheitsbügel, an den ich mich klammerte und ohne den ich die Orientierung verloren hätte.

Endlich zog er mich weiter und ich stolperte in die Richtung, die er vorgab. Noch einmal drehte er sich um, winkte den Zuschauern zu, dann erreichten wir den Eingang und verschwanden im Inneren der Konzerthalle.

Hier war es ruhiger. Nach dem Geschrei, dem Blitzlicht und der Kälte fühlte es sich an, als hätten wir eine andere Welt betreten. Es dauerte einen Augenblick, ehe ich mich gefangen hatte und meine Umgebung wahrnehmen konnte. Die Eingangshalle war prachtvoll. Vom Mosaikboden über dem ehemaligen Fahrkartenschalter mit den Holztäfelungen bis zu den Wandgemälden, den stuckverzierten Säulen und den hohen Fenstern. Caden gab mir Gelegenheit, mich kurz zu sammeln.

»Geht es dir gut?«, raunte er in mein Ohr.

Ich nickte tapfer und drängte die Übelkeit beiseite. Das Schlimmste hatte ich überstanden. Ich atmete tief ein und aus, dann kam ein Platzanweiser in altmodischer Uniform zu uns.

»Herr White, Fräulein Blumberg, bitte hier entlang.« Er bedeutete uns ihm zu folgen und im schummerigen Licht erreichten wir den Saal.

Die Reihen waren bereits gut gefüllt. Intendanten, Sänger und Schauspielerinnen hatten sich eingefunden und warteten gespannt auf den Beginn der Show. Manche erkannte ich. Da war Ulrike Schmitt, die Sprecherin von den zwanzig Uhr Nachrichten und Tom Bernhard, ein Comedian. Andere wiederum waren mir gänzlich unbekannt. Klara hätte die größte Freude gehabt, mir all die delikaten Details zu erzählen, die sie irgendwo aufgeschnappt hatte.

Caden hob die Hand und winkte.

»Kennst du die alle?«, raunte ich Caden zu.

»Nein, nicht jeden. Aber wer gesehen werden will, der ist auch hier. Sieh es als Pflichttermin für unsere Branche.«

Und dann wäre da noch ich, fügte ich in Gedanken hinzu und fragte mich erneut, was ich hier eigentlich zu suchen hatte. Emma Blumberg aus dem beschaulichen Riedbach. Was hatte ausgerechnet ich hier verloren?

Wir erreichten unsere Plätze. Sie befanden sich im mittleren Gang und waren ziemlich weit vorne, sodass wir einen guten Blick auf die Bühne hatten. Caden schüttelte die Hände unserer Sitznachbarn und ein paar warme Worte fielen.

»Hi Michael«, hörte ich Caden neben mir sagen und erschrocken riss ich den Kopf herum. Natürlich hatte sich Gronak die Gelegenheit nicht entgehen lassen, denn schließlich wäre es auch sein Sieg, wenn Caden als Gewinner des Abends hervorgehen würde. Trotzdem hatte ich den Gedanken an ihn, vor lauter Aufregung, völlig vergessen. Mit kühler Miene schüttelte ich seine Hand. Gronaks Augen blieben an meiner Halskette hängen.

»Ein hübsches Schmuckstück«, sagte er abschätzend und schützend legte ich eine Hand darauf.

»Caden hat sie mir geliehen.«

Gronak schnalzte mit der Zunge und dann wurde das Licht gedimmt. Wir setzten uns. Caden in der Mitte. Gronak und ich rechts und links neben ihm. So hatte ich zumindest den größtmöglichen Abstand zu Cadens Manager.

Hinten auf der Bühne stand ein Schlagzeug und für die anstehenden Dankesreden war in der Mitte der Bühne ein Rednerpult aufgestellt.

Kaum saßen wir, betrat das Moderatoren–Paar unter Applaus die Bühne. Die Frau trug ein mit Pailletten besetztes Kleid, während er im klassischen Anzug das Publikum begrüßte und die Show mit dem Liveauftritt einer mir unbekannten Sängerin begann.

Solange die Gewinner der verschiedenen Kategorien vorgelesen und Dankesreden unter Jubel und Tränen gehalten wurden, verging die Zeit wie im Flug. Tatsächlich gelang es mir, mich zu entspannen, und ich konnte den Abend genießen. Begeistert klatschte ich Beifall, wenn die Preisträger ihre Auszeichnungen in Empfang nahmen und dann, nach beinahe zwei Stunden, kam endlich der Höhepunkt mit der Verleihung des Musikpreises. Ich warf einen unauffälligen Blick zu Caden, der zur Salzsäule erstarrt schien und das Geschehen beobachtete. Die Brille verbarg seine Emotionen, doch die Muskelzuckungen seiner Kiefer verrieten ihn. Gebannt verfolgten wir, wie die Moderatorin den Umschlag öffnete, und ich hielt die Luft an.

»Der diesjährige Gewinner für den Musikpreis ist ein wahrer Ausnahmekünstler. Ein Künstler der nicht nur …«

Caden ergriff meine Hand und drückte sie so fest, dass es schmerzte. Die Moderatorin zögerte die Verlesung des

Namens in die Länge und steigerte damit die Spannung ins Unerträgliche.

»… und somit ist es mir eine große Ehre, den Preis an Cami …«

Der Rest ihrer Ansprache wurde vom Applaus übertönt. Caden sah mich an, noch ungläubig. Ich fiel ihm um den Hals.

»Du hast es geschafft!«, jubelte ich. Ich sah, wie die Anspannung von ihm abfiel, während um uns herum alle Gäste aufstanden und Beifall klatschten. Schließlich erhoben auch wir uns Caden und Gronak umarmten sich und klopften sich auf den Rücken. Dann endlich bahnte Caden sich unter Standing Ovations einen Weg nach vorn, um die Auszeichnung entgegenzunehmen.

Die Moderatoren gratulierten Caden und überreichten die gläserne Skulptur. Hände wurden geschüttelt und langsam beruhigte sich das Publikum.

Verstohlen wischte ich mir eine Freudenträne aus dem Augenwinkel. Ich wusste was ihm diese Auszeichnung bedeutete und ahnte, wie viel Arbeit und Leidenschaft sie erfordert hatte.

»Danke! Vielen Dank. Ich muss gestehen, ich bin überwältigt.« Das Publikum klatschte wieder begeistert. Dann wurde es still und Caden setzte seine Rede fort. »Es ist eine Ehre und ein Privileg, hier zu sein und ich kann Ihnen versichern, dass es eine lange Reise war. Eine Reise, die in einem Kinderzimmer in Vancouver begann und die mir zeigt, wie wichtig es ist, dass wir uns für die Kinder da draußen einsetzen, die diese Chance nicht haben. Ich möchte, dass wir gemeinsam für die Aussicht auf eine Zeit, in der die Zukunftschancen eines Kindes nicht von seinem sozialen oder finanziellen Hintergrund abhängen, aufstehen.« Das Publikum sprang begeistert auf. »Deshalb stifte ich diesen Preis der Children for one World Foundation, meiner Stiftung, die sich für gerechte Bildungschancen aller Kinder einsetzt.«

Der Rest seiner Rede ging im Applaus unter. Caden reckte die Auszeichnung in einer Pose des Triumphes empor. Dann verbeugte er sich und verließ, unter tosendem Beifall, die Bühne.

Eine finnische Rockband spielte zu einer atemberaubenden Lichtshow, als Caden wieder auftauchte und neben mir Platz nahm. Grelle Lichtblitze zuckten auf und ein roter Drache zog als Laserbild über den Bühnenhintergrund. Caden drückte meine Hand und ich war so glücklich, als hätte ich gerade selbst den Hauptpreis gewonnen. Aber vielleicht hatte ich das ja auch.

Nach der offiziellen Verleihung ging es zur Aftershow Party. Hier hatten Kameras und Journalisten keinen Zutritt und die Promis feierten ausgelassen. Teurer Champagner floss und exquisite Hors-d'Oeuvre wurden serviert.

Gronak sonnte sich in der Aufmerksamkeit, die ihm durch seinen Schützling zuteilwurde. Zu meinem Glück war er jedoch bald in ein Gespräch vertieft.

Doch auch Caden war den ganzen Abend von Menschen umringt, die seine Nähe suchten. Obwohl er sich immer wieder nach meinem Wohlbefinden erkundigte, ob ich noch einen Drink brauchte, oder sonst etwas, wurde mir dieser Rummel bald zu viel. Die Gesichter und Namen verschwammen, ich nickte freundlich und gab vor zuzuhören. Ich brauchte dringend eine Pause, bevor mich noch jemand um meine Meinung zu einem Thema fragte, von dem ich keine Ahnung hatte.

»Bitte entschuldige mich einen Moment«, raunte ich Caden ins Ohr und begab mich auf die Suche nach der Damentoilette.

Der leere Raum empfing mich wie ein guter Freund. Erst durch die Ruhe hier wurde mir bewusst, wie laut es draußen war und welche Anspannung in mir steckte. Ich trat ans Waschbecken, stützte mich mit den Händen am Beckenrand ab und beobachtete mich im Spiegelbild. Eigentlich hatte ich mich bisher doch gar nicht so schlecht geschlagen.

Ich zog den Hebel nach oben und das rauschende Wasser lief wohltuend über meine Hände.

»Ein ganz schönes Theater, nicht wahr?«

Ich schaute zur Seite. Eine ältere Dame sah mich freundlich an und ließ ein glockenhelles Lachen ertönen. Sie musste die Sechzig längst überschritten haben. Tiefe Furchen umrahmten ihre Augen wie Sonnenstrahlen. Über ihrer rot geschminkten Oberlippe zogen sich feine Linien. Eigentlich hätte ich nicht mit jemandem in ihrem Alter auf so einer Party gerechnet. Doch die Dame schien vor Lebensenergie nur so zu sprühen und würde sich die Abende wahrscheinlich noch lange nicht beim Patiencespiel vertreiben.

»Ja, es ist alles ein bisschen ungewohnt für mich. Ich bin mit meinem … Freund …«

»Caden White. Ich weiß, mein Kind. Nehmen Sie sich in Acht. Die hellsten Sterne verglühen oft und verbrennen dabei die, die ihnen zu nahe kommen.« Wieder ertönte ihr glockenhelles Lachen.

Verwirrt beobachtete ich, wie sie in ihrer Handtasche kramte. Ich bemerkte die goldenen Ringe, die aufblitzten, als ihre Hände aus der Tasche auftauchten. An jedem Finger ein Ring, an manchen auch zwei.

»Nun sehen Sie, meine Liebe. Sie brauchen überhaupt nicht aufgeregt sein. Wenn Sie alle auf einem Haufen sind, sind sie ganz normale Leute und heben sich nicht mehr von der Masse ab.« Im Spiegelbild zwinkerte sie mir zu, zog die Kappe eines Lippenstiftes ab und fuhr damit ihre Lippen nach. »Ich erinnere mich noch, als ich das erste Mal auf so einer Veranstaltung war. Glauben Sie mir, die ganze Aufregung ist es gar nicht wert. Möchten Sie vielleicht ein Zitronenbonbon? Ich finde, sie beruhigen hervorragend die Nerven. Nehmen Sie.« Auffordernd hielt sie mir eine runde Blechdose hin.

Zaghaft schüttelte ich den Kopf.

»Nun seien Sie nicht so bescheiden. Nehmen Sie ruhig.«

»Also gut. Dankeschön.« Ich griff nach einem Bonbon und steckte es mir in den Mund.

Sie verstaute das Döschen wieder in ihrer Handtasche und sah mich mit einem durchdringenden Blick an, als würde sie etwas in mir ergründen. Ich fühlte mich unbehaglich, dann ging ein kaum merklicher Ruck durch die Dame, als hätte sie gefunden, was sie versucht hatte zu finden.

»Und nun kommen Sie. Kommen Sie.« Sie winkte mir energisch, ihr zu folgen und ich verließ mit ihr gemeinsam die Toiletten. »Möchten Sie etwas trinken?«

»Eigentlich sollte ich zurück zu meinem Freund.« Suchend blickte ich durch die Menge, doch ich konnte ihn nirgends entdecken. Auch dort, wo ich ihn zuletzt gesehen hatte, war er nicht. Etwas ratlos folgte ich meiner neuen Bekanntschaft zur Bar.

»Was darf's sein?«, erkundigte sie sich.

»Eine Cola light, bitte«, sagte ich und schwang meinen Hintern auf einen der Barhocker.

»Sie haben es gehört. Eine Cola light und für mich einen Gin Tonic.« Der Barkeeper nickte.

Während ich an meinem Getränk nippte, beobachtete ich die Feiernden. Niemand schien Notiz von mir zu nehmen. Ich stand außerhalb eines Kreises, zu dem ich keinen Zugang hatte. Manch junge Frau hätte sonst etwas gegeben hier zu sein, doch ich fühlte mich völlig deplatziert.

»Wie haben Sie Cami kennengelernt?«

»Ich arbeite für ihn. Aber eigentlich haben wir uns das erste Mal in einer Hotelbar getroffen.« Ich lachte bei der Erinnerung. »Ich hatte keine Ahnung, wer er war.«

Die Dame nickte. »Ich bin übrigens Magda.«

»Emma.«

Wir prosteten uns zu und betrieben ein wenig Small Talk, bis ein junger Mann, den ich auf etwa dreißig schätzte, uns unterbrach.

»Magdalena! Wie schön dich zu sehen. Das muss eine Ewigkeit her sein.«

»Seit „Schatten über Paris".« Sie umarmten sich herzlich und küssten sich auf die Wange. »Das ist übrigens Emma«, stellte Magdalena mich vor.

»Emma Blumberg«, sagte ich und ergriff seine Hand.

»Cliff.« Er schüttelte meine Hand und grinste schief. »Eine neue Liebschaft?«, wendete er sich an Magdalena.

»Ungeniert, wie eh und je, Cliff.« Sie schlug ihm scherzhaft auf den Arm, dann reckte sie den Hals. »Dort hinten steht Richard. Ihr entschuldigt mich bitte.« Freundlich sah sie mich an und drehte sich schließlich zu ihrem Bekannten. »Und du benimmst dich anständig. Ich möchte keine Klagen hören.«

»Was denkst du denn von mir?«

Sie verdrehte mit einem Lächeln die Augen, bevor sie

sich an mich wandte. »Lassen Sie sich von ihm nichts vormachen, meine Liebe. Wir sehen uns später?«

Ich lächelte nickend, dann verschwand Magda in der Menge und ich nippte an meinem halb leeren Glas.

»Was machst du hier? Bist du auch im Filmgeschäft?«, fragte Cliff.

»Ich? Oh, nein. Ich begleite nur jemanden. Er müsste eigentlich gleich zurückkommen.« Mir fielen die zwei Schlangen auf, die sich auf Cliffs Handrücken schlängelten, um im Ärmel seines weißen Hemdes zu verschwinden. Suchend ließ ich den Blick schweifen, doch von Caden war noch immer keine Spur zu sehen.

»Zu schade. Eine Frau wie dich lässt man nicht allein«, schmeichelte er. »Möchtest du noch etwas trinken, Emma? Ich kann dir Gesellschaft leisten, bis deine Begleitung zurück ist.«

»Danke, aber ich habe noch.« Ich hob mein Glas, an dessen Wänden das Kondenswasser herunterlief. Das Parkett, auf dem ich mich hier bewegte, war mir unbekannt und spiegelglatt. Wo blieb Caden denn nur? Er musste schon seit einer halben Stunde verschwunden sein und ich hatte wenig Lust, den restlichen Abend an der Bar mit einer Cola in der Hand zu verbringen. Ich kramte in meiner Tasche und holte mein Handy hervor.

»Na? Keine Nachricht von ihm?«

Der Kerl begann mir auf die Nerven zu gehen. Gleichzeitig fühlte ich mich ertappt und statt Caden eine Message zu schreiben, steckte ich das Gerät in meine Tasche zurück.

»Noch eine Cola, bitte«, rief ich dem Barkeeper zu und leerte mein Glas in einem Zug.

»Ich hätte da etwas Besseres als Cola.« Cliff schob seine

Hand über den Bartresen zu mir herüber. Als er sie ein Stück anhob, sah ich die weißen Tabletten.

»Nein danke!« Ich sprang auf und ließ Cliff an der Bar zurück. Ganz sicher hatte ich nicht die Absicht irgendwelche dubiosen Pillen einzuwerfen.

»Ist alles in Ordnung?« Caden tauchte neben mir auf. »Entschuldige, dass ich dich habe warten lassen. Ich wurde in ein Gespräch verwickelt. Ich hoffe, dieser Kerl ist dir nicht zu nah gekommen?« Er spähte Richtung Bar und ich drehte mich um, doch Cliff war schon verschwunden.

»Ach, nur irgendein Schauspieler. Was macht dein Bein?«

»Tut weh. Wenn es dir nichts ausmacht, würde ich gern gehen. Ist das okay für dich?«

Ich konnte nicht leugnen, dass ich eine gewisse Erleichterung über das frühe Ende des Abends empfand. Diese Party spielte in einer anderen Klasse. Ja, ich fühlte mich wie eine Amateurin, die versehentlich in die Schwergewichtsklasse gerutscht war. Ich nahm Cadens Hand und gemeinsam verließen wir das Event.

14

Die Tage nach der Preisverleihung vergingen wie im Flug. Cadens Fuß war wieder angeschwollen, doch das hielt ihn nicht davon ab, bis spät in die Nacht zu arbeiten. Ich fragte mich, wie er dieses Arbeitspensum durchhalten wollte, zumal die Tour noch nicht einmal begonnen hatte.

Gerade kam ich von meinem Lauftraining zurück, als ich Valeries unverkennbare Stimme hörte. Sie schien wieder einmal zu telefonieren. Schnell streifte ich die Laufschuhe ab und wollte die Treppe nach oben nehmen, um zu duschen.

»Emma, Liebes«, ertönte es hinter mir und ich hielt inne. »Kommst du vom Laufen? Das ist ja leider so gar nichts für mich.«

»Valerie«, grüßte ich unbestimmt und drehte mich um.

»Dir muss ja entsetzlich langweilig sein.« Sie lächelte mich freundlich an. »Camis Terminkalender platzt ja aus allen Nähten. Ich bin heute Abend wieder beim Yoga. Hast du nicht Lust, mich zu begleiten?«

»Danke«, sagte ich zögerlich. »Aber ich glaube, Yoga ist wirklich nicht mein Ding.«

»Beim Vinyasa kommst du ordentlich ins Schwitzen, verspreche ich dir und du kommst mal raus aus diesem Glaspalast. Heut Abend um acht. Ich zähle auf dich.« Sie zwinkerte mir zu, ehe sie sich beschwingt umdrehte. Noch bevor ich etwas entgegnen konnte, hatte sie die Haustür geöffnet.

»Ich weiß nicht mal wo«, rief ich ihr nach.

»Ich schick dir nachher die Adresse«, flötete sie und war entschwunden.

Kopfschüttelnd stieg ich die Treppe hinauf. Was hatte Valerie denn gestochen, dass sie ausgerechnet mit mir etwas unternehmen wollte? Eigentlich hatte ich auf ihre Gesellschaft ja so gar keine Lust, andererseits war die Aussicht auf Abwechslung verlockend. Bisher hatte ich Yoga eher mit Entspannung gleichgesetzt, doch wenn dieses Vin– irgendwas sportlicher war, dann reizte es mich durchaus, mir das einmal anzusehen.

Im Schlafzimmer pellte ich mich aus den nassen Klamotten. Mein Blick fiel auf das Samtkästchen, das noch immer auf der Kommode lag. Nach der Verleihung war ich nicht dazu gekommen, Caden die Halskette zurückzugeben. Wir sahen uns so selten und meistens war er einfach nur müde, wenn er spät in der Nacht nach Hause kam. Nicht zum ersten Mal nahm ich mir vor, sie ihm am Abend zu geben. Dann ging ich ins Badezimmer, um eine ausgiebige Dusche zu genießen.

Am Abend saß ich in Sportkleidung und barfuß auf einer Matte und betrachtete den Buddha, der an der gegenüberliegenden Wand über uns wachte. Seine Ohrläppchen hingen beinahe bis auf die Schultern herab und sein runder Bauch zeugte von allem anderen, nur nicht von Sportlichkeit. Ich war gespannt.

Die Lehrerin war jung und bald führte sie durch einen dynamischen Flow, bei dem die Bewegungen fließend ineinander übergingen. Ich war beeindruckt von ihrer präzisen Anleitung, mit der sie uns begleitete. Die Namen der einzelnen Übungen klangen exotisch und sagten mir wenig, doch das war auch gar nicht notwendig. Kraftvolle Standhaltungen wie der Krieger wechselten sich ab mit Drehhaltungen und Vorbeugen. Nach beinahe einer Stunde durften die Yogaschüler den Kopfstand üben.

Ich wollte mich bereits in die Position schwingen, als die Lehrerin mit aufhielt.

»Du bitte nicht. Shirshasana, ist nur für erfahrene Yoginis. Alternativ kannst du Sarvangasana, den Schulterstand üben. Das ist ebenfalls eine Umkehrhaltung. Der Schulterstand aktiviert die Schilddrüse, beruhigt das Nervensystem und wirkt verjüngend.«

Etwas irritiert legte ich mich auf den Rücken und befolgte die Anleitung der Yogalehrerin, hob die Beine senkrecht nach oben und stützte mich mit den Händen im Rücken ab.

Neugierig drehte ich den Kopf zur Seite und entdeckte Valerie, die sich gerade elegant in den Kopfstand begab. Allerdings nicht mit Schwung, sondern langsam, kontrolliert und kraftvoll.

»Den Kopf gerade lassen«, wies mich die Lehrerin an. »Wir wollen die Halswirbelsäule nicht stressen«, mahnte sie. Gehorsam drehte ich den Kopf wieder zurück und betrachtete die Decke und meine Fußspitzen, bis die Lehrerin auch diese Übung beendete.

Nach ein paar abschließenden Dehnungen forderte sie uns auf, uns in Rückenlage zu begeben.

»Wer möchte, deckt sich zu. Die Arme liegen bequem neben dem Körper, die Handflächen nach oben. Die Füße rollen locker zur Seite. Lasst den Atem wieder kommen und gehen und schließt die Augen. Shavasana, die Totenhaltung.«

Dann wurde es still und ich hörte nur noch meinen gleichmäßigen Atem. Bald breitete sich ein seltsames Kribbeln in meinen Fingerspitzen aus. Ich blinzelte unter meinen Lidern hervor, doch jeder lag ausgestreckt auf seiner Matte und während ich dalag und wartete, sprangen die wildesten Gedanken durch meinen Kopf. Sie waren nicht zu fassen. Kaum dass ein Gedanke kam, wurde er durch einen anderen abgelöst. Beinah wäre ich aufgesprungen, weil mir die Entspannungsphase mehr abverlangte, als die aktiven Übungen. Gerade rechtzeitig verkündete unsere Lehrerin, dass wir langsam wieder Bewegung in unseren Körper bringen durften. Ich saß längst aufrecht auf meiner Matte, während die anderen sich noch immer genüsslich räkelten, streckten und gähnten. Und erneut musste ich warten, bis alle für die Verabschiedung bereit waren.

»Wie fandest du es?«, fragte Valerie nach der Stunde und klang dabei ungewohnt ruhig. Ihre Stimmlage schien eine ganze Oktave tiefer geworden zu sein und ihre Lippen umspielte ein seliges Lächeln.

Ich schob die zusammengerollte Matte zurück ins Regal. »Ganz anders, als ich es erwartet hatte. Bis auf den Schluss fand ich es richtig gut.«

Valerie lachte sanft. »Du meinst Shavasana. Das kommt. Nach einer Weile freut man sich auf die wohlverdiente Schlussentspannung. Du bist also wieder dabei?«

»Ich denke schon.«

Valerie nickte. »Lass uns noch einen Tee trinken.«

Ich folgte ihr in den Flur, wo eine gemütliche Sitzecke zum Verweilen einlud. Eine Kanne mit frisch aufgebrühtem Tee stand bereits auf dem niedrigen Holztisch und Valerie schenkte uns ein. Die dampfende Flüssigkeit roch verführerisch nach Nelken, Zimt und anderen geheimnisvollen Gewürzen. Genüsslich schlürfte ich das Getränk, während Valerie mit einer anderen Schülerin ein paar Worte austauschte. Mir fiel auf, wie viel entspannter sie plötzlich wirkte. Schließlich waren nur noch wir beide da.

»Was ich noch sagen wollte –«, sie drehte die Tasse in ihren Händen und schien einen Augenblick zu überlegen, bevor sie fortfuhr. »Es tut mir leid, wenn ich anfangs vielleicht etwas eklig zu dir war. Ich weiß, dass ich manchmal echt anstrengend sein kann. Ich hoffe, du verzeihst mir.«

Überrascht sah ich sie an. Was waren das für Töne? Doch Valerie wirkte auf mich ehrlich. Und so, wie sie mich ansah, war ihr dieses Eingeständnis sicher nicht leichtgefallen.

»Da gibt es nichts zu verzeihen.« Ich beugte mich vor und legte eine Hand auf Valeries Knie.

Valerie sah erst auf meine Hand. Dann sah sie auf und fragte: »Kommst du nächste Woche wieder mit?«

Ich lächelte. »Gerne.«

Valerie atmete erleichtert auf. Dann leerten wir unsere Tassen und machten uns auf den Heimweg.

~

Herrlich entspannt und gut gelaunt kam ich nach Hause und öffnete die Haustür. Die Yogastunde und die

Aussprache mit Valerie hatten mir gutgetan. Vielleicht würde ich noch ein bisschen fernsehen, während ich auf Caden wartete. Ich ging die Treppe nach oben, da kam mir plötzlich Gronak entgegen. Was hatte der denn im Obergeschoss zu suchen? Dass er ständig im Haus war, war die eine Sache, aber sein Büro war im Erdgeschoss. Die oberen Räume waren rein privat und nur die Putzfrau kam hier hoch.

»Emma.« Er nickte mir im Vorbeigehen zu.

Überrascht sah ich ihm hinterher. Schon wollte ich weiter gehen, doch dann stockte ich. Ich nahm all meinen Mut zusammen.

»Was wolltest du?«, rief ich ihm nach und umklammerte den Handlauf des Treppengeländers.

Gronak blieb stehen. Einen Moment schien er zu überlegen, dann drehte er sich um.

»Ich habe Caden gesucht. Eigentlich sollte er schon zurück sein.«

Ich zog die Augenbrauen zusammen. Caden hatte mir gesagt, dass es wieder spät werden würde und ich nicht auf ihn warten müsste. Entweder hatte er mich belogen, was ich nicht glaubte, oder es war Gronak, der mir etwas vorenthielt. Der Manager nutzte mein Zögern und setzte seinen Weg fort. Von der Treppe aus sah ich ihm nach, wie er die Haustür öffnete und verschwand.

~

An diesem Abend kam Caden früher als sonst nach Hause. Ich hörte ihn bereits in der Eingangshalle meinen Namen rufen und überrascht legte ich das Buch zur Seite, in dem ich gerade gelesen hatte und lief ihm entgegen. Er grinste über beide Wangen.

»Du bist schon zurück?« Ich schmiegte mich an ihn.

»Ja. Heute ist alles super gelaufen. Ich bin zuversichtlich, dass wir die beste Show performen werden, die wir je hatten.«

Ich legte den Kopf in den Nacken. »Die Beste, die die Welt je gesehen hat«, scherzte ich und küsste ihn. »Gronak hat dich gesucht, vorhin«, erklärte ich, nachdem wir uns voneinander gelöst hatten.

»Das kann warten. Mach die Augen zu«, forderte er mich auf.

Überrascht sah ich ihn an. »Was hast du vor?«

Er umfasste meine Schultern. »Tu einfach, was ich sage. Okay?« Er grinste. »Vertrau mir.«

»Also gut«, gab ich nach und schloss die Augen. Was hatte Caden jetzt schon wieder vor? Ich spürte, wie er mich losließ und es forderte einiges an Beherrschung von mir nicht dem Drang nachzugeben und zu spicken.

»Nicht schummeln«, sagte er, als hätte er meine Gedanken gehört und ich kniff die Augen fester zusammen.

Dann hörte ich seine Schritte, als er wieder zu mir trat.

»Streck die Hände aus.«

Was hatte er bloß vor? Zögerlich tat ich, worum er mich gebeten hatte und fühlte etwas Weiches, Warmes unter meinen Händen. Kaum wagte ich es, die Augen zu öffnen. Er hatte doch nicht etwa –?

Ich schlug die Augen auf und vor Freude sog ich tief die Luft ein und hielt die Hand vor den Mund. Ich riss meinen Blick los und sah Caden ungläubig an.

»Es wurde kein Besitzer gefunden. Und da du ihm schon einen Namen gegeben hast, dachte ich, wir könnten ihn adoptieren.«

»Wirklich?« Ich konnte es kaum fassen. Zärtlich kraulte

ich Honey hinter den Schlappohren. Er bedankte sich, indem er mir über die andere Hand leckte. Glücklich schloss ich ihn in die Arme, nur um ihn gleich wieder runterzulassen, denn der quirlige Kerl hatte anscheinend genug von Streicheleinheiten. Jetzt wollte er sein neues Zuhause erkunden. Amüsiert beobachtete ich, wie er begann alles zu beschnuppern.

»Danke. Ich habe immer wieder an ihn denken müssen.«

»Ich weiß.« Caden lächelte mich an, doch dann wurden seine Züge ernst. »Ich liebe dich, Emma.«

Ich schlang meine Arme um seinen Hals. »Ich liebe dich auch«, hauchte ich.

Unsere Lippen näherten sich, doch ein leises Plätschern unterbrach uns und gleichzeitig sahen wir zu Honey, der sich an einer Bodenvase erleichterte. Ein kleines Rinnsal hatte sich bereits auf dem Boden gebildet.

»Ich glaube, da muss jemand noch das Welpen ABC lernen«, sagte ich lachend.

~

Aus dem ruhigen, abgeschiedenen Zuhause war in den letzten Tagen ein Taubenschlag geworden. Während ein ständiges Kommen und Gehen herrschte, hatte ich mit Honey alle Hände voll zu tun. Der Kleine forderte meine ganze Aufmerksamkeit und so kam es mir recht gelegen, wenn ich auf unseren Spaziergängen dem Trubel entrinnen konnte. Als ich an diesem Nachmittag zurückkam, standen in der Auffahrt mehrere Fahrzeuge, die vorher noch nicht dort gestanden hatten.

»Schau mal. Wir haben noch mehr Besucher bekommen«, sagte ich zu Honey.

Bereits in der Eingangshalle traf ich auf Caden. »Wie war es heute?«

»Ich glaube, langsam bekommen wir es in den Griff, dass er an der Leine nicht mehr in jede Richtung zieht. Und er hat das erste Mal auch draußen Sitz gemacht. Vielleicht können wir demnächst eine Schleppleine besorgen und den Abruf trainieren.«

Caden bückte sich und streichelte über Honeys Kopf.

»Na siehst du. Bald bist du vorzeigbar.« Er stand auf und legte einen Arm um mich. »Du kommst zum perfekten Zeitpunkt. Ich möchte dir die Band vorstellen.«

»Ich bin völlig verschwitzt und schmutzig«, protestierte ich, doch Caden ließ meine Einwände nicht zu. Schon lief er in Richtung Wohnzimmer, wo es sich vier Männer lässig auf dem Sofa bequem gemacht hatten und die mich jetzt höchst interessiert begutachteten. Gut, dass ich sowieso noch vom Lauf erhitzt war. So würde die Schamesröte gar nicht auffallen, wenn sie sich wieder verräterisch breitmachte.

»Darf ich euch Emma vorstellen?«

»Hi. Rhys. Schlagzeug«, erwiderte ein Musiker mit Surferhaarschnitt.

»Ich bin Tom, Gitarre.«

»Ich hoffe, du bringst uns Glück. Cami meinte, du begleitest die Tour? Ich bin übrigens Jo und das Rindvieh hier ist Axel, unser Bassist.« Er gab seinem Nachbarn einen Stoß mit dem Ellenbogen, der sich mit einem protestierenden Laut meldete. Doch da beide dabei lachten, tat ich es als kumpelhafte Kabbelei ab.

»Schlagzeug, Gitarre, Bass. Dann bist du am Keyboard?«

»Gut kombiniert.« Jo grinste breit.

»Ich lerne noch«, sagte ich bescheiden.

»Und? Begleitest du uns?« Alle Augen waren auf mich gerichtet.

»Na ja … also ehrlich gesagt, ist das noch nicht endgültig entschieden.«

»Natürlich begleitet Emma uns«, warf Caden ein. »Jemand muss ja aufpassen, dass ich mich von euch nicht zu Dummheiten verleiten lasse.«

»Was soll das denn heißen?«, empörte sich Rhys.

»Wo wir gerade bei Dummheiten sind: Willst du uns eigentlich nichts zu trinken anbieten?«, fragte Jo.

Während Caden die Bar öffnete, forderte Tom, der sich bisher im Hintergrund gehalten hatte, mich auf, mich zu ihnen zu setzen.

Jo musterte mich aufmerksam.

»Ich muss schon sagen, so glamourös wie auf den Fotos wirkst du in der Realität gar nicht«, erklärte er schließlich und drehte sich zu Caden um. Sein Arm hing lässig um die Rückenlehne. »Hatte schon Angst, du stehst auf so Edelweiber.«

Jos Gerede war mir unangenehm. Mir war klar, dass er auf die Fotos von der Preisverleihung anspielte, die in sämtlichen Klatschblättern aufgetaucht waren. Einschließlich der zu erwartenden Gerüchte. Von einer heißen Liebschaft war die Rede gewesen. Andere redeten schon von Hochzeit. Nach der ersten Aufregung hatte ich den Zeitschriften und ihren dazugehörigen online Ausgaben jedoch keine Aufmerksamkeit mehr gezollt. Dabei fiel mir die Kette ein, die noch immer auf der Kommode im Schlafzimmer lag. Da Caden schon einmal da war, beschloss ich die Gelegenheit zu nutzen und sie ihm nachher zurückzugeben. Ich hätte es längst tun sollen, aber Caden hatte auch nie etwas gesagt.

Tom holte mich aus meinen Gedanken, dem aufgefallen war, dass ich still geworden war, indem er aufmunternd sagte: »Mach dir nichts draus. Er ist ein Arsch.«

»Warum wart ihr eigentlich nicht auch dort? Ich dachte, als Band …«

»Cami ist Solokünstler. Wir sind nur ein paar arme angeheuerte Musiker, keine Band in dem Sinne, wie du es vermutlich meinst«, erklärte Axel schulterzuckend.

»Allerdings die besten, die ich auftreiben konnte«, mischte sich Caden in die Unterhaltung und stellte die gefüllten Gläser auf den Tisch.

Es war drei Uhr nachmittags und für Alkohol definitiv zu früh. Also begnügte ich mich mit einem großen Glas Wasser, während die Jungs sich über Cadens teuren Whiskey hermachten. Ich bemerkte wie unbeschwert und locker er in Gegenwart der Band war und daher fragte ich: »Wie lange seid ihr schon zusammen?«

»Fast von Beginn, nicht wahr?«, überlegte Caden laut. »Jo ist ein bisschen später dazugekommen.«

»So schaut's aus, Leute. Und mit mir kam der Erfolg.« Jo grinste breit und handelte sich prompt einen Seitenhieb von Axel ein. Ich konnte nicht anders, als über die Kindereien zu lachen. Dann leerte ich mein Glas in einem Zug.

»Ihr entschuldigt mich sicher, aber so langsam sollte ich mich frisch machen und in trockene Klamotten kommen.«

»Du willst uns Caden schon wieder entführen«, frotzelte Jo.

Ich beschloss, die Anspielung nicht zu persönlich zu nehmen. »Ich denke, ausnahmsweise werde ich auf Cadens Hilfe verzichten«, erwiderte ich lachend und gab ihm einen flüchtigen Kuss.

Jo grinste. »Die Kleine gefällt mir«, sagte er und trank einen Schluck.

»Benimm dich«, raunzte Tom und verdrehte genervt die Augen.

Das versprach noch interessant zu werden. Ich wusste nicht, was ich von Jo halten sollte, doch die anderen schienen mir durchaus nette Kerle zu sein. Wenn ich Caden wirklich auf der Tour begleitete, würde es mit ihnen zumindest nicht langweilig werden.

Ich betrat das Schlafzimmer und sah auf die Kommode, wo die Schachtel lag und trat heran. In Gedanken fuhr ich über den weichen Samt. Was für eine Ehre, dass er mir dieses Familienschmuckstück gegeben hatte. Mit Sicherheit lag ihm viel daran. Ich lächelte und nahm das Kästchen auf. Noch einmal wollte ich es mir ansehen. Ich drückte auf den Verschluss und öffnete es. In der Vertiefung, in der die Perlen ruhen sollten, war gähnende Leere, die mich vorwurfsvoll anstarrte. Fassungslos starrte ich zurück. Das konnte nicht sein! Ich war mir zu hundert Prozent sicher, dass ich die Kette nach der Verleihung zurückgelegt hatte. Fieberhaft überlegte ich, während ich noch immer das Kästchen in meinen Händen hielt.

Caden hatte es vorgezogen nach Hause zu fahren, statt ins Hotel und so war es spät in der Nacht gewesen, als wir todmüde angekommen waren. Ich hatte die Kette abgelegt, mich im Badezimmer fertiggemacht und mich dann zu Caden gelegt.

Ich stellte die Schachtel zurück und begann mit zunehmender Verzweiflung alles abzusuchen. Ich sah unter der Kommode nach und unter dem Bett. Schließlich durchwühlte ich die Schubfächer, doch auch hier suchte ich vergebens. Die Kette blieb spurlos verschwunden. Wie sollte ich Caden beibringen, dass ich sie verloren hatte? Ich sah mich vor einem Abgrund stehen.

Völlig ratlos ließ ich mich auf die Bettkante fallen und schlug die Hände vors Gesicht. Caden würde mir nie verzeihen. Ich musste sie unbedingt finden. Es konnte doch nicht sein, dass so etwas einfach verschwand. Vielleicht hatte die Putzfrau sie versehentlich fallen lassen. Die Kette war herausgefallen und sie hatte sie irgendwo verräumt? Der Gedanke war abwegig. Warum sollte sie das Kästchen dann hier lassen? Trotzdem würde ich sie darauf ansprechen, denn es war meine einzige Hoffnung, Caden nicht ein furchtbares Geständnis machen zu müssen.

Die folgenden Tage verbrachte ich mit meiner Suche. Bald hatte ich das Gefühl, jeden Quadratzentimeter im Haus umgedreht zu haben, hinter jedem Schrank geschaut und unter jedes Kissen gesehen zu haben. Ich fragte die Putzfrau und Selma, doch niemand wusste etwas. Und je länger ich meine Suche fortsetzte, desto weniger brachte ich den Mut auf, Caden die Wahrheit zu sagen. Anklagend lag das Schmuckkästchen auf der Kommode und mahnte mich, wenn Caden neben mir im Bett lag, es ihm zu beichten. In meinem Kopf hatte ich die Worte sorgsam zurechtgelegt, doch egal wie sehr ich mich bemühte, sie wollten einfach nicht über meine Lippen kommen.

Schneller als ich begreifen konnte, war der Tag gekommen, an dem wir unsere Koffer in die Autos luden. Der Auftakt für die Tournee sollte in Zürich sein. Eigentlich war es keine bewusste Entscheidung gewesen, aber allein die Vorstellung Caden die nächsten Monate kaum zu sehen, hatten mich davon überzeugt, ihn zu begleiten. Wir flogen mit einem Privatjet, der mit komfortablen Ledersesseln bestückt war und nichts mit den Urlaubsfliegern zu tun hatte, mit denen ich bisher gereist war.

Nachdem wir gelandet waren, fuhr Fran uns in einer gemieteten Limousine zum Hotel. Es war bereits spät in der Nacht und dunkel. Kaltes Licht flutete den Innenhof unserer Unterkunft. Die frische Nachtluft wehte mir ins Gesicht, als ich ausstieg. Ich zog meinen Mantel enger um meine Mitte. Es dauerte nicht lange und ein Hotelangestellter öffnete die Tür zum Lieferanteneingang. Irgendwie hatte ich mir unsere Ankunft anders ausgemalt. Vielleicht war mir auch der rote Teppich zu Kopf gestiegen, doch ein Hintereingang war in meiner Vorstellung nicht vorgekommen. Eher hatte ich mir eine geschmackvolle Hotellobby erhofft. Rasch schlüpften wir hinein, folgten dem Angestellten durch lange, schmucklose Gänge und erreichten schließlich einen Aufzug, der zweifellos nicht von Gästen genutzt wurde. Während wir nach oben fuhren, fiel mein Blick auf den abgewetzten Linoleumboden des Fahrstuhls.

Im obersten Stockwerk hielten wir und als die Aufzugtüren sich öffneten, war es, als wären wir in einer anderen Welt angekommen. Dicker Teppichboden schluckte den Hall unserer Schritte auf dem langen Flur. Cremefarbende Tapete mit goldenen Ornamenten schmückte die Wände. Ich wusste, dass Caden die gesamte obere Etage gemietet hatte, und doch war ich über die Dimension und den Luxus überrascht. Was unser Aufenthalt kosten würde, wagte ich nicht, mir vorzustellen. Wir folgten dem Angestellten, der schließlich eine Tür öffnete und uns in die Suite hineinbat.

Staunend sah ich mich um. Noch nie hatte ich so ein geräumiges Hotelzimmer gesehen. Im Wohnzimmer stand ein gemütliches breites Sofa und an der Wand hing ein überdimensionierter Fernseher. In einer Ecke des Wohnraumes befand sich ein weißes Klavier, daneben ein Arbeitstisch mit einem Telefon. Ein runder Esstisch aus Nussbaum mit passenden Stühlen wurde von einem üppigen Blumenstrauß geschmückt. Der Raum war größer als das Wohnzimmer samt Küche in meiner Wohnung in Riedberg.

Während Caden noch mit Fran redete, erkundete ich das Badezimmer, in dem sich neben einer geräumigen Dusche und einer Whirlpoolbadewanne auch eine Sauna befand.

Ich ging weiter ins Schlafzimmer und schob den Vorhang beiseite. Unter mir glänzten die Lichter der Stadt wie Spiegelungen auf der nächtlichen See. Ein Geräusch riss mich aus meinen Gedanken und ich kehrte ins Wohnzimmer zurück, wo Caden auf dem Sofa saß und sich gerade einen Drink einschenkte.

»Wo ist Fran?«, erkundigte ich mich.

»Auf seinem Zimmer«, antwortete Caden und stellte die Flasche auf dem Tisch ab. »Komm zu mir.« Es streckte einen Arm aus und ich kuschelte mich an ihn.

»Diese Suite ist der Wahnsinn! Hast du das Badezimmer gesehen?«

Caden lachte amüsiert. »Ja, klar. Ich bin nicht zum ersten Mal hier.«

»Das muss doch ungeheuer viel kosten.«

»Der Service ist hervorragend und wenn du morgen das Frühstück probiert hast …«

Versonnen fuhr ich über seine Brust, bis Caden sanft mein Kinn anhob und mich küsste. Der scharfe Geschmack nach Whiskey lag auf seinen Lippen und seiner Zunge, doch es störte mich nicht. Ungeduldig streifte er mir das Shirt über den Kopf und öffnete den Verschluss meines BHs, liebkoste meine Brüste und spielte mit meinen zarten Knospen, sodass mir ein leises Stöhnen entfuhr.

»Oh, Emma, was tust du nur?«, raunte er mit heiserer Stimme. Er umfasste meinen Po, während ich seinen Gürtel und den obersten Knopf seiner Jeans öffnete. Ich ließ meine Hand über seine Härte gleiten und ungeduldig zerrte er mir die Hose herunter. Seine Finger fanden den Weg unter mein Höschen und erkundeten meine Scham. Als er die empfindliche Stelle berührte und in kreisenden Bewegungen meine Lust anfachte, bäumte ich mich auf und als sein Finger in meiner Mitte versank, stöhnte ich, was ihn nur noch mehr anzuturnen schien. Beinahe war ich enttäuscht, als er sich zurückzog, um sich seiner restlichen Kleidung zu entledigen. Auf Cadens Erektion glänzte ein feuchter Tropfen. Dann endlich legte er sich auf mich und drang in mich. Ich war nur allzu bereit, ihn aufzunehmen.

Erschöpft und befriedigt ließ ich mich in die Kissen sinken. Meine Hände wühlten sich zärtlich durch Cadens lockiges Haar, dessen Kopf auf meiner Brust ruhte. Ein verträumtes Lächeln lag auf meinen Lippen, als er sich regte und aufstand. Träge schloss ich für einen Moment die Augen. Ein Knistern ließ mich aufschauen. Caden drückte Tabletten aus einem Blister und spülte sie mit Whiskey hinunter.

»Ich finde, du nimmst zu viele.«

»Du machst dir schon wieder Sorgen«, wehrte er ab und wandte mir den Rücken zu. »Ellert hat das im Griff.«

»Ellert?«, fragte ich und starrte auf seinen wohlgeformten Po.

»Mein Arzt. Habe ich ihn dir noch nicht vorgestellt?« Er sah mich über seine Schulter an.

»Ich bin mir nicht sicher«, sagte ich vage und erinnerte mich an das Gespräch, welches ich belauscht hatte. »Vielleicht sollten wir einen anderen Arzt konsultieren.« Ich setzte mich auf. »Denn ich glaube wirklich nicht, dass das –«, ich deutete auf die Schachtel, »die Lösung sein kann.«

»Du vertraust Ellert nicht?« Caden drehte sich stirnrunzelnd um.

Zaghaft schüttelte ich den Kopf und zwang mich, nicht unverwandt auf sein Geschlecht zu sehen. »Es steht mir nicht zu, aber …«

»Emma, glaubst du wirklich, Michael hätte ihn eingestellt, wenn er nicht der Beste wäre?«

Skeptisch ließ ich meinen Blick zwischen Caden und den Tabletten hin und her wandern.

»Ich habe keine Ahnung, aber mein Gefühl sagt mir, dass das hier nicht richtig ist. Und vielleicht geht es deinem Manager auch nur um die Konzerte.«

»Du hast also noch immer Vorbehalte.«

Ich verschränkte die Arme trotzig vor der Brust. »Allerdings! Die habe ich. Vielleicht ist er ein großartiger Manager, das will ich ihm ja auch gar nicht absprechen, aber die Frage ist, was ist ihm wichtiger? Profit, oder der Mensch, der du bist?«

Caden stellte das Glas ab. »Das eine bedingt das andere, Emma. Das ist es nun mal, wer ich bin. Du musst Michael nicht mögen, aber ich vertraue ihm und ich will diese Show. Verstehst du? Und ich hoffe, dass du mich dabei unterstützt. Das ist es, was ich wirklich brauche. Ich brauche deine Unterstützung. Also hör auf dir ständig Sorgen zu machen.« Er wandte sich ab und sah aus dem Fenster.

Beschämt sah ich zu Boden. Es fühlte sich an, als hätte er mir eine schallende Ohrfeige verpasst. Hatte er mir wirklich vorgeworfen, dass ich ihn nicht genug unterstützte? Dass ich nicht an ihn glaubte? Aber genau das wollte ich doch. Ich stand auf und ging zu ihm. Zart legte ich eine Hand auf sein Schulterblatt.

»Ich will mich nicht mit dir streiten«, sagte ich sanft und küsste seinen Nacken.

Caden drehte sich um. Seine nackte Haut rieb sich an meiner und er zog mich an seine Brust.

»Es tut mir leid«, raunte er. Zärtlich küsste er meinen Scheitel. Und ich kam nicht umhin das Zucken seiner Lenden zu bemerken. »Lass uns ins Bett gehen. Ich bin müde und morgen wird ein langer Tag.«

Ich hatte meine Zweifel daran, dass wir wirklich schlafen würden, doch ich folgte ihm nur zu willig.

~

Die Halle war bis auf den letzten Platz ausgebucht und im Backstagebereich herrschte das gut organisierte Chaos, in dem jeder wusste, was er zu tun hatte. So stand ich etwas am Rand, um niemandem in die Quere zu kommen. Von meinem Standpunkt aus konnte ich die Vorband gut sehen, die gerade spielte, doch es würde nicht mehr lange dauern, bis Caden auf die Bühne ging.

Jo, Tom, Axel und Rhys warteten bereits. Ebenso eine Gruppe, die ich als Tänzerinnen und Backgroundsänger kennengelernt hatte. Die Stimmung war konzentriert, angespannt und gleichzeitig euphorisch, weil es bald losging. Dafür hatten sie sich Wochen, ja Monate vorbereitet.

Endlich kam Caden aus der Maske. Er trug eine paillettenbesetzte schwarze Jacke und die Hose war seitlich mit goldenen Streifen besetzt. Im dunklen Zwielicht hob sich sein Gesicht beinahe gespenstisch ab. Seine Augen waren von schwarzem Eyeliner umrahmt und verliehen ihnen damit noch mehr Tiefe. Doch es war nicht nur die Theaterschminke, die ihn so anders wirken ließ. Es schien, als hätte er sich in eine andere Person verwandelt. Caden und Cami. Es war beinahe unheimlich. Die freundliche Wärme und die Schüchternheit waren von ihm abgefallen und dem selbstbewussten Star gewichen. Die Jungs klopften sich auf die Schulter, als gehörte das zu einer Art Ritual und nachdem unsere Blicke sich begegnet waren, kam Caden zu mir, umarmte mich fest und raunte in mein Ohr: »Wünsch uns Glück.«

»Was macht dein Fuß?«, erwiderte ich besorgt. Ich wusste, dass er während des Auftrittes nur einen Verband trug. Wir hatten uns darüber beinahe erneut gestritten.

»Alles bestens. Siehst du?«, antwortete er und machte einen kleinen Sprung.

»Spar dir das lieber für später auf«, tadelte ich und zeigte nach draußen, wo Fans handbeschriebene Plakate in die Höhe reckten. »Sie lieben dich.«

»Ich hoffe, du liebst mich, Emma. Alles andere ist mir egal.«

»Natürlich liebe ich dich. Deswegen bin ich ja besorgt.«

Er küsste mich hart und dann ertönte das Signal. Die Vorband beendete den letzten Song und das Publikum jubelte erwartungsvoll, während die Crew rasch die Bühne umbaute. Das Drumset der Vorband wurde ab und das von Rhys aufgebaut. Jos Keyboard kam auf die richtige Position, wie auch die Mikrofone für die Backgroundsängerinnen. Und endlich stürmte Rhys auf die Bühne. Er setzte sich hinter sein Schlagzeug und begann sofort einen treibenden Rhythmus zu trommeln. Ich sah ihn die Schlagstöcke wirbeln und Rhys ganzer Körper schien in Bewegung zu sein. Jo platzierte sich am Keyboard, während Tom sich seine Gitarre umhängte und Axel zupfte bereits die Basssaiten. Die Sängerinnen und Tänzer huschten auf ihre Plätze. Cadens Gesicht wirkte angespannt und hoch konzentriert. Dann löste er sich von mir und ging Richtung Bühne.

»Viel Glück«, rief ich ihm nach, kurz bevor er ins Rampenlicht trat und ein Feuerwerk an Lichteffekten aufflammte. Für die Fans gab es kein Halten mehr.

Ich ging näher an den schwarzen Vorhang, der mich vor den Blicken der Zuschauer verbarg, um Cadens Auftritt zu verfolgen. Meine Finger gruben sich in den steifen Stoff und gebannt verfolgte ich, wie er auf der Bühne stand. Goldene Lichtpunkte tauchten im Hintergrund auf und Tänzer kamen von beiden Seiten nach vorn. Dann umschloss Caden mit seinen Händen das Mikrofon und was nun geschah, war pure Energie. Gefühlvoll sang er die ersten Noten, nur um gleich darauf kraftvoll fortzufahren. Cadens Präsenz auf der Bühne raubte mir den Atem und alles konzentrierte sich auf ihn. Die Euphorie der Zuschauer war ansteckend und ich konnte nicht anders, als hinter der Bühne im Rhythmus des Songs auf und ab zu hüpfen.

Rhys hämmerte immer schneller auf seine Drums ein, ließ die Stöcke über die Felle und Becken wirbeln, während Toms Finger über den Gitarrenhals flogen. Jo zupfte lässig den Bass und die Tänzerinnen vollführten eine perfekt einstudierte Choreografie, die mit artistischen Einlagen auftrumpfte. Eine Artistin saß in einem silbernen Reifen, der sich von oben herabsenkte. Es begann ein gefühlvoller Tanz, in dem Caden seine Tänzerin auf der

Bühne verführte. Es war wundervoll anzusehen, auch wenn ich ein gewisses Bedauern verspürte. Nie wäre ich in der Lage, so eine gute Figur neben ihm zu machen. Ich schluckte, als seine Hand ihren Rücken hinunterglitt und das Publikum lautstark pfiff. Doch ich wusste, dass das alles nur Show war. Ich durfte mich nicht zu kindischer Eifersucht hinreißen lassen.

Caden spielte mit seinen Zuschauern. Lockte sie aus der Reserve, wenn er ihnen das Mikrofon entgegenstreckte, damit sie den Chorus mitsangen. Er tanzte gemeinsam mit den Tänzerinnen und rannte immer wieder von einer Bühnenseite zur anderen. Die Show war magisch und entführte das Publikum in eine andere Welt, in der man für eine gewisse Zeit den stressigen Alltag und die Probleme vergessen konnte. Das musste er sein, der Antrieb, der ihn zu immer höherer Leistung anspornte. Das, wofür er sich aufopferte.

Ein bekannter Song folgte auf den nächsten und es war, als würde ein anderer Mann dort stehen. Ich hatte Caden als ruhigen, zurückgezogenen Menschen kennengelernt. Doch auf der Bühne war nichts davon zu sehen. Hier lebte er alles aus, jede erdenkliche menschliche Gefühlsregung. Sie spiegelte sich in seiner Stimme, seinen Gesten und seinen Bewegungen. Auf der Leinwand wurde sein Gesicht in Großaufnahme eingeblendet. Er war der Fixstern, die Sonne, um die sich alles drehte.

Caden hatte nicht nur das Publikum im Griff. Meine Augen klebten an jeder seiner Bewegungen, an jedem Ton, den er sang. Die Lebendigkeit, die er versprühte, war mitreißend. Er spielte mit den Erwartungen seiner Fans, und als er sein Jackett auszog und einen weiteren Knopf seines Hemdes öffnete, flippten diese völlig aus. Alles wirkte so leicht, ganz natürlich, als würde es organisch aus ihm herausfließen, doch ich wusste, dass Caden jedes noch so kleine Detail genauestens geplant hatte. Nichts hatte er dem Zufall überlassen.

Etwa die Hälfte der Show war vorüber, als Caden kurz hinter den Vorhang kam. Er wischte sich die feuchte Stirn mit einem Handtuch ab und eine Assistentin reichte ihm etwas zu trinken. Die Scheinwerfer wurden abgedunkelt und ein paar Tänzer unterhielten das Publikum, während ich ungläubig beobachtete, wie ein Klavier auf die Bühne geschoben wurde.

»Was?«, keuchte ich.

Sein rechter Mundwinkel hob sich. Ein angedeutetes Lächeln. Schon eilte er zurück ins Rampenlicht. Die Scheinwerfer gingen an, nachdem er am Klavier Platz genommen hatte und es wurde ganz still in der Halle. Jedes Husten, jedes Räuspern wäre zu hören gewesen, während alle gespannt auf das warteten, was kommen sollte.

»Das hier ist für einen ganz besonderen Menschen in meinem Leben«, sagte er und nach einem kurzen Zögern, einem Moment des Luftholens, begann er zu spielen. Es war ein neuer Song und mir war klar, dass er ihn nur für mich geschrieben hatte. Kein anderes Instrument begleitete ihn. Es war nur Cadens Stimme und das Klavier. Der Raum schien zusammenzuschrumpfen, als wären wir zu Hause in Cadens Wohnzimmer. Im Publikum wurden die Handytaschenlampen eingeschaltet und verschmolzen zu einem Lichtermeer und über meine Wangen rollten Tränen der Rührung.

Der letzte Ton verklang und eine eigenartige Stille entstand, wie sie bei so vielen Menschen an einem Ort eigentlich gar nicht existieren konnte. Schließlich wandte sich Caden an sein Publikum.

»Darf ich euch die bezaubernde Emma vorstellen?« Er drehte sich mir zu und streckte auffordernd die Hand aus.

Ich schüttelte den Kopf. Nein, ich konnte unmöglich dort hinaus auf die Bühne. Doch Caden gab nicht auf und die Rufe aus dem Publikum wurden lauter. Er grinste, dann kam er zu mir gelaufen.

»Ich kann das nicht«, jammerte ich mit belegter Stimme.

»Mir zu Liebe, Em.«

Zögerlich nahm ich seine Hand und unversehens stand ich mitten im Rampenlicht. Die Scheinwerfer blendeten mich und gaukelten mir vor, ich wäre mit Caden allein. Würde nicht vor einer großen Menge stehen und von Caden geküsst werden. Wären da nicht die Rufe und Schreie, die mich zurück in die Realität katapultierten. Als unsere Lippen sich lösten, grinste Caden mich frech an. Dann begleitete er mich kurz hinter die Bühne und während die Show weiter ging, als wäre nichts geschehen, schlug mein Herz wild und meine Knie zitterten. Jemand brachte mir einen Stuhl. Dankbar setzte ich mich und versuchte, meinen Pulsschlag wieder unter Kontrolle zu bekommen. Wie in Watte gepackt verfolgte ich den Rest der Show, doch ständig kehrten meine Gedanken zurück zu dem Punkt, wo er mich vor Tausenden geküsst hatte. Sollte ich mich geehrt fühlen, weil ich überhaupt dort oben stehen durfte? Erst recht mit ihm? Oder wütend, weil er mich zum Teil seiner Show gemacht hatte, ohne mich vorher zumindest um Erlaubnis zu bitten? Ich hatte nie das Bestreben gehabt, in der Öffentlichkeit zu stehen. Wollte ich das? Oder war es gar nicht zu umgehen, wenn ich mit Caden zusammen sein wollte?

Caden verabschiedete sich mit einer atemberaubenden Lasershow von der Bühne. Ich sah die Schweißperlen, die auf seiner Stirn glänzten, als er hinter den Vorhang kam. Zwei Assistenten reichten ihm ein Handtuch und eine Wasserflasche. Mit einem breiten Lächeln im Gesicht schob ich mich zu ihm, um ihn in die Arme zu schließen. Doch statt in meine Umarmung zu sinken, ging er mit schmerzverzerrtem Gesicht zu Boden.

»Caden! Was ist?«, rief ich besorgt und kniete mich neben ihn.

»Mein Bein«, presste er hervor und zog seinen Schuh aus.

»Lass mal sehen«, sagte ich alarmiert und wickelte den Verband ab. Ich hatte es befürchtet, hatte es geahnt. Doch während der Show war auch ich so begeistert gewesen und hatte mich fortreißen lassen, dass ich das Problem völlig vergessen hatte. Scharf sog ich die Luft ein, als ich den Fuß betrachtete. Der Knöchel war angeschwollen und die Haut fühlte sich heiß an. Caden hatte sich beim Konzert nichts anmerken lassen, doch der Fuß bereitete ihm mit Sicherheit nicht erst jetzt Probleme. »Wir müssen dich ins Krankenhaus bringen«, erklärte ich bestimmt. »Kannst du aufstehen?«

Caden schüttelte den Kopf. In dem Moment tauchte Ellert auf.

»Lassen Sie mich mal durch«, forderte er mich auf und ich folgte seiner Anweisung. Eingehend betrachtete er Cadens Verletzung und als er ihn vorsichtig abtastete, sog Caden scharf die Luft ein.

»Wir bringen dich erst mal in die Garderobe«, schlug der Arzt schließlich vor. Inzwischen hatte sich eine Menschentraube um uns gebildet. Die Bandmitglieder waren da und ein paar Tänzer. Jemand drängte sich an mir vorbei. Es war Fran, erkannte ich. Gemeinsam mit einem weiteren Mann von der Security half er Caden auf und brachte ihn in die Umkleide. Ich folgte ihnen, doch ich fiel hinter den anderen Künstlern und Assistenten zurück, bis ich nur noch Cadens Haarschopf in der Menge ausmachen konnte.

Jemand ergriff meinen Oberarm. Leicht genervt drehte ich den Kopf und blickte in Rhys mitfühlendes Gesicht. Er sagte nichts, aber das brauchte es auch nicht. Es war nur eine Geste, dass ich nicht allein war und ein Trost.

Ellert schloss hinter Caden die Tür. So blieb ich draußen stehen, so wie all die anderen. Die Leute redeten, unterhielten sich darüber, was das für die Konzerte bedeuten würde. Ich wollte mich nicht an den Gesprächen beteiligen, weshalb ich mich ein wenig zurückzog. Die Zeit schien still zu stehen. Nervös rang ich die Hände. Schließlich hielt ich diese Warterei nicht mehr aus und entschied mich einfach zu Caden zu gehen. Sicher hätte er nichts dagegen und es gab keinen Grund hier draußen mit der Crew auf Neuigkeiten zu warten. Gerade setzte ich einen Fuß nach vorn, da öffnete sich die Tür und Fran kam heraus.

»Wie geht es ihm?«, fragte ich ihn atemlos.

Fran schüttelte den Kopf und drängte mich in eine ruhigere Ecke.

»Dieser Arzt ist ein Scharlatan«, knurrte er und sein Gesicht wirkte bedrohlich.

»Wie meinst du das?«, fragte ich ängstlich.

»Wenn du mich fragst, geht es nur darum, die Show durchzuziehen. Egal wie. Wahrscheinlich ist Gronak da nicht ganz unbeteiligt.«

»Sein Manager? Wie meinst du das?«

Fran hielt sich eine Hand ans Ohr und seine Augen wurden weit.

»Scheiße!« Plötzlich wandte er sich ab, doch dann drehte er sich noch einmal um und sah mich eindringlich an. »Rede mit ihm, Emma!« Dann rannte er den Gang entlang und verschwand hinter einer Ecke.

Verwundert sah ich ihm hinterher und wusste nicht worüber ich mir mehr Sorgen machen sollte. Über Cadens Verletzung und Frans eindringliche Warnung? Oder über Frans plötzliches Verschwinden. Irgendetwas passierte und es konnte nichts Gutes sein.

15

Ich war so eine Idiotin. Genau das, was ich befürchtet hatte, war eingetreten. Jedem Menschen mit gesundem Verstand hätte klar sein müssen, dass eine derartige Show den gesamten Bewegungsapparat forderte. Dass Cadens angerissene Bänder der Belastung nicht standhalten würden, war wenig verwunderlich. Und das war nur einer von vielen Auftritten, die noch folgen sollten. Das ganze Unterfangen war eine Farce und ich hatte die Augen vor der Wahrheit verschlossen. Hatte mich von Cadens Beteuerungen fehlleiten lassen. Vor Wut ballte ich die Hände zu Fäusten. Ich drängte mich an den Leuten vorbei und beherzt öffnete ich die Tür.

Caden saß in einem Sessel, sein Fuß war auf einem Hocker hochgelagert. Gerade zog Ellert eine Nadel aus seinem Arm und presste ein Stück Zellstoff auf die Einstichstelle.

»Wie geht es dir?«

Caden sah auf. Sein Blick war seltsam glasig.

»Ich habe ihm ein Schmerzmittel gegeben. Es sollte

bald wirken«, erklärte Ellert, während ich zu Caden trat und seine Hand nahm.

»Sollten wir nicht besser ins Krankenhaus fahren?«, hakte ich nach.

»Nun, wir könnten zur Sicherheit …«

»Nein«, stöhnte Caden. »Es geht schon. Ich will mich einfach nur ausruhen.«

»Du solltest das wirklich abklären lassen«, flehte ich und sah ihn bittend an. Ellert räumte unterdessen seine Utensilien zusammen. »Bitte«, flüsterte ich.

Caden sah mich still an. Er würde einwilligen. Ich spürte, wie sein Widerstand sich auflöste. Er öffnete den Mund, doch bevor er etwas sagen konnte, wurde die Tür aufgerissen.

»Die Fans stürmen den Hinterausgang«, rief Fran. »Die Security kann die Absperrung nicht mehr lange halten. Wir müssen hier weg.«

Schon stand Fran neben Caden und zog ihn hoch. Er stützte sich auf seinen Leibwächter und ich folgte den beiden. Vor der Umkleide hatten sich die Leute verteilt. Offenbar waren auch sie dabei sich in Sicherheit zu bringen und auch die Bandmitglieder konnte ich nirgends mehr entdecken. Am Ende des Ganges riss Fran eine Tür auf. Dahinter befand sich eine Plattform, von der eine Metalltreppe nach unten führte. Ich sah bereits den Mercedes, der auf uns wartete. Wenige Meter vom Wagen entfernt standen Absperrgitter, hinter denen sich immer mehr Fans einfanden.

»Cami! Cami! Wir lieben Dich!«, schrien sie, wobei sich ihre Stimmen überschlugen und zu einem bedrohlich klingenden Choral anschwollen. Ich sah, dass einige versuchten, über die Absperrgitter zu gelangen, während wenige Ordner alles taten, um sie daran zu hindern. Doch bereits jetzt waren sie in der Unterzahl, und immer mehr hysterische Fans kamen hinzu und brachten die Gitter gefährlich ins Wanken.

»Schnell«, rief Fran. Caden stützte sich auf das Geländer und hüpfte auf einem Bein die Treppe hinunter, was uns noch mehr ausbremste. Etwa die Hälfte hatten wir geschafft, da kippte eines der Absperrgitter um und ein Mädchen rannte darüber hinweg. Nach kurzer Verwirrung folgten weitere. Ich hörte das Blut in meinen Ohren rauschen, mein Atem ging keuchend und flach.

»Los! Los!«

Die Stufen schwankten unter unseren Tritten. Ich hatte Angst den Halt zu verlieren, abzurutschen und zu stürzen. Angst vor diesen hysterischen Fans, die sich uns näherten. Ich wollte zurück, doch als ich einen Blick über die Schulter warf, sah ich einen Security–Mann hinter mir. Unaufhaltsam drängte er mich weiter die Treppe hinunter.

Die Mädchen trafen auf uns, als ich die unterste Stufe erreicht hatte. Caden und Fran waren nur zwei Schritte vor mir. Wenige Meter trennten uns vom Fahrzeug. Sie umzingelten uns mit verzerrten Gesichtern. Tränen rannen einigen über die Wangen und sie riefen weiter nach Caden. Ich wollte schreien, aber mir versagte die Stimme. Um mich herum waren überall Menschen. Jemand stieß mich zur Seite und ich verlor die Orientierung. Panisch sah ich mich um, konnte weder Caden noch Fran ausmachen. Dabei waren wir bis eben noch eng beieinander gewesen. Ich versuchte mich durch die Menge zu kämpfen und dorthin zu gelangen, wo ich den Mercedes vermutete. Doch immer wieder wurde ich geschubst und ich kam einfach nicht gegen diese Masse an hysterischen Mädchen an. Ein verzweifeltes Geräusch entwich meiner Kehle, doch in dem Tumult verklang es ungehört. Jemand drückte meinen Kopf nach unten und dann wurde ich in das Innere des Wagens geschoben. Hinter mir schlug die Tür zu. Erleichtert bemerkte ich, dass ich in Sicherheit war. Caden saß neben mir auf dem Rücksitz der Limousine. Seine Augen waren weit aufgerissen und sein Haar zerzaust, als hätte jemand daran gezogen.

»Bist du okay?«, fragte er besorgt.

»Ich weiß nicht«, antwortete ich wahrheitsgemäß. Meine Stimme zitterte. An den Autofenstern tauchten Gesichter und Hände auf. Sie schlugen gegen die Karosserie und es klang wie Gewehrsalven. Ich kauerte mich zusammen, presste die Hände gegen meine Ohren. Ich wollte nur noch so schnell wie möglich weg von hier.

Vorn öffneten sich beide Autotüren und für einen Moment erfasste mich eine neue Welle der Panik, aber es waren nur Fran und der zweite Security-Mann.

»Fahr los«, schrie Caden und der Klang seiner Stimme ließ mich meine eigene Angst für einen Augenblick vergessen. Allein die Tatsache, dass er die Fassung verlor, dass er diese Situation selbst noch nie erlebt zu haben schien, lähmte mich und die Sorge um Caden überrollte mich.

Der Motor startete. Der Mercedes begann zu rollen, und vorsichtig bahnte er sich einen Weg durch die Menschenmenge. Diese Langsamkeit war kaum zu ertragen. Alles in mir war auf Flucht programmiert und so zerrte sie an meinen angespannten Nerven. Doch wir durften niemanden gefährden und die Menschen standen viel zu dicht um den Benz herum. Ich griff nach Cadens Hand, um ihm nah zu sein, ihm zu zeigen, dass ich bei ihm war. Vielleicht aber auch, um mich selbst zu beruhigen.

Was sich anfühlte wie ein endloser Horrortrip, dauert

in wirklich nur ein paar Minuten. Der Wagen konnte Geschwindigkeit aufnehmen und wir ließen den Mob hinter uns. Er würde sich auflösen, jetzt wo Caden nicht mehr da war.

Ich sah hinüber zu ihm und bemerkte, dass sein Hemdärmel zerrissen war.

»Bist du verletzt?« Ich starrte auf den Riss und die nackte Haut darunter.

Caden folgte meinem Blick. Dann schüttelte er den Kopf. »Nichts Schlimmes.«

»Ist das öfter so?«

»Normalerweise nicht.« Er beugte sich vor und schien Frans Blick im Rückspiegel zu suchen.

Zurück im Hotel hievte Caden sich auf die Couch. Seine Kiefer waren fest zusammengepresst.

»Soll ich dir einen Eisbeutel holen?«, fragte ich und schob ein Kissen unter seinen Fuß. Noch immer war ich völlig fertig von dem Erlebnis, doch ich wollte es mir nicht anmerken lassen und abgesehen davon: Wir hatten es geschafft und waren heil ins Hotel gekommen. Es half niemandem, wenn ich jetzt eine Szene machen würde.

»Nicht nötig. Gib mir lieber noch eine Tablette«, bat er mit geschlossenen Lidern.

»Ellert hat dir doch schon etwas gegeben.«

»Sweetheart, bitte. Die Jungs kommen gleich.« Seine Augen wurden zu schmalen Schlitzen, durch die er mich anblitzte.

»Was heißt, die Jungs kommen?«

Caden richtete sich auf. »Wir wollten noch ein wenig

feiern. Jetzt mach nicht so ein Gesicht.« Er zog mich näher zu sich heran.

»Ich dachte, wir wollten noch zu einem Arzt und …« das Klopfen an der Tür unterbrach mich. Caden stöhnte und sank zurück in die Kissen, während ich ging, um zu öffnen. Rhys, Jo, Tom und Axel standen gut gelaunt vor der Tür, als wäre nichts gewesen. Und sie hatten gleich noch drei Mädchen mitgebracht, die sich mit glänzenden Augen umsahen. Groupies? Ernsthaft? Mein Gesichtsausdruck musste Bände sprechen, denn Tom hob entschuldigend die Schultern, als er an mir vorbeiging. Erst jetzt entdeckte ich Valerie, die ebenfalls gekommen war. In der Hand hielt sie eine Sektflasche.

»Hi. Ich wusste nicht, dass du auch kommst.«

Valerie begrüßte mich mit drei Wangenküsschen. »Nur auf einen kurzen Sprung. Ich hab uns eine Online-Yogastunde organisiert.« Sie grinste verschwörerisch und marschierte herein.

Überrascht ließ ich die Tür ins Schloss fallen und folgte Valerie, die gerade von Caden begrüßt wurde. Grummelnd holte ich Sektgläser. Ich hatte nichts von einer Party gewusst und ich hatte auch keine Lust darauf. Ich wollte nicht mit ein paar Groupies zusammensitzen, vor allem nicht nachdem ich den Fanatismus der Fans am eigenen Leib erfahren hatte. Die Tatsache, dass Caden schon wieder gute Miene zum bösen Spiel machte, sich zugedröhnt mit Schmerzmitteln den Wünschen der anderen beugte, machte mich wütend. Ich schloss die Hände fest um das kühle Glas.

»Was hast du vor?«, fragte Valerie, die zu mir an die Küchenzeile trat, und nahm mir die Gläser aus der Hand. »Besser ich übernehme das.« Sie goss das schäumende Getränk ein, während ich mich seufzend auf einen Stuhl abseits des Partygeschehens rund um Caden fallen ließ und die Hände vors Gesicht schlug.

»Hier.« Ich ließ die Hände sinken und nahm das Glas von ihr entgegen. »Alles ein bisschen viele heut, mh?«, fragte sie mitfühlend.

»Heute? Du hast keine Ahnung«, sagte ich bitter.

»Was ist los?« Valerie zog einen Stuhl neben mich und setzte sich.

Ich seufzte und nahm einen Schluck. »Das heute … das hat mir angst gemacht«, sagte ich zögerlich.

»Meinst du die Fans oder Cadens Verfassung?«

Ich sah sie mit großen Augen an.

»Beides. Und ich weiß nicht, was davon schlimmer ist.« Ich sah zu Caden, der gerade mit den Jungs anstieß. Die Whiskeygläser waren gut gefüllt und sie lachten ausgelassen. Valerie folgte meinem Blick.

»So war es beim letzten Mal auch«, sagte sie.

»Wie meinst du das?«

»Er trinkt wieder zu viel.«

Alarmiert sah ich sie an. »Was meinst du mit wieder?«

Valerie schüttelte leicht den Kopf.

»Valerie. Was meinst du damit? Jetzt sag schon!«

»Tut mir leid. Ich hätte das nicht sagen dürfen.« Sie nahm einen großzügigen Schluck und ich wusste, dass sie nicht mehr sagen würde. Frustriert ließ ich mich zurück gegen die Lehne sinken.

»Das mit der Yogastunde ist eine coole Idee«, sagte ich nach einer Weile, um das Thema zu wechseln und in weniger verfängliche Gefilde zu lenken. »Ich dachte schon, ich müsste während der ganzen Tour auf unsere Yogastunden verzichten.«

Valerie lachte. »Das wäre fatal. Du musst aber früh

aufstehen. Wir treffen uns um sieben unten im Fitnessraum.«

»Ich freue mich.« Und das tat ich wirklich. Es war eine schöne Geste von ihr an mich zu denken, doch schon erstarb das Lächeln auf meinen Lippen. »Ich habe gar keine Trainingssachen dabei«, rief ich erschrocken. »Irgendwie habe ich gar nicht an die Möglichkeit gedacht.«

»Lass das meine Sorge sein«, zerstreute Valerie meine Bedenken. »Ich besorge dir schon was. Schließlich ist das mein Job.« Sie prostete mir zu und verlegen leerte ich mein Glas. An die Annehmlichkeiten, die das Leben mit Caden bot, hatte ich mich noch immer nicht gewöhnen können und der Alkohol begann, mich in eine ungewohnte Stimmung zu versetzen. Irgendwie fühlte sich alles leichter und gleichzeitig etwas gedämpft an. Das war ganz angenehm, denn auch mein Ärger und meine Sorgen erschienen mir nicht mehr so mächtig. Daher hielt ich Valerie auch mein Glas hin, als sie fragte, ob sie noch einmal auffüllen sollten.

»Im Übrigen finde ich, dass du das heute gut gemeistert hast. Hattest du wirklich keine Ahnung, was er vorhatte?«

Es dauerte einen Moment, bis ich begriff, was Valerie meinte.

»Ich hatte keinen blassen Schimmer. Morgen steht es bestimmt in der Presse und Gronak wird toben.«

Valerie machte eine wegwerfende Geste. »Lass ihn doch! Nur weil es schon mal in die Hose ging, heißt das doch nicht, dass Camis Karriere jetzt auch zu Ende ist. Und seit der Verleihung gibt es die Gerüchte doch sowieso.«

»Was meinst du damit? Weil es schon mal in die Hose ging?«

Valerie richtete sich auf.

»Gronak hatte vor Cami eine andere vielversprechende Sängerin unter Vertrag. Aber irgendwann hat sie eine Liebelei mit einem Bandkollegen angefangen.«

»Na das kann bei Caden ja nicht passieren«, sagte ich leichthin.

»Sie ist schwanger geworden und hat ihre Karriere an den Nagel gehängt.« Valerie zuckte mit den Schultern und ich sah nachdenklich zu Caden und den Jungs, die gemeinsam mit den Mädchen auf dem Sofa saßen und Playstation zockten.

»Ich glaube nicht, dass Caden jemals seine Karriere zurückstellen würde.« Es war eine sachliche Feststellung, denn für Caden war es nicht nur eine Karriere, es war sein Leben, seine ganze Leidenschaft. Trotzdem versetzte es mir einen kleinen Stich, als mir bewusst wurde, dass ich immer nur an zweiter Stelle stehen würde. Valerie legte eine Hand auf meine Schulter.

»Hey, nicht traurig sein. Du bedeutest ihm wirklich viel, sonst hätte er dir niemals die Halskette gegeben.« Sie lächelte mich aufmunternd an, doch ihre Worte ließen mir das Herz in die Magengegend rutschen. »Was ist los?«, fragte Valerie beunruhigt und nahm mir das Glas aus der Hand. »Das war wohl etwas zu viel des Guten.«

Ich schüttelte den Kopf. »Das ist es nicht.« Ich zögerte, aber dann entschied ich, mich Valerie anzuvertrauen. »Ich glaube, ich habe sie verloren.«

Valerie sah mich mit aufgerissenen Augen an. Dann schlug sie die Hand vor den Mund.

»Nein!«, stieß sie heiser aus.

»Doch«, sagte ich kleinlaut. »Ich habe überall gesucht. Ich kann es mir wirklich nicht erklären.«

»Hast du es ihm gesagt?«

Ich schüttelte den Kopf.

»Ich habe mich nicht getraut und Caden hat auch nicht gefragt. Ich bin mir so sicher, dass ich sie in die Schatulle gelegt habe, doch als ich sie Caden zurückgeben wollte, war sie leer.«

Valeries Augen verengten sich zu schmalen Schlitzen. »War irgendjemand in der Nähe?«, fragte sie nach einer Weile.

Wieder schüttelte ich den Kopf.

»Nein. Sie lag im Schlafzimmer. Da kommt nur die Putz… « Mitten im Satz brach ich ab. Eine Begebenheit fiel mir ein, als ich Gronak auf der Treppe begegnet war. Ich hatte mich gefragt, was er oben gesucht hatte. Was, wenn …? Ich erzählte Valerie davon. »Aber was sollte Gronak mit der Kette von Cadens Mutter anfangen?«, endete ich schließlich.

Valerie rieb sich die Stirn.

»Lass mich darüber in Ruhe nachdenken.« Sie stand auf und ich tat es ihr nach. Herzlich umarmten wir uns. »Wir sehen uns morgen. Vielleicht weiß ich dann schon mehr.«

»Danke, Valerie«, sagte ich. Nie hätte ich gedacht, in Valerie eine Freundin zu finden, und gerade jetzt konnte ich sie gut gebrauchen.

Ich brachte Valerie zur Tür und ging zurück in das Zimmer. Irgendjemand hatte die Musik aufgedreht. Rhys und Caden saßen noch immer vor der Spielekonsole und lieferten sich ein rasantes Autorennen, während Jo sich mit seiner Begleitung in eine Ecke zurückgezogen hatte. Sie saß auf seinem Schoß und während sie ausgiebig knutschten, wanderte seine Hand unter ihren Rocksaum. Angewiderte wandte ich mich ab und unterdrückte mühsam ein Gähnen. In Anbetracht der Yogastunde am frühen Morgen, war ich nicht gerade scharf darauf, noch länger auf dieser Party gefangen zu sein. Doch ebenso wenig konnte ich mich verdrücken. An Schlaf war bei der lauten Musik sowieso nicht zu denken.

»Hey, Süße. Auch einen Drink?« Unvermittelt tauchte Tom neben mir auf.

Ablehnend schüttelte ich den Kopf. »Danke, ich habe genug.«

Tom schwenkte das Glas in seiner Hand.

»Cami war heute in Topform. Das hat er bestimmt dir zu verdanken«, sagte er schließlich.

Vielleicht hatte ich ihn wegen der lauten Musik nicht richtig verstanden, aber sah denn niemand, wie schlecht es Caden ging? Dass er sich verausgabte und die Termine viel zu eng gesetzt waren? Ich konnte das nicht ignorieren. Valeries Andeutung über seinen Alkoholkonsum und die Schmerzmittel, die er wie Bonbons konsumierte. Trübsinnig schüttelte ich den Kopf.

Tom, der mich prompt falsch verstanden hatte, klopfte mir freundlich auf die Schulter.

»Ich meine das Ernst. So ausgeglichen habe ich ihn schon ewig nicht mehr erlebt.«

»Ich glaube, ich bin einfach müde«, wich ich ihm aus.

»Oh.« Tom sah mich überrascht an, als würde ihm erst jetzt bewusst, dass bereits ein langer Tag hinter allen lag. Dann drehte er sich abrupt um und klatschte in die Hände. »Jungs! Wird Zeit.«

Alle sahen ihn überrascht an und als niemand sich rührte, ging er zu einem der Mädchen, ergriff ihre Hand und zog sie mit sich Richtung Ausgang. Noch einmal drehte er sich um. »Was ist los? Rhys? Jo?«

Jo grinste anzüglich. »Ah. Verstehe«, nuschelte er verwaschen. Er stand auf, wobei das Mädchen, das noch immer auf seinem Schoß saß, sich beeilen musste herunterzuspringen. Doch sofort hatte Jo ihre Taille wieder eng umschlungen. Auch Rhys legte die Controller aus der Hand. Ich verabschiedete mich und Caden begleitete alle zur Tür. Für einen Moment genoss ich die Ruhe und die Einsamkeit. Ich konnte nur hoffen, dass die kommenden Monate nicht genauso verlaufen würden, wie dieser Tag, denn ich war mir nicht sicher, ob ich das ertragen könnte.

»Ist alles in Ordnung?«, erkundigte sich Caden, als er zurückkam.

Ich legte meinen Kopf gegen seine Schulter und schloss die Augen.

»Ich fürchte, ich bin so viel Aufregung nicht gewöhnt. Können wir einfach ins Bett gehen?« Er streichelte liebevoll meinen Rücken und ich schauderte wohlig. »Was macht dein Fuß?«

»Alles bestens«, raunte er an meinem Ohr. »Ellerts Schmerzmittel ist meine Rettung.«

Ich löste mich von ihm und versuchte in seinen Augen eine Antwort darauf zu finden, ob er bereit war sich auf eine weitere Diskussion einzulassen. Schließlich wagte ich noch einen Vorstoß.

»Meinst du nicht, es wäre besser, wenn wir dich im Krankenhaus durchchecken lassen? Nur zur Sicherheit?«

Cadens Augen wurden noch dunkler als gewöhnlich.

»Du klingst wie meine Ma. Hör endlich auf, dir ständig Sorgen zu machen.« Sein Blick schien mich zu durchbohren, doch ich hielt ihm stand. Caden kam näher. Ich spürte seinen

Atem auf meiner Haut. Roch den Alkohol darin. »Ich weiß, was ich tue und ich brauche niemanden, der auf mich aufpasst.« Seine Stimme wurde heiser und seine Lippen näherten sich. »Ich will dich«, raunte er und ich öffnete meinen Mund. Auch wenn ich meine Zweifel nicht völlig beiseiteschieben konnte, Cadens Anziehungskraft wollte ich mich nicht entziehen und auch nicht dem lustvollen Ziehen zwischen meinen Schenkeln. Sicher spielte es auch eine Rolle, dass ich angetrunken und müde war. Ich verspürte wenig Lust auf einen Streit und im Zuge unserer entfachten Leidenschaft beschloss ich, dass das Thema bis morgen warten könnte. Hastig zog ich das Shirt über meinen Kopf und streifte meine Hose ab. Nur in Unterwäsche stand ich vor ihm und Caden betrachtete mich wohlwollend. Einer Eingebung folgend, setzte ich mich auffordernd auf die Tischkante des Esstisches und schob die Dekoschale beiseite. In Cadens Augen glitzerte es verheißungsvoll, als ich aufreizend die Beine spreizte. Nur zu willig folgte er meiner Einladung.

~

In dem Trainingsraum, den Valerie für uns reserviert hatte, hing ein großer Bildschirm an der Wand, auf den sie die Zoom-konferenz mit unserer Yogalehrerin streamte. Doch an diesem Morgen konnte ich mich nicht entspannen. Mein Atem ging während der Übungen unkontrolliert und die ganze Zeit über beschäftigte ich mich mit der Frage, wie ich Caden zur Rede stellen konnte, ohne dass er gleich wieder dichtmachte. Aber Fakt war, dass es so nicht weiter gehen konnte. Dieser Arzt war mir suspekt und seine Behandlungsmethode fand ich fragwürdig.

»Liebes, was war denn heute los mit dir?«, fragte

Valerie nach der Stunde. Es war ihr nicht entgangen, dass ich in Gedanken ganz woanders war.

»Nichts.«

Skeptisch legte sie den Kopf schief. »Ist es wegen der Sache mit der Halskette?«

»Ja. Nein. Auch.« Ich seufzte. »Um ehrlich zu sein, ich mache mir Sorgen um Caden«, gab ich schließlich nach. »Er will zu viel und seine Verletzung ist nicht ausgeheilt.«

»Mh«, erwiderte Valerie und ich konnte nur mutmaßen, dass sie ihre Worte mit Bedacht wählte, bevor sie weitersprach. »Cami ist ein Workaholic, aber das ist nicht seine erste Tour und er hat ein gutes Team. Er hat sogar seinen eigenen Arzt und nicht zuletzt hat er dich.«

»Du hast gestern angedeutet, dass er ein Problem mit Alkohol hat.«

Valerie starrte auf den Bildschirm.

»Das hätte ich nicht erzählen dürfen«, brach sie das Schweigen. »Caden ist mein Arbeitgeber und es gibt eine Verschwiegenheitsklausel.«

Ich spürte, wie etwas in mir zusammenfiel.

»Diese Klausel habe ich auch unterschrieben, aber ich dachte, wir dürften untereinander …«

Valerie sah mich wieder an, dann gab sie sich einen Ruck. »Das Ganze wurde vertuscht. Ich weiß auch nicht viel, nur das ich sämtliche Termine absagen musste. Seine Ma kam und sie haben ihn komplett abgeschottet. Nach ein paar Wochen war er zurück, als wäre nie etwas gewesen und ich habe nie nachgefragt.«

Ich überlegte, ob ich ihr erzählen sollte, dass ich befürchtete, dass sich die Geschichte gerade wiederholte. Dass er zu viel trank und Medikamente nahm. Doch auch wenn wir uns näher gekommen waren, Valerie war noch immer Cadens Assistentin, seine Angestellte. Ich hatte keine Ahnung wie viel sie von seinen Problemen wusste und ich konnte es nicht mit meinem Gewissen vereinbaren, sein Privatleben vor ihr auszubreiten.

Schließlich stand Valerie auf und begann ihre Matte aufzurollen. Also rappelte auch ich mich hoch. Wir räumten auf und ich verabschiedete mich. Ich war bereits an der Tür, als Valerie mich aufhielt.

»Emma«, rief sie hinter mir.

Ich drehte mich um, noch immer die Hand auf der Türklinke. »Ja?«

»Du solltest mit Fran reden. Irgendetwas stimmt nicht an der Geschichte. Es ist kein Geheimnis, dass Gronak etwas gegen eure Beziehung hat. Fran könnte ein paar Nachforschungen anstellen.«

»Glaubst du, das würde er tun?«

»Fran hat nicht viel für Gronak übrig und was soll schon passieren? Im schlimmsten Fall wirst du nicht schlauer und musst Caden die ganze Sache gestehen.«

Bei der Vorstellung zog sich meine Brust zusammen.

»Ich werde mit ihm reden«, versprach ich Valerie. Dann drückte ich die Tür auf und ging zum Aufzug.

~

Als ich zurück auf unser Zimmer kam, war ich fest entschlossen, das Problem anzusprechen und Caden dazu zu bringen, einen anderen Arzt aufzusuchen. Er lag ausgestreckt auf der Couch und hatte die Augen geschlossen, während Honey zusammengerollt vor ihm auf dem Boden lag. Als er mich sah, hob er den Kopf und kam mir freudig wedelnd entgegen.

»Kopfschmerzen?«

»Hm.«

»Wir müssen trotzdem reden«, sagte ich entschieden, tätschelte den samtigen Hundekopf und ging zu dem Sessel gegenüber des Sofas und setzte mich. Honey folgte mir und sah mich erwartungsvoll an. Doch jetzt stand mir nicht der Sinn nach Spielchen, weshalb ich ihn aufforderte, sich abzulegen Honey quittiert es mit einem beleidigten Seufzen, legte sich aber brav neben meinen Füßen hin.

Caden öffnete die Augen einen Spalt breit.

»Das klingt irgendwie bedrohlich. Können wir nicht später …«

»Nein. Das ist wirklich wichtig. Ich habe gestern gesehen, was so ein Konzert dir abverlangt und ich weiß, dass du nicht fit bist.« Caden setzte sich auf. Er sah mich ungehalten an, ließ mich aber weiter reden. »Das alles hier ist dir wichtig und ich versuche, das zu verstehen und dich zu unterstützen. Aber diese ganzen Tabletten gegen die Schmerzen und der Alkohol …«

»Wir haben doch nur den Auftakt gefeiert«, unterbrach er mich.

»Ich möchte, dass du einen anderen Arzt aufsuchst. Ich möchte eine zweite Meinung hören. Das ist alles.«

»Das ist alles?«

Und dann sehen wir weiter, dachte ich, aber ich sprach es nicht aus. Erwartungsvoll sah ich ihn an.

Caden verdrehte genervt die Augen und ließ sich zurücksinken.

»Also gut. Valerie soll einen Termin ausmachen.«

Voller Erleichterung sprang ich auf und schlang meine Arme um ihn.

»Danke!«

Sämtliche Anspannung fiel von mir ab und ich küsste ihn leidenschaftlich. Just in diesem Augenblick klingelte mein Telefon. Der Klingelton verriet mir auch ohne auf das Display zu sehen, wer gerade anrief.

»Sorry … das ist meine Mama.«

»Geh ruhig dran. Wir machen nachher weiter.« Er blinzelte mir zu, während ich das Gespräch annahm.

»Hi, Mama, was gibt's?«

»Hallo, Liebes«, begrüßte sie mich und ihre Stimme klang seltsam schwach. So kannte ich sie nicht. Unbewusst hielt ich die Luft an. »Bitte erschrick nicht, aber es gab da einen kleinen Zwischenfall …«

Zwischenfall? Ich trat an das bodentiefe Fenster. »Was ist los? Geht es dir nicht gut?«

»Doch, doch. Jetzt beruhig dich.«

»Dann sag endlich, was los ist.« Ich fuhr mir mit der freien Hand durchs Haar.

»Ich hatte gestern einen albernen Schwächeanfall …«

»Schwächeanfall?« Wenn sie nicht bald mit der Sprache herausrückte, würde ich verrückt werden.

»Jetzt bin ich im Krankenhaus. Die Ärzte sagen …«

»Was haben sie gesagt?«

»Ich hatte wohl einen kleinen Herzinfarkt …«

»Was?«, rief ich entsetzt.

»Wirklich nur ein Kleiner. Mach dir also bitte keine Sorgen um mich. Ich bin in besten Händen.«

»Wie soll ich mir denn keine Sorgen machen?« Hilflos sah ich zu Caden, der sich mühsam aufsetzte. »Wie lange wollen sie dich denn da behalten?«

»Das weiß ich nicht. Es stehen wohl noch einige Untersuchungen an und …«

Nervös kaute ich auf meiner Unterlippe. »Ich komme zu dir. Ich weiß nur noch nicht …«

»Das brauchst du wirklich nicht.«

Caden formte mit den Lippen die Frage, was denn los wäre.

»Ich ruf dich zurück, okay Mama? Ich muss nur noch ein paar Dinge klären.«

»Schatz, wirklich. Ich wollte keine Umstände …«

Noch einmal versprach ich, mich gleich wieder zu melden. Dann legte ich auf und ließ die Hand sinken. Ich sah auf die Häuser der Stadt unter uns, sah die Autos, die sich durch die Straßen schlängelten. Was sollte ich nur tun? Meine Mama war im Krankenhaus und ich glaubte ihr kein Wort. Ein kleiner Herzinfarkt? Gab es so etwas überhaupt? Und warum klang sie dann so schwach? Es gab keine andere Möglichkeit, als zu ihr zu fahren und mir selbst ein Bild zu machen. Und gleichzeitig hatte ich das drängende Gefühl, auch hier gebraucht zu werden. Doch am Telefon konnte meine Mutter mir sonst was weismachen. Also musste ich zu ihr. Wenn es wirklich nichts Ernstes war, könnte ich immer noch innerhalb von vierundzwanzig Stunden zurück sein.

»Was ist los? Du bist ganz blass«, fragte Caden von der Couch aus.

Wie in Zeitlupe drehte ich mich zu ihm und ich fühlte mich, als würde ich neben mir stehen.

»Meine Mama ist im Krankenhaus. Sie sagt, es wäre nichts Schlimmes, aber ich glaube ihr kein Wort«, stammelte ich benommen.

»Dann fahr zu ihr.«

»Bist du dir sicher?« Ich sah ihn fragend an und Caden stand umständlich auf. Ich ging ihm entgegen und er zog mich an sich.

»Fahr zu ihr. Kümmere dich um deine Mum und wenn es ihr besser geht, kommst du zurück. Du hättest doch keine ruhige Minute und wenn … du würdest dir ewig Vorwürfe machen.«

»Und du?«

»Ich komme schon klar.« Er lächelte beruhigend und ich lehnte meinen Kopf an seine Schulter. Inhalierte seinen Duft und spürte die Wärme seiner Haut. Ich würde mit Fran sprechen und ihn bitten, mehr als nur ein Auge auf Caden zu haben. Sein Zusammenbruch und die Tabletten, die er zusammen mit Alkohol einwarf, machten mir wirklich Angst. Aber ich konnte unmöglich an zwei Orten gleichzeitig sein und er hatte recht, meine Mama brauchte mich jetzt.

Kurz darauf packte ich meinen Koffer und machte mich auf den Weg in die Heimat.

16

Eine Woche später wurde meine Mutter aus der Klinik entlassen, doch es war noch lange nicht daran zu denken, dass sie wieder in der Boutique arbeiten könnte. Schon kleine Anstrengungen im Haus zeigten ihr ihre Grenzen auf. Ich war in mein altes Kinderzimmer gezogen, um näher bei ihr zu sein, und an die Ladentür hatte ich einen Zettel gehängt, dass wir wegen Krankheit geschlossen hatten.

Gerade saßen wir am Esstisch und aßen die ersten Plätzchen, die ich am Vormittag gebacken hatte.

»Ich finde, du solltest die Reha machen, wie die Ärztin vorgeschlagen hat«, sagte ich.

Meine Mutter schüttelte energisch den Kopf. »Das kommt nicht infrage. Jetzt wo der Laden ordentlich läuft, kann ich unmöglich so lange ausfallen.«

»Wir könnten doch jemanden in Vollzeit einstellen?«

»Wie stellst du dir das vor? Wer soll sie einarbeiten?«

»Kann ich das nicht machen? Und du lehnst dich einfach mal zurück und erholst dich. Was bringt es denn, wenn du gleich wieder einen Herzinfarkt bekommst, nur weil du dich übernommen hast?«

»Du stellst mich hin, als wäre ich eine alte Frau.« Sie stemmte empört die Hände in die Hüften.

»Das habe ich nicht gesagt, aber ich möchte, dass du ein bisschen besser auf dich aufpasst, Mama.« Ich stand auf, holte den Reha Antrag vom Küchenbord und legte ihn vor sie auf den Tisch. »Jetzt gib dir endlich einen Ruck. Es sind nur drei Wochen. Ich kann ja solange hierbleiben.«

»Und was ist mit Caden?« Sie sah mich eindringlich an. »Wolltest du ihn nicht auf der Tour begleiten?«

Ein schlechtes Gewissen überkam mich. Ja, das wollte ich. Und ich vermisste ihn schon nach dieser ersten Woche, obwohl wir täglich telefonierten und Nachrichten schrieben. Inzwischen war er in Bukarest und alles lief wie geplant. Die Konzerte waren ausgebucht und die Kritiken gut.

»Caden ist erwachsen. Er wird wohl ein paar Wochen ohne mich klarkommen. Ich kann so lange bleiben, wie es eben nötig ist«, versicherte ich und drückte ihr einen Kugelschreiber in die Hand.

Skeptisch sah meine Mutter mich an, dann endlich schrieb sie ihren Namen in Druckbuchstaben auf das Formular. Erleichtert schenkte ich ihr eine Tasse Kräutertee ein, was sie mit einem Seufzen kommentierte. Die Ärzte hatten geraten ihren Kaffeekonsum drastisch zu reduzieren. Sehnsüchtig schielte ich zur Kaffeemaschine. Dann goss ich auch mir Tee nach.

~

Gut gelaunt sperrte ich den Laden auf. Die Arbeit bereitete mir mehr Spaß, als ich gedacht hätte, und am Nachmittag würde ich zwei Vorstellungsgespräche haben, während Klara solange aushalf und die Kunden bedienen würde. Meine Mutter hatte sich nach ein paar Tagen an die Abläufe in der Klinik gewöhnt. Die Behandlung und die Ruhe schienen ihr gutzutun, denn es ging ihr schon etwas besser. Heute Morgen hatte ich noch mit ihr telefoniert und sie hatte sich auf die bevorstehende Gymnastikstunde gefreut.

Ich schaltete Licht und Radio ein, während Honey sich unter den Ladentisch legte. Da Caden im Augenblick sowieso keine Zeit für ihn hatte, war er mit mir gekommen und leistete mir Gesellschaft. In seiner Begleitung fühlte ich mich nicht ganz so allein und irgendwie war ich damit auch Caden näher, war es doch unser gemeinsames Baby. Gerade spielten sie einen Song von Caden, welcher mir ein Lächeln ins Gesicht zauberte. Verträumt summte ich den Refrain mit, als ich nach hinten in den Pausenraum ging und die Kaffeemaschine anschaltete. Wenn ich gleich anfing, könnte ich vielleicht noch das Schaufenster mit Lichterketten, Kunstschnee und ein paar Tannenzweigen aus Plastik dekorieren. Auf dem obersten Regalbrett standen einige Dekokisten. Ich kletterte auf einen Stuhl und suchte die mit der Weihnachtsdekoration herunter. Gerade holte ich die Lichterkette heraus, da läutete es an der Ladentür. Dann eben später, dachte ich und legte sie zurück.

Eine hochgeschossene Frau hatte das Geschäft betreten und sah sich aufmerksam um. Sie trug einen schwarzen Mantel und hohe Stiefel, deren Schaft bis unter ihre Knie reichte und musste etwa in meinem Alter sein.

Ich grüßte freundlich und hielt mich dezent im Hintergrund, denn ich wollte die Kundin nicht sofort bedrängen.

Die Frau schlenderte von einem Tisch zum nächsten und sah sich um.

»Kann ich Ihnen behilflich sein?«, erkundigte ich mich schließlich und ging auf die Kundin zu, die an einem Kleiderständer mit Blusen stehen geblieben war. Der Duft ihres schweren Parfums, das an ferne Gewürze aus dem Orient erinnerte, kroch mir in die Nase.

Ihre Hand verweilte auf einem Bügel, während sie mich ansah. »Ich suche was fürs Büro«, erklärte sie.

»Eher ein Oberteil, oder eine Hose?«

Die Kundin ließ den Blick durch den Verkaufsraum schweifen, als läge die Antwort verborgen in einem der Regale.

»Einen Pullover, vielleicht«, erklärte sie schließlich.

Das machte es schon wesentlich einfacher für mich. Ich führte sie zu einem der Präsentationstische, auf denen die neuesten Kollektionen lagen.

»Welche Größe haben Sie?«

»36.«

Ich nickte und suchte ein paar Pullover in der richtigen Größe heraus.

»Diese hier vielleicht? Leni ist eine neue Designerin. Sehr vielversprechend.«

Die Kundin beäugte skeptisch die Ware. Dann verzog sie den Mund.

»Zu hoch geschlossen. Haben Sie nicht etwas mit mehr Ausschnitt?«

Ich zog die Augenbrauen hoch. Mehr Ausschnitt? Bei diesen Temperaturen? Jeder wollte etwas Hochgeschlossenes, am liebsten noch Rollkragen. Während ich die Pullover zurücklegte, überlegte ich fieberhaft, was ich der Kundin als Alternative vorschlagen konnte.

»Vielleicht dann doch eher in Richtung Bluse?« Schnell

huschte ich zu einem Kleiderständer, der mit Blusen in den unterschiedlichsten Farben bestückt war, und zog das erstbeste Exemplar heraus.

»Ach, wissen Sie. Blusen habe ich nun wirklich genügend im Schrank. In einer Anwaltskanzlei …«

»Gut. Wie wäre es dann mit einem Pullunder? Die könnten sie wunderbar kombinieren.«

Die Frau ließ sich ein hellgraues Exemplar zeigen, das sich angenehm weich anfühlte, schüttelte jedoch erneut den Kopf.

»Vielleicht dann doch lieber eine Hose. Haben Sie da etwas?«

Innerlich seufzte ich und konnte nur hoffen, dass die Kundin meine langsam aufkommende Ungeduld nicht bemerkte. Doch sie ging bereits zu einem Stapel Chinos und zog ein Paar Blassrosafarbene heraus.

»Wollen Sie die mal anprobieren?«, schlug ich vor und zeigte auf die Umkleidekabine am anderen Ende des Raumes.

Als die Kundin den Vorhang zuzog, konnte ich ein leises Aufatmen nicht vermeiden. Schwierige Kunden lagen mir einfach nicht. Immer hatte ich das Gefühl von ihnen enttarnt zu werden, als wüssten sie, dass ich absolut keine Ahnung von dem hatte, was ich ihnen da gerade verkaufen wollte.

»Ich glaube, hinten könnte sie etwas enger sitzen.« Sie riss den Vorhang beiseite und präsentierte die Hose.

»Ich finde, die sitzt wirklich gut. Aber wir können gern noch eine Nummer kleiner versuchen.«

Die Frau machte ein nachdenkliches Gesicht.

»Nein. Vielleicht dann doch lieber einen Rock? Haben Sie da etwas? Einen kurzen Wollrock oder Leder?« Ihre Augen glänzten und ich konnte ein genervtes Stöhnen nur schwerlich unterdrücken. Ich suchte ein paar passende Röcke, die infrage kommen könnten, und brachte sie der Kundin.

»Oh. Der Rock ist ein Traum!«, rief sie entzückt hinter dem Vorhang. »Ist das echtes Leder?«

»Echtes Lammnappa«, erklärte ich, weil ich es gerade noch auf dem Etikett gelesen hatte.

Das Ladentelefon läutete und spielte dabei eine Weihnachtsmelodie. Eine Spielerei, die Klara erst vor Kurzem eingerichtet hatte. Ich beschloss es zu ignorieren, solange ich diese schwierige Kundin bedienen musste.

»Wundervoll!« Die Frau kam aus der Umkleide und präsentierte den Rock. Strahlend drehte sie sich vor dem Spiegel, der zusätzlich zu dem in der Kabine, im Laden hing. »Lars wird Augen machen«, sagte sie, als ich zu ihr trat und fuhr mit der Hand über das Material. »Wie viel kostet der noch?«

Da ich den Preis auch nicht wusste, trat ich näher an sie heran. Das Etikett baumelte an einer roten Kordel oberhalb ihres Gesäßes. Ich nahm es in die Hand und drehte es herum.

»299«, antwortete ich und machte zwei Schritte zurück.

Die Begeisterung der Frau erhielt einen Dämpfer und einen Moment schwieg sie. Ich wusste, sie würde weder den Rock noch irgendetwas anderes kaufen. Inzwischen hatte das Telefon aufgehört zu läuten.

»Wo arbeiten Sie gleich wieder?«

»Anwaltskanzlei Stettenbenz. Eine Kollegin macht ziemlich viel Werbung für Sie.«

Klara! Natürlich. Und meine Kundin musste niemand anderes sein, als ihre Kollegin Elke Tiefensee. Jetzt verstand ich auch, warum Klara sie nicht ausstehen konnte.

Während die Tiefensee, wie ich die Kundin nun in Gedanken nannte, weil Klara es immer tat, wieder in der Kabine verschwand, faltete ich die Chino ordentlich zusammen. In diesem Moment klingelte erneut die Glocke an der Ladentür und ich sah auf.

»Valerie!«, rief ich erstaunt. Mit einem breiten Lächeln stand sie in der Türschwelle. Adrett wie immer, in einem weißen Mantel, einer karamellfarbenen Hose und Stilettos. Unter dem Arm hielt sie eine schwarze Mappe. »Was machst du denn hier?« Ich ließ die Chino liegen und ging auf meine Freundin zu, die inzwischen mitten im Laden stand und umarmte sie herzlich.

»Ich wollte mal sehen, was du hier so treibst«, scherzte sie. »Ausgerechnet du in einem Modegeschäft.« Abschätzend sah sie sich um.

»Ich glaube, ich schlage mich nicht schlecht.«

Valerie schaute mich mitfühlend an. »Wie geht es dir und deiner Mum?«

»Gut. Ich denke, es geht ihr besser.« Ich lächelte zuversichtlich.

Inzwischen war die Tiefensee aus der Umkleide herausgekommen und sah sich noch einmal um. Ich beschloss, meine Zeit nicht weiter zu verschwenden.

»Was machst du hier?«, fragte ich stattdessen Valerie.

»Ich muss ein paar Dinge mit dir durchgehen.« Mit einem bedeutungsschwangeren Blick streckte sie mir die Mappe entgegen.

»Was ist das?«, fragte ich verwundert und begann den Reißverschluss aufzuziehen.

»Ich würde dann den hier nehmen«, erklärte die Tiefensee und ich sah auf. Sie stand an der Kasse und wedelte mit einem Loopschal, der immerhin dreißig Euro kostete.

Entschuldigend sah ich zu Valerie, die mich breit angrinste, um mich dann um meine Kundin zu kümmern. Die Mappe nahm ich mit und legte sie hinter den Verkaufstisch. Ich packte den Schal in eine hübsche Papiertüte, legte eine Visitenkarte von uns dazu, überreicht sie der Tiefensee und begleitete sie zur Tür.

»Schönen Tag noch«, wünschte ich freundlich und schloss die Tür hinter ihr, nicht ohne eine gewisse Erleichterung zu verspüren.

»Kaffee?«, seufzte ich und drehte mich zu Valerie, die gerade von Honey in Beschlag genommen wurde.

»Schwierige Kundschaft, mh?«. Sie kraulte Honey das Kinn, der sich die zusätzlichen Streicheleinheiten gern gefallen ließ.

»Lass uns nicht weiter drüber reden. Was machst du hier und wie geht es Caden?«

»Caden hat mich geschickt.« Sie deutete in Richtung der Theke, wo ich die geheimnisvolle Mappe hingelegt hatte.

»Komm, wir machen uns einen Kaffee und ich schau es mir an.« Gemeinsam gingen wir nach hinten, ich schenkte uns beiden eine Tasse Kaffee ein, setzte mich dann neben Valerie und öffnete die Mappe.

»Wann hat er das denn gemacht?«, fragte ich, nachdem ich die Sprache wieder gefunden hatte und deckte die nächste Skizze auf.

Valerie rührte in ihrer Tasse.

»Keine Ahnung, Liebes. Ich sollte es dir bringen und fragen, was du davon hältst.«

»Die sind fantastisch«, murmelte ich und sah mir eine weitere Skizze an. Ein Mann trug eine leger sitzende Jeans mit auffälliger Gürtelschnalle. Darüber ein weißes Shirt, kombiniert mit einem Sakko. Es waren auch Skizzen von

Frauen in Röcken, Kleidern und Hosen dabei. Alles straßentauglich und doch mit kleinen Details versehen, die eindeutig Cadens Handschrift trugen.

Schließlich hatte ich alles gesehen und klappte die Mappe zu.

»Ich dachte, er hat gerade genug um die Ohren. Ich verstehe nicht, wann er das gemacht hat.«

Valerie zuckte mit den Schultern und trank einen Schluck. »Da du ihn ja nachts nicht mehr für dich beanspruchst, hat er mehr Zeit, denke ich.«

»Valerie!«, rief ich empört, doch ihr Blick war dermaßen komisch, dass wir beide losprusteten.

»Wann musst du wieder los?«, erkundigte ich mich, nachdem wir eine Weile getratscht und unseren Kaffee getrunken hatten.

»Mein Flieger geht heute Abend. Wir sind gerade in Oslo.« Etwas wehmütig starrte ich vor mich hin und Valerie legte eine Hand auf mein Knie. »Du siehst ihn bestimmt bald wieder.«

»Ich hoffe es.« Ich sah Valerie an. »Habt ihr inzwischen etwas rausgefunden?«

Sie sah mich mit einem eigenartigen Ausdruck an. »Die Kette ist im Katalog eines Auktionshauses aufgetaucht«, sagte sie vorsichtig.

»Was?«, stieß ich entsetzt hervor.

»Beruhige dich«, sagte Valerie eindringlich. »Fran kümmert sich schon darum.«

»Aber wie?«, fragte ich zweifelnd. Was konnte Fran schon tun? »Ich muss es Caden sagen.« Ich wollte aufspringen, doch Valerie hinderte mich daran.

»Warte damit noch. Fran hat Kontakte und wir hoffen immer noch, dass wir herausfinden, wer sie in die Auktion gegeben hat. Caden wird durchdrehen, wenn er davon erfährt. Glaub mir, es ist besser, wenn wir Beweise in der Hand haben. Sonst steht dein Wort gegen Gronaks.«

Seufzend lehnte ich mich zurück. Valerie mochte recht haben, doch hier zu sitzen und abzuwarten, behagte mir ganz und gar nicht. Was, wenn Fran nichts herausfinden konnte? Wenn er keinen Beweis dafür fand, dass alles gefakt war?

»Was hast du da?«

Valeries Frage holte mich aus meinen Gedanken und ich sah auf. Sie stand vor der Kiste mit der Weihnachtsdekoration. »Ich wollte heute noch die Schaufenster dekorieren«, erklärte ich matt.

Valerie klatschte begeistert in die Hände und begann die Lichterkette und ein paar Engel hervorzuholen.

»Prima! Das wollte ich schon immer mal machen.«

Ich schmunzelte. »Also dann, lass uns loslegen.«

Gemeinsam brachten wir die Dekosachen nach vorn, doch schon bald zeigte sich, dass Valerie ganz in der Aktion aufging und meine Hilfe eher hinderlich war. Mein Blick fiel auf die Chino, die noch immer nur halb zusammengelegt auf ein paar Pullovern lag und ich beschloss stattdessen aufzuräumen. Ich legte die Hose zusammen und brachte sie zurück auf den Stapel. Anschließend ging ich zur Umkleide, um den Lederrock aufzuräumen, aber zu meiner Verwunderung war er nicht dort. Vielleicht hatte die Tiefensee ihn selbst wieder zurückgehängt, überlegte ich und ging in die Ecke mit den Röcken. Doch auch nach zweimaligen durchgehen konnte ich den teuren Rock nirgends entdecken. Fahrig sah ich mich um, ob ich ihn irgendwo liegen sah. Das Teil war einfach viel zu teuer, als das es verschwinden durfte. Unter meinen Achseln breiteten sich nasse Flecken aus.

»Alles in Ordnung?«, fragte Valerie, die meine aufkommende Panik bemerkt hatte.

»Hast du einen Lederrock gesehen?«

Sie zog die Augenbrauen zusammen. »Ich glaube nicht.«

In diesem Moment ging die Tür auf und zwei neue Kunden betraten den Laden. In meinem Kopf rotierte es, während ich die Stationen noch einmal durchging. Wie die Tiefensee den Rock anprobiert hatte und dann war Valerie aufgetaucht. Egal wie ich es auch betrachtete, es kam nur eine Möglichkeit in Betracht. Die Tiefensee war nicht nur eine schwierige Kundin, sie war eine Diebin und hatte meine nachlassende Aufmerksamkeit dreist ausgenutzt.

»Geht es dir gut?« Valerie war aus dem Schaufenster geklettert und zu mir gekommen. Besorgt sah sie mich an.

»Ich glaube, die Kundin vorhin hat den Rock geklaut!« Ich presste die Lippen zusammen.

»Bist du dir sicher?«, raunte Valerie mit Blick auf die Kunden, die sich im Laden umsahen.

Ich nickte. »Ich habe überall nachgesehen.«

»Dann sollten wir die Polizei rufen.«

Ich überlegte einen Moment, schließlich schüttelte ich den Kopf.

»Ich habe eine bessere Idee! Ich weiß ganz genau, wo ich die Kundin finde. Und ich will sie selbst zur Rede stellen.« Ich sah an Valeries Schulter vorbei, zu den Kunden.

»Ich bekomme das hin«, beantwortet Valerie meine unausgesprochene Frage. »Geh nur.«

Ich drückte ihr einen Kuss auf die Wange. »Danke. Du bist unglaublich.«

Überrascht sah sie mich an, doch ich verlor keine weitere Zeit. Ich schnappte nach meiner Jacke und während ich bereits hinaus huschte, schlüpfte ich in die Ärmel.

Der kalte Wind blies mir ins Gesicht, als ich das Kopfsteinpflaster entlang eilte. Die Kanzlei lag keine zehn Gehminuten von der Boutique entfernt.

Vor einem Altbau mit Sandsteinfassade hielt ich an. Kanzlei Stettenbenz, stand neben einer der Klingeln und ich drückte darauf. Ich musste nur kurz warten, bis ein Summen ertönte. Ich drückte die Tür auf und eilte die Treppe nach oben. Die Kanzlei befand sich im dritten Stock. Mein Puls ging etwas zu schnell, was sicher nicht der Tatsache geschuldet war, dass ich mich beeilt hatte. Auf dem Weg hierher hatte sich meine Wut dermaßen gesteigert, dass ich einen Moment innehalten musste. Dann öffnete ich die Tür.

Die Ruhe des Büros lieferte einen krassen Gegensatz zu dem Ärger, der in mir tobte. Etwas ratlos stand ich im Flur und wusste nicht, wohin ich mich wenden sollte.

»Emma? Was führt dich denn hierher?« Es war Klara, die mir entgegenkam und mich kurz umarmte, während ich ihre Begrüßung etwas steif erwiderte.

»Ist deine Kollegin hier?«

Klara musterte mich skeptisch. »Was ist denn los?«

»Ich muss sie sprechen«, sagte ich mit zusammengepressten Zähnen. Klara sah mich stirnrunzelnd an und ich machte einen Schritt zur Seite. »Erklär ich dir später. Ist sie da?«

»Warte einen Moment«, sagte sie und sah mich skeptisch an, bevor sie in einem angrenzenden Zimmer verschwand.

Unruhig begann ich auf und ab zu laufen. Ich hatte mir keinen Plan zurechtgelegte, was ich der Diebin sagen sollte. Was, wenn sie es leugnete den Rock gestohlen zu haben? Wir hatten keine Überwachungskameras im Laden und da der Alarm auch nicht ausgelöst hatte, hatte ich eigentlich keinerlei Beweis.

Mein Puls raste, als wäre ich einen Marathon gelaufen, da endlich tauchte Elke Tiefensee auf. Ich straffte meine Schultern und trat ihr entgegen.

»Ja?«, fragte sie und ihre Stimme klang leise.

»Sie wissen genau, warum ich hier bin«, sagte ich drohend und mit Genugtuung bemerkte ich, wie die Tiefensee zusammenzuckte. »Ich möchte den Rock zurückhaben, den Sie aus meinem Laden haben mitgehen lassen. Wir können das hier regeln, oder ich gehe zur Polizei. Ich habe alles auf Video und so eine Anzeige wegen Ladendiebstahl macht sich bestimmt prima in Ihren Zeugnissen. Ich könnte mir vorstellen, dass es als Anwaltsgehilfin nicht einfach sein wird, wieder einen Job zu bekommen.«

Aus Elke Tiefensees Gesicht war sämtliche Farbe gewichen und sie vermied es mich direkt anzusehen.

»Ich … es tut mir wirklich leid … Ich wollte nicht …«, stammelte sie.

Ich funkelte sie böse an. Nein, ich konnte kein Mitgefühl für diese Person aufbringen. Es war einfach dreist gewesen und sie hatte meine Unaufmerksamkeit ausgenutzt. Wer weiß, ob sie nicht eine gewohnheitsmäßige Ladendiebin war. Endlich machte sie kehrt, um das Diebesgut zu holen. Während ich wartete, bemerkte ich Klara, die in einem Türrahmen stand. Ich wusste nicht, wie viel sie mitbekommen hatte, aber ich hätte es ihr sowieso erzählt.

Reumütig und mit eingezogenem Kopf kam die

Tiefensee zurück und übergab mir den Rock. Das Etikett baumelte noch daran, nur die Sicherung fehlte. Irgendwie musste sie die entfernt haben. Zweifelnd sah ich sie an. Was sagte man in so einem Moment? Danke? Auf Wiedersehen? Ich entschied mich, nichts zu sagen. Bevor ich mich umdrehte und die Kanzlei verließ, fiel mein Blick auf einen Mann im Anzug, der mit verschränkten Armen im Flur stand. Lars Stettenbenz, mutmaßte ich. Klara war verschwunden und so machte ich mich auf den Rückweg.

Als ich zurückkam, blinkte es bereits weihnachtlich im Schaufenster und Valerie setzte einer Puppe gerade eine Wintermütze auf den Kopf. Als sie mich entdeckte, winkte sie mir fröhlich zu und ich schwenkte triumphierend den Rock. Valerie reckte den Daumen in die Höhe, dann verschwand sie und kurz darauf öffnete sie mir die Tür.

»Du hast ihn?«

»Wie du siehst.« Ich grinste zufrieden. »Ich befürchte, die Tiefensee bekommt jetzt mächtig Ärger«, sagte ich leichthin und hängte den Rock zurück zu den anderen.

»Valerie?« Ich schlüpfte aus meiner Jacke.

»Ja?«

»Ich habe darüber nachgedacht.« Valerie sah mich fragend an. »Es fühlt sich an wie eine Lüge. Ich muss mit Caden über die Halskette reden. Das hätte ich schon längst tun sollen. Es fühlt sich einfach nicht richtig an.«

Valerie neigte den Kopf zur Seite. »Du meinst …?«

»Ich kann das nicht übers Telefon machen, aber ich brauche jemanden, der den Laden schmeißt, solange ich weg bin.«

Ich ließ ihr einen Moment, um über meinen Vorschlag

nachzudenken, und erleichtert atmete ich auf, als Valerie mir ihre Hand entgegen streckte.

»Also gut. Wir buchen mein Ticket um auf deinen Namen und Caden erzähle ich, dass ich hier noch etwas zu erledigen habe.«

»Da ist noch eine Sache.« Valerie hob die Augenbrauen. »Heute Nachmittag sind eigentlich Vorstellungsgespräche.«

Valerie lachte. »Hallo? Das ist ja wohl eine Kleinigkeit. Die übernehme ich gerne für dich.«

Erleichtert zog ich sie in die Arme. »Danke.«

Während ich Vorbereitungen traf und meine Sachen packte, rief ich Klara und brachte sie auf den neuesten Stand. Tatsächlich war es Lars Stettenbenz gewesen, den ich bei meinem Abgang gesehen hatte. Es hatte wohl für einen ziemlichen Ärger gesorgt und Elke Tiefensee war fürs Erste nach Hause geschickt worden. Wie es für sie weitergehen würde, wusste Klara noch nicht, aber sie war sich recht sicher, dass sie nicht so schnell wieder in die Kanzlei zurückkehren würde. Dann hatte die Sache wenigstens für Klara etwas Positives gehabt, dachte ich und zog den Reißverschluss meines Koffers zu.

17

Fran hatte versprochen mich am Flughafen abzuholen. Während ich auf das leere Gepäckband starrte, hallten Lautsprecheransagen durch die Halle und das Flughafenpersonal eilte an den Wartenden vorbei.

Ich verlagerte das Gewicht von einem Bein auf das andere. Einerseits freute ich mich, Caden wieder zu sehen und gleichzeitig hatte ich Angst vor seiner Reaktion. Immer wieder ging ich die Situation im Geist durch und legte mir die hoffentlich richtigen Worte zurecht. Endlich setzte sich das Gepäckband in Bewegung und unterbrach mein Gedankenkarussell. Die ersten Koffer kamen und irgendjemand musste ein Einsehen mit mir haben, denn ich musste nicht lange warten, bis ich mein Gepäck erkannte.

Ich nahm den Koffer vom Band und eilte mit raumgreifenden Schritten zum Ausgang. Schon von Weitem erkannte ich Frans silbergrauen Haarschopf und bei seinem Anblick konnte ich nicht anders, als zu lächeln.

»Schön dich zu sehen«, begrüßte ich ihn.

Fran nickte und griff nach meinem Koffer.

»Wie geht es dir?«, erkundigte er sich und setzte sich in Bewegung.

Ich folgte ihm zum Ausgang. »Um ehrlich zu sein, bin ich ziemlich nervös.«

Fran brummte.

»Valerie hat erzählt, was du vorhast.« Ich sah ihn von der Seite an. Unsere Blicke kreuzten sich und Fran hob eine Augenbraue. »Ich halte das für keine gute Idee«, sagte er und sah wieder auf den Weg, der vor uns lag. Schweigend folgte ich ihm. Es hatte keinen Sinn mit ihm zu diskutieren. Vielleicht hatte Fran auch recht. Ich hatte nichts in der Hand, um meine Unschuld zu beweisen. Ich konnte einzig und allein darauf vertrauen, dass Caden mir glaubte. Die Alternative wäre, weiter mit dieser Lüge herumzulaufen. Darauf zu hoffen, dass Fran schnell etwas herausfand, noch bevor Gronak sein Netz weiter spinnen konnte. Aber was für eine Beziehung wäre das? Ich schüttelte den Kopf. Ich hätte es nie so weit kommen lassen dürfen, sondern sofort mit Caden sprechen müssen.

»Wie geht es Cami?«, erkundigte ich mich, nachdem Fran die Fahrertür zugeschlagen hatte und den Mercedes aus der Parklücke manövrierte.

»Wenn du wissen willst, ob es irgendwelche Auffälligkeiten gab, die gab es nicht.« Unsere Blicke begegneten sich im Rückspiegel. »Keine Partys, wenn du's genau wissen willst. Und jetzt hör auf mir Löcher in den Bauch zu fragen. Wir sind gleich da, dann kannst du ihn selbst fragen.«

Ich gab mich geschlagen und lehnte mich zurück. Fran hatte recht, ich würde mich bald selbst davon überzeugen können, dass es Caden gut ging und ich sollte Fran nicht weiter mit Fragen löchern, die er nicht beantworten konnte, oder durfte.

»Wie lange brauchen wir noch bis zum Hotel?«

»Zwanzig Minuten.«

Die Zeit schien stillzustehen, obgleich Fran den Mercedes zügig durch den Feierabendverkehr fädelte. Die Lichter der Stadt erhellten die Nacht und ich versuchte mich innerlich auf die Aussprache vorzubereiten.

18

Aufmunternd nickte Fran mir zu, als ich vor Cadens Zimmertür stand und reichte mir die Zimmerkarte. Ich atmete tief ein. Dann zog ich die Karte durch das Lesegerät und öffnete die Tür.

Mein Magen zog sich zusammen und mein Herz schlug kräftig gegen meinen Brustkorb, als wolle es herausspringen. Unsicher trat ich zwei Schritte in den schmalen Flur.

»Caden?«, rief ich und meine Stimme klang ungewohnt dünn. »Überraschung! Ich habe den Flug mit Valerie getauscht.« Ich stellte den Koffer im Flur ab.

Düsteres Schweigen schlug mir entgegen. Ich ging weiter und betrat den Hauptraum der Suite. Auch dieses Hotelzimmer glänzte vor Pracht und Luxus. Doch ich hatte nur Augen für Caden, der vor dem bodentiefen Fenster stand und mir den Rücken zugedreht hatte. Verzerrt zeichnete sich sein Spiegelbild im Glas, sein Ausdruck war starr und kalt. Zögerlich näherte ich mich, streckte eine Hand aus, verharrte dann aber und ließ sie mutlos wieder sinken. Cadens ganze Körpersprache war so abweisend, dass ich es nicht wagte, ihn zu berühren.

»Caden?«

Er schwieg. Nach schier endlosen Sekunden, die sich ausdehnten, als hätte jemand die Erdrotation gestoppt, antwortete er: »Was willst du?« Seine Stimme war so kalt, dass sie mir das Blut in den Adern gefrieren ließ.

»Ich … ich dachte, du freust dich«, sagte ich schwach und alles in mir schrie danach, davonzulaufen, weil es der einfachere Weg gewesen wäre. Cadens Schweigen war eisig. Es bohrte sich wie kalter Stahl mitten in meine Brust und nahm mir die Luft zum Atmen. Endlich drehte er sich um, aber das machte es nicht besser. Der Abgrund, der sich zwischen uns aufgetan hatte, vergrößerte sich nur. Sein Blick war hart und abweisend, als er mich kurz ansah. Dann wandte er sich ab, sah auf den Couchtisch, auf dem etwas lag, das ich für eine Zeitschrift hielt.

»Hattest du irgendwann vor es mir zu sagen?«

Eine schlimme Ahnung überkam mich und wie in Zeitlupe ging ich zu dem niedrigen Tisch. Meine Knie wurden weich und noch bevor ich den Tisch erreichte, erkannte ich die Halskette auf dem Foto. Ich kämpfte gegen die Übelkeit an, die mich übermannte und mich daran hinderte zu sprechen.

»Caden, so ist es nicht …«, presste ich endlich hervor und starrte noch immer wie gebannt auf das Foto.

»Nicht?«, donnerte er hinter mir und ich fuhr erschrocken zusammen. Als ich mich umdrehte sah ich direkt in Cadens vor Zorn blitzende Augen. »Du wusstest, wie viel sie mir bedeutet und trotzdem hast du sie versetzt?«

»Das stimmt nicht!«, verteidigte ich mich. Beschwichtigend hob ich eine Hand. Cadens Augen verengten sich zu Schlitzen und mutlos ließ ich die Hand sinken.

»Und wie erklärst du dir das?« Er zeigte mit dem Kinn auf den Tisch hinter mir.

»Ich … ich kann es nicht erklären«, sagte ich schwach und Caden drehte sich weg. Ich wusste, ich hatte nur diese Chance und ich musste alles daran setzen sie zu ergreifen. Musste alles versuchen, damit er mir glaubte. Ich machte einen Schritt auf ihn zu und legte eine Hand auf seine Schulter. Doch Caden schüttelte mich ab, wie ein lästiges Insekt. Ich rang um meine Fassung.

»Ich hätte es dir viel früher sagen müssen, aber ich hatte solche Angst. Ich wollte sie dir zurückgeben, aber plötzlich war sie verschwunden. Ich habe überall gesucht und gehofft, dass …« Ich stockte. Sollte ich ihm von meinem Verdacht erzählen? Oder würde es nur ein noch schlechteres Licht auf mich werfen?

»Ich habe dir vertraut«, sagte er zum Fenster gewandt. »Aber du hast mich getäuscht, Emma. Wie konnte ich so blind sein? Michael hat mich gewarnt, aber ich wollte es nicht wahrhaben.« Er drehte sich um und in seinen Augen erkannte ich den Schmerz und die Hoffnungslosigkeit, die ich selbst fühlte. »Und ich Idiot habe mir tatsächlich eingebildet, du wärst anders.« Sprachlos vor Entsetzen starrte ich ihn an, bevor ich meine Stimme wiederfand.

»Aber das ist es doch!«, sagte ich heftig. »Ich glaube, Gronak hat mir eine Falle gestellt und …« Meine Stimme zitterte und erstarb, als Caden meine Worte mit einer Handbewegung beiseite wischte.

»Halt Michael da raus!«

Ich schluckte. Er hatte sich so weit von mir entfernt. Jetzt war er wirklich der unerreichbare Star geworden.

»Du willst das ich gehe?«, flüsterte ich. Sag etwas, flehte ich stumm. Sag etwas, bitte! Aber er starrte nur auf die Lichter der Stadt. Reglos. Emotionslos. Ich ergriff den letzten Strohhalm, wagte einen letzten Versuch, auch wenn ich mich damit völlig lächerlich machte, doch ich konnte, ich wollte nicht aufgeben. »Ich dachte, Liebe hat mit Vertrauen zu tun. Ich habe einen Fehler gemacht, aber ich habe dich nicht hintergangen. Ich habe diese Kette nicht verkauft. Das musst du mir einfach glauben, denn ich weiß genau, wie viel sie dir bedeutet. Dass es ein Beweis deiner Liebe war. Lass uns das nicht einfach wegwerfen. Ich werde sie zurückkaufen und vielleicht können wir auch herausfinden, wer das Ganze eingefädelt hat.« Ich wusste nicht, woher ich die Kraft für diese Worte gefunden hatte, doch irgendwoher hatte ich sie genommen. Trotzig wischte ich mir über die Augen, die verräterisch brannten und wartete auf eine Reaktion. Irgendeine.

Und dann, endlich kam wieder Leben in Caden. Mein Herz machte einen kleinen Hüpfer. Ich hoffte so sehr, dass er mir verzeihen würde. Dass wir uns aussprechen würden und alles wieder gut wäre, doch er kam nicht zu mir. Stattdessen trat er zu einem kleinen Sekretär, der in der Ecke stand, und öffnete die obere Schublade. Ich wusste es, noch bevor er den Inhalt Selbiger in die Höhe reckte und die glänzende Perlenkette zwischen seinen Fingern hielt. Er hatte sie bereits zurück.

»Woher?«, krächzte ich.

»Michael hat sie mir heute Nachmittag gebracht. Zusammen mit dem Auktionskatalog.« Er ließ die Hand sinken und die Perlen fielen zurück in die Lade. »Er konnte sie vor dem Start der Auktion herauskaufen.« Lautlos schob er das Fach zu.

»Aber … aber das ist doch der Beweis! Woher hätte er denn wissen sollen, dass …«, rief ich verzweifelt.

»Stop it! I've had enough of this!«, schrie er mir entgegen und seine Worte ließen mich zurück wanken, als hätte er mich geschlagen. Ungläubig riss ich die Augen auf.

Die Stille, die sich jetzt zwischen uns ausbreitete, war umso bedrohlicher. Ich sah in den Abgrund zwischen uns und da war keine Hoffnung mehr. Alles woran ich geglaubt hatte, lag dort unten in der Tiefe. Unwiederbringlich verloren.

Noch einmal sah ich Caden an, doch da war nichts mehr. Keine Liebe, kein Vertrauen, keine Wärme. Es war nichts übrig, um das ich hätte kämpfen können. Caden hatte jegliche Verbindung zwischen uns durchtrennt. Als ich mich schließlich abwandte, weil ich es nicht mehr ertrug, und die Suite verließ, war mein Herz zerbrochen.

Auf dem Flur stieß ich mit Fran zusammen. Vor lauter Tränen hatte ich ihn nicht gesehen.

»Tschuldigung«, nuschelte ich mit tränenerstickter Stimme und drehte mich weg. Ich wollte nur noch fort von hier. Wohin wusste ich nicht. Doch er packte mich am Arm und hielt mich fest.

»Was ist passiert?«, fragte er und er klang besorgt.

»Caden … er hat mir nur Vorwürfe gemacht … Zwischen uns ist es aus«, schluchzte ich und plötzlich fand ich mich in Frans starken Armen wieder.

»Er weiß es?«

Mühsam brachte ich etwas hervor, das wie ein Ja klingen sollte.

Fran stöhnte. »Was hast du vor?«, fragte er nach einer Weile.

Ich löste mich aus der Umarmung, schniefte wenig damenhaft und wischte mir die Tränen aus dem Gesicht.

»Ich werde zum Flughafen fahren und den nächsten Flug nehmen.« Was sollte ich auch sonst tun?

»Kommt nicht infrage«, widersprach er unerwartet

heftig und reichte mir ein Stofftaschentuch. »Gronak hat dich reingelegt. Wir müssen es nur noch beweisen.« Ich schüttelte mutlos den Kopf. Egal was wir tun würden, es war vorbei. Fran hob mein Kinn an und zwang mich ihn direkt anzusehen. »Du kommst erst mal mit zu mir und morgen sehen wir weiter«, sagte er entschieden und ließ mich los.

»Ich kann wirklich nicht …«, schluchzte ich, faltete den akkurat gebügelten Stoff auseinander und schnäuzte laut hinein.

»Keine Sorge. Das Zimmer ist groß genug und ich werde auf dem Sofa schlafen.«

Ich hatte keine Kraft mehr, mich gegen Frans Angebot aufzulehnen, und für den Moment war es vermutlich wirklich die beste Option. Ein Blick in sein Gesicht verriet mir, dass er sich sowieso nicht davon abbringen lassen würde.

Frans Zimmer lag direkt neben Cadens Suite. Zwar war es deutlich kleiner als Cadens, doch auch hier gab es eine Art Wohnzimmer und ein separates Schlafzimmer, das er jetzt für mich räumte.

Zusammengesunken saß ich auf dem Sofa und die Schluchzer, die tief aus meinem Inneren kamen, ließen meine Schultern beben. Fran setzte sich neben mich und die Worte purzelten einfach aus mir heraus.

»Ich bin immer fortgelaufen, habe Angst gehabt, ich könnte jemanden zu nah an mich heranlassen und dass ich ihn dann wieder verlieren könnte, wie meinen Vater.« Heiße Tränen rollten meine Wangen hinunter. »Caden hat diese Mauer zum Einsturz gebracht.« Ich starrte auf das Taschentuch in meiner Hand. »Er hat mir Sicherheit gegeben und auch wenn das hier das Ende ist …« Ich sah Fran an. »Es war es definitiv wert.« Ich zwang mich zu einem kleinen Lächeln. »Und ich habe dich und Valerie kennengelernt.« Fran zog mich zu sich heran und ich lehnte mich an seine Schulter.

Irgendwann stand ich auf, um mich bettfertig zu machen. Ich fühlte mich zerschlagen. An der Schwelle zum Badezimmer drehte ich mich noch einmal um.

»Ich habe dich nie gefragt, wer das auf dem Foto ist.«

Fran, der gerade seinen Schlafplatz auf dem Sofa herrichtete, sah auf. In seinem Gesicht stand Verwirrung, die kurz darauf Erkenntnis wich.

»Entschuldige. Ich wollte nicht neugierig sein.« Ich hatte das Gefühl, zu weit gegangen zu sein. Doch Frans Worte hielten mich auf.

»Meine Frau Marie und mein Sohn André.«

Aufmerksam sah ich ihn an und gab ihm Zeit weiterzusprechen. Es verlangte ihm einiges ab, doch dann brach Fran sein Schweigen.

»Ich war damals ein erfolgreicher Sportler. Kickboxen. Das weißt du ja inzwischen.«

Verlegen sah ich zu Boden. »Es tut mir leid. Ich hätte wirklich nicht einfach in dein Büro gehen sollen.«

»Eine Sportverletzung und die Karriere war vorbei«, überging er meine Entschuldigung. »Ich baute mir eine eigene Sportschule auf und trainierte die Champions von morgen. Tag und Nacht. Sieben Tage die Woche. Marie verließ mich irgendwann. Sie hat es nicht mehr ausgehalten. Wer sollte es ihr verdenken? Und André hat sie mitgenommen.«

Eine schwere Stille senkte sich über uns.

»Hast du Kontakt zu deinem Sohn?«

»Ich schicke ihm an Weihnachten und an Geburtstagen ein Paket. Manchmal fahre ich vor das Haus, in dem er jetzt wohnt, und versuche einen Blick auf ihn zu erhaschen.«

»Oh, Fran! Das tut mir schrecklich leid.«

»Tja«, sagte er und schien den Ballast wie eine lästige Fliege abzuschütteln. »Ich bin wohl ein miserabler Vater.«

»Sag das nicht«, versuchte ich ihn zu aufzumuntern, doch welchen Trost konnte es geben, wenn man seinen eigenen Sohn nicht aufwachsen sah? Wenn man ihn nur von der Ferne beobachten konnte? War er deswegen in jener Nacht fortgewesen?

»Kannst du nicht versuchen, in Kontakt mit ihm zu kommen?« Ich wusste, ich bewegte mich mit dieser Frage auf dünnem Eis. Ja, es war gewagt, doch ich konnte nicht anders, auch wenn es mich nichts anging. Fran sah mich mit einem seltsamen Ausdruck in den Augen an, bevor er kaum merklich den Kopf schüttelte und sich wieder seinem Bett widmete.

»Marie würde es nie zulassen«, antwortete er mürrisch.

In der Nacht wachte ich auf. Ein Geräusch hatte mich geweckt. Es dauerte einen Moment, bis ich mich orientiert und an den letzten Abend erinnert hatte. An den Streit mit Caden. Daran, dass Fran mich aufgefordert hatte, die Nacht in seinem Hotelzimmer zu verbringen, statt kopflos zum Flughafen zu fahren. An Frans Geschichte … Wieder dieses Geräusch … Stimmen … ein Poltern …

Ich richtete mich auf und ein Frösteln lief über meinen Körper. Der Lärm kam von nebenan. Aus Cadens Suite.

Unter der Schlafzimmertür sah ich Licht durchscheinen. Also musste auch Fran wach sein. Schnell zog ich ein Shirt über und ging ins hellerleuchtete Wohnzimmer. Fran war nirgends zu sehen. Draußen auf dem Gang hörte ich jemanden rufen, doch es klang nicht nach einer von Cadens ausufernden Partys.

Ich riss die Zimmertür auf und sah gerade noch die Jacke eines Sanitäters, der in Cadens Zimmer verschwand.

Angst griff mit ihren kalten Klauen nach mir. Quetschte mein Herz zusammen und nahm mir die Luft zum Atmen. Ich konnte an nichts anderes mehr denken, als an Caden. An den Ausdruck in seinen Augen, als ich ihn zuletzt gesehen hatte. An unseren Streit. Eine unheilvolle Vorahnung überkam mich und ich lief hinüber zur Suite, wo Chaos herrschte.

Sanitäter knieten neben Cadens leblosem Körper, der in der Mitte des Wohnraumes auf dem Boden lag. Unter seinen geschlossenen Augen schimmerten bläuliche Adern. Seine Lippen waren blutleer und in seinem Arm steckte eine Kanüle mit einem Infusionsschlauch. Die Sanitäter gaben sich Anweisungen in ihrer Landessprache, was meine Angst nur noch verstärkte. Sie fraß sich in mein Herz und in meinen Verstand. Sie lähmte mich und so stand ich fassungslos daneben und sah zu, wie sie Caden an Kabel anschlossen. Hilflos schlang ich die Arme um meinen Körper. Dann hoben sie ihn auf eine Trage. Seine Hand hing leblos herab. Niemand nahm Notiz von mir, als sie Caden an mir vorbei in den Flur und in Richtung Fahrstuhl schoben. Da trat Fran neben mich. In all dem Durcheinander hatte ich ihn nicht bemerkt, doch er musste die ganze Zeit da gewesen sein. Jetzt stand er neben mir und ich sah ihn verzweifelt an.

»Er ist zusammengebrochen, Emma. Anscheinend habe ich ihn gerade noch rechtzeitig gefunden.« Frans Stimme klang sorgenvoll.

»Ich verstehe nicht …«

»Ich muss los. Wir müssen die Klinik absichern. Wenn sich das rumspricht …« Er eilte zur Tür. Dann drehte er sich noch einmal um. »Es tut mir leid.« Dann war er verschwunden.

Mein Blick irrte durch das Zimmer. Auf dem Boden lagen die Verpackungen von Spritzen und Kanülen. Dann blieb ich an dem Couchtisch hängen, auf dem eine umgestoßene Whiskeyflasche lag. Erst in diesem Moment nahm ich den dezenten Geruch nach Alkohol wahr, der in der Luft lag. Tablettendosen standen auf dem Tisch und ein paar Pillen lagen darauf verteilt. Caden hatte eine Überdosis genommen. Ich schlug die Hände vor dem Gesicht zusammen und meine Knie gaben nach. War es Absicht gewesen, oder ein Versehen? Hatte unser Streit ihn zu einer Verzweiflungstat getrieben? Der Gedanke schien so abwegig, und doch ließ er mich nicht los, suchte ich die Schuld bei mir.

Ich kauerte auf dem Boden, doch dann rappelte ich mich auf. Ich musste zu ihm!

~

Mit dem Taxi fuhr ich durch die nächtlichen Straßen von Oslo und trommelte ungeduldig mit den Fingern auf meinen Oberschenkeln.

»Geht es nicht ein bisschen schneller?«, fragte ich in englischer Sprache, aber der Taxifahrer warf mir nur gelangweilt einen Blick über den Rückspiegel zu. Endlich erreichten wir das Spital. Ich drückte dem Fahrer einen Schein in die Hand. Viel zu viel, doch darauf kam es jetzt nicht an. Schon hatte ich die Tür aufgerissen und war aus dem Taxi gesprungen. Die Rufe des Fahrers hinter mir ignorierte ich und lief stattdessen zum Empfang.

»Emergency?«

Der Pförtner redete auf mich ein, nur verstand ich kein Wort. Schließlich deutete er mit einer Geste die Richtung an und schon rannte ich los.

Im Wartebereich der Notaufnahme standen bereits Rhys, Tom, Jo, Axel und einige andere Mitglieder der Crew, die ich vom Sehen her kannte. Ich entdeckte Fran und ein paar seiner Mitarbeiter. Ich hatte keine Ahnung, wer sie benachrichtigt hatte.

Schließlich war es Rhys, der zu mir kam und einen Arm um mich legte.

»Der wird schon wieder.« Seine Stimme klang zuversichtlich und ich wollte ihm unbedingt glauben.

»Was machst du überhaupt hier?«, fuhr Jo mich an.

Plötzlich waren alle Augen auf mich und Jo gerichtet.

»Was meinst du damit, Jo?«, fragte Rhys und machte einen Schritt auf ihn zu.

»Das Miststück hier hat ihn hintergangen.« Bei seiner Anklage wich ich zurück.

»Was soll das heißen?«, wollte Tom wissen.

»Ihr erinnert euch an die Preisverleihung?«

»Was hat das denn jetzt damit zu tun?«

Jo baute sich breitbeinig auf. »Die Halskette, war von seiner Ma! Und sie …« Er zeigte mit dem Finger auf mich. »Hat sie zu Geld gemacht!«

»Woher willst du das wissen?«, fragte Rhys skeptisch.

»Er hat es mir erzählt.«

Ein peinlicher Moment des Schweigens entstand und ich bereute es hierhergekommen zu sein, denn seine Worte bohrten sich wie vergiftete Pfeile in mein Herz.

»Idiot!«, grollte Axel und seine Faust kam so schnell, dass auch Jo sie nicht kommen sah. Sein Kopf wurde von dem Fausthieb zur Seite geschleudert und nur die rasche

Reaktion von Rhys bewahrte ihn davor, auf dem Boden zu liegen. »An Cadens Zustand bis du wahrscheinlich gar nicht mal so unschuldig, du versoffenes Schwein«, fuhr Rhys ihn an.

»So?«, fragte Jo und rieb sich den Kiefer. »Hab ich mich ihm etwa an den Hals geworfen und die große Liebe vorgespielt?«

»Du säufst doch die ganze Zeit und rufst eine Party nach der nächsten aus! Würde mich gar nicht wundern, wenn du heute Aben… «

»Jungs. Beruhigt euch«, mischte sich Fran ein und ging zwischen die beiden Kontrahenten. »Schuldzuweisungen bringen niemandem was und die Notaufnahme ist mit Sicherheit nicht der richtige Ort für Schlägereien.«

Jo funkelte Axel böse an, der seine Hand umfasst hielt. Offenbar hatte die bei dem Schlag auch etwas abbekommen.

In diesem Moment tauchte Gronak auf, der nichts von dem Streit mitbekommen hatte.

»Wie geht es ihm?«, erkundigte sich Tom.

»Es ist kritisch. Er hatte einen Herzstillstand …«

»Nein!« Ich wankte und vor meinen Augen tanzten winzige Lichtpunkte. Nur Rhys schnelle Reaktion bewahrte mich davor, zu stürzen. Wimmernd schlug ich beide Hände vors Gesicht. Herzstillstand! Das konnte nicht sein. Das alles war nur ein Albtraum. Es konnte nicht anders sein.

Rhys brachte mich zu einem Stuhl und ich rollte mich darauf zusammen, wie ein Igel. Während wir darauf warteten, dass ein Arzt kommen würde, sprach niemand mehr ein Wort.

Die Zeit verrann langsam, als wollte sie sich ausdehnen, nur um uns zu verhöhnen. Jo lehnte mit verschränkten Armen an einer Wand. Sein Kiefer hatte sich dunkelrot verfärbt, aber er hatte sich geweigert, ein Kühlpad anzunehmen. Der Rest der Band saß zusammen.

Gronak tippte unentwegt auf seinem Smartphone und ich versuchte, ihn so gut es ging zu ignorieren. Trotzdem hatte ich irgendwie das Gefühl, dass er mich beobachtete und es fiel mir schwer, ihn nicht anzustarren. Am liebsten hätte ich ihn angebrüllt. Ihm die Wahrheit ins Gesicht geschrien, dass ich wusste, dass er hinter alle dem steckte. Dass es seine Schuld war. Aber ich wusste, dass ich nur verlieren konnte und schwieg.

Endlich tauchte eine Ärztin auf. Der Ausdruck auf ihrem Gesicht war ernst, doch ich konnte nicht feststellen, welche Nachricht sie uns übermitteln würde. Vor Angst wie gelähmt blieb ich sitzen und beobachtete, wie Michael und Fran zu ihr gingen.

»Herr White ist so weit stabil«, erklärte die Ärztin in gutem Deutsch. »Er wird die Nacht auf der Intensivstation bleiben. Ich kann noch nicht sagen, dass er über dem Berg ist, aber wir sind zuversichtlich. Wer sind die nächsten Angehörigen?«

»Camis Familie lebt in Kanada. Ich bin sein Manager«, sagte Michael selbstbewusst.

»In Ordnung. Heute können Sie ihn nicht mehr besuchen. Am besten ist es, Sie fahren alle nach Hause und ruhen sich aus«, schlug sie vor und entschuldigte sich, denn sie musste sich um den nächsten Patienten kümmern.

Ich fühlte mich wie in einer Blase. Abgeschottet von der Außenwelt.

»Ich bleibe mit dem Team hier.« Fran war neben mich getreten. »Kann einer von den Jungs dich mitnehmen?«

Hilflos sah ich Fran an. Ich wollte nicht gehen und schon gar nicht zusammen mit Jo zurück ins Hotel fahren.

»Du kannst mit mir mitfahren«, erklärte Rhys bereitwillig und damit war es beschlossene Sache.

Den ganzen Rückweg über schwiegen wir. In mir war nur diese schreckliche Leere und immer wieder tauchten die Bilder vor mir auf, wie die Sanitäter Caden auf die Trage gehoben hatten. Seine leblose Hand und das bleiche Gesicht. Warum nur war ich gegangen? Verzweifelt überlegte ich, ob ich nicht doch noch etwas hätte sagen können. Meine Gedanken drehten sich im Kreis, wie auf einem zu schnellen Karussell, das niemals anhielt und von dem ich den Absprung nicht schaffte. Ich hatte den Abgrund gesehen und nichts unternommen, um Caden vor dem Absturz zu bewahren.

19

»Es tut mir leid, aber ich darf dich nicht zu ihm lassen.«

Verständnislos sah ich Fran an, der breitbeinig vor der Krankenzimmertür stand.

»Wie meinst du das?«

Bedauernd schüttelte er den Kopf. »Ich befolge nur Anweisungen.«

»Das ist nicht dein Ernst! Von wem?«, fragte ich unbeherrscht. »Von den Ärzten?«

Erneut schüttelte er den Kopf und senkte kurz den Blick. »Gronak.«

»Was?«, platzte es aus mir heraus.

»Leise.« Er machte einen kleinen Schritt auf mich zu, doch ich wich zurück. »Beruhige dich doch.«

»Ich soll mich beruhigen, wenn dieser Dreckskerl mich von Caden fernhalten will?« Ich ballte meine Hände zu Fäusten. »Ist das dein Ernst?« Mein Blick bohrte sich in Frans eisgraue Augen. Dann zog ich die Schultern zurück und schob das Kinn vor. »Ich werde jetzt da reingehen und du wirst dich mir nicht in den Weg stellen.« Ich machte einen Schritt zur Seite, um an Fran vorbeizukommen, doch der stellte sich mir entgegen.

»Mach es mir nicht so schwer«, bat er in vertraulichem Ton. »Wenn es Caden besser geht, wird sich bestimmt …«

Hilflos stand ich da. Wie vor einer Mauer, die ich nicht überwinden konnte. Caden war nur eine Tür entfernt. Es konnte doch nicht sein, dass er mich nicht sehen wollte. Ich hörte das Blut in meinen Ohren rauschen.

»Emma.« Ruckartig drehte ich mich um. Kein anderer als Gronak selbst kam auf uns zu.

»Was soll das?«, spuckte ich ihm entgegen. »Warum lässt du mich nicht zu ihm?«

Gronak lächelte väterlich, doch ich wusste, dass darin keinerlei Freundlichkeit lag. »Ich handle nur auf Camis Wunsch hin.« Unschuldig hob er die Hände. Ich konnte es nicht fassen. Glaubte er wirklich, er könnte mir etwas vorspielen?

»Das stimmt nicht.« Ich verschränkte die Arme. »Das kann nicht sein.« Flehend sah ich zu Fran. »Sag, dass das nicht wahr ist!« Aber Frans Miene blieb ausdruckslos.

Wieder sah ich zu Gronak, der mir gegenüber stand. Seine Mundwinkel zuckten. »Cami hat mir von eurem Streit erzählt. Sehr bedauerlich, aber ich habe ihn gewarnt. Du hattest deinen Moment.«

Gronak war zu mir herangetreten. Jetzt legte er seine Pranke auf meinen Arm. Angeekelt schüttelte ich sie ab, was ihn aber nicht weiter zu stören schien.

»Das ist allein deine Schuld«, sagte ich zornig. »Ich weiß, dass du die ganze Sache eingefädelt hast. Du hast die Kette in die Auktion gegeben. Du wusstest, wie viel sie ihm bedeutet.«

Gronak sah mich an, wie eine Raubkatze die überlegt,

ob sie ihre Beute gleich tötet, oder ob sie erst noch mit ihr spielen will. Er beugte sich vor und zischte in mein Ohr: »Anschuldigungen, die du nicht beweisen kannst.« Er trat zurück und fuhr in normaler Lautstärke fort, sodass auch Fran jedes Wort verstehen konnte. »Cami hatte ein extremes Erlebnis. Welch ein Glück, dass alles gut ausgegangen ist. Doch es hat ihm auch gezeigt, dass die Beziehung zu dir ihm nicht guttut. Er muss sich jetzt auf die Konzerte konzentrieren. Da ist keine Zeit für Beziehungsdramen.« Er schob sich an mir vorbei, Fran trat zur Seite und Gronak verschwand in Cadens Zimmer. Nicht mal einen Blick konnte ich auf Caden erhaschen, so schnell fiel die Tür hinter ihm ins Schloss.

Ein letzter Blick zu Fran, dessen Augen die Farbe von Stahl angenommen hatten, aber da war auch ein Funken Mitgefühl und ich erkannte, dass mir nichts anderes übrig blieb, als den Rückzug anzutreten.

»Glück?«, murmelte ich und wusste nicht, ob ich zu Fran oder nur zu mir allein sprach. »Caden hat sein Leben nur dir zu verdanken, Fran. Das hatte nichts mit Glück zu tun.« Ich sah ihn noch einmal an. Fran presste die Lippen zusammen. Eine Antwort konnte ich nicht mehr erwarten. Ich drehte mich um und eilte den Gang hinunter.

~

Als ich in die Hotellobby kam, stand Valerie am Empfang. Wir fielen uns in die Arme.

»Was machst du denn hier?«, fragte ich.

»Fran hat mich angerufen. Ich habe mich ins erste Flugzeug gesetzt.« Ich sah sie an und mir fiel auf, dass Valerie nicht einmal geschminkt war. Sie musste wahrhaftig Hals über Kopf aufgebrochen sein. »Lass uns hochgehen« Sie ließ den Blick durch die Halle schweifen. »Die Presse wird bald Wind von der Sache bekommen und dann möchte ich lieber nicht in der Lobby sein«, raunte sie und sah sich erneut um, als erwartete sie, dass ein Fotograf hinter einer Ecke lauern könnte. Sie hakte sich in meinem Arm ein und gemeinsam gingen wir zum Fahrstuhl, der uns nach oben brachte.

Valerie saß neben mir auf dem Sofa und hielt meine Hand.

»Das ist alles ganz furchtbar, Liebes. Wie geht es dir?«, fragte sie und in ihrer Stimme lag echtes Mitgefühl.

»Wie soll es mir gehen? Ich habe keine Ahnung, wie es ihm geht und als wir uns das letzte Mal gesehen haben …«, meine Stimme brach.

»Was soll das bedeuten, du weißt nicht, wie es ihm geht?«

»Gronak lässt mich nicht zu ihm durch. Caden ist komplett abgeschirmt.«

Valerie sprang empört auf.

»Nein, das glaube ich einfach nicht. Ich kann mir nicht vorstellen, dass – nein.« Sie tippte gegen ihre Lippen und begann auf und ab zu gehen. »Das macht keinen Sinn. Warum reagiert er so?«, fragte sie schließlich und blieb stehen.

Ich seufzte. »Er hat es herausgefunden.«

Valeries Augen weiteten sich.

»Oh«, machte sie und ich erzählte von unserem Streit und Gronaks Rolle dabei.

»Nicht einmal Fran lässt mich zu ihm. Und glaube mir, ich habe es versucht«, endete ich. Desto öfter ich die Geschichte erzählte, umso unwirklicher fühlte es sich an. Als wäre es die Schilderung einer anderen, die ich irgendwann einmal gehört hatte. Als wäre ich nicht ein Teil davon.

Valerie runzelte die Stirn. Schließlich setzte sie sich wieder neben mich.

»Im Moment fällt mir auch nichts ein. Aber ich kann mir nicht vorstellen, dass das alles mit rechten Dingen läuft.« Sie nahm meine Hand und drückte sie. »Lass uns mit der Band sprechen. Vielleicht haben die eine Idee.«

Wenig später hatten wir uns in Rhys Hotelzimmer versammelt. Valerie hatte die Band zusammengetrommelt und selbst Jo saß, allerdings mit etwas Abstand, auf dem Sofa. Sein Kiefer war angeschwollen. Die Arme hatte er trotzig vor der Brust verschränkt. Irgendwie wirkte er zerknirscht. Ich konnte nur nicht sagen, ob es an der Zusammenkunft lag, daran dass ich hier war, oder ob er erkannt hatte, dass er zu weit gegangen war. Natürlich war ich nicht sonderlich erfreut über seine Anwesenheit, doch er gehörte nun mal dazu. Daran war nichts zu ändern und ich konnte nur hoffen, dass er mich nicht wieder anklagen würde. Aber Rhys freundlicher Empfang nahm mir meine Ängste.

»Ich weiß nicht, was da abgeht«, sagte Rhys. »Aber ich glaube auch nicht, dass Caden Emma wirklich nicht zu sich lassen möchte.« Er sah die Jungs der Reihe nach an.

»Das ist uns doch allen klar«, verdeutlichte Tom und auch Valerie pflichtete ihm bei. »Ich habe nie verstanden, warum er sich ausgerechnet mit Gronak abgibt.«

So viel Bestätigung machte mir Mut. In ihrer Mitte fühlte ich mich nicht mehr so ganz allein. Ich spürte die Freundschaft zwischen den Jungs und die Freundschaft zwischen Valerie und mir. Wir alle wollten nur das Beste für Caden und das war es, worauf ich vertraute, worauf ich hoffte, als ich sagte: »Ich wollte euch nur bitten, auf ihn aufzupassen«, erklärte ich. »Egal was ihr gehört habt …« Ich sah zu Jo, der meinem Blick standhielt. »Ich glaube, Caden hat ein Problem. Ihr wisst, dass er Schmerzen hat?« Fragend sah ich in die Runde und alle außer Jo nickten zustimmend. »Er wollte diese Tour unbedingt, obwohl es ihm nicht gut ging und ich denke, dass Gronak ihm auch Druck gemacht hat. Obwohl ich ihn inständig gebeten habe, hat er nur diesem Arzt vertraut.«

»Ellert«, brummte Axel.

Ich sah Axel an. Dann fuhr ich fort. »Er hat Schmerzmittel genommen und so wie es in dem Zimmer aussah …« Meine Stimme brach und ich kämpfte mit den Tränen. Valerie streichelte beruhigend über meinen Rücken und alle schwiegen betreten.

»Okay, Jungs«, sagte Jo in die Stille und überrascht sah ich auf. Er hatte sich vorgebeugt. »Ich hab mir nichts dabei gedacht. Ja, es stimmt. Ich war in der Nacht bei ihm« Er stand auf und begann hin und her zu gehen. »Dachte, wir trinken noch was, so wie wir es jeden Abend gemacht haben, seit du weg warst.« Er hielt inne und sah mich an und ich spürte den Ärger in mir aufsteigen. Sie hatten jede Nacht getrunken? Ich hatte keine Ahnung davon gehabt, doch es erklärte den Zustand des Hotelzimmers. Es fiel mir schwer ruhig zu bleiben und Jo weiter zuzuhören. »Ich habe ihn noch nie so gesehen. Caden war völlig fertig. Aber ich schwöre, ich hatte keine Ahnung von den Tabletten. Ich bin ziemlich früh gegangen.« Er rang die Hände und sah jeden der Reihe nach an. Dann senkte er den Blick und sagte etwas kleinlaut: »Dachte es wäre besser, ihn in

Ruhe zu lassen, so wie er drauf war. Wenn ich gewusst hätte …«

»Wahrscheinlich zu einem nächsten Fick, statt ihm beizustehen«, griff Axel ihn an. Er war im Begriff aufzuspringen und vielleicht hätte es wieder in einem Kampf geendet, doch Valerie ging rechtzeitig dazwischen.

»Jungs!«, rief sie entschieden und drückte Axel zurück auf die Couch. »Das bringt doch nichts! Lasst uns gemeinsam überlegen. Irgendeine Möglichkeit muss es geben, damit Emma zu Caden kommt und diesen ganzen Unsinn aufklären kann.«

»Aber wie?«, fragte ich und sah Valerie zweifelnd an. »Ich habe es doch schon versucht, aber er glaubt mir nicht.«

Alle Augen waren auf Valerie gerichtet, die triumphierend lächelte.

»Ich konnte mit einem Angestellten vom Auktionshaus sprechen. Christopher. Wir kennen uns von früher.« Ein verträumter Ausdruck huschte über ihr Gesicht, dann räusperte sie sich und fuhr fort. »Er hat ein bisschen nachgeforscht. Da der Verkäufer anonym bleiben wollte, war es nicht ganz einfach, aber er hat herausgefunden, dass der Erlös im Falle einer Versteigerung auf das Bankkonto einer Firma gegangen wäre, die niemand anderem als Michael Gronak gehört.«

Kurz herrschte Schweigen, doch dann redeten alle wild durcheinander und ich schlug ungläubig die Hände vors Gesicht. Das war es! Das war der Beweis, nach dem wir gesucht hatten. Ich konnte es gar nicht glauben.

»Michael hat heute einen Pressetermin«, übertönte Jo das Durcheinander und alle sahen ihn überrascht an. »Wenn er nicht da ist, wird Fran dich sicher durchlassen.«

»Woher weißt du das?«, fragte Rhys skeptisch.

Jo zuckte nur mit den Schultern.

»Soweit ich weiß, sollte der Termin vor einer Viertelstunde anfangen. Uns bleibt also nicht viel Zeit.« Er sprang auf und ging zur Tür. »Worauf wartet ihr?«, fragte er, als er sich noch einmal umdrehte und sah, dass alle wie in Schockstarre verharrten.

»Langsam«, mahnte Valerie. »Am Krankenhaus wimmelt es nur so vor Reportern. Wir sollten wenigstens ein paar Jungs von der Security dabei haben.«

»Dafür ist keine Zeit mehr«, drängte Jo.

Mein Blick wanderte zwischen Jo und Valerie hin und her. Ihr Einwurf war nicht unberechtigt, aber Jos Argumente waren drängender.

»Jo hat recht.« Ich stand auf. »Wir müssen los.«

Valerie sah mich eindringlich an.

»Bist du dir sicher. Vielleicht lassen sie uns noch in Ruhe, aber jeder weiß inzwischen, dass ihr zusammen seid. Das wird kein Sonntagsspaziergang.«

Ich straffte die Schultern und reckte das Kinn vor. »Ich bin mir sicher.«

Damit war es beschlossen und alle setzten sich in Bewegung. Irgendwie war ich dann doch die Letzte, die den Raum verließ. Jo wartete vor der Tür und als ich an ihm vorbei wollte, umfasste er meinen Arm. Verdutzt sah ich ihn an.

»Was?«, fragte ich knapp.

»Es tut mir wirklich leid. Ich hatte keine Ahnung, dass Michael dich reingelegt hat.«

Ich war noch nicht bereit und jetzt war auch nicht der Zeitpunkt mich mit Jos Gründen für sein Verhalten auseinanderzusetzen. Wichtig war nur, dass er uns half. Ein knappes Nicken besiegelte unseren Waffenstillstand. Die anderen warteten bereits im Aufzug auf uns.

Tom hielt die Aufzugstüre auf. »Kommt ihr jetzt? Oder habt ihr noch was Besseres vor?«

Wir rannten los und huschten in den Fahrstuhl, der uns in die Tiefgarage des Hotels brachte. Die Pressekonferenz würde mit Sicherheit nicht ewig gehen und wir mussten noch durch die halbe Stadt fahren, um ins Krankenhaus zu kommen. Die Frage war, ob wir es vor Gronak schafften.

Tom steuerte den Mietwagen, einen VW Bus, durch den Verkehr, während Axel und Rhys einen Plan ausheckten, wie sie Fran unter einem Vorwand weglocken könnten. Jo sah aus dem Fenster und schwieg, während ich nervös auf meiner Unterlippe kaute. Das war meine letzte Chance auf ein Wiedersehen mit Caden. Selbst wenn ich nicht mehr mit ihm zusammen sein konnte, wollte ich doch zumindest Gronak entlarven. Und dann war da noch die Sache mit seiner Gesundheit und dem, was Jo hatte durchblicken lassen. Die Medikamente. Der Alkohol. Das war keine gute Mischung und sein Arzt mit Sicherheit nicht der Richtige für dieses Problem, schließlich hatte auch Ellert einen nicht unerheblichen Anteil daran. Ich war kein Arzt, aber es drängte sich mir die Frage auf, ob ein Entzug nicht angezeigt wäre. Je näher wir der Klinik kamen, desto höher stieg meine Nervosität. Ich wusste, es stand so viel mehr auf dem Spiel als meine Beziehung zu Caden.

Schon vom Parkplatz aus erkannte ich die Meute, die sich vor dem Eingang der Klinik zusammengerottet hatte. Leute vom Sicherheitsdienst hielten sie in Schach. Ich schluckte.

»Bist du dir sicher?«, fragte Valerie.

Hatte ich denn eine andere Wahl? Auch wenn alles in mir danach schrie fortzulaufen, löste ich den Gurt, kaum dass der Bus zum Stehen gekommen war, und zog die

Seitentür auf. Festen Schrittes ging ich auf das Gebäude zu. Im Rücken die Jungs. Valerie schloss mit mir auf, nahm meine Hand und drückte sie. Dankbar lächelte ich sie an, dann richtete ich den Blick auf die Reporter, die sich nach uns umdrehten und ihre Aufzeichnungsgeräte herausholten. Jetzt erkannte ich auch die Kamerateams, die sich postiert hatten. Nachrichtenteams von verschiedenen Sendern. Meine Hände wurden kalt und es forderte mir einiges ab, einen Fuß vor den anderen zu setzen. Mein Puls raste.

»Wir geht es Cami?«, rief die erste Journalistin und reckte uns ihr Mikrofon entgegen. Ich konzentrierte mich auf die Eingangstür vor uns und ging weiter.

»Gehen Sie jetzt zu ihm?«

»Stimmt es, dass er einen Zusammenbruch hatte?«

»Wird die Tournee abgebrochen?«

»Oder gibt es schon Ersatztermine?«

Ich umklammerte Valeries Hand und biss mir auf die Lippe.

»Kein Kommentar«, hörte ich Valerie neben mir sagen.

Ein Wachmann drängte die Journalisten zurück, während zwei andere uns zur Seite eilten und mit ihrer Unterstützung gelangten wir endlich in die Klinik. Das Adrenalin in meinen Adern trieb mich weiter und ich begann durch die Flure zu rennen, bis wir vor Cadens Tür stoppten.

Zu meiner Überraschung bereitete Fran keine Probleme. Ein Ablenkungsmanöver war somit gar nicht notwendig.

»Beeil dich«, sagte er und trat zur Seite. Zögerlich ließ ich die Hand über der Klinke schweben. Mein Puls war noch immer zu schnell. Ich sah zu Valerie, die mir aufmunternd zunickte. Hinter ihr die Jungs, für deren

Unterstützung ich unendlich dankbar war. Doch jetzt lag es an mir. Mit einem flauen Gefühl in der Magengrube öffnete ich die Tür zum Krankenzimmer. Meine Hände waren feucht und zitterten, als ich die Tür hinter mir schloss.

Caden saß im Bett und mein Herz hüpfte vor Freude. Er war wach, lebendig und er sah so viel besser aus, als in jener Nacht, deren Bilder mich noch im Schlaf verfolgten.

»Caden«, hauchte ich.

Ruckartig drehte er den Kopf zu mir und riss die Augen auf. »Emma?«

Ich lächelte.

»Was …?«

Ich trat näher an sein Bett. »Wie geht es dir?«

»Ich hatte schon bessere Tage, um ehrlich zu sein«, sagte er abweisend und drehte den Kopf zum Fenster. Warum sah er mich nicht an? Ich wollte seine Hand nehmen. Ihn umarmen. All die Sorgen, die Ängste, unser Streit, das alles war nebensächlich. Und doch spürte ich diese Mauer zwischen uns. Dass er mich nicht einmal ansehen konnte, verletzte mich. Ich schluckte die Bitterkeit hinunter.

»Caden, es tut mir leid. Wir hätten nicht streiten sollen«, machte ich den ersten Schritt.

»Emma, lass …« Endlich sah er mich an, was mich ermunterte weiterzusprechen.

»Ich wollte schon vorher bei dir sein, aber Gronak hat mich nicht zu dir gelassen.« Entschlossen überbrückte ich die letzten Meter bis zur Bettkante. Ich streckte die Hand aus, wollte ihn berühren, doch Cadens verschlossener Blick ließ mich zurückfahren, als hätte ich mich verbrannt. »Sag, dass es nicht wahr ist. Sag, dass du ihn nicht gebeten hast, mich nicht zu dir zu lassen.«

Doch in seinen Augen erkannte ich die bittere Wahrheit.

»Caden, ich liebe dich«, flehte ich ihn an und meine Stimme bebte. »Valerie hat herausgefunden, dass es Gronak war, der die Kette deiner Mutter …«

»Ich kann nicht der Mann für dich sein, den du vielleicht in mir siehst, Emma«, unterbrach er mich und sein Blick brannte auf meiner Haut. »Du hast mir von deinem Vater erzählt. Von deiner Angst, wieder jemanden zu verlieren …«

»Das stimmt und ich habe auch Angst. Angst um dich, Angst davor, dich zu verlieren. Und dieses Mal werde ich nicht davonlaufen«, unterbrach ich ihn. Und als ich es aussprach, wusste ich, dass es die Wahrheit war. Ich fühlte eine Kraft in mir, eine Entschiedenheit, die vorher nicht da gewesen war.

»Das weiß ich und deswegen schicke ich dich weg.« Sein Blick bohrte sich in mich, brannte auf meinem Gesicht, wie eine Ohrfeige. Der Ausdruck auf seinem Gesicht war hart und der Boden unter mir schien zu schwanken. Ich stützte mich auf dem Nachttisch ab, um wieder Halt zu finden. Was redete er da? Caden sprach weiter, doch seine Worte ergaben keinen Sinn. »Ich war schon einmal an diesem Punkt und vielleicht werde ich wieder dahin kommen …«

»Du musst einen Entzug machen«, fiel ich ihm ins Wort, weil ich nicht glauben konnte, dass er so einfach aufgab. Uns aufgab. »In einer Klinik, wo dir geholfen wird.«

»Und dann? Was wenn ich dort rauskomme?« Er setzte sich etwas aufrechter und seine Hand umklammerte die Decke. »Wenn ich wieder zu Tabletten greife? Ich kann nicht schlafen, verstehst du? Ich arbeite bis spät in die

Nacht, weil es das Einzige ist, was mich davon abhält wahnsinnig zu werden.«

Ich beugte mich vor.

»Was macht dir solche Angst, Caden? Warum hast du nie ein Wort gesagt? Sind es die Fans? Der Erfolg? Ich weiß, dass du hart daran arbeitest.« Ich ergriff seine Hand und dass er sie nicht zurückzog, ermutigte mich, weiterzusprechen. »Ich bin für dich da, Caden. Du musst das nicht tun! Du musst nicht so hart arbeiten und die Konzerte so eng takten. Ich bin mir sicher, dass wir das gemeinsam hinbekommen.«

Caden sah mich an. Sein Blick war weich geworden. Die Maske, die er aufgesetzt hatte, war gefallen und in seinen Augen schimmerten Tränen. Doch meine Hoffnung starb, als ich sah, wie sein Blick wieder abweisend wurde. Er zog seine Hand weg und unwillkürlich wich ich ein Stück zurück. Tu das nicht, wollte ich schreien, doch ich sagte kein Wort. Müde schüttelte er den Kopf und ich wusste, ich hatte ihn endgültig verloren. Er sah aus dem Fenster und flüsterte matt: »Geh.«

»Tu das nicht«, flehte ich. Ich machte einen Schritt zurück. »Das willst du nicht wirklich. Das ergibt keinen Sinn, Caden. Du willst mich vor Verlust bewahren, aber dann nimmst du mir das Liebste, was ich habe.«

Caden schwieg und ich stand hilflos im Raum. Es war vorbei, das wurde mir in diesem Augenblick klar. Ich hatte nichts erreicht und egal was ich tat, er würde sich nicht mehr umstimmen lassen. Als ich die Stille und die Hilflosigkeit nicht mehr ertrug, drehte ich mich um. Langsam ging ich zur Tür und noch immer hoffte ich, dass er ein Einsehen hätte. Dass er etwas sagen würde, doch Caden blieb stumm. Ich legte eine Hand auf die Türklinke und drehte mich noch einmal zu ihm um. Er sah mich nicht einmal an, stellte ich enttäuscht fest und der Schmerz darüber drohte mich zu übermannen. Es kostete mich alle Kraft, die ich aufbringen konnte, um die Klinke zu drücken und nach draußen zu gehen.

Ich fiel Valerie in die Arme, doch ich hatte nicht einmal mehr Tränen übrig. Da war nur noch eine bedrückende Leere in mir, die mich zu Boden zerren wollte. Valerie murmelte tröstende Worte, während die Jungs ratlos neben uns standen.

»Ihr müsst den Hinterausgang nehmen«, hörte ich Fran sagen.

»Wo ist das?« Das war Tom. Ein Wortwechsel schloss sich an, doch ich folgte den Gesprächen nicht mehr. Jemand führte mich weg und irgendwie gelangte ich zurück in den Bus. Niemand sprach, selbst das Radio hatten sie ausgestellt. Nur die Geräusche des Verkehrs und der Reifen auf dem Asphalt und das Brummen des Motors. Dort, wo das Leben war. Dicke Schneeflocken fielen vom Himmel, blieben auf der Fensterscheibe hängen und schmolzen langsam. Kleine Rinnsale bildeten sich und rannen hinab wie Tränen. Der Himmel weinte für mich, während mein Herz unter der Kälte erstarrte.

20

Klara und ich saßen auf einer Bank im Stadtpark. Schneeflocken fielen lautlos herab. Ihr Tanz hatte an diesem grauen Nachmittag etwas Tröstliches. Trotz der bitteren Kälte waren wir schon eine ganze Weile hier und sahen auf den See, dessen Ufer bereits eine dünne Eisschicht bedeckte. In der Mitte des Sees schwamm eine einsame Ente und Honey jagte den weißen Flocken hinterher. Doch seine tapsigen Versuche, sie mit seinem Maul aufzufangen, konnten mir heute kein Lächeln entlocken.

»Hast du noch mal was von deiner Kollegin gehört«, erkundigte ich mich bei Klara.

Meine Freundin schüttelte den Kopf. »Lars hat ihr nahegelegt, sich eine andere Stelle zu suchen. Sie kam nur noch einmal, um ihren Schreibtisch zu räumen und um ehrlich zu sein, hätte ich nicht in ihrer Haut stecken wollen. Irgendwie hat sie mir schon leidgetan. Lars hat sie angesehen, als hätte er sie am liebsten angeschrien.« Klara lächelte verträumt.

»Was ist?«

»Bist du böse, wenn ich dir jetzt etwas erzähle?«, murmelte sie kleinlaut.

»Natürlich nicht«, sagte ich empört. »Spuck's schon aus. Was willst du sagen?«

Klara räusperte sich. »Lars hat gefragt, ob ich mit ihm essen gehen würde.«

Ich öffnete den Mund zu einem stummen O.

»Und du hast eingewilligt?«

Klara nickte freudig und ich umarmte meine Freundin.

»Das freut mich. Ich hoffe, er meint es ernst.«

»Und du bist wirklich nicht sauer?«

»Unsinn! Nur weil es bei mir nicht läuft? Ich freue mich für dich.«

Klara rückte ein Stück von mir ab. Dann fragte sie sanft: »Hast du von ihm gehört?«

»Nichts.« Ich richtete den Blick wieder starr auf das Wasser, bevor die Emotionen mich erneut überrollen konnten. »Es ist, als hätte es da nie etwas zwischen uns gegeben. So unerreichbar ist er geworden. Fran sagte, er macht einen Entzug. Ich kann nur hoffen, dass es ihm danach besser geht.«

»Mh. Ich verstehe das nicht. Hast du ihm denn nicht gesagt, dass dieser Manager – wie hieß er noch – seine Finger im Spiel hatte?«

»Gronak. Doch. Zumindest habe ich es versucht.« Ratlos hob ich die Schultern.

»Hätte er nicht wissen müssen, was er damit auslösen würde? Ich meine, die Tour ist abgesagt. Das hat sein Manager wohl kaum gewollt.«

»Ich denke, er hat nicht damit gerechnet, was das auslösen würde. Wahrscheinlich wollte er mich einfach nur loswerden«, sagte ich düster.

Wir schwiegen eine Weile und schließlich stand ich auf und klopfte mir den Schnee von der Hose.

»Es ist vorbei, Klara. Ich muss ihn vergessen.« Ich wischte mir eine geschmolzene Schneeflocke von der Wange. Oder war es eine Träne? Ich war mir nicht sicher, aber ich wollte nicht mehr weinen. Zu viele Nächte hatte ich wach gelegen und nach dem Warum gefragt. Hatte Caden Nachrichten geschickt, die immer unbeantwortet blieben. Damit musste Schluss sein!

»Vielleicht werde ich ein paar Wochen nach Indien gehen.«

»Was willst du in Indien?« Auch Klara war aufgestanden und jetzt sah sie mich entgeistert an.

Ich zog einen zerknitterten Zettel aus meiner Jackentasche und gab ihn meiner besten Freundin, die die ersten Zeilen überflog.

»Ein Yoga Retreat?« Sie sah mich von der Seite an. »Seit wann machst du Yoga?«

»Schon eine Weile. Ich habe das Gefühl, es ist an der Zeit etwas anderes auszuprobieren. Ich möchte tiefer eintauchen und an den Ursprung reisen. Jetzt, wo es meiner Mutter wieder gut geht … Ich könnte dem Winter entfliehen und auf andere Gedanken kommen.«

»Du bist gerade erst zurückgekommen«, protestierte Klara.

»Ich weiß. Aber alles hier erinnert mich an Caden.« Als ich es aussprach, fiel mein Blick auf Honey, der zu mir gekommen war und mich erwartungsvoll ansah.

»Indien. Das ist am anderen Ende der Welt. Was wenn es dir dort so gut gefällt, dass du gar nicht mehr zurückwillst? Ich mag meine beste Freundin nicht schon wieder verlieren.«

»Das tust du auch nicht.« Ich zog Klara in meine Arme.

»Ich brauche einfach ein wenig Zeit für mich und Honey wäre doch bei dir in guten Händen, oder?«

»Natürlich.« Sie drückte mich fest, bevor wir uns aus der Umarmung lösten.

Schweigend machten wir uns auf den Rückweg. Vor meiner Haustür verabschiedeten wir uns.

»Wenn du denkst, dass es für dich das Richtige ist, dann mach es, Em. Aber versprich mir, dass du zurückkommst.«

»Natürlich.« Abermals zog ich Klara in meine Arme, drückte sie und dann schlüpfte ich mit Honey in den warmen Hausflur.

Von Neu-Delhi ging es mit einem Bus über staubige Straßen weiter ins südliche Landesinnere. Bald klebte mein Shirt wie eine zweite Haut an mir. Eine schrill blinkende Lichterkette war um die Gottheit Ganesha drapiert, die in dem vollen Bus einen kleinen Altar innehatte. Indische Folklore schallte aus den Lautsprechern, was auf der fünfstündigen Fahrt, bei der ich ordentlich durchgeschüttelt wurde, zu einer besonderen Bewährungsprobe wurde. Entlang der Decke war ein Seil gespannt, an dem man ziehen musste, wollte man dem Fahrer ein Signal geben, dass man aussteigen wollte. Doch es schien, als würde der Bus niemals halten. Und wenn, dann nur für wenige Sekunden. Passagiere sprangen während der Fahrt auf oder stiegen aus.

Nicht nur einmal musste ich mich in den rasant genommenen Kurven oder auf einer mit Schlaglöchern übersäten Straße krampfhaft am Vordersitz festhalten.

Nach einer endlosen Fahrt hielt der Bus schließlich in

einem Dorf. Endstation. Ich konnte es kaum glauben, diesen Todesritt überlebt zu haben. Es waren nur wenige Einheimische, die bis hierher gefahren waren. Jetzt verteilten sie sich, während ich auf dem Platz in der Dorfmitte stehen blieb und die einfachen Häuser betrachtete. Die Dächer waren aus Wellblech oder Palmblättern. Der Putz war brüchig und die Farbe vom Regen ausgewaschen. Eine junge Frau drängte sich in den Schatten eines Hauseingangs und beäugte mich neugierig. Auf ihrer Hüfte trug sie ein Kleinkind von etwa einem Jahr.

Es gab einen kleinen Laden, vor dessen Eingang ein windschiefes Regal aufgebaut war, in dem sich Körbe, angefüllt mit exotischen Früchten aneinanderreihten. Neben der Tür war eine Art zweite Tür, deren unterer Teil vernagelt war und so einen Straßenverkauf ermöglichte.

Mit dem Handrücken wischte ich mir den Schweiß von den Lidern. Als ich wieder aufsah, entdeckte ich einen Mann. In der Hand hielt er ein Stück Karton, auf dem Mrs. Blumberg in großen Buchstaben geschrieben stand.

»Miss Blumberg?«, fragte er in passablem Englisch und entblößte dabei seine breiten Zähne, als ich mit dem Koffer auf ihn zu kam.

»Yes. Nice to meet you.«

Er nickte. »I'm Bodhi.« Kurzerhand bedeutete er mir, ihm zu folgen und nahm mir mein Gepäck ab, was ich mit einem dankbaren Lächeln quittierte und ihm durch die schmalen Gassen folgte. Vorbei an Kindern, die in den Schatten der Häuser spielten und Frauen, die ihrer Hausarbeit nachgingen. Am Straßenrand lag Unrat. Plastikmüll und undefinierbare Abfälle, in denen zwei Languren sich lautstark um ein Stück altes Obst stritten. Ich kannte Affen nur aus Zoos und sie hier so frei, mitten in einem Dorf zu sehen, war irgendwie seltsam. Fasziniert beobachtete ich das Treiben, während ich meinem Begleiter folgte. Bald hatten wir den Dorfrand erreicht, wo am Waldrand das Yoga–Zentrum lag.

Das Gebäude war weniger eindrucksvoll, als ich es vermutet hätte. Ein rostbraunes, mehrstöckiges Haus, das auf einem Hügel errichtet war. Eine Steintreppe führte zu einem Eingangstor, darüber stand auf einer schwarzen Tafel etwas in indischen Buchstaben geschrieben. Von außen sah man bereits durch die großen, bogenförmigen Öffnungen in helle Räume, was wirkte, als hätte jemand vergessen, Fenster und Türen einzubauen. Breite Dachüberstände und hohe Palmen spendeten Schatten und erfüllten sicherlich auch in der Regenzeit ihren Zweck.

Ich folgte Bodhi in das Innere des Gebäudes. Während er sich kurz mit jemandem unterhielt, blieb ich vor zwei Whiteboards stehen, die mit grünen Tafelstiften beschrieben waren. Auf dem Ersten standen Öffnungszeiten. Wann die Rezeption besetzt war, die Bücherei, der Wäscheservice und sogar Internetzeiten waren ausgewiesen.

Auf der zweiten Tafel war der Tagesablauf notiert, der morgens um sechs mit einem Satsang begann. Halb acht war Teezeit, um gegen acht mit der ersten Asana–Praxis, den Körperübungen, zu beginnen. Um zehn war ein ausgiebiges Frühstück eingeplant. So setzte sich die Liste fort mit Meditation, Vorträgen, Studienzeit und Übungspraxis. Am Ende der Aufzählung angelangt, stand in besonders großen Ziffern 22:30 Lights out. Ich wusste nicht, ob ich darüber lachen sollte. Ich war hier, um abzuschalten. Nicht um mir vorschreiben zu lassen, wann ich ins Bett zu gehen hatte. Kurz überlegte ich, ob ich in dem Prospekt etwas übersehen hatte, doch jetzt gab es kein Zurück mehr. Die nächsten zwei Wochen würde ich mich wohl oder übel damit arrangieren müssen.

Nachdem ich an der Rezeption die Formalitäten erledigt hatte, zeigte Bodhi mir mein Zimmer. Dafür verließen wir das Gebäude und folgten einem gepflasterten Pfad. Was ich bei unserer Ankunft nicht gesehen hatte: Hinter dem Haus befanden sich weitere Bauwerke. Rechteckige Häuser, vor deren Zimmertüren sich Balkone über die gesamte Gebäudelänge hinzogen.

Mein Zimmer lag im zweiten Stock und war mit Klimaanlage und eigenem kleinen Badezimmer für ein Ashram recht komfortabel ausgestattet. Ich bedankte mich bei Bodhi für seine Hilfe und streckte ihm ein Trinkgeld entgegen. Doch er zuckte kurz mit dem Kopf, begleitet von einem Zungenschnalzen. Schon huschte er davon.

Bis zur Begrüßung der Neuankömmlinge hatte ich ausreichend Zeit, um meine Sachen zu verstauen und den Schmutz der Reise von meiner Haut zu waschen. Erfrischt machte ich mich auf den Weg in den großen Saal, wo unsere Begrüßung und anschließend gleich die erste Asana–Praxis stattfand.

Ich kam als letzte in den Saal. Etwa zwanzig Yogaschüler saßen bereits im Schneidersitz auf ihren Matten. Manche hatten die Augen geschlossen. Möglichst leise schlich ich mich hinein, rollte meine Unterlage aus und wartete darauf, dass der Unterricht begann. Jetzt erkannte ich auch die kluge Konstruktion des Gebäudes. Durch die offene Bauweise wehte stets ein angenehmer Luftzug durch den Saal, was sich noch als Geschenk herausstellen sollte. Anscheinend war ich in eine Gruppe von erfahrenen Yogis geraten, die alle bereits jahrelange Übungspraxis vorweisen konnten. Auch wenn ich mittlerweile einige Bewegungsabläufe verinnerlicht hatte, war ich in dieser ersten Stunde noch mehr mit den anderen beschäftigt, als mit mir selbst. Vielleicht war es auch die anstrengende Reise, die vielen neuen Eindrücke doch seit ich in Neu-Delhi gelandet war, hatte ich nicht einmal an Caden gedacht. Das war ein Anfang und bestätigte mich nur in meiner Entscheidung. Hier war der richtige Platz um zur Ruhe und zurück zu mir zu finden. Ich löschte das Licht, noch bevor die Hausordnung das vorschrieb, und bald fiel ich in einen tiefen Schlaf.

Bereits kurz nach fünf Uhr riss mich der Klang eines Gongs aus dem Schlaf. Ich verfluchte die Entscheidung, an diesen Ort gekommen zu sein, und hätte mir am liebsten das Kissen über den Kopf gezogen, um weiterzuschlafen. Dann aber quälte ich mich aus dem Bett, schüttete mir etwas Wasser ins Gesicht und ging hinüber, wo wir den Morgen mit Satsang, dem hinduistischen Gottesdienst mit mantrischem Gesang, verbrachten. Mein Kopf war wie in Watte gepackt und ich konnte dem Vorsänger kaum zuhören, geschweige denn in den Gesang einstimmen. Sowieso verstand ich kein Wort von dem, was gesungen wurde. So lauschte ich nur den Klängen, die mich irgendwann einlullten.

Am Ende der anschließenden Morgenpraxis mit herzöffnenden Übungen lag ich dankbar in der Totenstellung, Shavasana. Ich spürte inneren Frieden und ein Gleichgewicht, das mir lange Zeit gefehlt hatte. Doch dann begann es an meinem rechten Bein zu jucken. Meine Hand zuckte reflexartig, um den Juckreiz zu stillen.

»Reläääx«, wiederholte unser Lehrer.

Doch statt zu entspannten, begann es nun auch am

anderen Bein zu jucken und wenig später an den Armen. Ich konnte das unbändige Bedürfnis, mich zu kratzen, kaum unterdrücken und jegliche Entspannung war vorüber.

Endlich beendete der Lehrer die Stunde und ich schob das Hosenbein hoch.

»Moskitos?«, sprach mich eine junge Frau in perfektem Deutsch an. Das glatte Haar trug sie zu einem Zopf zusammengebunden, der ihr bis zu den Hüften reichte.

»Ja. Ich war gestern Abend so müde, dass ich den Mückenschutz vergessen habe.«

»Das passiert den Neuankömmlingen öfter. Komm mit. Ich habe eine Salbe, die den Juckreiz schnell stillt.« Ich rollte meine Matte auf und klemmte sie mir unter den Arm.

»Ich heiße übrigens Anne«, sagte die junge Frau.

»Emma«, stellte ich mich vor und folgte Anne, die mich zu einem Nebenraum führte, der offenbar als Sanitätsraum diente. Allerdings hatte er wenig mit dem gemein, wie ich es aus Deutschland kannte. Statt einer Liege gab es einen einfachen Plastikstuhl und in einem Regal standen sonderbare Gläser und Tiegel, an Stelle von steril verpackter Spritzen und Kompressen.

Anne nahm ein azurblaues Gefäß von dem Bord. Der intensive Geruch von Kräutern und einem Hauch Zitrone erfüllte die Luft. Mit ihren von der Sonne gebräunten Fingern verteilte sie etwas von der Salbe auf meinen Armen. Dann bat sie mich, die Hosenbeine hochzuziehen.

»Du bist schon länger hier?«, fragte ich, während sie sorgfältig meine Beine versorgte.

»O ja. Ich lebe seit zehn Jahren im Ashram.«

»Seit zehn Jahren?«, wiederholte ich ungläubig. »Du bist doch höchstens fünfundzwanzig.«

Anne lachte und es klang wie Musik. »Achtunddreißig, um genau zu sein. Dazwischen bin ich auch ein paar Monate durch Indien gereist, aber dann hat es mich wieder hierher gezogen. Ich habe gleich gesehen, dass du aus Deutschland kommst.«

»Zehn Jahre. Das ist eine ganze Menge. Fehlt dir die Heimat denn nicht?«

Sie legte den Kopf schief. »Manchmal. Aber nicht oft.«

»Ich bin für zwei Wochen hier und wenn ich mir den strengen Tagesplan ansehe, kann ich mir nicht vorstellen, länger zu bleiben.«

Anne verschloss den Tiegel und stellte ihn zurück ins Regal. »Das sagen die meisten, aber du wirst sehen, nach ein paar Tagen hast du dich daran gewöhnt. Kommst du morgen früh mit zur Wanderung?«

»Welche Wanderung?«

»Eine Meditation. Wir begrüßen die Sonne. Ich würde mich freuen, wenn du mitkommst.« Sie zwinkerte mir zu und da wusste ich, dass ich eine neue Freundin gefunden hatte. »Jetzt aber auf zum Essen. Du hast bestimmt Hunger.«

Als hätte mein Bauch es gehört, fing er wie ein kleines Kätzchen an zu grollen. Wir lachten beide und verließen den Sanitätsraum.

Das Frühstück nahmen wir gemeinschaftlich im Speisesaal ein. Der Länge nach waren Matten ausgerollt, auf denen wir Schüler uns im Schneidersitz setzten. Anne ließ sich neben mir nieder, was mich freute. Plötzlich fühlte ich mich nicht mehr ganz so allein hier. Vor jedem Platz standen ein einfacher Metallteller sowie ein Trinkbecher. Das Essen bestand aus einer Handvoll Reis mit Curry, gekochtem Gemüse, etwas Joghurt, Zwiebeln und Paprika und in einer Vertiefung des Tellers einer Art Soße. Ich wunderte mich, dass es kein Besteck gab und unauffällig beobachtete ich die anderen, wie sie mit den Fingern kleine Reiskugeln formten und zum Mund führten. Ich versuchte, es ihnen gleich zu tun, was sich als gar nicht so einfach herausstellte. Das Essen war nur lauwarm, sodass ich mir wenigstens nicht die Fingerkuppen verbrannte, doch immer wieder brachen mir die Bällchen auseinander. Anne lachte, als sie meine Unbeholfenheit bemerkte. Dann zeigte sie mir, wie ich die Finger halten musste und bald hatte ich den Dreh raus.

Am nächsten Morgen stand ich noch früher auf, um an der Wanderung teilzunehmen, von der Anne geschwärmt hatte. Und sie hatte nicht zu viel versprochen. Bereits halb fünf morgens machten wir uns auf den Weg und bestiegen einen kleinen Berg in der Nähe. Wir gingen mit Lichtern in der Hand singend den Weg entlang. In der Dunkelheit war es eine Herausforderung, nicht zu stolpern. Auf jeden meiner Schritte musste ich achten. Meine Sinne schärften sich mit jedem Meter, den wir liefen, und plötzlich nahm ich die Geräusche um mich herum, die Rufe der Vögel, das Kreischen der Affen, das Knacken von Ästen unter unseren Füßen, viel intensiver wahr. Der Geruch der roten Erde und das Harz der Bäume. Und als wir den Gipfel erreicht hatten, riss der Nachthimmel auf und die aufgehende Sonne tauchte alles in goldenes Licht. In diesem Moment war ich glücklich. Nur das Jetzt zählte. Ich konnte förmlich spüren, wie die Vergangenheit von mir abfiel. Der Schmerz der Trennung verblasste allmählich und die schönen Augenblicke mit Caden rückten in den Vordergrund. Ich konnte sie dankbar in meinem Herzen bewahren, ohne Zorn, ohne Trauer. Und endlich begann ich meine Mutter zu verstehen. Auch sie hatte den Schmerz überwunden und sah inzwischen dankbar auf die Jahre mit meinem Vater zurück. Das hatte sie damit gemeint, als sie sagte, dass ich keine Angst vor der Liebe haben sollte.

~

Die Tage vergingen wie im Flug. Die feste Struktur gab mir Halt. Zwängte mich einerseits in ein starres Korsett und ermöglichte mir gleichzeitig die Freiheit, mich davon leiten zu lassen. Es gab nichts zu planen und zu organisieren. Die körperliche Praxis und die Meditation verhalfen mir zu einer innerlichen Ruhe, die ich so nicht gekannt hatte. Und während ich zu Beginn die Meditationsstunden verabscheut hatte, weil es mir schlicht unmöglich erschien, eine Stunde still zu sitzen, hatte ich nun zumindest eine Ahnung davon erhaschen können, wie sich ein ruhiger Geist anfühlen würde. Die körperliche Praxis bildete dazu den Ausgleich, ja sie war es erst, die es mir ermöglichte, die Stille zu ertragen, ohne dass meine Gedanken sich wild im Kreis drehten. Nun näherte sich mein Aufenthalt seinem Ende.

Ich saß neben Anne auf einer kleinen Mauer, die sich in der Mittagssonne aufgewärmt hatte, und ließ die Beine baumeln. Anne hatte etwas Obst aus der Küche stibitzt und wir ließen es uns schmecken.

»Was wirst du tun, wenn du nach Hause gehst?«, fragte sie.

Ich hob die Schultern. »Um ehrlich zu sein, ich habe keine Ahnung. Im Moment kann ich mir nicht vorstellen mein altes Leben wieder aufzunehmen, aber was soll ich sonst tun?«

Anne runzelte die Stirn.

»Darf ich offen sein?«

»Natürlich.«

»Etwas bedrückt dich. Ich habe es gleich gemerkt, als du hier angekommen bist. Ich glaube, du bist auf der Suche nach etwas. Bist du wirklich schon bereit dazu, zurückzugehen? In dein altes Leben?«

Ich zögerte. Eigentlich fühlte ich mich ziemlich entspannt und ruhig, aber vielleicht hatte Anne recht. Ich war gegangen, um über Caden hinwegzukommen. Seit ich hier war, hatte ich keine Tränen mehr vergossen. Aber war ich tatsächlich bereit, zu gehen? Ich teilte meine Gedanken nicht mit ihr, das war auch nicht notwendig.

»Was soll ich denn sonst tun?«, fragte ich stattdessen.

Anne steckte sich eine Traube in den Mund.

»Bleib einfach. Solange bis du gefunden hast, wonach du suchst. Das hier ist der richtige Ort dafür. Vertrau mir.«

»Suchst du auch etwas?«

»Vielleicht bin ich nur ein spätes Hippiekind.« Anne lachte warm und schob sich die nächste Traube in den Mund.

21

»Hallo Mama«, meldete ich mich am Telefon.

»Emma?«

Ich lachte. »Habe ich Geschwister, von denen ich nichts weiß?« Ich hörte meine Mama lachen und ein warmes Gefühl überkam mich.

»Wie geht es dir?«

»Gut, Mama. Es geht mir wirklich gut. Und dir?«

»Wunderbar. Ich habe eine neue Mitarbeiterin und gestern kam die erste Lieferung von Cadens Kollektion.« Die Erwähnung seines Namens traf mich unerwartet heftig. »Entschuldige, Liebes«, sagte meine Mama, der mein Schweigen aufgefallen war.

Ich schüttelte den Kopf. »Nein, ist schon in Ordnung. Das freut mich. Wirklich. Weshalb ich anrufe …«

»Ja?«

»Ich habe vor, noch eine Weile zu bleiben.«

»Was? Aber ich dachte, du kommst am Samstag.« Ihre Enttäuschung war nicht zu überhören und es tat mir leid. Ich vermisste sie und am wenigsten wollte ich meine

Mama verletzen, aber ich hatte mich entschieden und ich wusste, dass es richtig war.

»Das hatte ich auch vor, aber nun ist es anders. Ich denke, ich brauche noch einige Zeit. Die Gemeinschaft tut mir gut, Mama. Und ich habe entschieden, die Ausbildung zur Yogalehrerin zu machen.«

Eine Weile schwieg meine Mutter und ich begann meine Entscheidung anzuzweifeln. War es egoistisch von mir nicht nach Hause zu fliegen?

»Gut. Dann bleib, wenn es das ist, was du willst.«

»Du bist mir nicht böse?«, fragte ich unsicher.

»Natürlich nicht, Kind. Wie könnte ich?« Erleichterung überkam mich und meine freie Hand legte sich auf meine Brust.

»Okay. Ich muss auflegen. Bei uns gibt es gleich Abendessen.«

»Wann hast du vor wieder zurückzukommen?«

Ich zögerte, denn ich wollte sie nicht zurückweisen.

»Ich weiß es noch nicht. Zwei, drei Monate?« Ängstlich wartete ich auf ihre Reaktion und plötzlich überkam mich eine Welle von Heimweh. Gebannt wartete ich und lauschte auf ihre leisen Atemgeräusche.

»Gut. Ich hab dich lieb«, sagte sie endlich.

Ich lächelte. »Ich hab dich auch lieb, Mama. Ich melde mich wieder, sobald ich kann«, versprach ich. Wir verabschiedeten uns und ich machte mich auf den Weg zum Speisesaal.

Gegen freie Kost und Logis half ich im Ashram mit und wurde Teil dieser Gemeinschaft. Als die Regenzeit einsetzte und die Feuchtigkeit in unsere Kleidung, die Matratzen und die Wände drang, klagte ich nicht. Ich war so beschäftigt mit diesem einfachen Leben in Meditation, körperlicher und geistiger Ertüchtigung, dass ich die

Unannehmlichkeiten kaum noch wahrnahm. Ab und an lief ich ins Dorf, um auf dem Markt ein paar Gewürze, oder Kräuter für Annes Salben und Tinkturen zu besorgen. War es der Regen, der die Wege aufweichte? Die Wolken, die die Sonne verdunkelten und die Farben verblassen ließen? Was es auch war, die Müllberge, die sich am Rande der Straßen auftürmten, bedrückten mich. Ich hatte das Gefühl innerlich immer mehr zu wachsen, heil zu werden, zufrieden, während außerhalb meines Selbst die Welt litt.

»Ich möchte etwas dagegen tun«, teilte ich Anne meine Gedanken mit. »Wenn wir uns zusammenschließen und den Plastikmüll einsammeln, wäre schon viel gewonnen.«

»Ein Clean Up Yoga?«

»Ja! Ich würde gern den Guru Maharischi um Unterstützung bitten. Je mehr von uns mitmachen, umso mehr können wir bewirken.«

»Gute Idee! Ich bin auf jeden Fall dabei. Ich glaube, der Guru kommt heute Nachmittag von der Friedenskonferenz in Delhi zurück. Dann können wir ihn fragen.«

~

Zwei Tage später versammelte sich unsere kleine Gruppe im Morgengrauen vor dem Ashram. Während der Regenzeit waren weniger Schüler da, aber trotzdem kamen wir auf neunzehn Yogis, die helfen wollten. Mit Säcken und Handschuhen bewaffnet, machten wir uns auf ins Dorf. Wieder regnete es, doch das konnte uns weder abhalten, noch konnte es uns die gute Laune verderben. Sogar Guru Maharischi begleitete uns. Wie jeden Morgen schwieg er, vom Erwachen um vier bis um zehn am Vormittag. Erst dann brach er sein Schweigegelübde.

An diesem Vormittag nahmen wir uns ein Gebiet am

nördlichen Dorfrand in der Nähe des Marktes vor, das besonders übel aussah. Im Regen zogen wir halb verschüttete Plastiktüten aus der Erde und luden die vollen Säcke auf einen alten Transporter. Erschöpft strich ich mir schließlich eine feuchte Haarsträhne aus der Stirn. Nach mehreren Stunden des Aufräumens waren meine Hände schmutzig, ebenso mein Gewand. Mein Rücken schmerzte und auch wenn wir es nicht geschafft hatten, jeglichen Müll zu beseitigen, hatte ich ein zufriedenes Lächeln im Gesicht. Der randvoll beladene Transporter fuhr Richtung Recyclingfabrik, die in der nächsten Stadt lag. Zufrieden betrachtete ich unser Werk und auch wenn wir längst nicht alles geschafft hatten, es war ein Anfang.

Ich faltete die Hände vor der Brust und verneigte mich vor Maharischi.

»Vielen Dank, Swami. Wir haben der Natur und den Menschen, die hier leben, etwas zurückgeben. Vielleicht können wir dies wiederholen?«

Maharischi nickte. »Du hast eine wichtige Lektion gelernt. Ich glaube, es ist an der Zeit für dich weiterzugehen.«

»Ich verstehe nicht?«

Maharischi lächelte breit. »Doch. Das tust du.«

Mit diesen rätselhaften Worten verabschiedete er sich und ich sah ihm nach, wie er umringt von den anderen Schülern zurück in Richtung Ashram ging.

»Kommst du auch, oder willst du weiter im Regen stehen?« Anne stupste mich in die Seite.

Ich schüttelte den Kopf. Was auch immer der Guru mir hatte sagen wollen, ich würde es schon noch herausfinden. Jetzt ging es erst mal zurück in den Ashram, wo wir unser wohlverdientes Frühstück genossen.

Maharischis Worte hatte ich fast vergessen, denn weiterhin übte ich fleißig und studierte die Schriften. Während meine Tage erfüllt waren, näherte sich meine Ausbildung zur Yogalehrerin dem Ende.

Unsere Reinigungsaktion im Dorf wurde zu einem festen Ritual und so machten sich die Schüler des Ashrams einmal in der Woche auf den Weg. Und auch bei den Dorfbewohnern wurde unser Treiben aufmerksam beobachtet.

»Nächste Woche ist deine Prüfung. Gehst du dann wieder nach Deutschland?«, erkundigte sich Anne. Sie schnitt gerade Bohnen für das Abendessen.

In dieser Woche hatte ich Putzdienst und ich nutzte die Gelegenheit kurz mit ihr zu reden, während ich frisches Wasser in den Eimer füllte.

»Keine Ahnung. Ich habe noch nichts geplant.«

Eigentlich hatte ich vorgehabt nach Bestehen der Prüfung zurückzugehen, um mein Wissen an neue Schüler weiterzugeben und Yoga zu unterrichten, doch aus irgendeinem Grund konnte ich mich nicht aufraffen ein Flugticket zu buchen.

Nachdenklich ging ich in den großen Saal, wo ich den Boden wischen wollte. Ich wrang den Lappen aus und schlang ihn um die Borsten des Schrubbers. Plötzlich kamen mir die Worte des Gurus in den Sinn. Hatte er darauf angespielt, als er meinte, dass es Zeit für mich wäre weiterzugehen? Mitten in meinen Gedanken, stürzte Anne herein. Ihre nackten Füße tappten über den feuchten Boden.

»Nun sieh dir an, was du gemacht hast«, tadelte ich vorwurfsvoll und zeigte auf die Fußabdrücke, die sie hinterlassen hatte.

»Du hast Besuch. Komm«, rief sie, ohne sich um meine Rüge zu kümmern.

Ich lehnte den Schrubber an die Wand, wischte die Hände an meinem Rock ab und folgte ihr. Einen Besucher? Klara hatte bei unserem letzten Telefonat nicht erwähnt, dass sie mich besuchen wollte und sonst wüsste ich niemanden, der die lange Reise auf sich nehmen würde. Neugierig lief ich hinter Anne her.

Ich betrat den Eingangsbereich mit der Rezeption. Ein westlich gekleideter Mann stand vor der weißen Tafel und las den dort aufgeschriebenen Tagesablauf. Von seiner Regenjacke tropfte das Wasser und um seine Füße hatten sich kleine Pfützen gebildet. Die Statur, die Art wie er das Haar trug … Mein Herz blieb still und die Welt hörte auf, sich zu drehen. Atemlos beobachtete ich ihn. Dann drehte er sich um und unsere Blicke begegneten sich.

»Was suchst du hier?« Meine Stimme war mehr ein Flüstern und ich war mir nicht sicher, ob er mich überhaupt verstanden hatte. Verlegen strich ich mein Haar zurück, das ich inzwischen länger trug. Ich wurde mir meiner Kleidung bewusst, die ich dem indischen Stil angepasst hatte und meiner nackten Füße.

Plötzlich stand er ganz dicht vor mir und ich versank in dem Universum seiner dunklen Augen. Meine Knie wurden weich und mein Mund trocken.

»Emma …«

Still standen wir voreinander, eine Armlänge getrennt. Ich fühlte mich so unsicher und hatte keine Ahnung was ich tun, oder sagen sollte.

»Du siehst gut aus«, sagte er. »Es tut mir so leid, Emma. Ich war so ein Idiot und wenn du mich wegschickst …«

Es fühlte sich an wie in einem Traum. Als würde ich

gleich aufwachen, doch nichts dergleichen geschah. Schließlich gab ich mir einen Ruck.

»Wir müssen dich erst mal trocken bekommen. Komm mit«, sagte ich und führte ihn auf mein Zimmer.

Er sprach kein Wort, doch ich bemerkte, wie er sich umsah, und mir wurde die Einfachheit meiner Unterkunft bewusst. Wie musste es auf ihn wirken? Er, der im Luxus lebte. Im Überfluss.

Ich reichte Caden ein Handtuch. Aus einem Rucksack, den er dabei hatte, holte er trockene Sachen und während er sich im Badezimmer umzog, bereitete ich einen Tee zu.

»Wer hat dir gesagt, wo ich bin?«

»Klara hat mir das hier gegeben.« Er zog einen zerknitterten Zettel aus seinem Rucksack. Und obwohl er abgegriffen, zerknickt und feucht war, erkannte ich den Prospekt, der mich an diesen Ort geführt hatte. »Nachdem ich aus der Klinik kam, habe ich mit deiner Mum gesprochen und mich dann auf die Suche nach dir gemacht.«

»Du hast mit meiner Mutter geredet? Wie …«, fragte ich verwirrt. Niemand hatte mir etwas gesagt, weder Klara, noch meine Mutter. Zugegeben, ich hatte nicht gerade oft angerufen, dennoch fühlte ich mich irgendwie verraten.

»Obwohl sie zuerst nicht mit mir reden wollte …«

»Es wundert mich, dass sie es doch getan hat«, sagte ich verärgert.

»Ich musste ihr erst versichern, dass ich es ernst meine. Dass ich dich nie wieder verletzen werde.«

Ich zog die Stirn in Falten. Ich konnte es nicht fassen, dass meine Mama hinter meinem Rücken mit Caden geredet hatte.

»Es ist so viel geschehen und ich kann mir kaum vorstellen, wie schwer es für dich gewesen sein muss.«

Was sollte ich darauf erwidern? In der Zwischenzeit hatte ich so viel erlebt und gelernt. Ich war nicht mehr die, die aus Deutschland geflohen war. Um Zeit zu gewinnen, goss ich den Tee, der inzwischen ausreichend lang gezogen hatte, in die bereitgestellten Tassen.

»An irgendeinem Punkt habe ich die Kontrolle verloren. Und nachdem … ich wollte dich nicht verletzen.«

»Du hast mich verletzt.« Ich sah ihm in die Augen. Sah das Erstaunen darin, dass er so eine ehrliche Antwort von mir bekam. »Aber das ist Vergangenheit.«

Caden runzelte die Stirn.

»Bist du glücklich hier?«

»Ja, das bin ich.« Und ich wusste, dass ich die Wahrheit sagte, obwohl sein Anblick mich schwach gemacht hatte. Ich nippte an meinem Tee.

»Michael ist nicht länger mein Manager.«

Der Tee schwappte aus meiner Tasse und in letzter Sekunde konnte ich mein Bein zurückziehen, sonst hätte ich mich verbrüht.

»Wie das?«, fragte ich überrascht.

»Valerie und Fran haben mir alles erzählt.«

»Ich …«, unterbrach ich ihn, aber Caden hob die Hand und ich verstummte.

»Du hattest versucht es mir zu erzählen, aber ich war so sauer. Ich habe dir nicht zugehört und es tut mir leid. Du kannst dir nicht vorstellen wie sehr. Viel zu spät habe ich erkannt, wie viel Macht er über mich hatte.«

Verärgert stellte ich die Tasse ab. »Du brauchst mich nicht anzulügen. Das ist nicht nötig. Du selbst hast mich weggeschickt.«

Caden sah betreten zu Boden. »Richtig. Das soll keine Entschuldigung sein, aber zu dem Zeitpunkt war ich nicht mehr ich selbst.«

»Was meinst du? Als du mir vorgeworfen hast, dass ich die Kette deiner Mutter versteigern wollte, oder als du mich aus dem Krankenhaus geworfen hast?« Ich schlang die Arme um meine Brust. Nun zerbröselten meine innere Gelassenheit und Ruhe doch und Emotionen, von denen ich überzeugt war, sie würden mich nicht mehr beherrschen, stiegen auf. Er sah auf und sah so verzweifelt aus, dass er mir schon wieder leidtat.

»Ich weiß nicht, was ich noch sagen soll, Emma. Ich war so gefangen in den Lügen und … der Druck, die Erwartungen …«

»Die Medikamente. Der Alkohol.«

»Ich konnte nicht mehr klar denken. Was mein Verhalten natürlich nicht entschuldigen soll. Ich war ein Idiot! Als du gegangen bist …« Seine Stimme brach und ich konnte den Schmerz in seinen Augen sehen. Trotzdem war ich nicht bereit, ihm zu verzeihen.

»Warum hast du mich im Krankenhaus abgewiesen?«

»Weil ich ehrlich geglaubt habe, dass du ohne mich besser dran bist. Weil ich ein gottverdammter Junkie bin! Das ist nicht zum ersten Mal passiert. Aber das hast du sicher längst herausgefunden. Und ich…«. Er sah mich durchdringend an. »Ich habe Angst, dass es wieder passieren könnte. Die Wahrheit ist, ich habe kein Recht hier zu sein. Noch immer glaube ich, dass du ohne mich besser dran bist.«

Ich sah ihn an, unsicher, ob ich ihn richtig verstanden hatte. Etwas in mir gab nach, doch ich stemmte mich dagegen. Nicht weich werden, Emma, mahnte ich mich selbst und lehnte mich trotzig zurück.

»Und warum bist du dann hier?«

Cadens Blick war so intensiv, das ich ihm ausweichen musste.

»Weil ich dich liebe«, sagte er, während ich auf die Teekanne starrte. »Und ich mir ein Leben ohne dich nicht mehr vorstellen kann.« Er machte eine Pause und als ich aufsah, fuhr er fort. »Es ist egoistisch, ich weiß. Aber du hast mir Halt gegeben und mich mit anderen Augen gesehen, als ich und als es irgendjemand anderes getan hat. Du warst das Licht in meiner Dunkelheit.«

Ich schaute ihn an, als wäre es das erste Mal. Seine Worte fegten all meinen Widerstand hinfort. Meine Lippen bebten und mit großen Augen hing ich an seinen Worten. »Emma, ich möchte der Mann sein, den du in mir gesehen hast, wenn du mir eine Chance gibst.«

Skeptisch musterte ich ihn. Er klang aufrichtig, aber konnte ich mich darauf einlassen? Was, wenn er mich wieder verletzen würde? Ich war mir nicht sicher, ob ich bereit war dieses Risiko einzugehen. Zu viel hatte es mich gekostet, um aus dem Tal der Tränen herauszukommen.

»Ist dir klar, welche Vorwürfe ich mir gemacht habe? In jener Nacht … Ich hätte es sehen müssen!« Ich schlug die Hände vors Gesicht. »Ich wusste, dass Ellerts Methoden alles nur verschlimmert haben, doch als ich versucht habe mit dir darüber zu sprechen, hast du es abgetan. Ich würde mir zu viele Sorgen machen. Monatelang habe ich mir die Frage gestellt, ob alles anders hätte sein können, wenn ich nur etwas hartnäckiger gewesen wäre.« Ich sah auf und eine Träne rollte über meine Wange. »Es hat mich verzehrt, Caden!«

Er ergriff meine Hand. Zaghaft noch und sanft und doch so vertraut. Jede Faser, jede Zelle meines Körpers hatte sich nach dieser kleinen Berührung gesehnt.

»Ich … was kann ich tun? Wie kann ich dir zeigen, dass es mir leidtut?«

Ich wischte mir über die Wange. »Erzähl mir, was du getan hast, nach dem du entlassen wurdest.«

Ich sah seinen Adamsapfel hüpfen, als er schluckte. Zu meinem Bedauern ließ er meine Hand los, nahm seine Tasse auf und trank einen Schluck von seinem Tee. Er schien sich sammeln zu müssen, bevor er mir fest in die Augen sah und schließlich begann zu erzählen.

»Ich war eine Zeit lang im Entzug. Und in der Therapie ist mir klar geworden, wie selbstzerstörerisch ich war. Ich hatte den Kontakt zu mir völlig verloren. Mir wurde bewusst, dass ich mir zu viel Druck gemacht habe. Alles musste perfekt sein und bevor du in mein Leben getreten bist, habe ich dafür Tag und Nacht gearbeitet. Ich war ausgebrannt, dazu noch die Verletzung. Ich konnte den Level nur noch mit Medikamenten halten.«

Meine Kehle zog sich zu. Das alles klang so bedrückend. So traurig. Und ich hatte keine Ahnung gehabt. Ich sah wie schwer es ihm fiel die Worte zu finden und dass es ihn quälte. Doch ich ließ ihm die Zeit, die er brauchte und die auch ich brauchte, um zu verstehen. Ich schenkte uns Tee nach und Caden erzählte weiter.

»Diesen Fehler werde ich nicht mehr machen. Nachdem ich das begriffen hatte, musste ich ein paar Dinge regeln. Du weißt ja schon, dass Michael nicht mehr für mich arbeitet und …«

»Die Tour?«

»Die wird natürlich nachgeholt. Das bin ich den Fans schuldig und wir arbeiten bereits an einem neuen Plan.«

»Aber dann geht alles wieder von vorne los«, widersprach ich heftig. Hatte er nicht gerade erst erzählt, wie furchtbar das alles gewesen war? Wie der Druck ihn in die Dunkelheit gestürzt und beinahe verschlungen hatte?

»Nein, nein!« Energisch schüttelte er den Kopf. »Wir

werden mehr Pausen zwischen den Gigs einplanen und …«

»Ich weiß nicht, Caden. Ich glaube nicht, dass das eine gute Idee ist.« Da war sie wieder, die alte Angst. Ich hatte ihn einmal verloren und es hatte mich allen Mut und Kraft gekostet damit klar zu kommen. Ich konnte das nicht noch einmal durchmachen.

Er legte seine Hand auf den Tisch, die Handfläche nach oben gedreht. Eine Einladung, meine Hand in die seine zu legen.

»Du könntest mitkommen und auf mich aufpassen«, flüsterte er heiser. »Wenn du das möchtest.« Seine Mundwinkel verzogen sich zu einem winzigen Lächeln.

Meine Gefühle, meine Gedanken waren ein einziges Durcheinander. Ich wollte lachen und weinen. Ihm um den Hals fallen und gleichzeitig fragen, wie er sich das vorstellte. Nach allem was geschehen war, kam er hierher und brachte meine sorgsam wieder aufgebaute Welt aus dem Gleichgewicht.

»Ich kann hier nicht weg und ich will es auch gar nicht. Noch nicht«, murmelte ich kaum hörbar.

Cadens Hand hob sich und wie ein Flügelschlag streichelte er sanft meine Wange. Sehnsuchtsvoll schloss ich die Augen und gab mich dem Gefühl hin.

»Das verlange ich nicht«, hörte ich ihn sanft sagen. »Alles worum ich dich bitte, ist eine Chance. Und wenn das bedeutet, dass ich auf dich warten muss, dann werde ich das tun.«

Ich schlug die Lider auf und legte meine Hand auf seine. Hielt sie dort an meiner Wange. Ich versank in seinen Augen, die einem sternenklaren Nachthimmel glichen. Was ich sah, waren Hoffnung und gleichzeitig Angst und Zweifel. Und dann entdeckte ich noch etwas.

Eine warme Welle überrollte mich und nahm mich mit sich. Liebe. Es würde keine Garantien geben, aber die Chance, dass die Liebe uns helfen würde einander zu verzeihen und zu vertrauen. Es würde Zeit brauchen, aber ich erkannte, dass er es mehr als wert war dieses Risiko einzugehen, denn ich liebte Caden noch immer und in diesem Augenblick vielleicht sogar mehr als jemals zuvor.

EPILOG

Sanft liefen die Wellen am Seeufer aus und brachen sich an den Pfosten des Bootssteges. Der Wind spielte in meinem Haar und die Sonne strahlte von einem azurblauen Himmel herab.

Nur unsere Familien und engsten Freunde, hatten wir eingeladen. In den letzten Tagen hatte ich Cadens Eltern, Elenore und Michael näher kennengelernt und gleich in mein Herz geschlossen. Sie waren einfache Leute und ich hatte sofort die enge Verbundenheit gespürt, die zwischen Caden und seiner Mutter bestand.

Dann entdeckte ich Klara, die neben Lars stand. Ihr Bauch zeigte bereits eine erste Rundung. Die Schwangerschaft schien ihr gut zu bekommen und verlieh ihr eine ganz besondere Strahlkraft. In ein paar Monaten würde ich Patentante werden, worauf ich mich freute. Zu ihren Füßen saß Honey. Nach meiner Rückkehr war er wieder bei mir eingezogen, aber immer wenn Klara zu Besuch kam, wackelte der ganze Hund vor Freude und war kaum mehr zu beruhigen.

Rhys, Tom und Axel saßen nebeneinander und sogar Jo war da. Auch er hatte sich, nachdem Caden mit ihm lange Gespräche geführt und schließlich mit dem Rausschmiss aus der Band gedroht hatte, für einen Entzug entschieden.

Doch besonders freute ich mich über Anne, die den weiten Weg auf sich genommen hatte. Sie hatte es sich nicht nehmen lassen wollen, am Abend ein paar exotische, alkoholfreie Cocktails für uns zu mixen.

Frans Sohn saß zwischen Selma und Valerie, die sich jetzt schon die Augen mit einem Taschentuch tupften. Er sah ihm wirklich verblüffend ähnlich. Fran hatte seinen Mut zusammen genommen und war eines Tages zum Haus seiner Ex-Frau gefahren, um mit ihr zu sprechen. Zu seiner eigenen Überraschung hatte sie sich einverstanden erklärt, dass er seinen Sohn besuchen durfte. Erst nur für ein paar Stunden, dann blieb er auch übers Wochenende, wenn es Frans Job erlaubte.

Doch eigentlich hatte ich nur Augen für Caden, der in seinem dunkelblauen Anzug unverschämt gut aussah.

Ich reichte Fran meinen Arm und gemeinsam schritten wir den Gang entlang zu dem mit Blumen und Bändern geschmückten Bogen, unter dem er bereits wartete. Als wir an meiner Mutter vorbeischritten, lächelte ich ihr zu und ich sah die Rührung in ihren Augen. Moment mal! Hatte Fran meiner Mutter etwa zugeblinzelt, oder hatte ich mir das nur eingebildet?

Aber da stand ich bereits an Cadens Seite. Der Pfarrer begann mit der Zeremonie und ich hatte nur noch Augen für den wichtigsten Menschen in meinem Leben.

DANKSAGUNG

An erster Stelle gilt mein Dank meinem Mann und meinen wundervollen Kindern. Ihr erfüllt mein Leben mit so viel Liebe und Lachen. Danke. Ohne eure Unterstützung hätte ich gar nicht erst begonnen, diese Geschichte aufzuschreiben. Ihr seid mein Leben – ihr seid meine Welt.

Ein Riesendankeschön an Lea, die ein wunderbarer Coach ist und in deren Romanschmiede ich das Schreibhandwerk erlernen durfte. Nicht weniger danken möchte ich meinen Kurskolleg*innen Magdalena, Nicole, Carola, Juliane, Alexandra, Farzad, Diana, Petra, Sinem, Sebastian und Andreas. Es war eine tolle Zeit mit euch und ich wünsche euch und euren Projekten von Herzen ganz viel Erfolg.

Ebenso geht mein Dank an meine wunderbare Lektorin Daniela Seiler. Du hast so viel Leidenschaft und Herzblut in diesen Roman gesteckt und die Geschichte von Emma und Caden zum Strahlen gebracht. Ich freue mich auf die weitere Zusammenarbeit mit dir. Und danke für die Ente.

Danke an Katharina Netolitzky, die das wundervolle Cover entworfen hat. Ich liebe deine Zeichnungen.

Ich danke auch meinen Testleserinnen Christine, Barbara, Lysann, Nathalie und Antje für eure Begeisterung, eure

Ermutigung, wie auch eure Kritik. Es ist nicht immer einfach, sich durch ein unfertiges Manuskript zu arbeiten. Ich hoffe sehr, euch gefällt die fertige Version.

Und letztlich danke ich allen, die mir Mut zugesprochen haben und die mir stets mit ihrem Rat zur Seite gestanden haben. Einen Roman zu schreiben, ist kein Sprint. Es ist ein Marathon und auf diesem Weg habe ich so viele unglaublich tolle Menschen getroffen. Danke an alle, die ihr Wissen teilen, um zu helfen und zu inspirieren.

ISBN 978-3-7549-5260-3
9 783754 952603 00003
www.epubli.de